# ぼくは始祖鳥になりたい

宮内勝典

集英社文庫

本書は二〇〇一年六月、集英社文庫として刊行されたものを改訂しました。

単行本　一九九八年五月　集英社刊

初出　「すばる」一九八八年一月号〜一九八九年十一月号

ぼくは始祖鳥になりたい　目次

# ぼくは始祖鳥になりたい

# 第一章　出発の日

　空港の行列にならんだ。ゲートをくぐりぬけて行くとき、金属探知機がけたたましく鳴りだしそうな気がした。危ないものなど、なにも身につけていないが。

　ジェット機が次々に飛びたち、青空へ吸いこまれていく。そして積乱雲の向こうから、また一機、金属の鳥のように舞い降りてくる。静かだった。空港はどうしてこうも淋(さび)しいのだろう。世界というやつを往(い)き来(き)するため人はここに集まってくるが、宙ぶらりんの迷子のように、ひっきりなしに時計ばかりのぞいている。

　戦うか、逃げるか。いったいどちらへ行くつもりなのか迷いながら、ゆっくり搭乗口へ歩いていった。

　シートベルトをつけた。

　地球儀でいえば、たぶん、五ミリか七ミリかそこら飛びあがったとき、遠くの水平線がかすかに撓(たわ)んでいた。もう少し高度を上げれば、青い水の惑星のまるみが見えるだろう。見たい、肉眼でそれを見たいと痛切に思った。

水も空もまだ明るいコバルト・ブルーだが、天球の東側から深い藍色がにじみだしてきた。そこだけ天が漏水したような青さだった。機首の前方には雲がむらがり、まるい頭蓋のなかを漂っていく脳髄のように淡いピンク色に染まりかけている。

尾翼の方、オリエントが西にあたる方角にはオーロラをおもわせる夕焼けがあった。中心の夕陽は、まるで赤色巨星だ。宇宙の生理が膨らみきったように赤く、その光りを引火して雲のかたまりも燃えはじめた。高度九〇〇〇メートル。下方からむらがり湧きたってくる熱雲も、赤みがかった金色だった。ついさっき核戦争が起こり、ありったけのキノコ雲がいっせいに乱立しているようなにぎやかさだ。


乗客は、ほとんどアジア人だった。このフライトは香港発なのだ。東京に着いたときから予約超過で、二十人以上が飛行機に乗れず空港カウンターで騒いでいた。その混乱は機内までもち込まれ、中国語、韓国語、日本語、さらに東南アジアの言葉まで飛び交い、まるで市場のようだ。隣りに坐(すわ)っている若い中国人夫婦は、円筒形のプラスティック容器に小さな亀を隠していた。向こうのチャイナ・タウンに住んでいる甥(おい)っ子(こ)への土産なのだという。

亀は甲羅のなかに足をひっこめ、緑の石ころのように縮こまっていた。ときどき浅く張った水から頭を出す。旅客機が揺れると、つるつる滑る容器のなかでしきりにもがいて、水しぶきをたてる。

その水と亀で心が静まり、目を瞑(つむ)った。昨日から一睡もしていなかった。気流は乱れがちで、機体がふるえている。薄目をひらきかけては、またうつらうつら睡魔にひきこまれていった。

異変が感じられた。

初めは波間の舟のように心地よかったけれど、しだいに、下降中のエレベーターが宙ぶらりんのまま左右に揺れるような感覚に変わっていった。機体がふらつき、失速しながら落下していく。片翼のエンジンが止まったらしい。乗客たちはうろたえ、赤ん坊が泣きはじめた。ジロー、ジローと呼ばれている気がして、とっさに席を立った。スチュアーデスが救命具の使い方を実演してみせた通路に立ち、手の金属スプーンを眉間にかざし、念をこめた。二本たてつづけに、ぐにゃりと曲げた。三本目は折った。フォークのさきは一瞬で、蛸(たこ)の足みたいにぐにゃぐにゃに曲っていく。

「見たでしょう!」

とジローは叫んだ。機内に沈黙がひろがっていく。

「心の力で金属が折れちゃうんですよ!　だから心を一つに合わせて、エンジンが動きだすところを、みんなでイメージしてみようよ!」

「………」

それしか方法がないと、人びとは眼でうなずいてくる。ふつうの旅客機ではなかった。

アフリカの黒人もいる。乳呑児を抱きしめる白人の母親もいる。中国人の夫婦、日本人、ベトナム人、スーツ姿のインド人、巡礼にいく途中らしいアラブ人の一団、乗り合わせている全員が一つのイメージをつくりはじめた。海へ落下しそうな機内に祈りが満ちていった。気のかたまりのようなものが浮力となり、失速感が消えていった。ぐんぐん機首が上がっていく。両翼のエンジンが力強く響いてくる。泣きわめく赤ん坊に、もう大丈夫だよと言いかけたとき、はしたないほど大げさに振る舞ってしまったという気恥ずかしさがこみあげてきて、目醒めた。

スチュアーデスが機内食を配りはじめた。中国人夫婦は、あわててシートの下に亀を隠した。

「肉になさいますか、それとも魚がよろしいですか?」

いったん魚と答えてから、ジローは注文を変えた。よし肉を食べよう、と思ったのだ。戦うか、逃げるか。

生き物がストレスに陥ったとき、追いつめられたときの反応はそれしかないという。まったく、そのとおりだ。自分もいま、どちらを選んだのか迷いながら奇妙な行動を起こしかけている。あの頃、五十人、六十人のスプーン曲げ少年がいっせいに登場して、新しい人類でも発生したような大騒ぎだった。そして反動がきた。少年たちは魔女狩りのように一人、二人とメディアから消されていった。ジローは最後の一人だった。ふつう年齢とともにサイキックな力は失われていくというが、ジローの力だけは衰えず、十代の後半になっても成長しつづけていた。だが二十歳を過ぎてからスプーンは曲りにくくなり、ついにテレビ・カメラの前で立往生してインチキの烙印(らくいん)を押されてしまったのだ。悔やしかった。無念だった。なんとか汚名をそそぎたいけれど、スプーンは曲らない。そんなとき国際電話がかかってきた。四歳のときから十三歳まで過ごした、あの街からだ。航空券も送られてきた。そして旅客機に乗り、いま肉を食べよう、と思ったのだ。

配られた機内食は、掌(てのひら)ぐらいのステーキだった。ビニール袋に金属食器がつつまれていた。ナイフ、フォーク、そしてスプーン。

歯でビニール袋を破った。

武器のように金属食器をもち、がむしゃらに食べた。それから砂糖なしでコーヒーを飲み、スプーンを取った。おい、たのむから曲ってくれよな……。金属にささやきかけ、愛撫(あいぶ)するように柄の首の部分を指さきでさすった。前頭葉のあたりに感じる火の玉そっくりのエネルギーを、ゆっくり、ゆっくり、熱く熔(と)けた鉄のかたまりをひき伸ばすように喉に降ろし、胸で二つに分けて、左右の手へ、指さきへ送りつづけた。金属スプーンが加熱したガラスか水飴(みずあめ)のように、ぐにゃりと曲り、一八〇度完全にねじれてしまったその結果を、強くイメージした。かっきりとイメージが定着すれば、かならず現象化してくる。目を瞑っていても、それは視(み)える。曲る、曲る、かならず曲る……。新人類ともてはやされ、十年近く、何百本も曲げつづけてきた自信が静かに甦ってきた。ジローはひっそり微笑しながら眼をひらいた。

細長い金属は、ジェット機の窓から射す成層圏の光りにきらめいていた。柄の部分も、ひんやり凍りついたように光っている。

曲ってはいなかった。

ベーリング海峡の上空にさしかかった。ユーラシアと北米、二つの大陸の裂け目だった。海霧が湧いているのか、寒流の海は乳白色にけむってなにも見えなかった。

一万年か、二万年前、アジアからやってきた石器時代の人びとが獲物を追いつつ、当時、橋のようにつながっていたここを歩いて渡っていったのだという。小さな群れや家族ごとかたまりあって、ぶるぶる震えながら、一歩、一歩、氷を踏みしめていったはずだ。木切れをこすって火をおこすことしか知らない脳に、どんな思いが宿っていたのだろう。明るい光りが満ちる緑の大地、草を食む鹿、平原を埋めつくす野牛の群れ……。

先住民族アメリカ・インディアンの、そんな夢や営みの堆積の上にさしかかりつつあるという気がした。

ジローが初めてここを通過したのは、四歳のときだった。記憶は霧のようにぼやけているが、父は機内食用のテーブルに紙をひろげて、しきりに文字を書きこんでいた。着いたらすぐ、移民局に提出するつもりの永住権申請書だったのかもしれない。

「Aはアップル、Bはベア、熊さんのことよ」

とABCを教えてくれる母は、漠然とおびえている四つのジローに、だいじょうぶ、なにも心配しなくていいのよ、向こうに着いたらおいしいアイスクリームを食べようね、と若々しい声でささやいてくる。


凍りついた山脈が見えた。

岩だらけの大地は冷気にけずりとられ、ギザギザの刃のように連なっていく。ところどころ厚い雪原に埋もれては、隆起し、峰々の切っさきを青空へ向けてくる。谷、雪の吹きだまり、いたるところに北極近くの青い気団がのしかかっていた。

その青が凍りついたような氷河もあった。

ジローは十年、こんな鉱物質の世界と戦ってきたような気がする。できることといえば、スーパーマーケットで安売りしているスプーンをねじ曲げたり折ってしまうぐらいのことにすぎないけれど、この世界は、ただ物質だけの場ではないと訴えつづけてきたのかもしれない。そうなんだ、とジローは思う。幼いなりに自分がやろうとしてきたのは、結局、そういうことだったのだ。スプーンという金属片をねじ曲げることで、心の力といったものを肉眼にも見えるかたちとして示してきたつもりだった。けれどいま、スプーンは曲らない。この凍りついた世界を小さな一点から熔かしていく火のような力、それはもう消えてしまったんだろうか。

ジローは、ジェット機の円窓を見た。

水中から見あげるように青空がゆがんでいた。眼球だけ離れて、ゆらゆら漂っている気がした。語りかけてくださいどうか意味を与えてくださいと青空に祈った。

太陽が見えた。核融合で燃えているのだという。四つの水素原子が、一つのヘリウム原子となり、$E=mc^2$ つまり質量がエネルギーに変わって爆発しているのだという。よくわからないけれど、そういうことらしい。そして青空は、光りの青い波長を乱反射する大気の層にすぎない。ぼくはただ水素やヘリウムや、青いスペクトル線に祈っているんだろうか。いや、ちがう！　ジローは青空の底をのぞいた。純白の雪。鉱物の堆積に、青い氷河がはりついている。意識の火もなにもない、ただ青白く凍りついた惑星がそこにあった。


朝、目ざめたとき、長方体のビルがイースト・リヴァーの照り返しを浴びていた。初夏の風に運ばれていく雲が水面に映り、さらに窓のガラスに反映して、水中に沈んだ巨大な記念碑のようにゆらめいている。

さわやかな気分だった。空港からリムジン・バスに揺られてこのホテルに到着したときも鳴りやまなかった耳鳴りが、いまはもう、きれいに消えていた。なにか、たしかに夢を見ていたはずだが……。

そうだ、ひとつ憶いだしたぞ。夢を見ながら、この明るい夢のなかに満ちている光りはいったいどこから射してくるのか、そんな埒もないことをしきりに考えていたっけ。うん、これはたしかに奇妙なことだ。まるい頭蓋に閉じこめられているはずの脳が、いったいどこから夢のなかに光りを採りこめるのだろう。不思議だな、脳のどこかで発光現象でも起こっているんだろうか。

歯ブラシをくわえて、ベランダに出た。

イースト・リヴァーに架かる橋が銀色に光っている。箱船のようなタンカーが海のほうへ曳かれていく。乾ドック、埠頭、カモメの群れ。林立する高層ビル群の南には、煉瓦造りの古いアパートのひしめく一画が沈んでいる。茶色く濁った沼のようだ。幼年期のぼんやりとした乳色の霧が晴れて世界が立ちあらわれてきたのは、あそこの旧移民街にいた頃だった。子供部屋の窓に防犯用の鉄格子がついていたな。銹だらけで、ひどく鬱陶しかった。ある日、久しぶりに帰ってきた父が、その鉄格子を白く塗ってくれた。つんと鼻にくるペンキの匂い、それが父からの最後の贈りものだった。いまはもうチャイニーズ・アメリカンの愛人と再婚して、腹ちがいの弟が生まれているらしいが。

禁じるように目をそらした。自分に、父はいない。室内にもどり熱いシャワーを浴びた。それ一つしか持ってこなかったショルダーバッグをひらいて、真新しい下着をつけた。朝食はぬいた。臨戦態勢をつくりだすには空腹のほうがいい。きちんと椅子に坐り、水中にそびえるような長方体のビルを眺めて過ごした。よく憶えている。十三歳のときジュニア・ハイスクールを中退して、母と二人で帰国する数日前に、あのビルの正面ロビーに飾られている月の石を見にきたのだった。〈静かの海〉で採取された、なんの変哲もない灰色の石ころにすぎなかったけれど……。

電話が鳴った。

ジローはやや気負いたって、ハロー、と応えた。くすっと、ふくみ笑いが洩れてきた。あの声だった。

「どう気分は?」

人工合成したようなエロティックな声、きれいな日本語だった。とてもいい気分です、とジローは言った。

「時差ぼけしてない?」

「ぜんぜん」

「そうね、サイキックが時差ぼけしたら、おかしいわね」

「ぼくはもうサイキックじゃない」

「………」

「電話、とても近いですね」

「東京に電話したときは、エコーが入ったでしょう。海底ケーブルか衛星中継だから、どうしても、〇・五秒ぐらい声がずれちゃうのよね」

「日本語、とても上手ですね」

「ありがとう、わたしジャパニーズ・アメリカンなの」

「ええ、なんとなくわかってます。いま一階のロビーでしょう」

「そうよ」

「じゃ、すぐ降りていきます」

「わたしの服の色は――」

「エメラルド・グリーンじゃないかな」

「いいえ」

受話器の向こうで、ふっと日の翳るような短い沈黙があった。


淡いオリーブ色のミニスカートをはいた女性だった。女らしさを打ち消すように、麻のジャケットを着て、袖をまくっていた。落ち着いた態度だった。二十七、八だろうか。背すじをぴんと伸ばし、初めまして、レイ・タジマです、と握手を求めてくる。混血らしい栗色の髪、眼は明るい鳶色だった。

「レイって、光線のレイ？」

「いいえ、もとは漢字で、きれいの麗」

そう名づけた父の思い入れを恥じるように名刺を差しだしてくる。

Trans Global Inc.
Satellite Joint Users Organization
Leigh Tajima

「トランス・グローバルって、衛星通信の会社？」

「そうよ」

「広告代理店だと思ってたけどな」

「系列会社なのよ」

さ、行きましょう、車を待たせてあるから、とレイは急かした。

渋滞のなかを、のろのろと進んだ。コンクリートの谷間は、霧か靄でも湧いたように車の排気ガスで白くぼやけていた。

「あそこの、七一階」

レイが指さす黒ガラスのビルは、青く澄んだ天へ吸い込まれていく巨大な黒曜石にみえた。風に運ばれていく雲が、そこにも映っている。

「衛星中継も、ここからやるわけ？」

「そうよ。去年は通信衛星が故障して、大変なことになったの」

「もしかしたら、それ、スペースシャトルから宇宙遊泳して修理したやつじゃない？」

「よく知ってるわね」

「宇宙飛行士になれたらと思って、募集要項を取り寄せたこともあるんだ」

「あなたについての資料、ほとんど目を通したけれど、それは知らなかった。スプーン曲げ少年がそんなこと考えてたの」

エレベーターに乗った。レイは骨が透けるような細い指で、⑦1のボタンを押した。急上昇していくとき、重力に抱きしめられた。見えない力がずるりと肉や内臓をはぎとり、白骨だけになって上空へ突き進んでいく。ジローは、そんな感覚が好きだった。ロケットで地球の引力をふり切っていくとき、重力加速度のG、骨がきしむような衝撃がくるというが、きっと肉の衣を脱ぎ捨てていくような快感もあるにちがいない。ジローは目を瞑り、あの募集要項を思いだした。半年かそこらで大学を中退した十九の頃、年齢も学歴も不足していたので、肉体的条件についての項目だけ熱心に読み返して、いつのまにか暗記してしまったのだ。


身長は、152センチから193センチまで。

視力は、両眼とも裸眼で0.2以上。

（眼鏡をかけてもよいが、矯正視力1.0以上）

色盲でないこと。

虫歯がないこと。

（無重力状態では激痛が発生する）

聴力、正常であること。

三半規管が正常であること。

煙草を吸う習慣がないこと。

（無重力状態では、炎は円形になり、マッチを擦って放すと、そのマッチ棒はネズミ花火のように飛び回る）

飲酒癖がないこと。

（地上では下半身に血液がひきつけられているが、無重力では血液分布に異常が起こり、上半身、頭部に血液が急増する。頸動脈は怒張し、ときには肺気腫を起こす。もし、体内にわずかでもアルコールが残っていると、致命的な酔いかたになる）

血圧は、収縮期140以下で、拡張期90以下であること。

精神病でないこと。

神経症でもないこと。


まったく人を食った、ごく普通のことばかりだった。たったこれだけの条件を満たせば、肉体的には、だれでも宇宙へいけるのか。それにしても、なぜ宇宙飛行士になりたいと思ったのだろう。自己顕示欲？　それならスプーン曲げ少年として注目されていた頃だから、充分すぎるほど満たされていた。そろそろ二十歳だというのに、いつまでたっても、スプーン曲げ少年、と一種の変種のように呼ばれることにいらだっていたんだろうか。

七一階でエレベーターが止まった。ここはもう、地上二〇〇メートルぐらいだろうか。

副社長室のドアを開けた。

広々とした角部屋で、南と西、その二面が黒ガラスでおおわれていた。窓ではなく、壁面全体がガラスだった。路上から見上げたときは巨大な黒曜石のかたまりのように聳(そび)えていたが、内部からは外の景色が透けていた。星が見えそうなぐらい青空が濃く、積乱雲は硬く石化していた。未来の遺跡のような高層ビルの連なり。ひっそりと稲妻を待つ避雷針。

外界から射してくる光りは、黒ガラスで熱を濾(こ)され、ひんやりと澄みきっていた。淡いオリーブ色の絨毯(じゅうたん)が、空中庭園の草そっくりにやさしく心地よかった。

白髪の東洋人がいた。

いることに気づかないほど静かに、受話器を耳に当てていた。ちらっとこちらを見て、どうぞ、と来客用のソファをすすめながら電話の声にうなずき、英語で応えている。

「ちょうどいま、ここに来ましたよ」

「…………」

「はあ、たしか二十二になったはずですが。え？　ああ、なかなかですよ。ま、オリエントのハンサム・ボーイといったところでしょうか」

「…………」

「は、はい。ではしばらく、わたくしが預かります」

　副社長とはおもえない、へりくだった口調だった。暴君におびえる家臣のような、いや、どことなく軍隊の上下関係をおもわせる響きがあった。

「わかりました。そのようにいたします。いつでも連れてまいりますから。では、どうぞお大事に」

　象牙色の受話器を置いて、立ち上がった。にこにこ笑いながら歩いてくる。それでいて、二、三秒の間に、こちらを観察しきってしまおうとする眼差（まなざし）だった。握手の手をさしのべながら、カチッ、と頭のスイッチを切りかえるように、どうも、どうも、と日本語で言った。

「アリマ・ジロー君ですね。いやあ、よく来てくれました。ノースウェストで？　どう、ホテル気に入ってくれましたか？　あ、わたくし、ダグラス・イリエです」

　老いた日系二世らしい滑らかな日本語だった。好々爺（こうこうや）の笑顔で眼を細めてくるが、冷凍庫から取りだして嵌（は）めたばかりのガラスの義眼のようにひんやりと光っている。その眼を使って、だれかが遠くから覗（のぞ）きこんでくるような気がした。挨拶を返しても、手を離そうとしない。さらに左手もそえて、親しげに包みこんでくる。ふっくらとした肉厚の掌だ。ジローは片手を預けたまま、囚（とら）えられた、と直観した。

# 第二章　青いラピスラズリの指輪

降りていくとき、青い水をくぐりぬけて海の底に軟着陸するような気がした。

操縦席にいるわけでもないのに、進入角度や、滑走路の長さなどが目に浮かんでくる。これまでの飛行時間はおよそ一万四〇〇〇時間、日数にして五八三日、一年七ヵ月を空中で過ごしてきた。こうして地上へ帰ってくるのは何度目なのか、もうきれいに忘れてしまった。

陽炎（かげろう）がたち昇る砂漠のテスト基地、

海の一点にぽつんと浮かんでいる空母の甲板、

サンゴ礁の島二つをコンクリートでつないだ滑走路、

どこを目ざすときも、しだいに激しくなる暴風を突きぬけ切りぬけていくような感覚があった。鳥や獣があふれる緑の地表よりも、その暴風と向きあっているときこそ、この惑星が息を荒らげているという畏怖感がこみあげてくる。宇宙から大気圏へ再突入していくときも、角度が2度か3度浅すぎると、空気抵抗にぶつかり、軌道外へはね返されてしまう。深すぎると、摩擦熱で燃えあがってしまう。だが、ここはちがう。コンクリートであるにもかかわらず、水底のやわらかい記憶の深みに軟着陸したような、不思議なつかしさがこみあげてくる。

ジェームズ・ビームは滑走路を歩いた。ひんやりと乾き、陽炎も、むっとくる地熱もない。からだが帯電しているような金属的な余韻もない。

空港ビルに入った。

スポーツ・バッグ一つぶらさげて、レンタカー会社のカウンターに向かった。二週間の休暇だった。これからニューマン博士に会うだけで、明日からの予定はなにもなかった。もう妻もいない。八歳の息子は、すでに新しい父親の姓を名乗っているだろう。

「なにか身分証明をお持ちですか？」

カウンターの女性が、さりげなく訊(き)いた。ほとんど手ぶらに近いポロシャツ姿の黒人がゴールド・カードをさしだしたのを怪しんでいた。

ジェームズ・ビームは苦笑しながら、ドライヴァー・ライセンスと航空宇宙局のＩＤをカウンターに置いた。

「なにか、御希望の車は？」

「なんでもいい」

飛ぶことはたまらなく好きだが、車にはなんの関心もなかった。地上での生活が長びいてくると、車を運転しているときさえ、飛びたい、飛びたい、と操縦桿(そうじゅうかん)の手ざわりを思いだしたりする。

あてがわれた車は、水色のシボレーだった。コクピットを真似(まね)たのか、計器類が不必要に多すぎる気がした。飾りの機械を見ると不快になる。方向指示のライトや、パワー・ブレーキの調子を点検してから、ゆっくり走りだした。かりにエンジンが止まっても墜落する心配のないことが、妙にくすぐったく感じられる。

吹きぬける初夏の風に匂いがあった。

草や森だらけの毛深い星の匂い、心地よいけれど、ちょっと濃すぎて息苦しいほどだ。水の匂いもする。乳を飲むようにこの母星の水によって生かされてきたのだ。酸素と水素の化合物である宇宙船の水、$H_2O$を摂取するときもそう思った。四十二歳にもなって哺乳壜(ほにゅうびん)のミルクでも吸っているような、やましいほどの水へのいとおしさがあった。

門が見えた。

ここに初めてやってきたのは十七のときだった。飛び級したため、ふつうより一年早く大学に入ったのだ。ハーバードかＭＩＴへいってほしいという母を説きふせてここを選んだのは、当時、まだ助教授だったアイザッシュ・ニューマンという若い天文学者にあこがれていたからだ。

最初に知ったのは、アマチュア・ハムの雑誌を定期購読していた十二歳のときだ。電波天文学が始まったばかりの頃、直径二六メートルのパラボラ・アンテナを鯨座のタウ星や、わし座のアルタイル星へ向けて、異星人からのメッセージ電波を受信しようとした人物のことが紹介されていたのだ。

もし、その星系に高度な文明があり、出力一〇〇万キロワットの電波を発信してくれば、充分、地球上でもキャッチできるはずだという。それだけではない。砂漠にすえつけられた世界最大の皿型アンテナを、二万四〇〇〇光年も離れたM13という球状星団へ向けて、暗号によるメッセージ電波を発信したこともあるという。異星人と交信しようとした最初の人類、それがアイザッシュ・ニューマンだったのだ。

人種、混血といった条件に閉じ込められていらだち、顔も姿もない相手と電波で語りあうという抽象性にひかれてアマチュア・ハムに夢中になっていた少年にとって、それは一つの啓示だった。

「だから、電波天文学をやりたい」

と述べたとき、両親はただあっけにとられていた。

父は黒人、母はアイルランド系の白人、その遺伝子の組みあわせが自分だった。もしも大学院へ進むときは、かならず母の望むハーバードかMITにいくと約束して、ようやくOKしてもらえたのだった。そして四年後に、ここを去った。大学院に残るようにというニューマン教授の強いすすめをふり切って、空軍のテスト・パイロットになったのだ。

大学構内に車をとめた。ひとりでに動く足を追いかけるように学生寮へ急ぎ、二十五年前の自室の窓をさがしあてた。

あそこではジムと呼ばれていた。冬の休暇中も家に帰らず、あの部屋にひとり閉じこもって両親へのクリスマス・カードを書いていた……。あれから、母との約束は守った。いったん空軍に入り、軍籍のままＭＩＴで航空宇宙工学を専攻して、ドクターを得たのだった。だがそのとき、両親はすでに離婚していた。母の再婚相手はアングロサクソン・ホワイトだから接触しないほうがいい、と理解しているつもりだった。だから宇宙飛行士になったいまも、年に一度、クリスマス・カードを送るだけにとどめている。

水底に軟着陸した足どりで、ゆったりと歩いた。

ひんやりとした空気に、肺が青く染まりそうだ。砂漠の訓練基地では季節などかかわりなく大気はいつも陽炎となってゆらめきたち、半島の発射基地は、亜熱帯植物の吐きだす濃い匂いや、鰐（わに）が棲（す）みつく沼沢地の湿気につつまれている。だが、ここは緯度にして14度ほど北で、光りまで水中に射してくるように熱を失い、ひんやりと透きとおっている。

天文学部の建物に入りかけて、立ち止まった。教授専用のパーキング場に、旧型の青いMGがとまっていた。ボンネットを開けて、だれかが機械をいじっている。首すじや、肩、がっしりした闘士型のからだつきに見おぼえがあった。

歩み寄ってみると、やはりそうだ。六十歳近くになったアイザッシュ・ニューマン教授の後ろ姿だった。

「故障ですか？」

背後からのぞきこむと、

「うーん、どうもトランスミッションの調子がわるいんだよ」

真っ白くなった頭をボンネットの下に突っこんだまま、呟(つぶや)いている。

ジェームズ・ビームは、機械へ手を伸ばした。その黒い手と、青いラピスラズリの指輪が目にとまったらしく、

「ジム！」

と、ニューマンが叫ぶように顔を上げた。

トイレの洗面台に二人ならんで、油まみれの手を洗った。鏡のなかの眼が輝点になり、そこから明るい光りが伸びてくる。

「元気そうだな」

「ええ、最近スキューバ・ダイヴィングに凝っているんですよ」

「空の方はやめたのか」

「真っ暗なところを遊泳していると、きれいな魚を見たくなるんですよ」

「ウォルターは元気かい？」

「ええ、火星探査機のころは、SETI計画なんか、まあ趣味みたいなもんだと言ってましたけどね、いまはこっちが本業だとはりきってますよ」

「モリソン教授のバックアップが必要だと思うが、だいじょうぶかね」

長い廊下を歩きながら、ニューマンはひっきりなしに語りかけてくる。学生時代のことをなつかしむ暇さえあたえてくれなかった。だが、ジムは微笑していた。この途方もない情熱にとり憑かれているアイザッシュ・ニューマンこそが、自分にとっての分岐点だったのだ。

実験室の入口で、足がとまった。

ガラス管が透明なジャングルをつくっていた。一時期、ジムはここに入り浸って、アンモニアや、毒ガスのメタン、水素、窒素などを混合する実験に熱中していたことがあった。数十億年前の地球をおおっていた、原始の海のスープを復原しようとしていたのだった。

火山から噴きこぼれてくる熱湯や熔岩を想定して、熱も加えた。そして、スイッチを押す。

人工放電が起こり、フラスコのなかの小さな海に、稲妻がぶつかる。無限回の分子衝突の始まりだった。

一呼吸おいて、またスイッチを押す。ガラスの天から紫色の光りが走り、原始の海のうねりを照らす。自分ひとりだけが意思をもち、無生物の惑星に君臨しているような微笑がこみあげてくる。また雷が光る。そうして、アミノ酸やヌクレオチドという自己増殖できる分子、遺伝子情報をもつ分子が生まれ、無生物と生物との境界を越えはじめる。

それは地球だけの出来事ではなかったはずだ。銀河系内部だけでも二千億の星があり、外にはさらに八千億の銀河がある。そのどこかに地球と同じ条件の惑星があれば、当然、そこにも生命が発生して、やがて知性体へと進化していくだろう。

アイザッシュ・ニューマンが始めたSETI計画は、宇宙のどこかにいるはずの知性体をさがし、電波交信しようとする試みだった。そしていま、計画そのものはNASAにひき継がれている。

「二台目のコンピューターに取りかかっているらしいね」

「ええ、ハードの方はほとんど完成したそうです」

「チャンネル数は？」

「一五〇〇万」

「ほう、それなら周波数を限定しないでやれるな」

地球外知性体からのメッセージ電波をどうキャッチするか、問題はつねに周波数だった。

アイザッシュ・ニューマンが人類最初の試みを始めたときの周波数は、一四二〇メガヘルツだった。宇宙に満ち満ちている水素、宇宙の全物質の七五パーセントを占める水素原子が出す電磁波、一四二〇メガヘルツを一種の基準、宇宙的なコンセンサスとして想定したのだった。

だが皮肉なことに、この周波数はほとんど役に立たないことがわかってきた。つまり、宇宙に満ち満ちているからこそ、その周波数帯は最も宇宙雑音(コスミック・ノイズ)が多いというパラドックスにぶつかってしまったのだ。

教授室はがらんとしていた。簡潔な数式をおもわせる部屋で、デスクも合成樹脂を張ったごくシンプルなものだ。目ぼしいものといえば、コンピューターの端末機が四台ならんでいるだけだ。

そのどれかが、砂漠にすえつけられた直径三〇五メートル、世界最大の皿型アンテナをもつ天文台のマザー・コンピューターに繋(つな)がれているのだろう。

「四八三〇メガヘルツは、どうだろうか？」

椅子に坐るなり、ニューマンはまっすぐに切りだしてくる。

「ああ、星間分子の周波数ですね」

「もちろん」

「なんだろう、炭素系じゃなさそうですね」

「ホルムアルデヒド」

「え？」

「暗黒星雲にある分子だよ」

「有利なんですか？」

「そうらしいな。最近、トーキョー天文台の三人の学者が提唱しているんだがね。宇宙にはビッグバンのなごりのマイクロ波輻射（ふくしゃ）が満ちていて、そいつが宇宙雑音をつくっている」

「ええ」

「ところが、ホルムアルデヒドの分子が、このマイクロ波を吸収してしまう。だから、暗黒星雲のほうでは雑音（ノイズ）が少なくなっている」

「四八三〇メガヘルツのあたりは、澄んでいるというわけですね」

「そうなんだよ」

「試してみる価値はありそうですね」

「相手のほうも、それが通信に有利だと気づいていると考えられる。だから、暗黒星雲をバックにした星の方向を観測して、ホルムアルデヒドの吸収線をさがせばいいわけだ」

「線スペクトルの幅は？」

「数キロヘルツといったところだな」

「それなら一チャンネルで受信できますね」

「そう！　しかも、暗黒星雲のなかは温度が低いから、分子は複雑な活動をしていないはずだ」

ニューマンはひたすら語りつづけた。がらんとした殺風景な部屋で、ただニューマンの頭脳だけが静かに発熱しているようだった。

青いMGを追って、楓の森を走りつづけた。初夏の風が心地よかった。水や、風、そんなものにたわいなく心を動かされるたびに、自分がこの惑星に条件づけられた生物であることをつくづく思い知らされる。

細い水路のようにつづいていた空が閉じて、緑のトンネルになった。エメラルド・グリーンや黄緑の葉を透かして、木洩れ陽がちらちらとゆれる。もしかすると地上の見おさめかもしれない、そんな気がするほどの美しさだった。この森が燃えるような紅葉に包まれて、散り、次の緑のまっ盛りの頃、自分はふたたび宇宙へ飛びたっているだろう。

森の枝道を曲りかけて、MGのスピードが落ちた。ニューマンの腕が伸びて、ランチ・ボックスのような郵便受けから手紙の束をつかみ取った。今度宇宙へいくときは、息子からの手紙と写真を持っていくことになるだろうとジムは考えていた。

短毛の犬と、一目で混血とわかる少女が飛びだしてきた。ドアのところに褐色の肌をした若い夫人が立っている。

ガラスと木をふんだんにつかった温室のような家だった。南向きの明るい居間には、着せかえ人形や、赤い鞍の木馬があった。壁に、金色のレコードが一枚、ぽつんと飾られている。

無人探査機に積みこまれた金属レコードの一枚で、いつか異星人に発見される日にそなえて、風や、森のざわめき、鳥のさえずりや、滝、海鳴りなど、この惑星の自然音が録音されているはずだ。すでに太陽系から飛びだし、宇宙を漂いつつある壜の中のメッセージのようなものだ。

ジムは、自分の頭蓋のなかに録音されているはずの音を聴こうとした。赤ん坊の産声、離婚に同意したときの妻との対話、重力をふり切っていくロケットの轟音。そして暗黒のなかで凶暴なほど白く輝く太陽と、沈黙……。いや、圧倒的によみがえってくるのは、まだ若々しい父母と共に声を嗄らしていたロサンジェルスの野球場のどよめきだった。

日が翳らないうちに、庭でバーベキューが始まった。

「焼きぐあいは?」

夫人の髪は両肩をおおうほど豊かに波うち、光りの角度で紫がかって見えるほど黒かった。三十歳ぐらいだろうか。アイザッシュ・ニューマンと不釣合な自分の若さを隠すように、地味なワンピースを着ている。

長い独身生活をつづけていたニューマンが娘ぐらいの歳の女性と再婚したというニュースは、しばらく航空宇宙局にも笑いを運んできた。あの数式のような頭脳がついに人間的要素を受け入れたらしいという、滑稽で、くすぐったくなる笑いだった。

バーベキュー・ソースには、濃い独特の香辛料が入っていた。

南米生まれの夫人と、ニューマンがどこで出会ったのか、どんないきさつで結婚したのか、ジムは訊こうとしなかった。ジムの妻は、母と同じ白人だった。黒人の血がさらに薄れて、もう人種的な特徴がほとんど消えかけてしまった八歳の息子のことを思いだしかけて、ジムは連想を断った。

ただ熱い肉を食べつづけた。ふだんは菜食主義なのだが、人にもてなされるときは、こだわらず食べるようにしている。

木洩れ陽が矢のように斜めに射し、風と共にちらちらとゆれる。森や芝生の緑に金色が加わり、いちめん光りの織物にみえた。庭のはずれに小川が流れ、野鳥のさえずりが湧きたってくる。若い夫人が骨つきの肉片を投げると、短毛の犬が走っていく。

「こうしている間も……」ニューマンがぽつんと言った。「わたしたちのからだを宇宙線がつらぬいている」

「ええ」と、ジムはうなずく。

「ひょっとすると、いま、地球外知性体からのメッセージ電波を浴びているかもしれんな。だが、だれもそれに気づかない」

ニューマンは特急列車の窓から遠ざかっていく風景を眺めるときの眼差だった。庭も、家族も、森も、すべてが暗い地平線へ退いていくのを、静かに、うしろ向きに見送っているようだ。

　電離層の外へ突きぬけていった自分は、ふつうの人たちより遥(はる)かに多くの宇宙線を浴びてしまったはずだ、ジムはそんなことをぼんやり考えていた。

「ロゼッタ、ロゼッタ！」

　犬を追いかけていく娘を、夫人が呼ぶ。

「…………」ジムはふり返り、にやっと笑いかけた。やっと気づいたのだ。

「そうなんだよ」と、ニューマンも照れくさそうに微笑してくる。

　もしも地球外知性体からのメッセージ電波が届いてきたら、そこにはかならず、ロゼッタ・ストーンのような暗号解読の手がかりとなる部分がふくまれているはずだ、というのがニューマンの持論だった。

　ニューマン自身が暗号をつくり、異星人からこんなメッセージが送られてきたと仮定して解読してごらん、と学生たちに試させたこともあった。

100000000000000000000000000000
000000000010000111000000000010
000010000001000001000000010001
000000000001010000000000101000
000000100010000100000110010000

０００１１００１０００００００１０００１００００１……


よし、絶対に解いてやろうとジムはふるい立った。

この暗号はどのような通信手段でやってきたか、まず、それを考える必要があった。宇宙の真空をつらぬいてくるのは、光り、電磁波、宇宙線などだ。光りは銀河に満ちあふれているから通信手段としては使えない。レーザー光線もまぎらわしい。ニュートリノはどうだろうか……。たしかにニュートリノは地球を貫通できるけれど、検出することがむずかしい。重力波も考えられるが、技術的にはまだまだ無理だ。

するとやはり、電波しかない。

たとえば、１１１００……、これはトトトン・ツー・ツといったモールス信号のような、電波強弱のパルスを表わしているのだろう。しかし、アルファベット文字を置きかえるような単純な暗号ではありえない。共通言語もなにもない、異星人との交信なのだから。

オランダの数学者が、エスペラント語にあたる普遍言語、論理だけで構成された一種の宇宙語を考案したことは知っているが、まったく概念のちがう惑星間では、言語よりも視覚的な暗号がコミュニケートしやすいのではないか。

えんえんとつづく１と０の羅列を数えてみた。全部で１２７１個。

ジムはそれを、１２７１ビットの暗号と考えてみた。わずか１２７１ビットでは言語的な表現はむずかしく、情報量もごく限られている。だからたぶん、視覚的な像をつくるはずだ。たとえば、テレビのように……。

走査線のイメージが浮かんできたとき、手がかりをつかんだ、とジムは直観した。つづいて閃(ひらめ)いたのは、テレビのブラウン管やコンピューター・スクリーンのような「画面」だった。ジムはすぐに1271を素因数分解してみた。31と41だ。それ以外の数字では素因数分解できないことを確かめてから、自分のコンピューターに向かった。ヨコ31、タテ41の画像枠を想定して、1と0の電波パルスをならべてみた。0は空白、1は黒い点にしてみた。だが、像らしいものはなにも現われてこない。ジムは、けんめいに像を読みとろうとした。けれど二匹の猿がでたらめに碁石をならべたような、白と黒の錯乱があるだけだった。

逆にしてみた。ヨコ41、タテ31にしてならべかえると、視覚的な像が出現してきた。恒星か惑星らしい円、一対の生き物をおもわせるかたち。それ以外は、抽象的な模様にすぎなかったが……。

暗号解読の手がかり「ロゼッタ・ストーン」にあたる部分は冒頭のあたりに隠されていた。二進数による「数」の概念だった。それからまる四日間、ジムは解読に没頭した。水素、炭素、酸素など生命をつくりだしていく物質の原子構造、DNAの二重ラセン、そのメッセージ電波を発信してきた惑星の位置、知性体の総数、からだの大きさ……。

そうしてジムは、大学院生をふくめた天文学部の学生すべてのなかで、たったひとり解読できた記念として、アイザッシュ・ニューマンから青いラピスラズリの指輪を贈られたのだった。

夜がふけてから、ニューマンは地下室にジムを誘った。平屋造りにみえるけれど、森のゆるやかな勾配を利用して、半地下の部屋が二つ隠されていた。一つはワインの貯蔵庫、もう一つは工具室だ。

宝石を磨く研磨機があった。トルコ石や、青いラピスラズリの原石を加工するのがニューマンの趣味で、ジムがはめている記念の指輪も、手造りだった。

「テスト・パイロットになると聞いたときは、がっくりきたよ」

ニューマンは、いまでもそう感じている口ぶりだった。

「…………」

ジムは黙っていた。観測者ではなく、宇宙そのものへ行こうと決めて、有利な経歴をつくるために空軍を選んだのだ。

「大学にもどる気があれば、ポストは準備するよ」

ニューマンは工具台にある二台の電話の、一つだけを手もとにひき寄せた。

「まだやってるんですか？」

「まあね」

「いまでも、週に一回?」

「そろそろやめたいんだが、代りがいなくてね」

その電話は、市内の「自殺防止ホットライン」の回線に繋がっているはずだ。自殺しようと思い迷っている人たちが、最後にかけてくるかもしれないSOSの声に応えるために、週に一度、こうして夜明けまで電話の前に坐っているのだという。その無報酬の仕事を、バランスをとっているだけなんだよ」

「ちょっと、バランスをとっているだけなんだよ」

「交信できないから?」

ジムは、冗談めかして訊いてみた。

「まあね」ニューマンは苦笑いしてから、教授らしい口ぶりにもどった。「知性体からの電波をさがし始めて、もうとっくに三十年過ぎた。対象にした星だけでも、一五三九個。ほかの銀河系へもアンテナを向けてみたが、なにも見つかっていない。五〇〇〇時間も観測して、結果はまったくのゼロなんだよ……」

「まだ、これからじゃないですか」

「そうだといいがね」

「どうしたんです、ずいぶん弱気ですね」

「ひょっとすると、電波という方法が根本的にまちがっているのかもしれんな」

「でも、ほかにどんな方法がありますか? 宇宙は星だらけだから、光りは交信に使えない。レーザー光線もちょっと無理でしょう。あと、ニュートリノとか重力波とか考えられるけれど、まだきちんと検出されてもいない。すると、やはり電波しかないじゃないですか」

「いや、そういうことじゃないんだ……」

ニューマンの声は弁解がましく、いつもの精気、覇気が消えかかっていた。

疲れたのだろうか。地球外知性体との交信という、誇大妄想だと嘲笑されかねない試みを始めたころは、もっと余裕やユーモアにあふれていた。「目的は？」と訊かれるたびに、「趣味だよ、趣味」と空惚けなぜ鯨座のタウ星や、わし座のアルタイル星を選んだのかという質問に対しては、

「どっちの星にいるかわからんが、アルタイルは十七光年の距離だろう。返事がやってくるのに、三十四年かかる。だから、老後の楽しみにとっておくわけにいかんな、そう思って始めたわけさ」

と、人びとを煙に巻いて笑うのだった。

マッド・サイエンティストという烙印を押されるのではないか、と学者生命を危ぶまれながらも、教授になり、学部長になり、直径三〇五メートルの皿型アンテナをもつ世界最大の電波天文台の責任者も兼ね、ＳＥＴＩ計画を学問として認知させて、国際会議なども開いてきた。

天文学者としての経歴は、まぎれもなく超一流だった。けれど、三十年以上、知性体

からのメッセージ電波をさがしつづけてきた成果は、まだ、なに一つあがっていない。

「退屈だろう、テレビでも見るかね？」

「もう放送時間が終ってますよ」

「いや、ちょっと面白いヴィデオがあるんだよ」

ニューマンは、スイッチを入れた。

ジムに見せたかったのか、ヴィデオ・テープは初めからセットされていた。象形文字らしいタイトルが映り、陽気なバックミュージックが溢(あふ)れてきた。

東洋人(オリエンタル)の子供たちがスクリーンいっぱいに群らがっていた。

テレビ・カメラがぐっと引いて、全員がようやく画面におさまるほどの人数だった。五十人を超えている。ほとんどが十二、三歳ぐらいの少年たちだ。高価なシャツや、半ズボン、紺のブレザー・ジャケットなどを着ている。蝶(ちょう)ネクタイをつけた子供さえいた。

「いいか、眼をそらすな」

とニューマンは真顔だった。

五十人を超える子供たちは行儀よく、無個性で、表情も乏しかった。異常にＩＱの高い天才児たちの集団のようでもあった。静かだった。それでいて高圧線や変電所に近づいたときの危なっかしさを感じさせる。

子供たちは全員、金属片を手にしていた。きらきら光るオモチャみたいに、あっけらかんと明るく、ただむやみに知覚をかき乱してくる。たとえば日没時、逆光の方角へハイウェイをひた走るとき、ガラス、ステンレスなど意味のかけらもない物質破片がいっせいに乱反射しているような印象だった。

金属が飛びはじめた。

スプーン、フォーク、針金、鍵（キー）。子供たちは金属を宙へ放り上げて遊んでいる。床に落ちてきたとき、金属はねじくれ、曲り、針金はくるくるっと丸まり、隙間だらけのボール状の塊りになった。

子供たちはしだいにはめを外し、テレビ・カメラの方へ身を乗りだして、大人たちをせせら笑うようにVサインをつくったりする。

一人の少年がアップで映りはじめた。まわりの騒ぎにまったく無関心のまま、静かにうつむいて玉杓子（スクープ）を相手に遊んでいる。テレビ・カメラが吸い寄せられたように、一分、二分と異常に長いアップがつづいた。

合金の玉杓子は熱で熔けかかったガラスか水飴のように、ぐにゃぐにゃに丸まっていく。少年はその塊りをちぎれないように、細長くひき伸ばしたり、また掌のなかに丸めこんだりする。まるで粘土遊びだった。

「ジローくん、ジローくん！」

司会者になんども呼びかけられて、やっと顔を上げた。

涼しげな眼だ。十三歳かそこらのあどけない童顔だが、眼だけ妙に大人びて冷たかった。対照的に、唇はやわらかく、生なましいほどのローズピンクだった。

中年の司会者が、金属棒を差しだした。一フィートほどの黒褐色のヤスリだった。

「………」

少年は無造作に受け取り、真ん中のざらざらした部分に、指さきをあてがった。一呼吸入れると、親指と人さし指でヤスリを挟みながら、ゆっくり上下に撫(な)ではじめた。ピアノ教室にでも通っていそうな、細い、やわらかい指だ。ヤスリの粗さで皮膚が破けそうに見えた。だが変化が起こったのはヤスリの方で、黒褐色の金属はそれ自体の重みを支えきれなくなったように、ぐにゃりと曲りはじめた。


ジムは見つめていた。一語も洩らさず、イエスでもなく、ノーでもなく、急いで判断をくだしたがる意識の動きも止めて、凝視するのではなく、視野全体に焦点がいきわたるように、ただ眼を瞠(みひら)いていた。

ニューマンがこのヴィデオを見せるために自分を呼んだことは、もうわかっていた。あの暗号をただひとり解読した、かつての教え子になにかを求めているのだろう。

おおっぴらには語りにくいことだが、ずっと以前、宇宙船と地上との二点間でテレパシーの実験が行われたことは、ジムも聞き知っていた。

月に上陸した過去の宇宙飛行士たちが神秘的なヴィジョンを受けて伝道者になったこ

とも、むろん知ってはいるが、ジムは否定も肯定もしない態度を保ちつづけてきた。宇宙から見る青い水の惑星はたしかに美しかったけれど、巨大な岩や樹木を仰ぎ見る原始人のようなアニミズムめいた感情でことさら神秘化することには、違和感があった。いや、それだけではない。月で受けたという啓示が、二千年も昔の宗教となんら変わらないこと、地上に帰ってきてから最も保守的な、進化論さえ認めようとしないファンダメンタリズムの伝道者になったことは、まったく滑稽にすら思えたのだった。

ジムの母はアイルランド系の白人、だから自分の一方の祖父母はおそらくカトリックだったはずだ。黒人の父は、皮膚の色に閉じこめられていることを拒んだ、ドライな投機家だった。ストック・マーケット、株式市場こそが最も実利的で、人種も、宗派も、出自もいっさいかかわりのない数字だけの抽象的な世界だったのだ。だが離婚して十年ほどたった頃から、すべてに冷笑的だった父もブラック・モスリムの穏健派にひき寄せられていった。

コバルト照射を受けていた晩年の父と再会したときのことを、ジムはよく憶えている。二人だけでロサンジェルスのサンタモニカ海岸を散歩したのだった。薄青くうねる太平洋の水しぶきが、明るい霧のように漂っていた。父は意志をふるい立たせるように、最も高価なシルク・スーツを着て、海風によろけながら歩いていった。水平線の方へ伸びていく、長い、大きな桟橋だった。

突端で人びとが魚釣りをしていた。水面ではねる魚が、水の惑星からひきはがされてくるように見えた。ジムは桟橋の売店に缶ビールを買いにいった。もとの場所にひき返すと、父は魚の鱗（うろこ）のついたダンボール紙をしいて、坐りこんでいた。

「疲れた？」

と声をかけかかって、ジムは立ちすくんだ。

父はシルク・スーツを着たままダンボール紙の上に正座して、メッカへの礼拝をやっていたのだ。あのドライな投機家も、ついに拒みきれず、神という意味の手につかまってしまったのだ。

それは、それでいい。だが、月に降り立った過去の飛行士たちが、結局、有史以来の意味というやつにたわいもなく吸い込まれていったことには、ごく軽い、侮蔑感がこみあげてくるのをこらえきれなかった。

ジムはよく自覚していた。自分が乗っていたあの小さな宇宙船（スペースシップ）は、燃料、ロケットの推進力、高度、軌道にいたるまで、すべて数学的に決定されていたはずだ。軌道修正の指示も、地上からくる。大気圏再突入のときの角度もそうだ。ほとんどすべてが地上からのリモート・コントロールに近く、意味や、飛行士の意志などは不要だった。

遊泳中は、心臓の鼓動までモニターされている。ぞっとする真空で宇宙服の紙オムツのなかへ放尿するときも、地上の技術者たちはモニターを観察しながら微笑しているにちがいない。故障した通信衛星を回収する試みさえ、仮想敵国の衛星を捕獲するという軍事目的を含んでいたはずだ。

空軍のテスト・パイロット出身の自分はたしかに操縦桿を握ってはいたが、金属の小さな船に密封されたまま、数学的に計算されつくした空間、いや数式そのもののなかを飛んでいたにすぎないのだ。

宇宙での体験をことさら神秘的に語りたがる飛行士たちを、地上の科学者、エンジニアたちが冷ややかに見ていることも、よくわかっていた。かれらの掌のなかをぐるぐる回っていただけの宇宙飛行士たちが、選ばれた使徒のように神について語るときの、その苦々しさも。

「………」

ジムはいっさい判断を下そうとせず、ただ、ぐにゃりと曲っていく黒褐色のヤスリを見つめていた。

アイザッシュ・ニューマンも黙っている。どう思うかねと感想を求めるでもなく、実験の手つきで二本目のヴィデオをセットした。

涼しげな眼とローズピンクの唇をもつ少年は、十七歳ぐらいに成長していた。洗いざらしのジーンズに、純白のサマーセーター。スニーカーをはいていた。筋肉はまだ育ちきっていないが、手足が長い。

厳重に封印されているポラロイド・カメラを前に、眼を瞑っている。レンズには蓋がついていた。そこに額を近づけて、眉間からレーザー光線でも出すように、ぐっと意志を集中させている。シャッターには手も触れなかった。

初めの数枚には、なにも写っていなかった。気落ちするようすもなく、またカメラを額に向ける。引きだされた感光紙には、ドアの隙間から洩れてくる光線のようなものがぼうっと写っていた。次の一枚には、ややピンクがかった灰色のもやもやとした霧か、砂漠の表面に残された風紋のようなものが炙りだされていた。

マイクを向けられて、少年はなにか喋りだした。

「火星を写そうとしたが、どうもうまくいかない、と言っているらしい」

ニューマンが横から奇妙なことを口走った。

洗剤、インスタント・コーヒーなどのＣＭのあと、少年は与えられたスプーンを手にして、柄の首の部分を指さきでさすり始めた。静かな自信にあふれ、ローズピンクの唇が三日月のかたちに微笑を浮かべている。スプーンは、ガラス細工のように一八〇度ぐにゃりとねじ曲った。

少年は二本目をつまみ、人さし指で撫ではじめた。涼しげな眼に力がこもってくる。熱くなるのではなく、明度が高まるような眼差だった。三分、四分、五分……。スプーンの柄の首のところに細い亀裂が入り、ゆっくりと傾き、音もなく折れていった。

司会者が床に落ちたスプーンの先を拾いあげて、感嘆の声を上げた。

インタヴューが始まった。ジムは身を乗りだし、耳を澄ました。意味はまったくわからないが、声にこもる不思議な晴朗さにひきつけられた。

「ここに翻訳があるよ」

ニューマンがコピーを手渡した。

インタヴュー速記録らしかった。ジムは最初の一行に眼を走らせた。

Listen, I am not kidding. I really went back in memory when I was hypnotized.

少年はローズピンクの唇から、きれいな光沢の歯をのぞかせて語りつづけた。熱狂的な気配はかけらもなく、むしろ相手の昂(たか)ぶりを静めるように、ええ、信じられなくても当然ですよ、という口ぶりだった。

またＣＭの時間になった。ジムは翻訳のコピーを速読した。

――聞いてよ、ほんとなんだって。催眠術をかけられて、記憶をずっとさかのぼったことがあるんだよ。パーン、と手を叩(たた)いて一つ暗示されるたびに、一つずつ若くなっていくんだ。

――退行催眠？

――ええ。そうやって時間を逆にたどって、生まれた日にいき着いちゃった。

――どんな記憶？

——ベッドに寝てたらさ、白い霧みたいなものがのしかかってきて、なんかこう、繭のなかに入ったような感じなんだ。内側から見てると、光りがぼうっとにじんで、そう、オーロラに包まれているみたいにきれいだったな。

——その退行催眠を受けたのは、いつ？

——中学三年のとき。

——スタンフォードのパラサイコロジー研究所？

——そう。その頃はまだ子供だったから、ただサンフランシスコへ行けるのがうれしくて、うれしくて。

——そのとき一緒に行ったのは、防衛大学の人でしたよね？

——うん、ニシカワ先生。

——退行催眠を受けて、それから？

——光りの繭に包まれているところまでさかのぼったら、不思議なこと喋りだしたんだって。なんだか人が変わったみたいになって、といってもパーソナリティが分裂したんじゃなくて、ラジオが急に混信したみたいになって。

——どんなこと喋ったの？

——わたしはきみたちが考えるような超越的な存在ではない。わたしはひとつの複合的なレベルにすぎない。意識の複合体だ。わたしのようなものは宇宙にいくらでも在る。とりあえずわたしといっているが、むろん人格的な存在でもない。

──え、なんですって？

──ううん、いいんだ。ぼくだってよくわかってないし、ただの幻覚かもしれないからね。そういう夢みたいな話もあるってことにしとこう。でも、スプーンはリアルでしょう。ほら、折れたスプーン、ここに在るでしょう。

ジムが速読したあとも、まだCMがつづいていた。テレビから溢れだしてきそうな白い泡。青空にひるがえる洗濯物。エメラルド・グリーンの海をいくクルーザー、その甲板で飲むドリンク剤。

「どう思うかね？」

ニューマンがそっけなく、だが微妙に視線をそらしながら訊いた。

「かなり信憑性(しんぴょうせい)が高そうですね」

ジムはやわらかく応えた。

「たとえば？」

「最初のヤスリですが、ヤスリは特殊加工された、きわめて硬度の高い金属です。ですから、折れることはあっても、曲るということはありえないはずです」

「そのとおりだよ。さっきスプーンの柄をねじ曲げたが、万力にかけたとしても、ふつうなら一八〇度ねじれる前に折れてしまう」

「折れたスプーンの破断面は調べたのかな」

「同じ実験をスタンフォードでもやっているんだ。分析結果もここに届いている。ふつうの金属疲労によって折れたものとの比較なんだがね、この少年が折ったスプーンは、破断面が熔けたように複雑化している。リヴァー状パターンが、亀裂の進行方向とほぼ直角に残っている。物理的な力で折ったものとは明らかにちがっているようだな」

「脳波の分析は？」

「だいたい、八ヘルツから一四ヘルツだね」

「α（アルファ）波ですね」

「そう、もう一つ面白いレポートがある。この少年は、脳から電波も出しているらしいんだよ」

ニューマンは実験レポートの一ヵ所を示した。

According to Prof. Richard Hubel's analysis, it seemed that a radio wave was being emitted from the left frontal lobe of Jiro Arima's brain.

Fo　34.5MHz zone
intensity　≒5db microV/m
drift　Fo±≒1MHz

「左前頭葉から出ているわけですね」

「そうらしいな」

「人体から電波が出るのは当然じゃないですか」

「だが、こんなふうに左前頭葉とはっきり示しているのはめずらしい」

　ニューマンは、ちらっとジムの眼をのぞきこんだ。これはただのナンセンスかもしれないけれど、ひょっとするとここに、なにか大切なものが隠れているかもしれない、どうだろうか……と、さぐりを入れてくる表情だった。

「三四・五メガヘルツというと、短波ですね」

　ジムは否定的に呟いた。

「そう、ＦＭラジオや通信に使われているやつだな」

「星間分子とは、かなり周波数がちがうようですが」

「…………」ニューマンは弱々しく苦笑した。

「α波じゃどうしようもないし……」

　ジムは、ニューマンの真意をさぐるように仄めかしてみた。脳波と電波はちがうけれど、アンテナを使えば八ヘルツから一四ヘルツの脳波を電波に変換できないことはない。

「だが、一メガヘルツ以下では電離層を突きぬけられん」

「ええ」

　とジムはうなずく。電離層のなかの電子と作用するからだ。

「それに、この周波数じゃメッセージも乗せられんよ」

たとえば潜水艦に送信するとき、海中深くまで到達できる長波は、周波数が少なすぎて、わずか数語のメッセージを送るのに一時間近くもかかってしまうのだ。

「一秒間に一ビットぐらいの情報がなければ、ちょっと役に立たんな」

ニューマンは自分から次々に否定を重ねて、なにか、うるさくつきまとってくる妄想を払いのけようとしているふうだ。

「三四・五メガヘルツなら、電離層を突きぬけていけますね」

ジムはあえて、その妄想を共有するように歩み寄ってみた。

「…………」無表情のまま、ニューマンはうなずいた。

「しかもレポートによれば、これは明らかに電波です」

「…………」ニューマンは見透かされてうろたえるように、自殺防止ホットラインの電話のほうへ眼をそらした。

「ドクター」ジムは改まって訊いた。「このヴィデオ・テープや資料、どうやって入手されましたか？」

「郵送されてきたんだ、コメントが欲しいといってね」

「どこから？」

「トランス・グローバルという、衛星通信の会社らしいんだがね」

「…………」

危ない、とジムは思った。地球外知性体からのメッセージ電波を三十年以上むなしくさがしつづけてきたニューマンの孤独につけこんでくる狡智（こうち）さを感じたのだ。いや、それだけではない。東洋人（オリエンタル）の少年にひき込まれて、科学者らしからぬことを妄想しているらしいニューマンにも危うさを感じたのだった。数式のような理性を保ちながら、一方で、あの太平洋へ突きだす桟橋を歩いているとき、魚の鱗がついたダンボール紙の上に正座してメッカの方角へ祈りはじめた父と同じようなことが、ニューマンの内部でも起こりかけているのではないか。

「この少年は、いや、いまはもう二十二歳の青年なんだが……」

と、ニューマンは言いよどんだ。

「来ているのですね？」

「そうなんだよ」

ニューマンは窺（うかが）うような眼でジムを見た。

数分間、考えてから、

「わかりました、一緒に行きましょう」

とジムは答えた。サイエンスに意味は要らない。だが、もしサイエンスを侵食してくるほどの意味というものがあるならば、この眼で確かめてみたかった。

ニューマンは気力の衰えを恥じるようにうつむき、腕時計をはずし、受話器の前に置いた。

ホットラインの電話は、夜明けまで一度も鳴らなかった。

水色のシボレーで出発した。小雨が降っていた。楓の森を切り裂いて伸びる高速道路を、まっすぐ南下した。地図上は山脈としるされているが、ほとんど名ばかりの低い山なみをハイウェイがよぎっていく。

アイザッシュ・ニューマンは眠っていた。出発のとき助手席に坐ろうとしたが、後ろのシートで横になって休むようにジムがすすめたのだった。疲れきっているらしく、軽いいびきが聴こえてくる。週に一度、夜明けまで自殺防止ホットラインの電話の前に坐りつづけるのは、もう体力的に無理なのだろう。

青い夕闇が降りてきた。

霧雨を吸いこんだ森は、独立した樹々のかたちを失い、海綿のような一つの塊りとなって青黒くざわめいている。濡れたハイウェイは銀色の滑走路のようにつづいていく。

赤い小さな、火のようなものが闇のなかで光った。

眼だ、野生の鹿がハイウェイに迷いこんだまま、ヘッドライトを浴びて立ちすくんでいる。

急ブレーキを踏んだ。とっさにエンジン・ブレーキもかけようとしたが、タイヤが滑った。半回転して、逆向きに止まった。鹿は走り去っていた。

ジムは深呼吸した。赤い火のような眼がまだちらちらと揺れている気がした。「気をつけろよ」と、ニューマンが眼をさまして笑いかけた。「宇宙とちがって、ここらはウサギも蛇も出るんだからな」

遠くの空が、赤紫色にぼうっと光っていた。雨雲が地上のネオンを映しているのだろう。林立する高層ビル群が、ドーム状の空を支えていた。ひときわ群をぬいて高い、神殿のかたちをしたビルの頂は、霧とも雲ともつかぬ水蒸気に包まれ、そのあたりだけ水の粒子が乳色の暈(かさ)をつくっていた。

光りのジャングルに入った。

いびつな半球のかたちで片側だけ青く輝いている惑星の、闇の部分からくるこの都市の光りを見たことがあった。宇宙から見ると、それは小さな輝点にすぎないが、夜の側で眠りこんでいる半球の脳がその一点だけ、強く覚醒しているような印象があった。

「コーヒーを飲みたいな」

と、ニューマンが起き上がった。

盛り場の近くで車を止めた。雨はやんでいた。濡れた路上に、ソニーや、ホンダ、ニコンのネオンが映っていた。この街のどこかに不思議な力をもつ東洋人の青年がいるはずだが、たぶん、明日は会えるだろう。

足もとが鏡のように明るかった。

「ねえ、ねえ、あたしを知りたくない？」

「遊ぼうよ、ねえ」

娼婦たちや、性転換したらしい声に誘われるたびに、種の声が聴こえてくる。

洞穴をおもわせるポルノ映画館の入口から、もつれあうあえぎ声、うめき声のさざ波が洩れてくる。眩しいショーウィンドーには、鞭や、レースの下着、空気でふくらみきったダッチワイフ、赤い唇をぱっくりとひらいた金髪の生首、桃色のペニス、黒いペニスがひしめき、この惑星の解剖室にみえた。

盛り場を埋めつくし、ゆっくり波だっていく群衆のなかを歩いた。

見えない雨のように素粒子が降りそそぎ、たったいまも、宇宙線が頭蓋や脳をつらぬいているはずだ。

「ねえ、吸ったげるわよ。あたし巧いよ」

十九かそこらの混血らしい娼婦に腕をつかまれ、ジムは立ち止まった。一定の周波数をもつメッセージ電波を、いま全身に浴びているような気がしてならなかった。

# 第三章　出　会　い

「おはよう……」

窓ぎわに立ち、ジローはよく独りごとを言うようになった。いい朝だね、こんなに朝が待ち遠しいなんて知らなかったよ。

その日の世界への挨拶だが、呟くことはいつもちがっていた。いい夢を見たよ、と呟きかけて、あの夢のなかを明るく照らしだしている光りはいったいどこからくるんだろう、暗い頭蓋のなかにどうやって光りを採りこめるんだろう、不思議だな、と思うこともあった。

高層ビルの森に射してくる朝日がガラス窓に映り、さらにべつの窓へと乱反射して、中空でいっせいにきらめいている。薄青い谷底の通りにも、氷河が溶けだすように光りの洪水が満ちはじめる。子供部屋の窓からいつも眺めていた、なつかしい朝の景色だった。

水を滴らせる路上の消火栓や、電話ボックス、空壜まで、くっきりと長い影を曳いて起ち上がり、その影の噴出力で光りの方へ飛んでいこうとしている。ジローも空壜にしがみついて飛んでいきたかった。なぜだろう、光りを見るとほっとするのは樹上で暮らしていた頃からの暗闇への恐怖のせいだというが、ほんとに、それだけなんだろうか。この宇宙にまき散らされている種は、昆虫たちが街灯にひき寄せられてしまうように光りに郷愁を抱き、最初のプラズマの海へ泳ぎ帰りたいんじゃないか。

ジローは鉄格子の隙間から手をつきだし、光りのシャワーを浴びる。掌のアンテナからエネルギーを吸い込むのだ。

猿のことが、よく憶いだされた。

まだ仲むつまじかった家族三人、動物園にいったことがあった。日曜日だった。人ごみで迷子にならぬよう「ジロー、ジロー！」と呼ばれるたびに、だれかが隠れんぼしているような気がした。もう一人に呼びかけている父母の無意識が、それとなくわかったのだ。兄にあたる第一子は、生後まもなく早世したのだという。だからひとりっ子なのに、次男のしるしの「ジロー」という名がつけられたのだ。

「ジロー、象さんよ、象さんがいるよ！」

若々しい母の声が聴こえてくるが、春の動物園にみなぎる不穏な気配に、ジローはおびえていた。巨大な虎が狂ったように檻の中をぐるぐる回りつづけている。放尿するたびに、水しぶきの霧が檻に満ちる。極地のオオカミも、豹も、もう吠えることをあきらめ、鬱屈し、深い悲しみを湛えていた。ゴリラたちは黒山の見物人を無視しようと、そっぽを向いて腕組みして、春の日射しを浴びながら絶望的にいらだっていた。人びとは無邪気にカメラを向ける。癇にさわったのか、いきなり一頭が立ち上がり、水を掬ってひっかけてくる。牡ゴリラが自分の糞をつかんで見物人に投げつけてきたとき、ジローは泣きだしていた。

べつの檻に、五匹の猿がいた。

止まり木の枝から枝へひっきりなしに飛び交い、コンクリートの猿山で跳び回っていた。ジローよりも大きかった。銀色のふさふさの毛におおわれ、顔と、手足だけが真っ黒だった。木洩れ陽が降り、毛なみがところどころ豹とライオンをかけあわせた珍種みたいな、まだら模様に光っていた。

そこに一羽、小鳥が飛んできた。

雀だった。檻の中に迷いこんできたと気づかないのか、静かに枝にとまっている。

一匹の猿が、いきなり跳び上がった。ふわっと降りてきたとき、掌のなかに雀をつかんでいた。捕えてはみたものの、次にどうすればいいのか、猿は戸惑っている。爪の隙間から、雀は鳴いた。猿はきょろきょろと落ち着きがなく、眼をそむけながら、手が勝手に動きだしたというように雀の頭をコンクリートに押しつけて、捻った。首が折れた。

だらんと垂れた小鳥の頭をちらっと横目で見てから、またコンクリートに押しつけ、荒々しく擦りはじめた。ほかの四匹は、檻の片隅でおびえ、見てはならないものに眼が吸いこまれていくように息をひそめている。

羽毛が削げて、まるい頭蓋骨がのぞいてきた。

猿は素速く、口に入れた。ガリッ、と頭蓋の割れる音がした。猿はしゃぶりつづけた。小鳥の脳を味わうゆとりもなく、おどおど四方を見回している。それから、果物の種でも吐きだすように、なにか硬そうなかけらを、口からぷっと吹きだした。

嘴だった。

スプーンは、まだ曲らない。朝の光りのシャワーをたっぷり浴びてから試してみても、やはりだめだった。スプーンを手にしていても、なぜか猿のことばかり執拗にぶり返してくる。頭のなかに映写技師が居坐って、同じフィルムだけを頑固に回しつづけているみたいだった。自分の意志では、その電源を切ることができなくて、もどかしかった。

ここはトランス・グローバル社に関連する研究所らしいが、軟禁されているにひとしかった。白い清潔な一室をあてがわれているけれど、ベッドは病院用のものに見えるし、窓には鉄格子がついている。防犯用だが、ジローにとっては檻であった。一人きりでの外出も許されなかった。

二人の研究者がつきっきりで、脈搏を測り、心電図をとり、金属を曲げろ、密封したポラロイド・フィルムを感光させろと言いつのってくる。次は、掌をかざしてフロッピー・ディスクの磁気を消すという実験だった。

もう十年間、こんなことをくり返してきた。よくわからないまま防衛大学の研究室に通って、定期的に実験を受けたこともあった。ＢＢＣテレビで紹介されてからは、よく国外に招かれ、夏休み、冬休みのたび、研究者たちの家にホームステイして実験台となってきた。

脳波もよく調べられた。

ヘルメットみたいな測定器をかぶったり、頭皮に電極コードをつけていた時間の長さだったら、たぶん、だれにも負けないだろう。ああでもない、こうでもないと、研究者たちにさんざんいじくり回されてきた頭だった。「もう嫌だ！」と頭の電極コードをひきちぎったこともある。カレーライスを食べている最中、曲るんじゃないかな……と思っただけで、大型スプーンがぐにゃりと曲ってしまう十五、六歳の頃だった。思春期の力が渦巻いていたのか、身のまわりの金属という金属がびりびり帯電して、いまにも震えそうだった。自分自身が、まるで雷だった。だからけんめいに自己制御しようと、ふつうより妙に早く大人びてしまったような気がする。いや、逆かもしれない。成長するにつれて失われるという力を二十過ぎまで保ってこられたのは、自分がふつうよりも子供っぽかったという証拠かもしれない。

「全脳から$\alpha$波が出ているようだ」

「ふつう、後頭部から出るはずだが……」

しきりに不思議がる研究者たちのささやきが聴こえてくる。

ジローは頭皮に電極をつけたまま、ぼんやり目を瞑っていた。いまスプーンは曲らず、磁気も消せないのに、八ヘルツから一四ヘルツの脳波、α波だけは出ているらしかった。

「スプーンが曲るときはかならずα波が出るらしいが、α波が出たからといって曲るとはかぎらないわけだな」

「脳波グラフだけでは、わからんな」

埒があかない、手がかりもつかめない、と二人の研究者はじれったそうだ。

次は、もっと精密な検査のできる大学病院あたりへ連れていかれるだろうと、ジローには予想がついた。地震計みたいに波うつ脳波グラフだけでなく、コンピューターを使った三次元映像の新しい脳波測定機で調べようとするはずだ。十代の頃はずっと、そんな実験にひきずり回されてきたのだった。選ばれた者、特殊な者であるというおごりが生じなかったはずはない。物質一辺倒の世の中で、心の力といったものを実証すること、それが使命のつもりだったけれど、まわりからは鼻もちならない嫌なガキだと思われていたんだろうな。

病院へ連れていかれたのは、二日後だった。

長い廊下を歩いていくとき、薬品の匂いのなかに、かすかに獣の匂いが混っていた。

実験用の動物たちの匂いだろうか。訝りながらドアをひらいた瞬間、ジローは立ちすくんだ。

そこに猿がいた。

プラスティックの帽子をかぶっていた。いや、ちがう。猿の頭は、上の部分だけ頭蓋骨が切除されて、透明なプラスティックの蓋がかぶせてあった。灰白色の脳が透けて見えた。もろく崩れやすい豆腐のかたまりのようなものが、脳膜に包まれ、かろうじて形を保っていた。赤紫色の血管がくっきりと浮きあがり、紫キャベツの葉脈のように脳全体を抱きかかえていた。そのせいで、灰白色の脳がうっすらとピンクがかって、息づいてみえる。

大脳皮質の襞には、電極が植えこまれ、十本ほどのコードがにょきにょきと脳から生え、プラスティック頭蓋の小さな穴をぬけて、脳波測定機に接続されていた。暴れて脳からコードをひきぬいたりしないよう、猿の手足は、鉄パイプの箱型の檻に固定されていた。まるで鉄の拘束衣だった。そこから首だけ突きだして、うつろに眼をひらいている。

「…………」

ジローは思念で語りかけてみた。スプーンを曲げはじめると、庭の犬が急に吠え、猫のやつは急に興奮してジローの足におしっこをひっかけたりする。動物たちとは、どこか波長が合うらしい。

だが、その猿はまったく無反応だった。打ちのめされ、もう恐怖に対して身がまえようともせず、鳶色の眼をぼんやりひらいている。意志もなく、記憶も失いかけて、植物状態化していくまぎわの、最後の悲しみを湛えているようだった。

猿とジローが向き合ったとき、研究者たちは素速く、測定機のスクリーンをのぞきこんだ。猿の脳からくるさざ波を見ようとしているのだ。

「…………」

ジローは目を瞑った。すうっと糸をひいていく涙が冷たさでわかった。悲しかった。その猿こそ、いまの自分だった。あと何日生き延びられるかわからない脳を、プラスティックの人工頭蓋ごと、ひとおもいに、ガリッ、と噛(か)み砕いてやりたかった。測定機も、観察者たちも、この世界ごとひねり潰してしまいたかった。そんな凶暴な思いが噴きだしてくるのをとどめようと、ジローはぐっと顎をひいた。

電源が切られた。猿は長いコードをひきずり、鉄パイプの檻ごと別室へ運ばれていった。

つづいて坐らされたのはジローだった。頭皮に固定された電極の冷たさが、焼け火箸のように熱くも感じられた。実験は失敗だった。α波はついに最後まで現われず、一四ヘルツよりも高いβ(ベータ)波が、青く凍りついたギザギザの山脈のように猛(たけ)り、激しく起伏していくだけだった。

研究所のドアがノックされたとき、うなだれていたジローは、首をもたげた。ドアの向こうに、強靭（きょうじん）な意志が立っている気がしたのだった。

白髪のがっしりした体つきの紳士が入ってきた。かつては精悍だったらしい顔を、歳月の波が洗い、ごつごつした知的な突起をやわらげていた。眼に、ためらいの色があった。

つづいて入ってきたのは長身の黒人だった。いや、黒人と意識したとたんに、皮膚はただの被（かぶ）りもので、人種のちがいなど、ただ外見上の個性のようなものにすぎないと感じさせる、静かな意志力がみなぎっていた。

「アイザッシュ・ニューマンです。電波天文学の……」

と白髪の紳士は挨拶した。

「ジローです、ジロー・アリマ」

たがいに握手しながらも白髪の紳士は、ここに来るべきだったかどうか、まだ、ためらっているふうに見えた。学問として認知されていない、いかがわしいものに関わりかけた学者の、当然の迷いだった。

「ジェームズ・ビームです。よろしく」

長身の黒人は、それ以上単純化しようのない、いっさいのニュアンスをそぎ落とした口調で言った。ひんやりと眼を瞠いている。なんの先入観もなく、視野の受容力をゆったりとひらいて、ただ見ようとしている眼だ。

　それから、黒人に対して無意識に身がまえている研究者たちの緊張を解こうと、さりげなくつけ加えた。

「わたしは、空軍のテスト・パイロットでした」

　くすっとジローは笑った。教科書の「アイ・アム・ア・ボーイ」という一行目を、生まじめに棒読みしているように聞こえたのだ。笑いはすぐに飛火して、ジムと呼んでくれ、と黒人は明るく言った。その大きな黒曜石のような眼に、自分がなんのゆがみもなく、くっきり映っているとジローは感じた。

　ニューマン教授はまっすぐジローと向きあうのを先延ばしにして、研究者たちの差しだすデータを検討しはじめた。左前頭葉から電波が出ているかどうか、まずそれを知りたがった。何ヘルツなのか、周波数をしきりに確かめている。

「ごらんのように、送念によって光量子の湧出（スパウト）が起こっているようです」

　研究者たちはポラロイド・フィルムを感光させたときのデータをさし示した。防衛大学やスタンフォード研究所で実験を受けていた頃の、古い記録らしかった。

「この光起電性は、明らかにダイオード整流の通説に反しています」

　次々に資料を示し、サイコキネシスが電磁場空間にあらわれる場合、このように……と、複雑な数値の部分を指さしている。

　かつての自分についてのデータなのだが、ジローにはまったく理解できなかった。身

の置きどころもなく、ぼんやり突っ立っていると、

「どう、この街、気に入った？」

ジムが明るく話しかけてきた。

「昔、住んでいたんですよ」

「ほう、いつ頃？」

「四歳から、十三の頃まで」

「じゃあ、なつかしいだろう。あとで散歩でもしようか」

「えっ？」

いいんですか、と眼を輝かせたジローの立場を察したのか、ジムは不審気に室内を眺め回した。

市販のカセット・テープや、ＣＤ、フロッピー・ディスク、酸化鉄をまぶした金属円盤などがあった。

「…………」これはなんだね、とジムは眼で訊ねた。

「磁気を消せるかどうかという実験です」

「わかっているのかね、なにをやらされているのか？」

ジムの声に厳しさがこもってきた。

「…………」

ええ、百も承知です、とジローも眼で応えた。なにもわからないままモルモットのよ

うに扱われていた頃とはちがう。もしテープやディスクの磁気を消せるとすれば、コンピューターを破壊するにひとしいことぐらい、もう想像がつく。

ニューマン教授が、ジローの方に歩み寄ってきた。準備体操を終えてから、波打ち際へおそるおそる近づいてくるような足どりだった。

「スプーンを曲げはじめる以前のことを聞かせてくれないかね」

「たとえば？」

「似たようなことが、以前にも起こったかどうか」

「ぼくは、野球が好きで……」

「ほう、わたしも好きだよ。メッツのファンなんだ」

「キャッチボールなんかやってると、ほら針金やクギなんかがよく落ちてるでしょう。あ、危ないなと思っていると、その針金がくるくるっと丸まってよけてくれるんです」

「なるほど」

「でも子供だから、べつに不思議なことだと思ってなかったんです。ミニカーなんかで遊んでいて、トンネルに入るでしょう。トンネル、トンネル！　と叫ぶと部屋の電気がぱっと消えて、また点くんですね。それもトンネルだから当り前だと思ってました」

「当り前のことじゃないと気づいたのは？」

「十三のときです」

「きっかけは？」

「トーキョーに帰ったとき、テレビでスプーン曲げの番組を見たんです。まわりの大人たちはみんなびっくりしていました。これ、不思議なことなの、ぼくにもできそうな気がする、と言ったけれど、だれも相手にしてくれなかった。それで、台所のスプーンを持ってきて試してみたら、かんたんに曲ってしまったんです」

「…………」

「ぼくだけじゃなくて、その頃、日本中の子供たちが大勢、曲げちゃったんですよ」

「うん、ヴィデオを見せてもらったよ」

ジムが隣りから支えるように言った。

「ところで……」ニューマン教授は、ためらいながら切り出してきた。「きみは宇宙の意識体とコミュニケートしているそうだね」

「ええ、昔のことですが」ジローは慎重に近づいてくる知性を感じながら、どう応えていいかわからなかった。「最近はないんです、残念だけど……」

「どんなふうにコミュニケートするのかね？」

「電波みたいなものがやってきて、イメージが見えてくるのです」

「…………」

波打ち際から爪さきをひっこめるように、ニューマンは退いていった。

電波がくる、というのが統合失調症の典型的な症状であることは、ジローもよく知っていた。

「いや、そんな気がするというだけかな、幻覚かもしれないし」

「で、その電波を送ってくる相手というのは？」

「よくわかりません」

「つまり、その……、宇宙の知性体みたいなものと考えていいのかね？」

「……ちがうような気がします」

「というと、あれ、ということになるのかな」

「いえ、人間がイメージするような超越者とかいったものじゃないそうです。人格的な存在でもないと言っています。そう言っていたような気がします」

「名前は？」

「名前というものもないけれど、ないと困るだろうから、一応こう呼べばいい、という約束はあります」

「それは……、わたしも一応、それということにさせてもらうよ、いいかね？」

「もちろん、ＯＫだと思います」

「知性体でないとすれば、いったいなんだろうか」

「うーん、どう言えばいいんでしょうか、知性体ではあるけれど、個ではなく、意識の複合体のようなものらしいんですね」

「複合体？」

「ええ、まだうまくキャッチできないんですけど、ヒトの意識もやがて複合化していくそうです。個でありながら全体であるような、そうした意識の複合体が宇宙にはいっぱいあって、それもただの一つにすぎないんだそうです」

「つまり、宇宙の超文明ということかね」

「わかりません。ぼくは受信機として、まだ鉱石ラジオみたいなものです。だから、言葉にしようとすると、どうしても無理が起こるんです。イメージとしてやってくるのは一冊の本みたいな全体なんです。そのページを一枚一枚めくっていくとき、時間が起こるみたいで……」

「認識のプロセスが時間だということかな」

「うーん」

「で、宇宙そのものについてはどう言っているのかね？」

「宇宙はこの一つだけではなく、ほかにも無数にあって、無のなかに湧いてくる泡みたいなものだと……、そう言っていたような気がします」

「ビレンキン理論だ」

「え？」

「アレキサンダー・ビレンキン教授の説なんだがね」ニューマンの声が、やや熱を帯びはじめた。「宇宙の外側からこの宇宙がどうやってできたか想像することはできないが、できると仮定するならば、無、つまり量子的なある自由をもった真空があって、その虚数時間で宇宙は生まれたり消えたりしているというんだ。虚数時間を実時間につなぐことは以前から知られているんだがね」

「………」

「この状態は、小さな泡の集まりのようなものであって、それぞれの泡が一つの閉じた宇宙だというわけだよ」

歳月に洗われたニューマンの穏やかな顔に、ごつごつした突起がのぞきはじめた。なんのことかジローにはわからないが、そのイメージだけは視える気がした。

ニューマンはさらに、量子的なゆらぎによって無からトンネル効果で生じるのが宇宙であるということ、その泡はすこし膨張してはすぐに崩壊するが、ある臨界的な大きさに達すると膨張をつづけていく、といったことを熱っぽく語りつづけた。

「ドクター」

と、ジムが苦笑まじりにさえぎった。

「………」

ニューマンはわれに返り、ちょっと大人げなかったと恥じるように口をつぐんだ。

「意味を過剰にとりすぎると、まずいような気がします」ジムは遠慮がちに言った。

「原子レベルの電磁力みたいなものかもしれませんから」

「そうだな」ニューマンはうなずいた。

「ところで、スプーン曲げを見せてもらえないだろうか」

「いま、できないんです」ジローは首をふった。

「いや、いいんだよ」

つらそうな顔のジローに笑いかけながら、じゃあポーカーでもやろうか、とジムはポケットから新しいカードを取りだし、鮮やかな手つきで切りはじめた。そのカードを準備してきたのは決して猜疑心(さいぎしん)からではないことが、ジローにはわかった。陽だまりの岩がうっすらと熱をふくむような、感情をぬいた温(ぬく)もりが感じられたのだ。

「ロイヤル・ストレート・フラッシュができる確率を知ってますか？」

ジムは、ニューマンに語りかけた。

「さあね」

「正確には思いだせないけれど、六五万回に一回だったと思います」

配り終えると、手持ちのカード五枚の裏側をジローに向けて、赤と、黒と、どちらのカードが多いか訊いた。

「赤」

とジローは言った。目を閉じて陽だまりのほうへ掌を向けたときに感じる仄かな温もりのようなものが、裏へ沁(し)みだしている気がしたのだった。暖色と寒色にカードがわかれていた。

「その赤いカードを引いてごらん」

「…………」

ジローは三枚を引きぬいた。すべて、赤であった。

ジムは残りの二枚を開いてみせた。もう一枚、赤が残っていた。それからテーブルに積んであるカードの一枚目を引いて、赤か、黒か、と訊いた。つづけて二枚当り、失敗を一回はさんで、次は四枚つづけて的中した。色のちがいだけでなく、うっすらとかたちが透けて見える気もした。

ジローはしだいに熱中して眼を凝らした。うんざりするほどくり返してきた初歩的な実験にすぎないが、送信してくる電力、送信者のエネルギーが、これまでとは桁ちがいに強く感じられたのだ。

眉間の上のあたりがむずがゆかった。ふっと顔を上げると、ジムが眉間を見すえていた。いや、見ているのではない。眼球をプロジェクターのレンズにして、なにかを投映しようと試みているらしかった。

ジローは目を瞑った。脳内の光りをレンズで集めてものを焦がすように、裏側から眉間に集中した。頭蓋の彎曲(わんきょく)しているあたりが一点だけぼうっと発熱して、やがて黒が視えた。カードの黒とはまったくちがう、寒色のきわまった漆黒だった。深い奥行をはらみながら、中心もなく、遠近もなく、息づまるほどの密度の黒が圧倒的にみなぎっている。そう、夢の崖っぷちからえんえんと落下していくときの暗黒……。けれど夢のなかでは自明なはずの、上下の感覚がなかった。前後もなく、左右もなく、充満する闇の斥力(せきりょく)のようなもので、ふわりと宙吊(ちゅうづ)りになっていた。動かそうと思えば、手足はなんの抵抗もなく宙を素通りしていく。ほんとうは存在しない、幻肢のように動く。眼だけは、まだ残っていた。意識そのものが結晶したような眼球だった。自我もあった。それでいて個我以上のものであろうとする透明な意思のようなものが、ふわりふわり漂っていく。

水色のシボレーに乗ってダウン・タウンへ向かった。

雪の日によく滑ってころんだ小学校の、コンクリートの校庭が見えた。あそこの窓の教室で、算数の時間はいつも別メニューの方程式を解かされていたっけ。クラスに一人だけの日本人だから、よくいじめられたな。青い痣だらけになって下校するとき、迎えにきてくれた母に、「なにも訊かないで!」と、まっさきに言ったこともよく覚えている。校門前の通りを走りぬけた。エスニック料理のブームに乗って、チェーン・レストランを拡大することに忙しかった父の車が、ここに時々とまっていたな。母子家庭となり、その母が働きに出た日本語学校はもっと北の、ハドソン川の向こう岸だった。

「左、左」

ジローが言うと、左折禁止の標識さえ無視しかねないふうに、ジムは忠実に左へ曲ってくれる。

アパートの外装の砂岩はきれいに水洗いされて、入口のドアも真鍮とガラスに変わっていた。見上げるのが怖かった。エレベーターもない古いアパートで、六階まで磨りへった大理石の階段がつづいていく。ドアをあけると、壁の左側に、ガス灯時代のガス管の突起が残っていた。廊下を右へ曲った突きあたりが、子供部屋だったな。

「………」

掌のなかで小鳥を握りつぶすように、もういい、とジローは首をふった。

ジムは無言のまま、水色の車を走らせていく。まっすぐ南下して、チャイナ・タウンの迷路にさしかかると、ゆっくり散歩するような速度になった。

「銀宮酒家」「天馬旅行公司」「麺」「粥」「電視」といった文字が、次々に眼に飛びこんでくる。「牙中心」というのは歯科医のことだろうか。「電光一撃」というポスターを貼りだした映画館のすぐ隣りに、「虎爪派」というカンフー道場の看板を見つけたとき、ジローはふっと目をうるませて笑いだした。

漢字を読めるはずがないのに、ジムもつられて笑っている。こんなふうに閉じこもっていてはいい結果が出るはずがない、気晴らしが必要だ、と研究者たちを説得してドライヴに連れだしてくれたのだ。

街角のあちこちに、ヘブライ語の看板が目立ちはじめた。今度はニューマンがなつかしそうな顔になった。

「そこで止めてくれ」

ニューマンが目ざす店の前には、樽(たる)がならんでいた。複雑ないい匂いがした。胡瓜(きゅうり)が漬けこまれていた。

「これこそ、本物のピックルスだよ」
この街で生まれたというニューマンは歩きながら齧（かじ）り、旨（うま）いぞ、としきりにすすめてくる。

小さな店が軒をならべ、ドアというドアに秘密の暗号のようなヘブライ文字があった。埃（ほこり）だらけのショーウィンドーには、ユダヤ教徒だけがかぶる小さな円い帽子が飾られている。磨きあげた花崗岩（かこうがん）にダビデの星を刻んだ墓石屋も多い。八本に枝わかれした燭台（しょくだい）も売っている。「ハヌカー」という儀式の日に使われるものだという。

「過越祭（ペサーハ）というのは知っているだろう」

モーゼのエジプト脱出を記念する儀式のことだと説明するニューマン自身が、この街や民族性から脱出したかったのだと洩らしているふうであった。

半地下の店もあった。布の切れはし、花瓶、ラビの服を着た古いマネキン人形、変色した銀器、紙クズの山……。時間が凝（こご）っていた。丸坊主に刈りあげ、鬢（びん）のところだけ長く伸ばしている老人と、白い髭（ひげ）の老人が、橙色（だいだいいろ）の夕陽が射す半地下でひそひそと語りあっている。

この街で生まれ育ったニューマンが、なぜ天文学者になろうとしたか、なぜ地球外知性体という、出会えるはずもない他者をさがそうとしているのか、ジローはなんとなく腑（ふ）に落ちる気がした。

果樹園（オーチャード）、という名の通りを北へ歩いた。
通りには小さな衣料雑貨店がひしめき、軒さきにはシャツやジャケットなどが、ぎっしり吊るされていた。満艦飾の旗か洗濯物みたいだ。初夏だというのに毛皮のコートや革ジャンパーもひるがえっている。山高帽にフロックコートという黒ずくめのユダヤ人たちが、洞窟のような店の奥から、明るい通りを眺めている。屋台のかき氷屋、熟れすぎた果実の甘酸っぱい匂い、街角に立つ褐色の娼婦たち。どこかの窓からジャズを練習するサックスの音が降ってくる。隊商たちが憩うオアシスの街、あるいは古い寺院の前をおもわせるにぎやかさが、たまらなくなつかしかった。忘れてはいない。金持の子供たちが多い英才児教育のジュニア・ハイスクールに入った頃、学校で恥ずかしい思いをしないよう、いじめられないよう、母がこの通りによくジローを連れてきて格安の服を買ってくれたのだった。

家族連れでこみあう大衆レストランに入った。壁にかかる時計は六角形で、文字盤の文字もヘブライ語だった。

神々が男根の大きさでも競うように高みから無数のソーセージがぶらさがり、戦場にいる息子にサラミを送ろう、という黄ばんだビラも飾られている。イースト菌をぬいた種なしのパンと、神のペニスを輪切りにしたみたいなサラミを食べた。

ジムはほとんど口をきかず、ニューマンひとりが饒舌（じょうぜつ）だった。

「さっきのピックルス屋からちょっと離れたところに、図書館があったんだよ。小さな図書館だがね、ヘブライ語やイディッシュ語の本もあったな。いつも星や宇宙の本を借りてきて読んでいたよ。油くさくて狭くるしいアパートだった。夏の夜はよく屋上へ逃げだして、鳩の糞だらけのところから星空を眺めていた。そして、よく考えたよ、あの星のどこかに宇宙人がいるんじゃないかと。そういうこと、考えたことがあるだろう」

「ええ、わたしもアマチュア・ハムに夢中でしたから」

と、ジムが微笑む。

「こんなにたくさん星があるんだから、きっとどこかにいると信じていたよ。そんなふうに星を調べたりして一生を送れたらどんなに素晴らしいだろうとぼんやり憧れてはいたんだが、ありうることだとは思っていなかった。生きるということは、雑貨屋で働いたり、ピックルスを漬けたり、肉の冷凍トラックを運転したりすることだと思いこんでいたんだよ」

「………」

「ところが、大学の天文学部というところにいって勉強をすれば、天文学者というものになれるということがわかったんだよ。びっくりしたよ。そうか、そういう職業もあるのかと思ってね。それからだよ、本気で勉強をはじめたのは。ハイスクールや大学へいくには奨学金をとらなくちゃならないからね」

ニューマンは喋りながら、ジローの唇を見ていた。ジローがそれに気づき、脂のついたローズピンクの唇を紙のナプキンでぬぐうと、ニューマンはふっと狼狽して恥ずかしそうに眼を伏せた。

「実験はつらいかね？」

とジムが訊いた。まっすぐ眼をのぞきこんでいた。

「ええ」

ジローはやわらかいローズピンクの唇の磁力が、ジムに対してだけは石英のようなもので絶縁されていると感じていた。

「さっきの実験だが、わたしが何者かすぐわかったのかね？」

「いいえ」

「あなたは宇宙飛行士かなにか……と訊いたじゃないか」

「それは、あとで考えたことです。カードの実験のとき、途中から、宇宙の暗闇のイメージを送りはじめたでしょう。とても強かった。あんな強いイメージはふつう出せない。だから実験のあとで、今度は自分の頭でいろいろ考えて、この人はほんとに見たことがあるんじゃないか、ひょっとしたら宇宙飛行士なのかな、と思ったわけです」

「なるほど」

「ただ漠然とイメージが見えるだけなんです。そんな力も、だんだんなくなってきたけど」

「そうか……」ジムはしばらく考えこんでから、ぽつんと言った。「この街を出たほうがいいな」

「ええ、ぼくも自然を見たい……」

「明日帰るんだが、一緒に行くかね」

とニューマンが言った。

その屈託のない口調に、ジムは一瞬ぽかんとあきれ、それから苦笑いした。

「ドクター、まだ状況がのみこめてないんですね」

ニューマンの学者らしさをうらやむ、酷薄なテスト・パイロットの眼だ。

「では……」ニューマンは小声になった。「わたしのセカンド・ハウスはどうだろうか」

「砂漠でしたね」

「うん、石ころだらけの荒地みたいなところだが、電波天文台の近くなんだよ」

「………」

ジムはジェット燃料の計器でも見るように、ぎゅっと眼を硬くしてから、どうだろう、とジローに笑いかけた。

「でも……」

ほとんど軟禁状態に近いとはいえ、航空運賃を負担してもらって招かれてきたのに、実験を途中で放りだすわけにはいかなかった。

「わかった」と、ジムが言った。「わたしもこの街に残ろう」

近くのホテルに部屋をとり、ジムは二日つづけて研究所に通ってきた。なにも言わず、ただ実験を見まもっている。ジローの好きなフライドチキンを買ってくることもあった。研究者たちはうるさがり、しだいに拒否的なそぶりを露骨にのぞかせるようになった。黒人だからかもしれなかった。知力でやりあおうにも、ＭＩＴ出身のジムには歯が立ちそうもなく、研究者たちはいらだっている。

その二日間、ジムは宇宙センターに電話を入れて、ロックウェル、ＴＲＷなど宇宙航空機メーカーと連絡をとり、トランス・グローバル社に働きかけていた。中枢部と、直接会おうとしていたのだ。衛星通信のエージェントを兼ねるトランス・グローバル社にとって宇宙センターとの繫がりは重要なのだろう、三日目には、副社長のダグラス・イリエがレイを連れてやってきた。車を路上に待たせたまま、とりあえずの表敬訪問といったあわただしい足どりだった。

「次の打ち上げのとき、機長(コマンダー)になられるそうですが」

と、イリエは挨拶した。

「まだ決まってはいませんが、可能性はあります」

「最有力だとうかがってますよ」

「上層部が決めることです」

ジムは、空軍のパイロットの口調だった。

「ところで」

イリエは事情をよく知りつくしている笑顔で、ジローに声をかけた。

「調子はどうかね？」

「…………」ジローは首をふった。

「いや、かなりの透視力を示してくれましたよ」とジムが言った。

「ほう！」

イリエは愉しげに笑った。ふっくらとした顔に、眼が細く埋もれていく。ぎごちなかった。その眼を使って、だれかが遠くから眺めているような、あの不自然さが感じられた。

「すこし休ませた方がいいと思いますよ。どうでしょう、一週間ぐらい旅行にでも連れていきたいんですが」

「困りますな」

とイリエの口が動く。たがいに立場がよくわかっているはずではないか、と相手の大人げなさにあきれるような苦笑をつくる。

「これじゃ、いつまでたっても回復しませんよ」

「…………」

「いったい、なんのために——」

「もちろん、ビジネスですよ」

イリエはさえぎり、残念ながら今日は時間がない、いつか日をあらためて食事でも、と儀礼的に言った。

「菜食主義者だそうですね」と、レイが訊いた。

「よく知ってますね」ジムは、かすかに苦笑した。「しかし厳密ではありません。他人と一緒のときはなんでも食べますよ。シャトルのなかでは、ちゃんと宇宙食も食べますしね」

「あの固形アイスクリーム、わたしも試食しましたよ」とイリエが言った。

「いかがでした？」

「まあ一応、ストロベリーの味がしましたがね」

イリエは腕時計を見た。レイはもう椅子から立ち上がり、背すじをすっと伸ばしている。初めは痛ましげにジローを見ていたが、いまは黒曜石のようなジムの眼に吸いこまれている。

「ではまた」

イリエは愛想よく握手の手をさしのべ、グッドラック、と別れの挨拶をした。

「次の打ち上げのとき、テレビを見ていますよ」


その夜、レイが二人を夕食に招いてくれた。研究所を去ってから三十分もしないうちに、電話がかかってきたのだった。副社長のイリエから許可を得た上で、ジローに気分転換させてやろうという配慮らしかった。訪ねていくと、布地の白さだけがきわだつ麻のワンピースを着て、そこだけ鮮やかなグァテマラ織りの細い帯をきりっと巻いていた。

「以前、オーネット・コールマンが隣りに住んでたんですって」

　レイはそんなことを喋りながら料理を運んでくる。

　アヴォカドの果肉をクリームで煮てから冷ました淡い緑色のスープ、苺をふんだんに使ったフルーツ・サラダ、菜食主義者向きのホーレン草を入れたパスタ、鮭のバター焼き、琺瑯びきの白い鍋で炊いたライス。蓋のついたカップをあけると、茶碗蒸しだった。

「ごめんね、ごはん、ちょっと固かったみたい」

　レイは屈託なく笑った。七歳のときから土曜日ごとにジャパニーズ・スクールに通って、ＵＣＬＡでも日本語のコースをとったけれど、母がふつうのアメリカンだったので料理の方はよく学べなかったのだという。そこまで日本語で語ってから、ごめんね、とジムに微笑みかけ、

「ねえ、無重力ってどんな気持？」

　と共有の母国語に切りかえ、ほんの少し甘えるような口調になった。ほんとうはジムに会いたくて夕食に招いたらしい。

「ふわふわ浮かぶのがおもしろいのは、最初だけだよ」

「宇宙遊泳は？」

「すべて語りつくされているとおり」

「そんな……」

レイは二の句がつげず、憮然として、

「がんばって料理つくったんだから、そちらも少しぐらいサーヴィスしてくれたっていいじゃない。たとえば、ほら……、宇宙に一人ぽつんと浮かびながら母なる星を眺めているとき、ヒトという種から伸びてくる、長い、長い神経の先端として、たまたまここに浮かんでいるという気がした、とかね」

「わたしは理科系なんだよ」

ジムは旨そうに、淡い緑色のスープを啜る。

「じゃ、宇宙でどんな夢見た？」

「夢は、見なかった」

「嘘よ！」

とレイはむきになった。まっすぐな眼差だった。

「たしかに、夢をまったく見ないということはふつうありえない。それが脳の仕事だからね。眼をさまして忘れたということはありうる。そうかもしれない。しかし夢というのは、意志でコントロールできない混乱のあらわれだろう。無意識の混乱が夢だ。ちがうかね？　そういう意味でわたしは宇宙でも夢を見なかった」

ま、そういうことにしておこうと言いたげに、ジムはいたずらっぽく苦笑いした。わかったわ、とレイもうなずく。ジローを置いてけぼりにして、なぜか急速に親密になっていく気配だった。二人とも混血のせいだろうか。

「でも、怖くなかった？」

「いや」

「発射するときも？」

「いいや」

「ほんとに？」

「そんなことで死ぬようなら、そんな人生は生きるに値しない」

ジムは茶碗蒸しの蓋を取り、そうだろう、とジローに語りかけた。


眠れなかった。プラスティックの人工頭蓋のなかに透けていた猿の脳のように、ピンクがかった灰白色をした自分の脳が、くっきりと独立して視える気がした。

そこに記憶の宿っていることが不思議だった。つい二時間前のことも、そこにあった。水色のシボレーで研究所の入口まで送ってくれたとき、おやすみ、とレイは日本語で言った。弟を気づかう姉の声で。無言のまま、ただ力を吹き込むような眼差を向けてくるジムも、そこにいた。

交代で泊りこんでいる研究者は、ジローを迎え入れるなり、鍵をかけ、さらにポリス・ロックという鉄の突っかい棒でドアを固めてから、もう勝手はさせない、と首をふった。

その研究者まで脳の隅っこに居坐っていて、いっこうに出ていってくれない。

起き上がり、水道の蛇口からじかに水を飲んだ。ほとばしってくる水が、遠く、東京の台所の蛇口まで通じている気がした。母に電話をかけて無事でいることを知らせたいが、プラグごと引きぬかれている。電気を消して簡易ベッドに横たわった。真っ暗だった。ジムが投映してきた暗闇、冷えびえとした物理的な無に包まれている気がした。なのにしつこく、紫キャベツの葉脈そっくりの血管に包みこまれている灰白色の脳が浮かんでくる。どくどくと脈打っている。ひとりぽつんと宇宙遊泳するときも、こんなふうに、ただひたすら意識を意識しつづけるのか。五、六分ならいい。五、六時間でも耐えられるけれど、それ以上は拷問だろうな。ましていつ果てるともなく永遠につづくとなると、このやっかいな苦の種を消去してしまいたいと、狂おしいほど切実に願うんじゃないか。休もうよ、とジローは語りかける。そちらも疲れているだろうから眠ろうじゃないかと語りかけても、脳は勝手に、べつのことをしきりに思い浮かべている。

純白の雪の上で、やわらかい塊りが、白い触手、黒い触手をのばして包みあい、さらに、さらに可能なかぎり癒着しあおうともがき、ひとつの塊りになりかけて蠕動していた。夢のなかにも漂ってくる匂いのように、音が聴こえてくる、白い塊りの細胞という細胞がしだいに熱をおびてくる声……、髪も静電気をおびてふるえ、黒い手がそれを撫でさすっている。雪の色のシーツに黒い男はあぐらをかき、その広々とした膝の上にまたがった女が快楽の激しさに耐えがたいというように白いからだを浮かして逃れかかり、また深々と沈めていく。

黒いからだは動かない。黒い仏像の姿勢のまま、性器をそそり立たせて、膝の上でゆれるレイの腰を抱きよせ、奥深く入り、そこが生殖器でもいい、世界の一角に押し入っているのでもいいというように、静かに、背すじを伸ばしている。白いからだが撓り、栗色の髪がシーツにひろがっていくと、黒い片腕でその腰を抱き支えながら、一方の手で乳房をもみ、ローズピンクの乳首を口にふくむ。

ふっと、ジムは顔を上げた。自分を見つめているだれかの眼を感じたように、怪訝そうにあたりを見回し、いや、気のせいだ……とつぶやく顔で、乳首を吸う。口を離し、舌さきで愛撫しながら、幻の眼をさがすように宙を追い、考えている。ジムはふたたび背すじを起こし、撓ったままのレイを膝の上でリズミカルにあやしながら、見すえるようにふり向いてくる。視ているジローの眼が砕けそうな強い視線がきた。

——ジロー、ジローなのか？

その問いかけが、視ている脳を炙る火のように吹き寄せてきた。ジムは見つめ返す。裏から透けて見える鏡の、その裏側に隠れているジローを見きわめようとする眼差だった。

——そうか、見ているのか。

彎曲した頭蓋の昏い内側、夢の出現するところに現われているジムが、それを見ているジローに語りかけてきたのだった。ジローは泣きだしたい気持をこらえていた。夢のなかの人物に、救けて欲しい、ここから外へ連れ出して欲しいと言いつのりたい無力さがつらかった。

——わかった。

夢を見ているその頭蓋のなかへ照明弾を打ち上げるようにジムは笑った。

# 第四章　砂漠へ行こう

「砂漠へ行こう！」

　ひっさらうようにジローを乗せて、水色のシボレーは走りだした。早目の夕食のため通りへ出たときの、あっという間の出来事だった。まだ路上に立っている研究者たちの姿がバックミラーに映っているが、アクセルを踏みこみながら、ジムは微笑んでいる。

　高層ビルの谷を走りぬけ、川の水底を潜る(くぐる)トンネルにさしかかったとき、冗談ではなく、本気で砂漠へ行こうとしていることがジローにもやっと確信できた。

　地下ハイウェイには橙色の光りが満ちていた。長距離トラックやスポーツカーが、ほとんどスピードを緩め(ゆるめ)ずチューブ型の濃い光りのなかを突き進んでいく。頭上に水が満ちていることが信じられなかった。このまま偶然のなりゆきに身をゆだねきって、どこまでも、際限もなく漂っていきたい誘惑を感じた。いや、渇きだった。

　地上の青い夕闇のなかへ飛び出したとき、ジローは州境の標識に気づいた。

「パスポートがない」

「それはレイがなんとかしてくれる」

「だいじょうぶかな、ダグラス・イリエを怒らせると馘(くび)になるかもしれない」

「わたしは独身(シングル)だからね、そのくらいの責任はとってもいいよ」

ジムは軽口をたたき、心配いらない、レイは充分大人だし、ＵＣＬＡの修士号(マスター)ももっているバイリンガルだから仕事はいくらでもある、とつけ加えた。

長距離トラックを次々にぬき去っていく。車体が震えはじめた。加速するたび背中がシートにはりつき、頸骨がうしろに反りぎみになった。地球の引力をふり切っていくときの重力加速度のＧ、骨がばらばらに砕けそうだという衝撃をジローはぼんやり想像した。

「ジュニア・ハイスクールのころ、図書館で読んだ話なんだがね——」

装甲車のようなトラックの隙間を巧みに走りぬけながら、ジムは語りだした。

中国(チャイナ)のある地方に、一頭の誇り高い狼(おおかみ)がいたのだという。敏捷(びんしょう)で、強く、獣とはおもえない狡智さがあった。あれは獣ではない、魔物なのだと村人たちは畏れて、その灰色の狼にだけは決して銃を向けようとしなかった。

ところが、ある日、ひとりの猟師が野をよぎっていくとき、偶然、その狼が交尾しているところに出くわしてしまったのだ。猟師はうろたえ、なにも見なかったふりをして、銃口を下に向けたまま足早に立ち去っていった。だが狼は、交尾中の姿を見てしまった人間の顔を決して忘れず、三年、四年、五年……、ひたすらさがしつづけ、ついに突きとめると、音もなく跳びかかり、喉笛をかみ切って殺したのだという。

「そのころ童貞でね、ガールフレンドとキスさえしたことがなかったんだが」とジムは笑いながら、「なんだかひどく感動してね、自分もその狼のように、狡猾に、ピュアに生きたいと思ったものだよ」

「こわい話だなあ」

ジローはおどけながら、ジムの眼をさぐった。

「それ以来、野生動物というのはそういうものだと思いこんでしまってね、何年かたって、サファリ・パークのライオンが見物人の前で平然と交尾しているのを見て、なんだか、怒りでからだが震えそうになったよ」

ジムは促すように微笑している。

「視たのかな、ぼくは……」

「言ってごらん」

「ほんとに視えたのかどうか、自信がない」

「そうか」ジムの声はやさしかった。「じゃあ訊くが、どんな姿勢で交尾していたかね？」

「あぐらをかいて、膝の上に抱いていました」

「………」

ジムは高速で飛ばしながら深々とうなずいてくる。夢を見ている頭蓋のなかから、わかった、と応えたあの奇妙な約束を果たそうとしているのかもしれなかった。ほんとに視えたのだろうか、もしそうなら回復できるかもしれない、力を取りもどせるかもしれない。ジローはけんめいに喜びを抑えながら、自分もその狼のように、狡猾に、ピュアに生きたいと思った。

いくつもの川を越えた。燃えかすの鉄鉱石が山をつくる工場地帯、林立する鉄骨の櫓（やぐら）、平野、森、教会の屋根から夕闇へふるえたつ避雷針……。

「ニューマン博士のところから、ずっとルート81号線だ」

自分の意志ではなく、走らされている、とでもいうようにジムが呟いた。

暗い車内でコクピットをおもわせる計器類だけ蛍光色に浮かび上がり、高度計の針のように震えていた。

夜が明けたとき、すでに三つの州を走りぬけていた。ガソリンを入れ、州境のレストランで野菜スープやスクランブル・エッグを食べた。空腹のジローは、苺ジャムをたっぷりぬったトーストを五枚もたいらげた。

小麦畑、トウモロコシ畑の平野をひたすら走りつづけた。テネシー州の真ん中でルート81号線が尽きて、40号線に変わった。ゆったりと流れる深南部の川を越えたときは、すでに日が暮れかかっていた。そのまま青い夕闇のなかを突き進んでいく。国際運転免許証を手もとにもっていないジローが、代ろうか、と遠慮がちに申し出ても、ジムはただ首をふるだけだった。スペースシャトルの次期機長（コマンダー）に有力視されている立場上、わずかでも法を犯せないのだろう。ハイウェイわきのレストラン駐車場で、一時間ほど仮眠をとり、また水色のシボレーを走らせていく。空軍のテスト・パイロット時代から苛酷な訓練をつづけているのだろう、四十二歳だというのに驚異的な体力だった。

　青空が硬くみえる都市にさしかかった。

　陽炎のたつ滑走路のような大通りの向こうに、黄褐色の山なみがそびえ、草も木もないむきだしの岩肌が光線をはねていた。交差点からべつの方角を見ると、ビル群の尽きるところに荒地が口をひらき、ひっそりと道を吸い込んでいる。空中でカーブする高架式のハイウェイがトルコ石の色をした青空を切りぬいていく。どこか見知らぬ惑星に建造された、中継基地のような都市だ。

　がらんとした、むやみにだだっ広いレストランで、炭火焼きのチキンを食べた。これから当分、タンパク質が摂（と）れなくなるから、とジムがすすめてくれたのだ。指や口を脂だらけにして、若鶏（わかどり）のあばら骨から肉をむしり、とろけそうな腿肉（ももにく）を頬ばった。恥ずかしくなるほど旨く感じられた。一羽まるごと食べてしまった二十二歳のジローを見て、ジムは微笑み、われわれはやはり肉食動物でもあるんだよ、と自分の犬歯を指さきで示した。

明るい光りが降り、窓に吊るされたゼラニウムの葉脈が緑色の血のように美しく透けていた。ジムの指にはめられているラピスラズリも青々と輝いている。その石は、オリエントでは瑠璃と呼ばれていると語りたかったけれど、その言葉のもつ微妙な響きは伝えられそうになく、もどかしかった。

ジムは指輪をぬきとってジローの掌にのせ、ニューマン博士から記念として贈られたいきさつを、はにかみながら語った。まだ試作段階のジェット戦闘機に乗るときも、宇宙を飛ぶときも、けっして手離さず、大切に持っていったのだという。

アリゾナの州境まであと二五〇キロだが、砂漠にあるというニューマン博士のセカンド・ハウスは、そこからさらに二五〇キロほど西の方だ。三日半まともに眠っていないジムはさすがに疲れたらしく、

「映画館に入って、ちょっと仮眠をとりたいんだが、いいかね」と訊いた。

「もちろん」ジローも少し眠りたかった。

風に運ばれてきた砂粒がうっすら降り積もっている通りを歩き、映画館をさがした。目につくのはほとんどポルノ映画館ばかりだった。入ろうよ、とジローは言った。疲れているジムを少しでも早く休ませたいし、ハードコアのポルノを見てみたい気持もあった。

ジムは館内の厚い扉をひらきながら、

「宇宙空間でウェット・ドリームを見たと自慢している飛行士がいるんだよ」

おかしそうに語り、わかるかね、と眼で訊ねた。

「………」夢精のことでしょう、とジローも眼で笑った。

「まったく、すごいやつだよ」

ジムはぼやきながら扉を閉める。

暗がりの向こうで洞窟の入口のようにスクリーンが光っていた。青空や風景ではなく、投映されているのは裸体だった。オレンジがかったピンク色の大陰唇がひらき、真珠のネックレスを奥へ押し込んだり、ひきぬいたりしている。なんだか海亀の産卵でも見ているようで現実感がなかった。全裸の女性がふたり逆さまに重なりあい、透きとおった魚卵のようにねばつく真珠を舐めながら、金褐色の恥毛をまさぐり、赤い爪を入れる。

ジムはすぐに沈みこむように眠った。ジローはむろん、目を瞠いていた。

足もとの通路にそって、玉電球が床に埋め込まれ、スクリーンから伸びてくる幻の道のようにきれいだった。ハイヒールをはいた女たちがそこを往き交い、囁き、座席の間にうずくまって男たちの性器をくわえ、夢精のようにほとばしってきたものを床へ吐き、ゆらりと起ち上がり、唇をぬぐい、また暗がりでそそり立っている性器のひとつを口にふくむ。

暗がりを眺め回すと、頭蓋の内側のような最深部、光線の束が宙へ伸びていく映写室のあたりにも人びとが群らがり、立ったまま、あるいは跪き、声もなく、たがいに愛撫しあい、手すりにもたれ衣服をずりおろしている人影のうしろに幽霊の行列のようなものが黒々とならんでいる。

ジローはびっくりして、性器を固くしたままスクリーンに目を凝らした。闇のなかを突き進んでいく宇宙船のフロント・グラスのように、そこだけが開かれていた。軌道上から大気圏へ再突入していくとき、すさまじいスピードで地球がぐんぐん近づいてくる、とジムが語っていたな。このスクリーンいっぱいに拡大されてくる青い水の惑星……。ジローは視ようとした。密封したポラロイド・フィルムを感光させて像を焼きつけるには、強い、鮮明なイメージをもつ必要がある。だから十三歳のころから、だれに教えられたわけでもなく、無意識のうちに、たえずイメージを強化する訓練をつづけてきたのだった。

いま隣りで眠っているジムの眼に映ったはずのものを視ようと、ジローは肉眼をひらいたまま、近づいてくる、近づいてくる……とイメージを誘導した。雲をまといつかせた青い水の惑星が視野をおおい、すさまじい速さでぐんぐん巨大化してくる。凍りついてはいなかった。青い水のすみずみまで有機物があふれ、たしかに呼吸していた。どろどろの熔岩を内部に閉じこめたまま、水がみなぎり、風穴のように火山が息吹き、魚、森、獣、ヒトがひしめく有機物のかたまりであることが、ありありと感じられた。欠けるものはなにもなかった。過剰なほどの悪意や、愛があった。テレビ電波が笑っている。密室からちっぽけなアンテナの触手をのばし、情報の霞(かすみ)を食べつづける孤独な意識がいたるところに満ち満ち、スプーンを曲げて悦に入っていた嘴の黄色い自分の言葉も、二〇〇メガヘルツの電波となって放射されていたこともよくわかった。戦争、小鳥の頭蓋をガリッ、と噛み砕く猿のいらだち、プラスティックの人工頭蓋をかぶせられた灰色がかった脳の悲しみ、あらゆる孤独、渇きが、青い水の惑星に充満していた。イメージの誘導をゆるめると、スクリーンに映る乳房、金褐色の恥毛、いま性器を固くしているこの場所、Albuquerqueと名づけられた街の片隅の暗がりに漂っている精液の匂い、通路をよろめいていく女たちの唇から雫となってこぼれる夢精のなごりも、すべてが等価だった。女たちが暗がりにうずくまり、また精液を吐き、足もとがぬるぬると滑る。突き進むスクリーンのフロント・グラスでは、生殖器が赤々と口をひらき、生まれたての宇宙卵のように真珠の粒々を吐きだし、うめき、火傷しそうな熱い息を吹きかけてくる。突然、フロント・グラスが砕け、炎がきた。睫毛も顔も焦げ、がくんと首をなぎ倒し、頭骨をへし折るオレンジ色の炎だった。

ジム！　と叫びそうになって、けんめいに声を抑えた。なにを見たのかわからないいま、ジローはうろたえ、あたりを見回した。頭蓋のような暗がりの最深部、夢のなかに射してくる光りのように映写室の窓から光線が伸び、黒い人影がうごめき、たがいに慰めあい、幽霊のようにひっそりと夢精を洩らし、その雫のなかにもまた世界があった。

砂漠に黄色い花が咲いていた。

なんという花なのか、ヒマワリを矢車草ほどに小さくした花があちこちに群生し、雲間から射す光りが砂漠に金色の斑をつくっている。空は澄みわたり、鉱物的なコバルト・ブルーの青空を純白の雲がよぎっていく。

地上を移動していく雲の影を追いかけ、追いぬかれたりしながら、ジムはゆっくり車を走らせていく。すでに州境を越えていた。

地図上では、desert 砂漠と記されているけれど、サハラのように砂の海がひろがっているわけではない。トウモロコシさえ育ちそうにない荒地が陽に炙られ、ぼろぼろに灼けついているだけだ。根こそぎ風にさらわれた灌木が、石ころだらけの丘をゆっくりころげ落ちていく。

黄褐色の岩山が荒地に埋もれかけては、隆起し、恐竜の背をおもわせる峰々がまた青空を押し上げていく。

草はごくまばらだが、遠くへ視線を向けるとその草が重なりあい、地平線に水がみなぎっているような錯覚が起こる。砂漠を移動していく浅い幻の湖だった。

空間を飛びつづけてきたジムは、地の感触を楽しむように静かな枝道に入り、心地よいスピードで車を走らせていく。ニューマン博士との出会いや、少年時代アマチュア・ハムに熱中していたことなどを語り、どうかこれだけは自慢するのを許してほしいと言いたげに、

「アマチュア・ハム免許（ライセンス）の、最年少記録をもっていたんだよ」

だが、つい数年前、バークレーに住む電波少年に記録を破られてしまったと楽しげに笑う。

「ジャパニーズ・アメリカンの少年でね、電波にかぎらず、コンピューターのほうも天才的で、カリフォルニア工科大学がもう目をつけているそうだ。いつか会ってみたいと思っているんだがね」

アスファルトの路上に、なにか黄色い紐状（ひもじょう）のものがちらっと見えた。

蛇だ！

語りかけていたジムの反応が一瞬遅れ、気のせいか、蛇を轢（ひ）いたらしいかすかな感触があった。数メートル走り過ぎてから、車は止まった。蛇は長々と路上にのびていた。明るい黄と黒の、発光するほど鮮やかな縞模様（しまもよう）の蛇だった。

「ガラガラ蛇かな？」

「いや、キング・スネークというやつだ」

杖（つえ）ぐらいの長さの、太い蛇だった。たしかに轢いたような気がしたけれど、どこにもタイヤの痕はついていない。汚れてもいず、やわらかく、だらりと横たわっている。死んだのか、死んだふりをしているのかわからなかった。ジムとジローは路上にしゃがみ、途方にくれながら見つめていた。陽を受ける角度によって、黄の鱗が鋭角的に独立して金色に光った。

「無毒なんだがね、ガラガラ蛇を食べてしまう唯一の蛇なんだよ」

「だから、キング・スネークなんだ」

「そう」

ジムは青い指輪をはめた左手で、なまめかしいほどつややかに光る蛇の尾をそっと撫でた。

ジローも撫でた。鱗はなめらかで、ひんやりと指の腹がはりついていく。蛇は急に目ざめたようにS字形に身をくねらせ、路上を泳ぎ、黄色い花の咲く荒地へ消えていった。


ゆるやかな勾配の登り道がつづいた。前方に山があるわけではなく、荒地全体がどこからともなく、等高線もゆったり解(ほど)けひろがったまま、空へせり上がっていく。いくつもの州にまたがるコロラド高原の南端部にさしかかっていた。陽が照りつけているのに熱が稀薄(きはく)だった。植物分布が敏感に変わり、丈の低いジュネパの木々や、ドライ・フラワーをおもわせる灰色がかった草が生え、さらに高地へいくと、紫色の花が目につきはじめた。

ルピンというマメ科の多年草だという。道のまわりにはまだ荒地が露出しているが、遠くへ目を向けると、浅い湖の錯覚をひき起こす草と同じように、濃く重なりあい、地平のあたりは、やわらかい紫のベルベットにおおわれている。熱を濾された高地の光りが満ち、紫の花は洗いたてのように清々(すがすが)しかった。

「ペインティッド砂漠（デザート）だよ」

ジムは息をのむように車を静止させた。

まさに painted 彩色された砂漠だった。高度のせいで、五月に雪が降ることもあるという。

地図をひろげた。砂漠の一点に、ニューマン博士の記した円い印がついていた。そこに至る赤い線が砂漠をよぎり、西へ折れ曲るあたりに、PHONEという書きこみがあった。

走りつづけていくと、道のかたわらにガラスの長方体が真空を閉じ込めるように、ぽつんと立っていた。目印の電話ボックスだ。

スピードをゆるめた。ナスカ平原の地上絵をおもわせる細い線が見えた。タイヤの跡が荒地に条（すじ）をつくっている。その道を西へ走った。タイヤの間にも、紫のルピンが咲いていた。水色のシボレーが揺れた。荒地の硬さが尾骶骨（びていこつ）に響いてくるのに、四方はやわらかい紫のベルベットにしか見えなかった。背後に宇宙のひろがりを感じさせる真っ青な空が、紫の地表にのしかかっている。

テスト・パイロットのころ、ジムは何度かこの上空を飛び、ペインティッド砂漠（デザート）という地名と紫色の美しさを記憶に焼きつけていたのだという。

「ここなら墜落しても、ふわっと着地して救（たす）かりそうな気がしたんだがね」

ハンドルを抑え、ごつごつした石ころだらけの荒地に手を焼きながら、ジムは苦笑いした。

赤みがかった鉄錆色の火山が見えた。

何万年も風に撫でられ、五月にも降るという雪にさらされてきたのだろう、乳房をおもわせるまろやかな円錐形の山だ。火山らしい荒々しさはもうすっかり磨滅して、山頂もなだらかだった。休火山か、死火山だろう。さほど高くはなく、高地の砂漠からゆったりと盛りあがる火口丘のようだ。いや、どう見ても、紫のベルベットからはだけた片方だけの乳房だった。

裾野は熔岩の台地で、タイヤの跡が螺旋状（らせんじょう）に半周しつつ、そこへ伸びあがっていく。車体が斜めになり、フロント・グラスに青空がなだれ込んでくる。

見晴らしのいい熔岩台地に、車で曳いていく軽金属のトレーラー・ハウスがぽつんと置き去りにされていた。それがニューマン博士の別荘（セカンド・ハウス）だった。

入口階段の下に、灰色がかった白い石があった。見たこともない珍しい石で、トレーラー・ハウスの周辺にも、ぽつん、ぽつん、ぽつんと点在している。雨ざらしのまま風化して、表面がざらついている。

「なめてごらん」とジムが言った。

ジローは訝りながら、かがみこみ、舌さきで白い塊りに触れてみた。塩の味がした。

明らかに岩塩の塊りだった。こんな熔岩台地に岩塩があるはずはない。だれかが運んできたのだろう。だが、なんのために……。

「いまにわかるよ」

ジムは目印の石を起こして鍵（キー）を取りだし、ドアを開けた。キッチンつきのワン・ルームだった。テーブルは床に固定され、ソファは組立式でベッドにもなるらしかった。シャワー室もついているが、水を補給できないせいか、ぎっしり書物が積み上げられていた。近くの電波天文台にも私室があるはずだが、たぶん独りになりたいとき、ここにやってきて夜を過ごすのだろう。

真鍮の梯子（はしご）の上に、棚のようなベッドもあった。

「シャトルのやつより、ずっと上等だよ」

ジムはなつかしそうに笑い、

「吊り棚式の二段ベッドで、七〇センチぐらいの幅しかないんだ。寝袋にベルトがついていて、浮かんだまま眠るんだがね」

出発前の宇宙船でも点検するように、生まじめにトレーラー・ハウスを調べはじめた。まず外へ出て、プロパンガスの元栓をひねった。移動中は小型のものを積んでいくはずだが、熔岩の上にドラム缶を横にしたような銀色の大型ボンベが据えつけてあった。

ジムは計器に積もっている砂をはらい、目盛りを読んだ。

「だいじょうぶだ、ガスはたっぷりある」

キッチンのガス台に火をつけ、すぐに消した。ジュラルミンらしい合金の壁から、円筒形をした誘蛾灯(ゆうがとう)のようなものが突きだしていた。紙マッチで点火すると、青い炎が立ち、まわりの石綿が熱を帯びて赤々と輝きはじめた。ガス灯だった。

「あとは、水だな……」

ジムは戸棚のものを、かたっぱしからテーブルにならべた。懐中電灯、小型ラジオ、予備の電池、コンビーフなどの缶詰類、スライスされた乾燥バナナ。

医薬品の箱を見つけると、一つ一つていねいに点検し、

「いいか、ジロー、このへんにはマウンティン・ライオンや、コヨーテや、ガラガラ蛇がいる。マウンティン・ライオンは夜行性だから、心配ない。コヨーテも、まず人間を襲わない。だが、ガラガラ蛇は猛毒だ。もしやられたら、大至急、これを射(う)つんだ」

解毒剤のアンプルと注射器のケースを示し、わかったな、と念を押した。

陽が沈む前に、缶詰のスパゲッティを温めて食べた。コーヒーを飲みたいけれど、水がなく、パイナップル缶の甘ったるい液体で渇きをなだめた。ガス灯はすぐに消した。

ぞっとするような暗闇がきた。ジムはソファ・ベッドで眠り、ジローは真鍮の梯子を昇った。寝返りをうつと、暗闇がはりついている金属壁の冷たい感触にぶつかり、宇宙船の狭い二段ベッドに横たわっている気がした。二人きりで、どこか見知らぬ惑星に不時着したような淋しさもあった。ジムが基地へ帰ったあとは、この高地の砂漠にたったひとり取り残されるのだ。ジム……、と語りかけたかったけれど、いや疲れているはず

だと遠慮しているとき、

――Have a strong will.

強い意志をもて、とジムがつぶやいた気がした。つづけてなにか言ったが、聴きとれなかった。willではなく、Have a strong dream……だったかもしれない。どちらでも同じだった。そう、強い夢をもつこと。もちろん、とジローも思念で応えた。ポルノ映画館で見た不吉なヴィジョンや、そんなことで死ぬようなら、そんな人生は生きるに値しないと言いきった声も思いだされてくる。

「水の音だ……」

二五〇〇キロ近く走りつづけてきた疲労のせいか、ジムは語りかけながら、うつらうつら眠りこんでいく。夢は見ないと言っていたけれど、そこにあるのは疲れきって幻聴を聞いたりする、ごくふつうの灰白色の脳なのだろう。

「………」

いや、たしかに水音がする。こんな高地の砂漠なのにおかしい、幻聴だろうか、耳を澄ますとさらに水音は高まってくる。風の吹く方角、風速の強弱に応じて、紫色の花が咲く荒地を幻の川が自在に向きを変えて流れていく。

夜明け前、寒さで目ざめた。高地の砂漠は寒暖の差が激しいのだろう、毛布一枚だけでは耐えがたかった。ソファ・ベッドはすでに空っぽだった。ジローは毛布をからだに巻きつけたまま、窓をのぞいた。

地と空が分離しかけていた。大地はまだ黒々としているが、光りが空中へ斜めに射しているらしく、空は明るい藍色だった。星が消えかけていた。次々に、すっと空へ吸い込まれていく。いつも意識より先まわりして、いやおうなく在る世界が、からくりのない生まれたての姿を見せはじめていた。

眉間の上に発生する火の玉そっくりの輝点が地平線からのぞいた。その光りで投映されるように、紫色の原野が出現してくる。空気が薄く澄みきっているせいか、太陽は小さく凝縮していた。

トレーラー・ハウスの外へ出ると、微小な金属粒子が凍りついていてちりちり音をたてるような冷気があった。刻一刻、その粒子が溶け、さざ波をたてていくのも感じられる。地平から身をもぎ離した太陽は、急速に、赤く膨れはじめた。

ジムは熔岩の台地をぶらついていた。ときおり、しゃがみこんで、なにか破片を拾っている。

歩み寄り、朝の挨拶を交わした。グッドモーニング、良い朝ですね、という互いの言葉が妙にまぶしく、照れくさいほど新鮮だった。

「見てごらん、二種類の粘土を使ってるだろう」

ジムは拾った土器のかけらを朝日の方へ向けた。

表も裏も淡黄色だが、真ん中の層は灰色だった。粘土で器のかたちをつくり、それから美しい淡黄色に焼きあがるべつの粘土を、釉(うわぐすり)のかわりに薄く塗りつけたのだろう。

「インディアンの土器ですね」

「そう……」

ジムはまたかけらを拾い、朝の光りを掬うようにジローに示す。荒縄を押しつけたらしい模様がさざ波をたてていた。黒曜石かなにか、鋭利な刃で刻んだらしい線もあった。

「ちゃんと調べるとわかるが、千年以上、前のものだな」

ジムは破片の一つ一つをいとおしむように、そっと地にもどした。それから指さすのを憚(はばか)るように、見てごらん、と眼でさし示した。

人の頭蓋骨ほどの石が円くならべられていた。人が寝そべって、ちょうどうまく収まるぐらいの円だった。あちこちに在った。熔岩台地と同じ褐色なので見わけにくいが、麓の方を見おろすと何十という石の輪が寄りそっている。その円陣のなかにも、紫色のルピンの花が咲いていた。

「墓ですね」

「そう、まちがいなく墓だ」

火山の斜面は、鉄銹色の噴出物におおわれていた。堆積はもろく、足もとでざらざらと崩れていく。手に取ると、ガスのぬけた穴だらけで、チョコレート色の軽石だった。なだらかな斜面に、ずっしりと重そうな黒い石が置かれていた。真ん中が擂鉢状(すりばちじょう)にえぐれている。

「なんだかわかるかね？」

「さあ……」

「トウモロコシを擂りつぶすやつだよ」

「でも、なぜこんなところに？」

「儀式用のものだよ。たぶん、この火山はインディアンの聖地だったんだろうな。いまはもう、どの部族のものでもない、忘れられた聖地だと思うが」

ジムは擂鉢状のくぼみからトウモロコシの粉末をつまむしぐさをして、頭上へかざし、指をひらいた。

白い粉が、陽を受けてきらめく粉雪のように、風に乗り、下方のペインティッド砂漠（デザート）へ、紫色の荒地へ漂っていくのがジローには見えた。

トレーラー・ハウスで地図をひろげた。ジムの肩ごしにのぞきながら、ジローは昨夜の水音のありかをさがした。

やはり幻聴ではなかった。火山から五、六キロ離れたところに水色の線が蛇行し、Little Colorado と記されている。夜の砂漠とはいえ、水音がそれだけの距離をこえてくるのだから、かなりの急流なのだろう。

「ここにしよう」

ジムは食料を買いにいく町をさがしていた。

空腹のまま水色のシボレーに乗り、一時間ほど南下したところに町があった。ルート40号線と17号線が交わる地点だった。最初に入った店ではクレジット・カードが使えないという。二軒目のスーパーマーケットで、果物や食料品のほかに、ローソクや、電池、使い捨ての紙皿などを大量に買いこんだ。それに、DEER PARK 鹿の園という銘柄のミネラル・ウォーターをダンボール箱で五ケース。車に積みきれるかどうか心配なぐらい、ずっしりと重かった。

「これで、まあ四十日はもつだろうな」

あとは断食でもしろ、とジムはいたずらっぽく言った。

砂漠に不時着したような数日がつづいた。ジムはときどき砂漠の道路わきにぽつんと立つ電話ボックスへ車を走らせていくだけで、あとはまったくの無為、時間の放蕩を楽しんでいた。熱いコーヒーを淹れ、料理をつくり、残りものを砂漠に埋めたり、そんなことをくり返している。休暇はそろそろ終りだった。基地へ帰ると、ふたたび苛酷な訓練生活が始まるはずだが、いまはひたすら大地を味わいつくそうとするように、料理をつくるほかは、一日中、砂漠を歩き回っている。

ジローは石の円陣が群れるあたりで過ごすことが多かった。古代の墓地だというのに、なぜか心をひかれるのだ。ユーラシアと北米大陸が繋がっていた頃、その細い橋のようなところを一歩一歩、アジアから渡ってきたインディアンに郷愁めいたものを感じるせいか。そんなジローを、宇宙飛行士のジムは静かに眺めている。血や人種といったものに根拠をもとめてはならないと無言で諭しているのかもしれなかった。

「ジロー、ジロー」

と、ジムが遠くから手をふってくる。からだが少し浮き上がって、砂漠の花畑にふわりと乗っているようだ。

ルピンの紫の海にぽつんと孤立している岩に、ジムは坐っていた。隕石をおもわせる楕円形の岩だ。ならんで腰をおろすと、足もとの岩肌いちめん、波紋の模様がくっきりと残っていた。

「ここらは洪積平原といって、六億年ぐらい浅い海におおわれていたんだ」

ほら、見てごらん、とジムは波の浸食のあとを示しながら、

「その頃、海岸線はたえず移動していてね、海が後退したり、もどってきたりしていた。そうして砂や泥が層をつくって、地中からの圧力で押し上げられてきたのが、この高原なんだ」

そんな地上に我々は投げだされているのだ、とジムは言いたげだった。

「明日ですね」

とジローはさえぎった。次期機長と目されているジムは、いよいよ明日、宇宙センタ

ーへ帰らなければならないのだ。

「その前に見せたいものがある。だから明日は早起きしよう」

「どうして……」

こんなに親身につき合ってくれたのか、ジローは訊きたかった。

「休暇中だったからね」

「………」

「もちろん、それだけじゃない。最初はニューマン教授のことが心配だった」

ジムは率直に言ってから、ややためらい、いっさいのニュアンスをそぎ落として、できるだけ単純化しようと努めるように、

「わたしの父は晩年になってから、ブラック・モスリム、黒人イスラム教徒になった。コバルト照射を受けていた頃、シルク・スーツを着たまま、海岸のダンボール紙の上に坐りこんでメッカのほうへ祈っていた。ニューマン教授が、その父と同じに見えて気がかりだった。それから、もう一つ。これは個人的なことだが、サイエンスを侵食してくるほどの意味というものがあるなら、この眼で確かめてみたかった」

「意味は、あります」ジローは言った。

「うん、きみがそう言うだろうということは、よくわかっているよ」

「なぜということは答えられないけど」

「それもわかっている」

ジムは陽だまりの温もりをふくんだ黒曜石のような眼でうなずき、

「リンゴの実が枝から落ちるのを見て万有引力を発見したという話、聞いたことがあるだろう。それにたとえて言えば、きみはリンゴの実そのものなんだよ。リンゴはなぜと答えられなくてもいい、そうだろう」

「………」

ジローは首を横にふった。これからさき、意味を運ぶリンゴの実にはもどれそうにない気がしてつらかった。

「あの狼の話、憶えてるだろう」

とジムが話題を変えた。

「ええ」

「もう一つ、忘れられない話がある。三十年ぐらい前に読んだきりだから、タイトルも作者名も忘れてしまったがね。内容もたぶん、わたしの頭のなかで半分以上つくり変えられていると思うが」

こんな話なんだよ、とジムは語りだした。

「……地球から飛びたっていった宇宙船が、長い旅の途中に未知の惑星を発見して、そこに着陸してみた。すると、その惑星の生き物、異星人たちは技術らしいものをなにも持っておらず、みんな怠けもので、毎日、ぶらぶらしているだけに見える。で、宇宙飛行士たちは、ああ、この星の生物はまだ進化していない、遅れた星だと失望して、次の星を目ざして去っていった」

「…………」

「ところが、ほんとうはまったく逆で、その惑星の生き物たちはすでに極限まで進化してしまって、すべてがソクラテスのような哲人や、竹林の賢者や、無数のブッダ、キリスト、老子、荘子みたいになっていたわけだよ。地球からやってきた宇宙飛行士たちには、それが見ぬけなかった。そして、べつの星へと去っていく宇宙船を、無数のソクラテスや、無数のブッダ、無数の老子たちが、ただ黙って眺めている」

淡々と語りながらジムは、さざ波のあとが残る岩に手を浸してすすぐような仕草を無心にくり返している。

遠くからマウンティン・ライオンの吠える声が聴こえてくる。切れぎれに咳きこむような声は、コヨーテだろう。肉食獣の声だが、怖ろしくはなかった。明日からはここに一人とり残されるけれど、ここは月面でもなんでもない、同じ哺乳類もいると合図してくる声におもえて、むしろ、やすらかに眠ることができた。

夜明けに水色のシボレーに乗り、エンジンをかけた。

地平すれすれに射す朝の光りのなかをひた走った。ジムは陽の高さをしきりに気にしながら、いつもより速く走らせていく。

町はずれの飛行場に着いた。事務所がぽつんと建っているだけの、ローカル線の小さな飛行場だ。滑走路の亀裂にそって雑草が生え、まわりには藪と荒地がひろがっている。一機のセスナが準備されていた。冷えたエンジンを温めようと、すでにプロペラがゆるく回っている。

ジムは操縦席に坐った。ジローも右側の助手席に坐り、シートベルトをつけた。練習用のセスナ機らしく、左右の席にそれぞれ扇形の操縦輪がついていた。

「いいか、ジロー、セスナはデリケートな航空機なんだ。だから絶対、さわるんじゃないぞ」

ジムは操縦輪や足もとのペダル、計器、スイッチなどをていねいに点検し、聴診器を耳にあてる医師のようにエンジンの鼓動に耳を澄ます。

走り出した。滑走路なのに激しい振動がきた。風圧を受け、その風の体積を抱きとるようにふわりと浮き上がった。

砂漠全域にまだ光りがいきわたらず、丘や岩が長い影を曳いて、いっせいに疾走していく動物の群れにみえた。紫色の花はまだ青みがかり、水底の藻のように厚ぼったくひろがっていた。

鉄銹色の火山は上空から見おろしても、やはり、まろやかな乳房のかたちだった。ただ乳首にあたる火口部分が、円くくぼみ、乳の固まったような砂が底にたまっていた。

トレーラー・ハウスは金属そのものの銀色だった。

ルピンの花の分布が尽きて、黄褐色の荒地がむきだしになってきたとき、

「操縦をかわってくれないか」

こともなげにジムが言った。地上では車のハンドルさえ握らせなかったのに、空へ飛び上がったとたん、地上の法が消滅したとでもいうような気やすさだった。

「インストラクターの免許（ライセンス）をもっているし、これは練習用のセスナなんだ」

「…………」

ジローはおそるおそる操縦輪を握った。

紙ヒコーキのようにデリケートな振動が感じられた。飛行方向を変えるのは車と同じだが、操縦輪を押しこむように前へ傾けると下降し、上向きにすると上昇する。離着陸のときは高度なテクニックが必要なのだろうが、いったん空中へ舞い上がってしまうと意外なほど簡単らしい。

「まかせたよ」

ジムは両手を離して頭に回し、いたずらっぽく口笛を吹いた。むろん、片足で速度を調節しているし、とっさの場合はすぐ操縦輪をつかめる体勢だった。

ジローは夢中になって青空を飛びつづけた。西へ、南へ、どちらへ飛んでもいい途方もないひろがりがあった。その自由さ、あまりの無拘束さにとまどいながら、雲の方へ、光りの方へ向きを変えるとき、夢のなかで両腕をひろげて飛ぶような恍惚（こうこつ）があった。翼

にかかる浮力、ぶつかってくる空気の体積まではっきり知覚できる。

回転するプロペラが、青空を食べながら突き進んでいく。

「あの麓で――」ジムが下方を指さした。

岩のかたまりの台地（メサ）が見えた。頂は平坦（へいたん）で、青空へせり上がる航空母艦の甲板をおもわせた。あの麓でウラン鉱が発見されたとき、採掘すべきか、大地に封じこめておくべきか、インディアン部族の間で激しい対立があったとジムは語りだした。

ジローはそれどころではなかった。機体が揺れはじめたのだ。操縦輪をしっかり握りしめて水平飛行を保っているつもりなのに、両翼がぶるぶる震え、どうしてもとまらない。空中の砂利道に乗りあげたようだ。プロペラが回っているのに、ふっと失速する瞬間もあった。

「太陽のせいだよ」

ジローの狼狽ぶりをおかしそうに眺めながら、ジムは手を伸ばした。砂漠や岩山が温まり、空気の上昇が始まったのだ。だから夜明け前に起きて、飛行場へ急いだのだという。

操縦をかわったとたん、低空飛行になった。砂漠を旋回し、紫色の花が風圧でふるえそうなほど低くかすめ飛んでいく。突然、地表が消えた。いや、そこにある世界がスクリーンの映像だったみたいに、一瞬、かき消えてしまったのだ。失速感がきた。光りの薄い空間、日陰のなかへセスナが落下していく。だが、ぶつかるはずの地面も消えていた。視界が流れ、いま見えているものがなにか、わからない。叫びそうになったとき、翼がふわりと空気を抱きとめ、浮力がきた。

地中を飛んでいた。そうとしか見えなかった。岩の断崖が頭上にそびえている。巨大な渓谷のなかを飛んでいるのだった。

水が流れていた。何億年もかけて大地をえぐり、浸食し、川そのものが地中深くへ潜りこんでいる。渓谷の上に細長くのぞく青空の方が、ほんものの川に見えた。

川は二つの方角へ浸食を進めては、合流し、渓谷の真ん中にとり残された岩盤が地層をむきだしたまままきり立っていることもあった。空中へ飛びだすとテスト・パイロット時代の若さにもどるのか、ジムは攻撃的に、渓谷のより狭い隙間へ挑み、すれすれにかすめ飛んでいく。ほとんどアクロバット飛行だった。地層にセスナの影が映る。

蛇行する流れをえんえんとさかのぼり、鉄橋をくぐり、ダムが立ちふさがる地点で急上昇して地上へ出ると、いちめんの水が青空や雲を映していた。堰とめられた水が荒地に満ちわたり、水平線が見えそうなほどの人造湖になっているのだった。岩脈がなかば水に没し、ギザギザの複雑な入江をつくっている。見知らぬ惑星の洪水だった。

南東へ向きを変えて飛びつづけると、砂漠に巨大な穴があいていた。

火口ではなかった。直径二キロはあろうかという、擂鉢状の円い穴がぱっくり口をひらいている。斜面はざらざらの土と石ころ、底のほうは白っぽい砂の吹きだまりだった。

「クレーターだよ」

ジムは低空飛行に移りながら言う。

「隕石がぶつかった穴だ。二万年ぐらい前に落ちてきたんだが、衝突したときの熱と圧力で、天然のダイヤモンドができたらしい」

隕石孔の底をかすめていく昆虫のようなセスナの影に、自分も含まれていることが不思議だった。

大陸の背骨にあたる山脈がざらざらの荒地に埋もれかけては隆起し、行列する恐竜の背びれのように南へ連なっていく。

電波天文台のパラボラ・アンテナが見えた。直径三〇五メートル、巨大すぎて動かせず、地球の自転を利用して向きを変えるという皿型アンテナだった。宇宙から降りそそいでくる電波をとらえ、そこに地球外知性体からのメッセージ電波がまぎれこんでいないか聴き耳を立てているのだという。やや離れたところに小型のパラボラ・アンテナが四基、L字型にならんでいた。鉄骨の台ごと、レールの上を移動していくアンテナだった。三角測量のように電波を捕えるしかけだろうか。

セスナ機はアンテナに近づこうとせず、遠く離れたまま旋回した。電波障害が起こらないよう注意しているのだろう。

「そろそろ燃料切れだ」

ジムはちらっと目礼した。その巨大な皿型アンテナが、宇宙人と交信しようと試みた最初の人類、アイザッシュ・ニューマンの耳か眼であるかのように、さりげなく畏敬をこめたしぐさだった。

着陸した。滑走路は濃い陽炎を吐きだしていた。コンクリートの亀裂にそって生える雑草が、ワイシャツのボタンほどの白い花をつけていた。ジムは事務所に入り、クレジット・カードで代金を払った。電話を借りて、フライトの予約を確認した。休暇は今日で終りだった。車は空港のレンタカー会社に置き去りにするつもりらしい。

高地の砂漠へひき返した。

乳房のかたちをした、まろやかな火山が見えた。熔岩台地のトレーラー・ハウスがぽつんと銀色に光っている。紫のルピンの花が咲くほうへタイヤの跡がつづいていく。道の分岐点で、ジムは車をとめた。ジローもここから先は、ひとりで歩いて行きたかった。

「…………」

軽くうなずくだけで、ジムはなにも言わなかった。ただ黒曜石そっくりの眼で明るく見すえてくる。強い意志をもて、と叱咤してくる眼だ。むろん、ジローもそのつもりだった。これからなにが起こるかわからないが、目前に生起してくること、その偶然性に身をゆだねて行きつくところまで行くしかない。ドアをあけて車から降りた。

水色のシボレーはUターンして、ゆっくり走りだした。ガラス越しに後頭部の影がみえた。自分の分身におもえた。いや、見送っているこちらと、そちらと、いったいどちら側に自分らしさが憑けばいいのか戸惑い、宙ぶらりんの気持だった。あちらでもいい、こちらでもいい、どちらのほうにも自分らしさが宿っていた。分身はゆっくり遠ざかっていく。ついさっきまで繋がっていたシャム双生児が二つにひき裂かれていくような不思議な痛みが感じられた。

# 第五章　女　の　声

　夜の砂漠は、まるで深海だった。のしかかる闇の水圧に耐えるには、軽金属のトレーラー・ハウスの壁はちょっと薄すぎて心細かった。まったく光りのない夜というものをジローは知らなかった。吹きぬける風が、紫の荒地をよぎっていく水音を運んでくる。マウンティン・ライオンの吠える声も聴こえてくる。この火山の麓が墓地であること、インディアンたちの白骨が埋もれていることが頭から離れず、眠りの浅い夜がつづいた。宙を切る鞭のような音で目ざめ、ローソクをつけても、見えない手で炎を摘みとられそうな気がしてこわかった。

　夜の不安をやり過ごそうと、シャワー室に積まれている本を漁(あさ)った。むずかしい天文学や物理学の本は残して、楽しめそうなものだけをテーブルに運んだ。植物図鑑、鉱物図鑑。昼間に摘んだ花や、ポケットに入れた美しい光沢の石ころを、夜、ローソクやガス灯の火にかざしながら図鑑と照らし合わすのは楽しかった。そして一冊の大判の本に出くわしたとき、漠然とさがしていたのはこれだ、やっと見つけたという喜びがあった。セピア色にあせたインディアンたちの古い写真が添えられていたからだった。

　野牛の群れを追いながら移動していく部族、草原や丘にぎっしりと立ちならぶ円錐形のテント、川や湖のほとりでの野営、水を汲む娘たち、薬草を干す老人。日蝕のさなかに、太陽を食べる怪物をいぶしだそうと丘のてっぺんで草を燃やしながら祈るシャーマン。滅びつつあることを自覚してレンズに身をさらしたのか、正装した戦士や酋長たちの眼には百年を貫通してくる強い光りがあった。

　この火山の麓に埋もれている死者たちの顔を見た、とジローは思った。

　夜明けがいつも待ち遠しかった。闇の潮がひいて、空が青くなると、見なれた世界の海岸線がもどってきた気がしてうれしかった。

　ほとんど毎朝、火山に登った。乳房のようなゆるやかな勾配だった。吹きぬける風に愛撫されて熟しきったように、どの部分もやわらかいまるみを帯びている。乳首にあたる火口はなだらかにくぼみ、砂の吹きだまりとなり、そこだけが妙に白くなまめいていた。底へ降りていくと青空が円く見えた。種子が風に運ばれてきたのだろう、火口にも紫のルピンの花が咲いていた。

　なにか白く光る粒々があった。石英ではない。しゃがみこんで手に掬ってみると、骨のかけらだった。インディアンの骨ではなく、火葬のあとの粉々に砕けた骨だ。ニューマン博士が、母親か、先妻の遺骨をここに撒いたのだろう。

　血清や注射針の入った戸棚に、小型ラジオや、Arizona Space Radio Observatory と印刷された白紙の束があった。あの電波天文台の公用便箋だった。

　ジローは白い紙をテーブルにひろげた。こんな砂漠に郵便ポストが立っているわけもないし、一枚の切手もない。けれどこころのなかで手紙を書き始めていた。母さん、お元気ですか？　仕事、きつくないですか？　ぼくのほうは無事でいますから安心してください。文字として浮かんでくることばは、そこまでだった。母さん、ほんとはちょっとまいったよ。パスポートもお金もなく、砂漠にいるんだ、この十日ぐらい、まったく人の姿さえ見たことがないんだ、気が変になりそうだよ……。それからジローは背すじを伸ばして、白い紙に無言で語りかける。母さん、これからあなたのことを思い出さないようにします。自力でここを切りぬけるまで、あなたのことを封印します。

　ほかのだれに手紙を書くというあてもなかった。恋人もいない。スプーンが曲らなくなってから、潮がひくように人びとは離れていった。孤独には慣れている、淋しくはない、と言い聞かすようにボールペンを取り、セピア色の写真に添えられているインディアンの歌を書き写してみた。

Aga káwux gayúya,

gagiẋə́nimayx,
gáẋba idə́kaqwłba.
Aga gayúya,
yú::::yt;
kwálá:::yúyt,
aga gačúgikl itxwdə́li;
nixłúxwayt,
《Û::agá łga indímam.》
Gayú::giya itgwə́łi,
gayuxátxwit;
niẋmílaq,
niẋəlčə́maq:
yú:::qəlqt íyamxix;
qátgí::iyágwamnił níẋuẋ.
Gayášgupq,
gačíglkl íyamxix:
aga dá:::yma idə́q́wču.
Gačyúlxam,

《Á:::wi! lčə́mxix!》
《ʔá:::! ísʔis!》
gačúlxam.
《Ḱúya!》

文字をもたなかったインディアンたちの音声表記だけの歌だった。どう発音すればいいのか迷いながら、声を出してみた。草原で野営し、野牛を追い、この火山の麓に埋葬された人びとの喉を吹きぬけていったことばだった。
深夜、ＦＭラジオの周波数に合わせようとダイヤルを回すように、くり返し声を出した。それだけでは飽きたらず、あちこちに添えられている訳詩を、口に出してゆっくりと読んだ。

血とともにわたしは生まれ
わたしの血は世界をおおった
わたしの叫びでことばが生まれ
空がそれを聞き
神々もそれを聞いた

さあ　ここへ来い
神々に語ろう　そのことを
血の種のこと
地上に落ちた血の種のことを
泣いてはうたい
うたっては泣く
血の種のことを

川に降り、水面に手を浸した瞬間はじき返される急流で、ジローはよくからだを洗った。wild river まだ一度も人間の手で堰とめられたことのない野生の川は、赤褐色に濁り、洗うのではなく、鉄分をふくむ赤い顔料を全身にぬりたくっている気がした。裸のまま衣類をつかんで歩きだすと、ひとりでに乾き、からだには金粉がついていた。砂金でも混っているのだろうか。触わると、粗く、ざらついている。細かい石英質の粒が光りをはねているのだった。足もとのルピンの花が紫の産毛のようにやわらかく、なまめかしく、しゃがみこんで性器をこすりつけたい誘惑を感じた。

熔岩台地へ登っていくと、鹿の群れがいた。

七、八頭、岩塩のかたまりを舐めているところだった。いっせいにジローをふり向き、逃げ腰になった。リーダーらしい大鹿だけが、ぐっと角をもたげ、戦うか、逃げるか、決めかねている姿勢だ。

——そのまま、そのまま……。

ジローはとっさに自分の気配を消した。スプーン曲げをやるたびに猫や犬が異様に興奮するのを見てきたから、どうすれば落ち着かせられるかわかっていた。からだの動きをとめて、脳の電源を切ればいい、波だつ脳波を凪(なぎ)にすればいいのだ。

——だいじょうぶ、だいじょうぶ……。

息をぬきながら思念のさざ波を送ると、鹿たちの緊張がとけはじめた。ぐっと力をためていた筋肉がほぐれていくのも、はっきりと見える。

——逃げなくてもいい、そのまま……。

草食獣の脳をそっと愛撫するようなささやきを送りつづけているうちに、青空を突くようにぴんと張りつめていた大鹿の角もゆれはじめた。

草がそよぎ、藪の小枝が風にたわむように、ジローはゆっくり、ゆっくり、腰をおろした。からだの動きをゆるやかにすると、動物たちはそれを自然の一部とみなして順応してくるのだろうか。

鹿の群れは首をたれて、また岩塩のかたまりを舐めはじめた。ときどき首をもたげ、ぽっかりと雲を映すような黒い瞳でこちらを眺めてくる。ジローは欲望を感じた。木洩れ陽のような斑のある毛なみや、やわらかい下腹のあたりに、石英の粒がざらつく性器を押しあててみたかった。

　夜、ローソクの火に手をかざして暖をとった。寒いわけでもないのに、風になぶられる避雷針のようにぶるぶると震え、どうしてもとまらない。からだが冷えているのではなかった。たまらなく女を抱きたかった。黒い仏像のような膝にまたがり、快楽の激しさに耐えきれないというように腰を浮かし、また深々と沈めていく白いからだが思いだされ、そんな妄想でさらに暖をとった。見ているのか、ジロー、とこちらの眼を砕きそうな視線を向けてきたジムと夢のなかで入れかわるように、白いからだを抱きしめてゆさぶり、乳房をもみしだき、淡くピンクがかった乳首を口にふくむ。軽金属のトレーラー・ハウスに亀裂の走る音がしたかと思うと、ピシッ、ピシッ、と四方から雹（ひょう）が降りそそいで爆（は）ぜるような音がつづく。あれがきたのか、とジローは硬直する。思春期の頃、なんの前ぶれもなく頭上の電球がいきなり破裂して、細かいガラス片が降ってきたことが何回かあったのだ。ドアが鳴りはじめた。砂嵐なのか。いや、インディアン墓地の白骨がいっせいに起き上がってドアを叩いているんじゃないか。だれかそこにいるかと呼びかけ、ささやき、聞いてくれ、おお聞いてくれと、わけのわからぬ複数の声で言いつのってくる。

Gayúpa,
gasixəmḱnákwačk:
ákwa gíbix.
Gayáškupq,
gíwam číwx̣t,
aga wít́ax̣ gayux̣ugákwšitam.
Núƛ̓ix,
aga wít́ax̣ niḱłxíwkačk wínpu;
Nix̣łúxwayt,
《Łúxwan nέšqi anugúptit.》
Yáxa áx wagagílak ú::::qiw,
łá::x̣əlqwalala.
Nix̣łúxwayt,
《Łúxwan kwábá anúya;
《Ḱí::mlipsix,
《anx̣agmúkwšit.》
lyax̣əngná:::gwax̣ áx̣ka,
ḱwaƛ̓qí gagíyux̣;

gakɬxəmiƛ̓q iɬbúlmax̣.
Aga gayúya,
gayax̣agmúkwšit kí::mlipsix.
Kwálá aga gagyúlxam,
《Dánba kɛ́mlipsix imxúkšit?》
Gagigḱítkiq,
gašx̣úkšit,
gayugúptit.
Łúxwan qánčix̣,
nix̣ə́gwitq;

ドアを開けた。だれもいない。六億年ほど浅い海におおわれ、海岸線が後退したり、もどってきたりしていたという洪積平原がひろがっている。満天のぎらつく星も物質の充溢（じゅういつ）だった。惑星の一角、吹きさらしのままひろがる鉱物の堆積すれすれに宇宙がのしかかっていた。ジムが坐っていた遠くの岩、軽金属のドアをひらいた自分の手にもぴったり宇宙がはりついている。それでいて、なにかが感じられる。野牛の群れを追い、炙り肉に岩塩をまぶし、恋をしたり、浮気をしたり、尻に青い蒙古斑（もうこはん）のある赤ん坊に乳をふくませたり、そうして老いていった先住民たちの長い営みが洪積平原に沁みこんでいるのかもしれなかった。

祖父よ
わたしたちは　いま
ひとつの声を送ります
聞いてください
世界の隅々まで
わたしたちは声を送ります
聞いてください
祖父よ
わたしたちを生かせたまえ
そう言っているのです

一羽の鷲(わし)が、ジローの頭上でよく旋回するようになった。ルピンの紫の海にぽつんと孤立している岩に坐っているときも、歩くときも、砂漠にうずくまり用を足しているときも、ゆったりと褐色の翼をひろげて舞いながら見おろしている。こんな高地の砂漠ではほかに目ぼしいものがないのだろう、ジローを追いかけ、頭上の青空で孤独に遊んでいる。

火口の底に寝ころがっているとき、ジローの姿をさがしていたのか、青いレンズ状の視界に飛びこんできて、ここにいるぞ、自分もここにいるぞと誇らしげに旋回することもあった。

朝、熱いコーヒーを淹れて、外で飲もうとドアを開けると、いつもジローが腰かける熔岩の上にとまり、よく羽を休ませていた。

——おはよう。

ジローは思念のさざ波を送り、やや離れた岩に坐る。

鷲は、なかば無視する姿勢で、青みがかった雲の影が流れていく砂漠を見おろしている。ときおり、猛禽の自信に満ちたしぐさでゆったりと首をたわめてジローを眺め、また鋭い鉤型の嘴や、航空用カメラ・レンズの分解能をもつという眼を、砂漠へ向ける。

鷲が羽ばたき飛びたったあと、ジローは残された羽毛をひろい、青い天からの贈り物のようにインディアンの歌を書きつけたレターペーパーにはさむ。

人の声を聴きたくなると、小型ラジオのダイヤルを回した。

ジムが好んで坐っていた岩に寝ころがって聴くこともあった。心地よかった。陽の光りにいち早く反応して熱をふくみ、日没が近づくと鉱物の冷たさにもどっていく。岩そのものが鉱石ラジオとなって共振し、宇宙船の私語が混信してきても、なんの不思議もなさそうな気分になる。いちばんはっきり聴こえてくるのは西の方角にある砂漠の楽園、カジノだらけだというギャンブル都市からの放送だった。

ある夕方、いつものようにＦＭのダイヤルを回していると、かん高い、錯乱したような声が聴こえてきた。

頭のてっぺんから放電するような絶唱だった。儀式のときの雄叫(おたけ)びなのか、英語ではなかった。いくら耳を澄ましても、一語も聴きとれない。とっさに、ジローは了解した。これまで音声表記を書き写してきたインディアンの肉声だった。

つづいて、ふつうの英語の放送になった。次の火曜日、部族集会がひらかれる、なるべく多く出席してほしい。居留地(リザベーション)のスクールバスが故障して子供たちが学校へいけない、みんなそれぞれの車で分担して送り迎えしよう。そんな呼びかけのあと歌番組になった。ゆるく張った太鼓を叩きながら、刑務所へ呼びかけ、

――おい、赤い雲(レッドクラウド)、まだら牛、黄色い稲妻(イエローサンダー)、スモーキー、みんな聴いているか？

と、服役中の仲間たちに語りかける。

――おれたちは戦った。ＦＢＩや軍隊を相手に、七十日、丘の上で戦った。ぼろっちい猟銃で戦ったよな。

――あいつら機関銃どころか、戦車やヘリコプターまで持ちだして攻めてきやがった。

――あれから何年たったかなあ。おれも歳くってさ、ガキがいるんだ。あちこち六人

も産ませたよ。

――いや、ごめん……。女の話はつらいだろうな。でもな、シャイアン、モハベ、赤い鴉（レッドクロウ）、おまえたちの分までちゃんと子孫をふやそうと思って、ま、がんばったわけさ。

――おい、山猫、おまえの姪（めい）な、結婚したぜ。ほら、おぼえてるか？　おれたちが丘の上に囲まれたとき、うろちょろしてた危なっかしいガキがいたろ、ラコタだよ、あいつな、戦士（ウォーリアー）の姪と結婚したってこと、すごく誇りにしてるぞ。ほんとだって。

――聞いてるか、おれたち、まだ眠りこけちゃいねえからな。目ん玉ひんむいて生きてるからな。

ラジオに触れてもいないのに音量が急に上がり、インディアン独立運動の指導者のスピーチがはじまった。刑務所の仲間たちに語りかけるやさしい声とはうって変わり、怒りをかきたて煽（あお）ろうとする好戦的な声だ。

――忘れるな、忘れるなよ！

――何千回、何万回でもくり返して言うぞ。この大地はおれたちのものだ。先住民のものだ。おれたちは野牛を狩り、トウモロコシの種をまき、魚をとり、何万年も前からここで暮らしていた。この大地は隅々まで、石ころひとつ、草一本、川や湖の水、一滴一滴までインディアンのものだった。祖父たちの精霊（スピリット）が沁みこんでいるのだ。

——そこに白人たちがやってきた。やつらが冬を越せず飢えているとき、おれたちの祖父は食べものを分け与え、トウモロコシの種や、種をまくべき土地さえも与えた。

——いいか、決して忘れるな！　白人たちがお返しにやったことを。母や妹を犯し、子供らを殺した。

——白人はおれたちに毛布を贈ってくれた。いいか、忘れるな、その毛布に天然痘の菌がぬりつけてあったことを。

——ついに起ち上がり戦ったおれたちの酋長(チーフ)の死体を、白人たちはバラバラに切り刻み、首を刎(は)ね、二十五年も広場のさらしものにした。妻や子供らは奴隷として売り飛ばされた。

——いいか、思いだせよ。おれたちの祖父母は根こそぎ土地を奪われ、何十万人もの長い長い行列をつくり、小突かれ、鞭打たれながら荒地へ追いやられた。幼いもの、老いたものたちは次々に死んでいった。だが白人たちは急げ急げとののしり、埋葬することさえゆるさなかった。三日に一度しか穴を掘らせなかった。

——インディアンたちは、妹や弟や祖父母たちの死体を背負って、血の涙をこぼしながら歩きつづけた。

——そして、ガラガラ蛇しか棲めない、この砂漠に追いやられてきた。

——だが白人たちは、この最後の土地さえも奪おうとした。やつらの好きな金(ゴールド)、金鉱が見つかったからだ。祖父たちは戦った。そして敗れて武装を解いたとき、第七騎兵隊はおれたちの野営地をおそい、女、子供を殺して、殺して、殺しまくった。丘のふもとは血の海だった！

——おれたちの賢者は語っている。虐殺された女や子供たちの死体が累々と重なり、あのとき血まみれの泥のなかで、なにかが死に絶え、吹雪に埋もれていった。インディアンの夢が、そこで滅びたのだ。それは美しい夢だったと。

——だが、おれたちはもう一度起ち上がった。同胞たちの血に染まった丘にたてこもり、戦い、独立宣言をした。

——あの宣言はまだつづいている。インディアンの夢は死に絶えていない。そうだろう！

——飼い殺しのままテレビの前でぶくぶく肥(ふと)ってくたばるわけにはいかない。いいか、誇りを失うな！　あきらめるな！　戦うことを忘れるな！

語っていることは単純だが、放電するような激しさがあった。憎悪だった。けれど人びとは耳も貸さず、缶ビールなど飲みながらテレビを眺めていると知っているのだろうか、むなしさや無念さにいらだちながら叫んでいる。夜の砂漠をうろつく獣の遠吠えのように、声をかぎりに、吹きっさらしの荒地で絶望的に叫んでいる。

——はーい。

と、若々しい女性の声に変わった。いたずらっぽく、ぺろりと舌を出す口調だった。

――ちょっとアナクロっぽい演説はこれで終りね。

――でもね、アナクロっぽいけど、いいとこもあるのよ。

――それはね、本気の本気だってこと、死ぬ気でやろうとしてること。それだけは、ほんとみたい。

放送室でむっとしている指導者を横目で揶揄（やゆ）しながら、けろりとしている若いインディアン女性の表情が目に浮かんでくる。

――やっぱり、男は戦士でなきゃね。

――そうよ、あんたたちは最高。どっちへ弾が飛んでくかわかんないオンボロ銃でがんばったんだもんね。そして、ジャスパーのほうが先に刑務所から出てきちゃったわけよね。有名なインディアン独立運動の指導者だから、ほら、文化人とかマスコミとか、いろいろうるさいじゃない。だからジャスパーを先に出して、ただの兵隊はなんだかんだ理由をつけて後回し。貧乏くじ引いたのは、あんたたちよね。

――刑務所から出てきたら、あたしが抱いたげるからね。

――あたしのバストは85、ウェスト60、わるくないでしょ。くやしいけど、髪が黒くないの。あたしの母（マザー）が、白人にやられちゃったんだって。でもほんとは、あたしのマザー馬鹿だからさ、白人に抱かれてみたかったんじゃないかな。ま、どうでもいいけど。

――あたしはね、あんたたちがつくった独立国の厚生大臣。だから待ってるわよね、みんなが出てくるの。

——懲役二十年で白髪になったって、いいの、いいの、ちゃんと抱いたげるって。

——じゃ、今日はこれで。ジャスパーの演説長すぎて、時間なくなっちゃったの。刑務所の晩めしまずいけど、しっかり栄養つけといてよ。出てきたら、あたしとやることあるんだからさ。じゃあね、また明日！

掠れ声でくすっと笑ってから、全国ネットワーク放送の口調でもまねるように、まじめくさって締めくくった。

——こちらは、ＦＭ九〇・一、ネイティヴ・アメリカン独立国放送局。

ジローは微笑みながら、ダイヤルの目盛りに爪を立てた。人恋しくてたまらないときは、このＦＭ九〇・一の声を聴けばいいとこころに刻んだのだ。トレーラー・ハウスにもどり、晩めしを作った。野菜はすでに食べつくしていた。あれほど大量に買いこんだつもりなのに、もう缶詰や保存食ばかりだった。ミネラル・ウォーターの壜も、あと二本しか残っていない。あのときジムは「これで、まあ四十日はもつだろうな」と笑っていたが、宇宙飛行士らしく、四十日分の水の量を計算して購入したのかもしれなかった。ＳＯＳのときは電話をかけろと言ったけれど、むろん、そんなことをするつもりはない。あとは断食でもしろ、と突き放すように笑った声のほうが記憶に強く残っていた。

——はーい、みんな元気？

——今日も空がきれい。谷間から日の出眺めてたらさ、ほんとに真っ赤な、まんまるの赤ん坊が生まれてくるみたいだったよ。だから、がんばれ、がんばれって、インディアンは毎朝祈ってたわけよね。

——ところで昨日ね、あれから放送局に電話がかかってきたの、ユーマからよ。

——え、忘れたなんてったら、ぶっ殺すからね。

——あんたたちが丘の上に追いつめられて腹ぺこになってたとき、まっさきに駆けつけたのユーマじゃない。

——ヘリコプターがぶんぶん飛び回って、特殊部隊の連中がライフルかまえてたでしょ、あんたたちの頭の上から。あのとき女たちは食糧を抱えて、いのちがけで丘へ走っていった。黒い髪が風になびいて、ほんとにきれいだった。

——ヘリコプターから狙ってた連中も、さすがに撃てなかった。

——あたしはまだチビだったけどさ、あんな女になろうと憧れちゃったの。でもあたしの髪、黒くないじゃない、それがとてもくやしかった。

——ユーマはね、まだ独身だよ。

——ちゃんと聞いてるか、赤い雲！

——ユーマはね、あんたの刑期が終るの待ってんだからね。そりゃ、あのころみたいにピチピチじゃないけどさ、浮気もしないで待ってんだからね。

——え、あたし？

——あたしはちょっとだらしないけどさ、あはは。

——え、もっとくわしく言えって？

——うーん、隠したってしょうがないよね。あたしの母は、ほらアル中でさ、町へ出かけて飲んだくれちゃ、よくハイウェイにへたりこんでた。

——そこに車が通りかかって、母をひろって家まで送ってくれたの。家ったって、おんぼろのプレハブ小屋。窓ガラスの割れたとこなんか、ベニヤ板が打ちつけてあった。

——あたしの下には妹やら弟やら半ダースもいてさ、髪も肌の色もてんでばらばら。みんな腹ぺこでビービー泣いてた。

——そこにべろんべろんの母が帰ってきて、送ってくれた男の前に、あたしたち娘ばかりを横一列にならばせたの。

——それから、どう言ったと思う。

——娘を一人もらってくれ、どれでもいいから一人連れてってくれと泣きついたの。

——あっけにとられてたよ、男のほうは。三十ぐらいの若い白人だった。それから、母はこう言ったの。

——みんな処女(バージン)だよ、って。

——あったり前でしょ！　長女のあたしがまだ十二で、初潮もきてなかったんだから。

——でも処女と聞いたとたん、男は急に、女としてこっちを眺めはじめた。そのとき、あたしはもうてっきり、だれか一人が連れていかれるものと思いこんじゃったの。

――だったらあたしにして、と思った。長女だしね。

――こんな貧乏暮らしともおさらばしたかった。

――だからね、精一杯、女っぽく見せようとして、よれよれのTシャツの裾を両手でひっぱって、乳房をぐっと突きだしたの。乳房といっても、やせっぽちでさ、やっとふくらみかけた三角の蕾(つぼみ)みたいなものよ。

――白い男は、眼であたしを裸にしてた。

――でもわかったの、この程度の胸じゃだめだってことが。だからあたしは、性的魅力がいまいち足りない分をなんとかカバーしようと、こう言ったの。

――あたしは料理ができます、って。

――…………。

――あはは、けなげだよねえ！

――いまはちがうよ、バスト85、ウェスト60、いちおう立派なもんでしょ。あんたたちが出てきたら抱いたげるからね、これは約束、インディアン嘘つかない、あはは。

――ほんと、刑期が終るの待ってるからね。あんたたちがつくった国、ちゃんとあるんだからね。

――あ、こないだ出てきたマッド・ベアが言ってたけどさ、あたしの声聞きながらマスターベーションするの流行(はや)ってるんだって？

――うーん、とっても名誉なことですねえ。夢みててもさ、もう毎晩、毎晩、精液(シーメン)のどしゃ降りなんだから、あはは。

——いいの、いいの、どんどんやって。

——じゃあね、精液（シーメン）のどしゃ降り待ってるわよ。

ジローはガスの栓をしめた。窓や、軽金属のドアにも鍵をかけた。ボンベの元栓もしめ、目印の石の下に鍵を隠してから、熔岩台地を降りていった。持っているのは、ミネラル・ウォーターの壜だけだった。あとは断食でもするしかない。

とりあえず北へいこう。

左前頭葉から三四・五メガヘルツの電波が出ているという自分の脳がアンテナだった。思春期の頃は、高圧線や電波源に近づくと頭痛がしたり、ジジジッ、と後頭部がショートするような感じがしたっけ。そんな能力がまだ残っているかどうかわからないが、FM九〇・一の電波が北からやってくるという直観だけはあった。やや東寄りの、北北東の方角だろう。さっきの放送でも、谷間から日の出を見たと喋っていたな。たぶんセスナ機から見た、あの山脈の北部だろう。

歩きだした。紫のルピンの花が咲く砂漠いちめん、なまめかしく掠れた女の笑い声が降っている気がした。

# 第六章　恐竜の丘

涸れ谷にそって道がつづいている。

からからに干上がり、草も木も虫も魚もいなくなったあとの惑星のようだ。かつてあったはずの川が鉱物をけずり、泡だち流れていったあとが、からっぽの谷間となって蛇行していく。見えない水のかたちだった。FM九〇・一のさざ波を追って、いきずりの車を次々に乗り継ぎ、ジローはここまで歩きつづけてきた。もう遠くはない。この荒地のどこかに電波源が見つかるだろう。

カーン、カーン、と谺がきた。

鉄のハンマーで叩くような強い音だ。谷ぞいに反響して、どちらからやってくるのかわからない。青空が水のように溶けてみえた。陽炎のせいだ。歩きつづけるうちに、涸れ谷の口がひらいてきた。黄褐色の丘がゆるやかに連なり、その起伏にそってハンマー音が波うってくる。

丘を登りつめると、下方の斜面で人びとが働いていた。

鉱脈の露天掘りでもやっているのだろうか。それにしてはどこかおかしい。わずか五人だけだし、採鉱にふさわしい道具もない。五人とも丘にはりつく格好で、金槌ほどの小型ハンマーを使っている。力まかせに割るのではなく、鑿をあてがい、慎重に岩を刻んでいる。

いったいなにをやっているのか。半砂漠の陽に照りつけられながら、岩の丘にしがみついている人びとが、苦行僧かなにか、狂信的な集団にみえた。

フェルトの中折れ帽をかぶり、ポケットの多い鶯色のチョッキを着こんだ老人がいる。白っぽい鬚を生やし、長袖のコットン・シャツ、くるぶしまですっぽりと隠れる編上靴という姿だった。ポケットから刷毛をとりだし、砕けた岩のかけらをはらい、息を吹きかけて埃を除き、虫メガネを取りだしてのぞき、また岩を削る。繊細な手術でもやっている手つきだった。

ほかの四人は若く、黙々とハンマーをふりおろしている。埃まみれで、汗の流れていったあとが、鞭打ちのみみずばれをおもわせた。

岩肌にはそこだけ、わけのわからぬ突起や、溝や、曲線があった。複雑に影が入りくみ、隆起した部分が光りを乱反射している。黄褐色の岩のなかから、なにかべつの、灰色がかった塊りを掘りだそうとしているらしい。

直線状のものは、なにひとつなかった。神殿の円柱に似た塊りもあるが、太さが一定せず、いびつに曲り、しかも両端がぶかっこうな関節のかたちに膨らんでいる。どうみても骨、大腿骨のかたちだった。けれど二メートルを超える長さで、たとえマンモスの足だとしても巨きすぎる。鯨か、難破船が岩にぶつかり、竜骨がぐしゃぐしゃにつぶれ折れ重なってみえるところは、たしかに、あばら骨だ。巨大な鞍のかたちをした塊りは、骨盤だろうか。

まるで象の墓場だった。いや象さえぺろりと呑みこみそうな、えたいの知れぬ怪物がからみあい、共食いし、肉のない灰色の骨となって、累々と重なり、岩に封じこめられている。

人の頭蓋ほどの塊りが鎖状につながっているのは、尾の部分だろうか。

発掘者たちは怪物の化石にしがみついて、ハンマーや鑿をふるっている。まるで小人の群れだった。フェルト帽の老人は、眼の空洞、眼窠のところを穿っているらしい。顎には鋭い牙がぎっしりと生え、岩を噛んでいる。からだに比べて脳は発達していなかったのか、頭は蛇の頭蓋のようにひらべったく、脊椎は太く、ギザギザの突起があり、首から、背中へ、尾へ、二〇メートルほど長々と連なり、のたうち、黄褐色の岩のなかで身をくねらせている。

大地から身をもたげてくる巨大な竜にみえた。

丘の下から、声が聴こえた。野営テントが張られ、枯草色のジープやトラックがとまっている。もう一度呼んだ。食事の合図だった。

発掘者たちは立ち上がった。さあ、やっと昼めしだと全身で笑っている。

老人だけが、熱心に化石を削りつづけている。ドクター、ドクター、と呼ばれても返事をしない。あとすこし、もうちょい、と丘にはりついたままだ。

「TS！」

と呼ばれたとき、やっと顔を上げた。さきに行っていてくれという身ぶりをしながら、訝しそうにジローを見た。

青年たちは丘を降りていった。老人はふうっと息を吹きかけて眼窠の埃を飛ばし、ようやく立ち上がった。足場を変えて、いろんな角度から点検している。そして丘の下方へ向かいかけて、あ、忘れていたというようにふり返り、人さし指を軽く曲げてジローを呼んだ。犬猫でも呼ぶような、ちょっと横柄な態度だった。空腹で、たまらなく渇いているジローはあとを追った。自尊心などにかまっている暇はなかった。

トラックの荷台には、プラスティックの水槽が積みこまれていた。蛇口がついていた。

フェルトの帽子をぬいで、顔を洗い、水を飲んだ。老人とみえた顔が、急に変わった。埃まみれで白かった鬚が、明るい茶色に変わったのだ。金髪が薄く禿げかかっているが、まだ五十かそこらだった。

かさかさに乾ききったジローの唇を見ながら、蛇口を指さし、

「ほら、たっぷり飲め」

野良犬にミルクでもやるように言った。眼が青かった。透明度が高く、一匹の魚も棲んでいない砂漠の人造湖のような青さだった。

発掘者たちは岩陰に坐りこんでいる。丘で働いているときは苦行僧かなにかの集団にみえたけれど、水で洗った顔はどれも若々しかった。

「おい、このインディアンの坊やにも食わせてやれよ」

鬚の男は料理番の若者に命じながら、岩陰のもっとも心地よさそうなところに、あぐらをかいた。専用の席らしかった。また人さし指を軽く曲げるしぐさで、ジローをそばに呼んだ。

食べものを与えられた。いい匂いがした。缶詰ではなく、ほんもののビーフ・シチューだ。こんな荒地で、しかも真昼から湯気のたつシチューが出てくるのが意外だった。紙皿に盛ったフルーツ・サラダには、葡萄（ぶどう）や、苺がのぞいている。

「このパン、なんとかならんかね」

鬚の男は、市販のパンに眉をひそめた。青年たちは紙皿や、アルマイトの器、プラスティックのフォークだが、そんなものでよくものが食えるなと言わんばかりに、その男だけ陶器の皿で、金属のスプーンなど使っている。

「なんだこれは、ケチャップでも入れたんじゃないか？」

シチューを一口啜って、また文句を言う。

「まったく、どんなもの食って育ってきたんだ？　食事中にコーラなんか飲んでるから、頭も舌も馬鹿になるんだ。こんな料理じゃ、修士号なんかやるわけにいかんな」

「でもＴＳ、このサラダはいけるでしょう」

料理番の青年はけろりとして、ドクターとも教授とも呼ばず、ただ奇妙なイニシャルだけで呼び捨てにする。

「野菜を切って、果物を入れただけじゃないか」

「ちゃんとレモンを絞ってオリーブ油と混ぜてから、胡椒のほかにオレガノもふってますよ」

どれどれと一口試してから、

「この馬鹿、胡椒は粗挽きにしろと言っといたはずだ」

と、ののしりながら旨そうに食べる。それから、噛みしめるようにシチューを啜っているジローに訊いた。

「どの部族？」

「いいえ」

と首をふり、日本人です、とジローは言った。

「まさか」

骨の専門家である自分が人種を見まちがうはずはない、と鬚の男は首をかしげ、

「ほんとにジャパニーズなのか。じゃ、なにか喋ってみろよ」

「…………」

「なんで、こんなところをうろついてるんだ？」

「…………」

ＦＭ九〇・一の電波がやってくるところへ行く途中だとは言いにくかった。

「ＴＳ」と、料理番の青年が言った。

「なんだ？」

「電気鑿岩機（さくがんき）は使えませんか？　ハンマーだけじゃ、いつまでたっても……」

「馬鹿かおまえは」とＴＳは応じる。「どうやって電気を引くつもりなんだ、え、電源車でも持ってこいというのか？」

「だから、新しい発電機を買って」

「よし、学部長に談判してくれ。ちゃんと予算をぶん取ってきたら、修士号（マスター）やるからな」

「送電塔からコードを引けばどうでしょう」

と、べつの青年が言う。

「ここから何キロあると思うんだ？」

「電力会社に交渉すれば、五、六キロぐらい、かんたんに引いてくれるんじゃないかな」

岩陰に置かれたラジオから音楽が流れていた。バッハの無伴奏チェロ組曲だった。青年たちはまだディスコで踊ったりするのが楽しいはずの年齢なのに、とてつもない宝を掘りあてたように化石のことばかり熱心に語り合っている。

「ひょっとすると、カマラサウルスなんじゃないか?」

「おれはアロサウルスだと思うけどな」

「骨盤が全部出てくるまで、わからんだろう」

「あれは、まちがいなく竜盤目だよ」

「よし、賭けるか?」

「いくら?」

そんなことを言い交わす青年たちが、ジローには羨(うらや)ましかった。こんな抽象的な情熱によって人と結びついたことなど、自分には一度もなかったからだ。

食後には、コーヒーも出てきた。鍋で煮たててから布で濾し、琺瑯びきのカップに注いだコーヒーだった。青年たちはコンデンス・ミルクの缶を回して、たっぷりと入れる。そんな甘ったるいもの飲めるか、と言いたげなTSは飛ばして、ジローに回ってくる。

「TSって、なんですか?」

ジローは隣りに缶を回しながら小声で訊いた。ただのイニシャルでないことは、もうなんとなく見当がついていた。

——Tyrannosaurus.

と小声で答えてくる。TとSの音を強調しながら、わかるかい? といたずらっぽく眼で訊ねてくる。

ジローは微笑みながら、うなずいた。地上最強の肉食恐竜ティラノサウルス、暴君竜のことだ。


青年たちは野営テントへ引きあげていった。昼寝の時間らしかった。岩陰に残ったのは、暴君竜のTSと、ジローの二人だけだった。ひんやりとした岩にもたれて、両足を投げだし、二杯目のコーヒーを啜った。編上靴とスニーカーの爪さきに、じりじりと日射しがにじり寄ってくる。

蜂鳥が飛んだ。

花蜜をさがしているのか、空中で静止した。あまりにも速く羽ばたくせいで、翼は見えなかった。羽毛全体が玉虫色にきらめき、光りの角度によって鉱物的なエメラルド・グリーンや、翡翠色に変わる。宝石が一粒、ぽつんと浮かんでいるようだ。花どころか草もろくに生えていない荒地なのに、なぜ蜂鳥がいるのか不思議だった。くっと鋭角的に向きを変えて飛び去っていく。TSとジローは、たがいに視力を競うように青空へ吸い込まれていく蜂鳥をいつまでも見送っていた。

「失礼だが、ちょっと歯を見せてくれないかね」

すこし改まってTSが言った。

「歯？」

「そう、歯を見せて欲しい」

「………」ジローは口を開けた。

ＴＳは歯科医のようにのぞきこんでくる。いや、歯ではなく、露出している骨の一部として見ているらしい。

「こっちを向いて」

顎をつかんで、光りの方に向けさせた。ジローという個人には無関心で、霊長類ヒト科のモンゴロイド人種の骨でも扱う手つきだった。さらに顎さきをぐいと下に引いて、口を大きく開けさせ、奥まで点検してから、

「ありがとう」

失望したように手を離した。

「なぜ？」とジローは訊いた。

「この二、三十年で、ジャパニーズの骨格が急に変化してきた、平均身長がのびた反面、顎骨が小さくなり、歯ならびが乱れてきた、という論文を読んだことがあったんでね」

「………」ジローはあっけにとられていた。

「きみも第三大臼歯が生えていない」

からかい半分に新人類と呼ばれ、一種の変種のように眺められてきたジローは、こんなふうに、類そのものとして扱われたのは初めてだった。不快ではなかった。

「たぶん、そのままで生えてこんだろうな」

「歯が退化しつつあるわけですね」

「ま、そういうことだ」

「なぜ？」

「食べものがやわらかくなってきた。それから脳をでかくするには顎を小さくしたほうがいい。つまり頭蓋が完全な球形になれば、脳の容積がふえる、そうだろう」

爬虫類もヒトもひとつづきの生きもの、脊椎動物にすぎないと言いたげな眼で、ジローのからだつきをじろじろ眺めながら、

「ここで働く気はないかね？」

「…………」

「人手が足りないんだ」

ぶっきらぼうに週給額を述べてから、三食つきだ、とつけ加えた。飢えていたジローの足もとを見すかしたのか、まったくの低賃金だった。

ジローは魚一匹いない人造湖のような眼をのぞきこんだ。暴君竜のTSは、そっけない無表情だ。日焼けした首の皮がたるんでいた。薄くなりかけている髪も、肥満していくからだも、醜く、くずれるままにまかせている自己嫌悪が感じられた。

「どうする？」とTSは訊く。

FM九〇・一の放送局へ急ぎたいが、食事を与えられた感謝の気持もあった。化石にも心をひかれていた。お金も必要だった。迷いながらふり返ると、黄褐色の丘はゆらゆ

らと陽炎に包まれ、青空の波打ち際にみえた。

「あそこの骨は……」とジローは訊いた。

「いろんな種類の恐竜が、二十体ぐらいごちゃごちゃになってる」

「どうして？」

「川の砂洲だったんじゃないかな。一億四千万年ぐらい前のことだが、洪水で流されてきて、あそこに死骸がかたまったんだろう。泥に足をとられて溺れた恐竜もいたはずだよ」

「…………」

「だから、ごちゃごちゃに重なったまま化石になった。それから、ま、七千万年ぐらい前だと思うが、地殻変動で盛りあがってきて、あの丘になったわけだ。ここらには、まだごろごろ埋もれているはずだよ。たとえば、この岩にも……」

　ＴＳは背中の岩を軽く突つきながら、

「ひょっとすると、アルケオプテリクスが埋もれているかもしれんな」

「アルケオ……」

「ジュラ紀に出現した、いちばん最初の鳥だ」

「…………」

　岩陰はひんやりとして涼しかった。けれど日射しは足首まで迫り、狭い洞穴に坐りこんでいる気がした。

丘はますます濃い陽炎を吐きだしている。大地から身をもたげる二十頭ほどの竜がひっそりと深呼吸しているようだ。

眩しかった。青空を眺めていると、自分の眼の水晶体をのぞきこんでいるような錯覚が起こる。ジローはうつむき、しばらく眼を休ませようとした。砂に混る石英の粒が乱反射して、眼球をざらざら傷つけそうだ。

岩と砂地の境のところに、虫がいた。

黄土色の、つややかな光沢がある五センチぐらいの虫だ。沢蟹(さわがに)の爪のようなものが生え、細長い尾を背のほうに巻きあげていた。その先端が針のように尖(とが)っている。

「危ない……」

ジローは小声で囁き、そこ、そこ、と眼でさし示した。

ＴＳはゆっくり首をひねり、サソリらしい虫を見た。慣れているのか、あわてて手をひっこめようとしない。発掘作業で節くれ立っている指さきから三〇センチほど離れていた。

反射的に跳びだせるよう、ジローは筋肉に力をこめた。

「サソリには脊椎がないだろう」

ほら、よく見てみろ、と促すようにＴＳは言った。

ジローはそっと、引き寄せかけていた足をとめた。

「最初の生物は、四十億年ぐらい前、海にあらわれたんだがね」

講義でもするようにTSは落ち着いていた。あわてて動くと、かえって危ないのかもしれない。

「われわれの先祖はもちろん魚なんだが、その魚にとって最大の敵は、ウミサソリだった」

「………」

なぜTSが平然としているのか、わからなかった。動くな、動揺するな、と言いたいのか。

「ウミサソリから身を守るために、鎧をつけた魚があらわれてきた。それが甲冑魚だ」

「………」

「その硬い鎧が頭のなかに入りこんで、骨となった。それから、からだを支える芯になっていった。つまり背骨だな。ウミサソリという敵がいたからこそ、脊椎動物も生まれたわけだ」

自分の意志を観察しているらしい静かな声だ。誘うように、指さきが砂地に食いこんでいく。

「………」

ジローはサソリから眼をそらさず、息をつめていた。

「まず、植物が海から陸へ上がった。つづいて、動物も陸地へ這い上がってきた。その最初の動物が、ウミサソリだった」

鋭く尖った尾を巻きあげたまま、数センチ動き、止まった。

「このあたりにサソリは十二種類いる。有毒なのは、そのうちの二種類だけだ」

「じゃ、それ、無毒なんだ」

ジローはほっとして息を継いだ。

「いや、わからん」

と、ＴＳは眼を瞠いている。有毒か、無毒か、恐怖そのものを愉しむように身じろぎもしない。ものごとに幻滅しきってだらしなく寝そべっている中年男が、ふっと魔がさして心を起こすような眼つきだった。

――死にたければ、勝手にどうぞ。

確率は六分の一です、と胸で吐き棄てながらジローは立ち上がった。そんな病的な刺激を欲する自堕落さが、たまらなくうとましかった。

静かにＴＳも立ち上がった。

だが岩陰から離れようとせず、さっと、サソリを踏みつけた。編上靴が砂地にめり込むほど、ぎゅっと押しつけ、体重をかけてひねり、ぐしゃぐしゃに潰した。それから砂ごとシャベルで掬い、焼けついた岩の上に棄てた。

ＴＳはフェルトの中折れ帽を拾いあげて、埃を払い、甲冑でもかぶるように禿げかけた頭にのせた。だれもいない荒地なのに、しきりにかぶり具合を気にしている。さて、と腕時計をのぞいた。まだ昼の休憩時間らしいが、ほかにやることを思いつかないといったふうに発掘道具をぶらさげ、痛風ぎみの足どりで黄褐色の丘のほうへのろのろと歩いていく。

# 第七章　この世で見た最も美しいもの

　日に焼けてきた。黄色人種であるジローは一ヵ月かそこらで、だれよりも濃い赤銅色になり、指も、筋肉も強くなってきた。髪も長くなった。ＦＭ九〇・一の電波がやってくるインディアンの国へいくために、こうして働きながら肌の色を似せつつあるという思いもあった。

　一日中、鶴嘴をふるう手はマメだらけになり、つぶれては固まり、掌全体が甲冑魚をおもわせる硬さになった。

「そこじゃない！　もっと左、そう、そこの岩だ！」

　暴君竜のＴＳは、奴隷のようにジローを使う。日射病で倒れそうになっても容赦しない。ジローだけが鑿を持たされていなかった。化石を刻みだしていく作業は技術を要するので、鶴嘴とハンマーで目ぼしい岩をひたすら割るだけの仕事だった。電気鑿岩機の代りに使われているのだ。

そんな重労働に同情してか、いつも馬鹿呼ばわりされている青年たちは、あのティラノサウルスは女房に逃げられて気が立っているんだよ、気にするな、と慰めてくれる。東部で古生物学を修めてから、ＴＳは博士論文を仕上げるために半砂漠の土地にやってきたのだという。そして追いかけてきた婚約者と田舎の教会で挙式した。若い妻はいつか都会にもどれるまでと、歯を食いしばって、こんな辺境の淋しい毎日に耐えつづけていた。

「すげえ美人なんだよ」

と青年たちは口をそろえて言う。

そしてＴＳは助教授になり、教授になり、恐竜の骨格復原の第一人者となっていった。妻はいつか東部の大学に招聘(しようへい)される日までと、ひたすら我慢しつづけていた。ところがＴＳのほうは、恐竜化石の宝庫であるこの地から動く気などまったくなかったのだ。中年となった夫人は、アル中になり、ある日、浴室から素っ裸のまま飛びだしてくるなり、

「もう、嫌！」

と、バスタオルを床に叩きつけて、突っ立ったまま、いきなり自分の陰毛を鷲づかみにして、力まかせにごっそり毟(むし)り取った。熱いシャワーを浴びている最中、ボンベのプロパンガスが切れて、冷水に変わったのだ。

そんなふうに去っていった妻の陰毛のことなど露悪的に喋るようになった頃から、砂

漠の苦行者のようだったTSもアルコール依存症になってしまったのだという。

夜は焚火を囲み、カンブリア紀、デボン紀、三畳紀だの、なんのことかさっぱりわからないTSの野外講義を聴かされるのが日課だった。昼間は口々に暴君竜をこきおろしていた青年たちも、火を囲むときだけは眼をらんらんと光らせて聴き入っている。

「生物の大量絶滅など、珍しいことでもなんでもない」

と酔ってろれつの回らない口でTSは語りつづける。

たまたま白亜紀の終りの恐竜絶滅がきわだってみえるから、そこを特殊だと思いこんでいるが、なあに、そんなことはない。坊や、おまえたちも恐竜はある時、ドラマティックに突然滅んでいったとかんちがいしているだろうが、事実はちがう。数百万年もかけて、ゆっくり、ゆっくり、じわりじわり滅びていったわけだよ。

「むろん、地質学的には一瞬の出来事だがね」

寝酒のウイスキーをたっぷり入れたコーヒーカップから口を離して、二億四〇〇〇万年前のペルム紀には、地球上の種の九五パーセントが滅びていった。こうした大量絶滅にはどうやら周期というやつがあるらしく、二六〇〇万年ごとに、これまで九回も起こっている。

「九回だぞ、九回！」

野球の実況放送そっくりにトーンを上げてから、ろれつの回らない口で、むずかしい言葉ばかりまくしたてる。いいか、三畳紀の終りには、哺乳類型の爬虫類が滅亡して、恐竜たちの繁栄が始まったわけだよ。

「ジュラ紀には、三回！」

そして白亜紀にも三回起こり、その三回目で、海のアンモナイトも、空の翼竜も、あそこの丘の恐竜たちも消えていった。

「なぜ、そんな周期があるんですか？」

火を囲む青年のひとりが訊くと、

「母なる自然がヒステリーを起こすんだろうな」

とTSは空惚けながら、こうした破局のあとには、かならず進化のスイッチが入り、爆発的な種の増加、多様化が起こっている、生めよ、ふえよ、海の水に満ちよ、鳥は地の上、天のおおぞらを飛べというわけだよ、あはは、とウイスキーを口にふくむ。

「だがヒトが栄えていられるのも、もうしばらくだよ。これから太陽の核融合はどんどん加速していく。そして地球も、いまの金星みたいな灼熱の惑星に変わっていく。そう、あと一億年かそこらで、地球の海はからからに干上がっていくはずだよ。もちろん、海が蒸発して消えてしまう以前に、すべての生き物が滅びていく。ヒトも恐竜も同じことだよ」

めちゃくちゃな講義だが、ジローは飽きなかった。耳をかたむける一団のからだは、うっすらと灰をまぶしたようだ。真昼の砂漠で働きつづけたときの汗がひいて、塩を吹いているのだった。ジローの皮膚もざらついている。手を舐めると、あの岩塩と同じ味だ。なつかしかった。もしも、previous life というものがあるとすれば、死海のあたりをさまよう集団にいて、夜はこうして火にあたりながら、途方もなく浮世離れした問答にふけっていたんじゃないか。

「なんだと思う、これは？」

ＴＳはチョッキのポケットから石ころを取りだしてみせる。どこにでも転がっていそうな卵ぐらいの丸石にすぎなかった。くすんだ血あいのような斑紋が入り、全体的にピンク色がかって、なめらかな光沢があった。

「ただの花崗岩だが、あそこから出てきた」

ＴＳは暗い丘をちらりと眺めやって、

「おかしいと思わないかね？　我々が掘っている地層は堆積岩だが、これは火成岩の一種だ。しかも恐竜と一緒に出てきたとなると、おまえたちにも見当がつくだろう」

「…………」

「そう、こいつはダイジェスティング・ストンなんだよ。食べものをこなして消化（ダイジエスト）するため、恐竜たちが胃袋に呑みこんでいた石だと考えられる」

またウイスキーを口にふくみ、逆に頭がすっきりしてきたように、ＴＳはおだやかな顔になって語りつづける。

「恐竜たちの脳は、ちょうどこの石ころと同じぐらいだ。からだは五〇トン、七〇トンもあるが、脳ときたらピンポン玉か鶏の卵ぐらいだった。ヒトの脳は、だいたい一五〇〇ccぐらいだ。体重比からいえば実に巨大なものだ。ところが不思議なことに、木切れをこすって火をおこしていた石器時代と、宇宙船などつくるいまと、脳そのものはまったく同じ大きさなのだ。なぜかわからん。必要に応じて脳が進化してきたのではなく、必要以上の大きな脳が先に出現してしまったわけだ。もっとおかしな例外があることは、おまえたちも知っているな？」

「ネアンデルタール人……」

と、火の向こうからひとりが言う。

「そう、四万年前に滅びたが、我々よりも大きな脳を持っていたわけだな」

「どのくらい？」

「四〇cc、ま、コップ四分の一ぐらいのちがいだがね」

「………」

「言葉というやつも、おそらくネアンデルタール人が初めて生みだしたのではないかと考えられている」

コーヒーカップは空（から）になったが、ＴＳの声はしだいに沈みこんで、ほとんど独りごとに変わっていく。

わたしの専門は恐竜だが、ずっと以前、ネアンデルタール人調査団についていったことがある。ゲリラが出没する中近東の危ないところだから、欠員ができて、うまく潜りこめたわけだよ。で、こわごわ現地に着いてみると、乾燥したなだらかな丘陵地で、いちめん春の野草が咲き乱れていた。丘のほうに、大きな洞穴が口をひらいていた。そこがネアンデルタール人の墓だった。といっても、ただ死体を捨てるだけの風葬とはまったくちがう。実にきれいなんだよ。それは六万年前の白骨だった。草をしきつめていたと思われる寝床に、そっと横たえられていた。火打ち石をならべて、枕をこしらえていた。そこに、我々よりも大きな脳を持っていた頭がきちんとのせられていたよ。そして枕もとには、ていねいに細工した石斧(せきふ)が添えられていた。わかるだろう、墓をつくるという意味が。そう、あの世とか魂の不滅とかいったイデアが、初めてヒトに宿ったわけだ。

　白骨には、山ほど花が積まれていた。むろん、とっくに枯れてあとかたもないが、花粉だけは残っていて、胸や、腹や、性器のあたりまで積もっていたよ。それは洞穴の外にいま咲き乱れている黄色い花と、同じ花粉だった。涙が出たよ。こんなきよらかなものを見たのは初めてだった。わたしが、この世で見た最も美しいものだったよ。

　からりと晴れた半砂漠では、ほとんど毎日、夕焼けを見ることができた。沈んでいく陽に熔かされたように、地平線も、恐竜たちが封じこめられている大地も赤い鉄の色に染まっていく。

足もとの丘がやわらかい砂洲であった頃、洪水で流されてきた恐竜たちの死体が累々と重なりあっていたジュラ紀の光景も視えかかってくる。

遠くの火山から煙がたち昇り、翼竜が飛ぶ。

体重三五トンの恐竜ブロントサウルスが湖から長い首をぬっと突きだし、岸辺では草食恐竜カンプトサウルスが鱗木の幹に前足をかけて、高みの葉を食べつづけている。そこに肉食恐竜ティラノサウルスが近づき、巨大な顎をガッとひらいて首に襲いかかる。ギザギザの鋭い牙が食いこんでいく。肉を食いちぎる勢いで激しく顎をふると、牙はさらに深く食いこんで気管を破る。草食恐竜は血まみれの長い首をふりたて、苦しげに断末魔の叫びをあげ、くずれ落ちる。

肉食恐竜はのしかかり、前足をかける。二本足で起ち上がって走るため太く巨大化した後足にくらべて、前足は異常なほど細く、小さく退化して、ちょこんと突きだしている。けれど先には、三叉にわかれた鉄鉤そっくりの鋭い爪が生えている。

その爪で皮をひき裂き、びっしりと生えた牙で肉を食いちぎり、がつがつまる呑みする。胃袋にはやはり、ダイジェスティング・ストン、卵のように磨滅した花崗岩の石ころが入っていたのだろうか。食べ残しにあずかろうと翼竜が群らがり、やや小型の肉食恐竜アロサウルスが近づいてくる。すると暴君竜ティラノサウルスは牙をむき、恐ろしいうなり声で威嚇する。

恐竜たちが交尾するのは、夜だろうか。

卵を産む爬虫類だから、発情期があり、いっせいに花がひらくようにさかりがついて、昼、日なか、ところかまわず性交していたのだろうか、やはり快楽を感じたのか、鶏卵ほどのちっぽけな脳にどんな陶酔がひろがっていたのだろう。交尾せよ、セックスせよと発情させるもの、スイッチを入れるものはなにか。それにしても、いったいどんな体位で交わっていたんだろう、同じ爬虫類でも手足のない蛇なら、ぬめぬめと縄を綯うようにからみあうが、剣竜ステゴサウルスなど尻尾のさきに鋭い角が四本も生えている。そんな危なっかしい尾を巻きあげ、雌の恐竜が前かがみになって、尻を突きだし、生殖器をひらいて迎え入れていたのかなあ。骨盤に抱かれた卵巣、そこへ突き進んでいく精虫。恐竜たちを乗り継ぎ、乗り棄ててきたものはなにか。白亜紀の終りの絶滅など知らん顔で、さっさとこちらに乗り移り、いまもこちらを発情させ、発情していると意識しているこれはなにか。ああ、それにしてもなんと壮大なセックスだろう、暴君竜のティラノサウルスが番えば一四トン、草食恐竜ブロントサウルスならば七〇トン、地上最大のブラキオサウルスが重なりあえば一五〇トン！　あたりの羊歯や鱗木はめりめりと折れ、地震が起こり、水辺は波だつだろう。やがてヒトになるはずの小動物たちは逃げまどい、もの陰や穴でひっそりと息をひそめる。恐竜たちは絶頂に至り、長い長い喉からよがり声の咆哮がとどろき、ジュラ紀の青空へ吸い込まれていく。

週に一回だけの休息日に、青年たちは水槽を積んだトラックと枯草色のジープに分乗して町へくり出していく。水や食料の補給を兼ねているのだが、コイン・ランドリーがあり、冷たいビールを飲めるバーや、地元の娘さんたちが集まるディスコらしき店もあるのだという。

荒地に残っているのは二人だけだ。

ＴＳは刃さきの鈍った鑿を砥石（といし）にかけはじめた。青年たちが使っている鑿もずらりと一列にならべて、何時間も黙々と働いている。

恐竜の化石を掘りだすまでは、岩を割り、塊りごと抉（えぐ）りだす荒仕事だが、いったん大地から切り離してしまったあとは、眼窠や、こめかみ、鼻の穴をこつこつと穿ち、恐竜の虫歯でも治療するような歯科医そっくりのデリケートな作業だった。

砥石の上で規則的に上下する背中が、淋しげに日に照らされている。首すじは日焼けして皺だらけだった。まだ五十歳かそこらのはずだが、首すじはもう完全に老人だった。三十年近く、こうして日射しのきつい荒地で働きつづけてきたせいで、露出しているそこだけ老化が早まったのだろう。皺の襞は深く、鱗状で、イグアナの皮膚のようにがさがさだった。都会育ちの妻は、夫の首すじに触れるたびにぞっとしていたのかもしれない。

ジローはコーヒーを沸かした。ＴＳは刃さきに指の腹をあてて研ぎ具合を確かめ、旨そうにコーヒーを啜りながら、蜂鳥が飛んできやしないか青空を眺め回す。

それから、たった二人きり死海のほとりにでも坐っているように、訊ねられるまま、ジュラ紀の鳥について講義をする。

それ以前の翼竜はグライダーのように滑空していた爬虫類であって、むろん、鳥と呼べるようなものじゃなかった。ところがそいつは、爬虫類の鱗が羽毛に変わり、翼の真ん中には三本の爪が生えて、顎が角質化してしまった嘴には、細い歯がびっしり生えそろっていた。だがそれでも、新しい種、大地の重力をふり切って空へ進化しようとする鳥類の始まりだった。

「と言っても、ほんの二、三メートル、ばさばさ飛びあがって枝につかまり、木の実をついばんでいた程度の、ぶきっちょな鳥なんだがね」

「なぜ滅びたのですか？」

ジローは小学生のように改まって訊く。

「わからんよ」

ＴＳは恥じるような照れ笑いを浮かべて、コーヒーにウイスキーを滴らせながら、

「そのとき滅びたのは最初の鳥だけじゃない。いや、たとえば蜂鳥にしても遺伝子をひき継いでいるわけだから、完全に滅びたとは言えんだろう。だが白亜紀の終りになにかが起こったことは、まちがいない。地上をのし歩いていた恐竜連中だけじゃなく、空の翼竜も、海生恐竜も、アンモナイトも、いっせいに姿を消していったわけだから、すべ

ての理由をカバーするのはむずかしいんだよ。仮説だけなら山ほどあるんだがね」

「たとえば？」

「そうだな」

あまりにも多すぎて面倒くさいと言いたげに、ＴＳは１、２、３、と番号をふって喋りだした。素面（しらふ）のときのほうが悪酔いしているような、いつものがさつな、露悪的な口ぶりだった。

１　大洪水。
２　地震。ま、どっちも、ムー大陸やアトランティスが海に沈んでいったというたぐいの話だと思えばよろしい。
３　火山活動。たかが火山と甘く見ちゃ困るぞ。熔岩や、熱湯や、ガスも噴きだしてくる。そのガスが大気に満ちて冷たくなり、どしゃ降りの雨が何万年も降りつづいて海ができたというぐらいだからな。
４　伝染病。
５　哺乳類が、恐竜たちの卵を食べてしまったから。あはは。
６　恐竜の脳下垂体から出るホルモンの異常。
７　北極にあったという仮説上の大きな湖の氾濫。まったく、もう！
８　海が干上がったから。

9　気候が変化して寒くなったから。
10　逆に、暑くなってきたから。
11　羊歯や蘇鉄（そてつ）など、隠花植物がふくむ抗生物質をとりすぎて、ペニシリン・ショックを起こしたから。な、傑作だろう、こいつがいちばん笑わせてくれるよ。
12　隠花植物に代って、顕花植物があらわれてきたから。つまり気候変化と相互関係したフード・バランスの変化というわけだが、これはかなり有力な仮説だった。
13　あまりにも特殊化して種が退化していった。
14　地球の磁場が変わったから。そんなもの、しょっちゅう変わってるんだがね。
15　超新星の爆発。あるいは、それによる宇宙線の異常。

ふうっと息を継いでから、ＴＳはウイスキーをどぼどぼカップに注ぐ。そして早く素面になろうと焦るように一口啜り、カップのへりで照れ笑いを浮かべながら、

「それから、もう一つある。坊や、おまえもたぶん聞いたことがあると思うが」

「隕石がぶつかったというんでしょう」

「そう」

「信憑性はありますか？」

「まだまだ仮説のレベルだがね、なんらかの物体が空から降ってきたと仮定すれば、きれいに説明がつくわけだよ」

「…………」

「大きさは、直径八キロで充分だろうな。まず大地に衝突したときのショックで、土砂が空中へはね上がって厚い雲のように地球をおおう。太陽の光りがさえぎられて地球は寒くなってしまう。海も冷たくなって、北極と南極の氷が大きくなる。すると海水も減る。酸性雨も降りつづける。海の食物連鎖の最下位にあるプランクトンが少なくなる。魚を残して、大型の海生恐竜は滅びていく。光りが射さないから地上の植物も枯れて、草食恐竜が飢え死にする。その草食恐竜を餌にしていた肉食恐竜も滅びていく。そう考えれば、きれいに説明がつくわけだな」

「なんらかの物体が降ってきたという証拠は？」

「イリジウムだよ。宇宙から降ってくるチリに含まれるイリジウムという物質が、六五〇〇万年前の地層に、異常に多く積もっている」

「どこに落ちたんだろう」

「考えられる場所はいくつかある。その前にまず、直径八キロの物体がまっすぐ地球へ向かってくるとすれば、秒速三〇キロになる。これは弾丸の一〇倍以上のスピードだ。一瞬のうちに大気を突きぬけて地球に衝突したとき放出される熱を計算すると、摂氏一〇〇〇万度になる」

「…………」

「その熱で物体は瞬間的に蒸発する。で、あとに残るのは巨大な隕石孔(クレーター)だが、地殻に穴があいて熔岩が噴出してくるかもしれない。そう考えると、衝突した場所は、インドのデカン高原が有力になる。六五〇〇万年前に、最大量の玄武岩が噴きだしている。ほかにもメキシコのユカタン半島だとかいろいろ唱えられているが、まだ定説はない」

「………」

「もっと面白いデータがある。これまで地球に生命があらわれてから、一〇〇億から二〇〇億の種が生まれてきて、ほとんどが絶滅した。こうした集団絶滅には一定の周期というやつがあってね、恐竜が滅びたのも、ほんの一例にすぎないわけだ」

「二六〇〇万年の周期でしたね」

「そう、正確には二六〇〇万年から、三二〇〇万年の周期だが、これがなにを意味するかわかるかね？」

「なんらかの物体が、定期的に地球にぶつかってくる」

「なぜだと思うかね？」

「彗星雨（すいせいう）かな」

「それから？」

「………」

「小惑星ということも考えられるが、小惑星は火星と木星の軌道のあいだに集中している。だから、こんな周期など出てくるわけがない。太陽がシリウスのように連星になっていて、その伴星が二六〇〇万年周期で楕円軌道をえがいているからだ、という仮説もある。だが、これはまあ、こじつけみたいなものだな」

「たぶん……」とジローは口ごもった。

「たぶん、なんだね？」

「太陽系そのものが回っているせいじゃないかな」

「………」暴君竜のＴＳは微笑している。

「太陽が銀河系を一周するのに、何年かかりますか？」

「二億四〇〇〇万年」

「だめだ、ぜんぜん合わないな」

「いいか、銀河系はこうなっている」

ＴＳはヒントを出すように両手をひろげ、凸レンズをさらに薄くひきのばした銀河系のかたちを宙にえがきながら、

「太陽は、ここらを回っている。銀河の中心から遠く離れた隅っこだがね」

「わかった！」

ジローは手を伸ばして、架空のポイントを指さしながら、

「もしも太陽系が、こんなふうに回っていたら……」

上下にぶれ、上下に振動しつつ回転していく軌道を示してみせた。

「それで？」

「銀河のここの中心面は、物質の密度が濃いわけでしょう。だからそこを通過するとき、

なんらかの物体が地球にいっぱい降ってくるんじゃないかな」

「そう、上下に振動する周期があると言われている」

「何年周期？」

と勢いこんでジローは訊く。

「三二〇〇万年」

「やっぱり！」

無邪気な声をあげるジローを、ＴＳはカップのへりから窺っている。砂漠の人造湖をおもわせる真っ青な眼だ。脳の一部が外界へ露出してきたのが眼球だというが、それも青い小さな脳にみえた。カップからゆっくり口を離して、

「ま、パズルの数合わせが、たまたま巧くいっただけだよ」

とＴＳは冷めた声で言った。コーヒーカップを空にすると、ウイスキーの壜をつかみ、ちょっと逡巡（しゅんじゅん）してから、キャップをきつく締め直した。

また鑿を研ぎ始めた。

ポリ容器から水を掬って砥石にかける。刃さきに指の腹をあてて、研ぎ具合を確かめ、砥石に伏せる。イグアナの皮膚みたいな首すじや、背中が、規則的に前後に揺れつづける。息づかいも同じリズムだった。砂漠の苦行者の、長い単調な日課のようだ。

――もう、嫌！

とバスタオルを床に叩きつけて、自分の陰毛をごっそり毟り取っていったという

夫人の気持が、ジローにはわかる気がした。ここには生のよろこびなど、かけらもない。石化した恐竜や、隕石など、すでに滅びたもの、もともと生命のないものばかりだった。青い小さな脳がここに露出してきて見たものは、いったいなんだろうか。春の野草が咲き乱れる丘陵地の、洞穴深くに横たわるネアンデルタール人の白骨、その胸や腹や性器のあたりに積もっていた花粉こそが、この世で見た最もきよらかなもの、美しいものだとすれば貧しすぎる。悲しすぎる。死海のほとりの苦行集団のようなここから、そろそろ出ていく日がきたのだとジローは思う。

　黄褐色の丘や荒地に青空がのしかかっている。鑿を向けてハンマーで叩けば、キーンと割れてしまいそうな青空だった。いまもそこからＦＭ九〇・一の電波が降りそそいでいるのだろうか。じゃあね、精液（シーメン）のどしゃ降り待ってるわよ、と明るく笑う女の声を聴きたかった。

# 第八章　ダイナソーロイド

枯草色のジープで町へ向かった。ハイウェイが洪積平原を真っぷたつに切り裂いていく。ほとんど一直線だが、地表の起伏にそって帯状に波打っている。映画館のスクリーンほどの広告板が左右に立ちならんで、電子レンジや、携帯電話、インスタント・コーヒー、洗剤、にっこり笑う水着姿の女たちが次々に空中をかすめ飛んでいく。

赤く銹ついたレールが荒地をよぎり、町はずれの駅へ吸いこまれていく。

「家畜列車の駅なんだよ」

と、ＴＳはジープの速度を落とした。

「牧場の牛をここに集めてから、都会の精肉工場へ送りだしていたんだがね。廃駅になったのを州立大学が買い取ったわけだ」

車を止めて、ドーム状の構内に入った。

鉄骨の梁（はり）が屋根を高く支え、壁ぎわから鉄の階段がジグザグに伸びあがっていく。がらんどうの巨大な工場にみえた。もう、家畜の臭いは残っていない。

ＴＳはフェルトの中折れ帽をかぶったまま、ゆっくり歩いていく。天窓から光りが射していた。映写室の小窓から伸びてくる光線のようだ。広々とした構内は、粉雪か灰でも降ったように白っぽかった。あちこちに工事現場の青いビニール・シートがひろげられて、無数の化石が塊りのまま雑然と積まれている。まるで象の墓場だった。

化石の宝庫といわれるこの一帯で発掘されたものが、すべて、この廃駅に集められてくるのだろう。

ALLOSAURUS, spinal column No.1079

といったプラスティック製のカードが、化石の一つ一つに針金で結えつけてあった。駅の荷札にそっくりだった。分類が一目でわかるように、草食恐竜は淡い黄緑のカードで、肉食恐竜はピンク色だ。

アンモナイト。藻や海草が押し花のようにくっきりのぞいている岩板。ジュラ紀の海を泳いでいた大亀。海生恐竜。牛などぺろりと丸呑みしそうな古代の鮫。黄ばんだベッド・シーツで包まれている巨人のミイラみたいな塊りもあった。

電気ドリルや電気ノコギリを手に、白衣姿の技師たちが働いている。恐竜の頭蓋骨を電気ノコギリで断ち割り、眼の穴をドリルで抉る。

モーター音が響き、化石の粉末が舞いあがって、天窓から降る光りのなかを漂っていく。

技師たちは眼にゴーグルをつけ、口は厚いマスクでおおい、黙々と恐竜を加工している。まるで宇宙船から降りてきた異星人たちが、地球の生物たちを解剖しているようだ。ヒトの頭よりも大きな脊椎を台に固定して、その芯にそって電気ドリルで穴をあける。骨髄をつらぬくと、鉄の軸を通す。

化石の欠けたところには石膏を流しこみ、合成樹脂でおおう。骨という骨にブラシをかけ、コンプレッサーで屑（くず）やかけらを吹き飛ばし、ひび割れを発見すると強力な接着剤を注入する。

青いビニール・シートの上を歩き回り、腑わけでもするように骨をさがす技師たちもいる。無数の死骸の山から、原形をとどめている部分、部分をひろい集めて、噛みあわせ、骨格を組み立て、恐竜一頭だけの完全な姿を復原しようとしているのだった。

肉食恐竜アロサウルスが起ち上がりかけていた。

その大腿骨はジローの背丈よりも高く、胴よりも太い。かかとには三本の爪が鋭く生え、廃駅のコンクリートをがっしり踏みしめながら、巨大な骨盤を支えている。そこから前後へ枝が生えるように、一つ一つの脊椎が鉄芯で繋ぎ合わされ、長い尻尾や、背骨を伸ばしていく。まだ首はなく、頭蓋骨もついていない。

大きな空洞のある骨盤は、いびつにゆがんだ鞍のかたちだった。

その鞍の下方から、一メートルぐらいの恥骨と座骨がせりだしている。いまはとっくに消えてしまった内臓や生殖器を、そこで抱きとめていたのだろう。竜盤目の骨盤だった。

すぐ隣りから、草食恐竜カンプトサウルスも下半身だけ身をもたげている。TSに教えてもらったとおり、横から見るとまさに鳥のかたちの骨盤であった。大腿骨と噛みあうところが、鳥の眼そっくりの空洞になり、その上に張りだした部分は鶏のトサカにそっくりで、斜め下へ突きだす恥骨は、どう見ても嘴だった。

ジローは、肋骨(ろっこつ)が内側に彎曲(わんきょく)している骨格の森に入った。

機械だった。かつて神経の電気コードが張りめぐらされ、血液の輸送パイプ、腱(けん)や筋肉のクランクなどを備えたジュラ紀の機械。いのちの燃料が切れて、電気系統も死んでしまった機械だった。ブーメランのかたちの恥骨がぶらさがっている。もしもこの恐竜が雌であったならば、ここらに卵巣があったのだろう。いや、もっと上かな。ジローはかかとを上げ、爪さき立った。嘴そっくりの恥骨に、ゴツンと頭がぶつかった。

もう一度背のびして卵の殻でも割るようにゴツゴツぶつけながら、ジローは鳥のことを考えていた。

ほんの二、三メートル、ばさばさ飛びあがっては、すぐ地に落ちてくるぶきっちょな鳥。爬虫類の鱗が羽毛に変わり、翼の真ん中から爪が突きだしている最初の鳥。眼のうしろの、こめかみの穴も消滅してふさがり、顎が角質化して長い嘴となり、それでもまだ細い歯がぎっしりと生え、空へ飛びたつほどの筋力もなく、それでも空へ逃れようと、よたよた走り、跳び上がり、枝の木の実か虫など食べて、どうにか生き延びてきた無器用な鳥。爬虫類という種から逃れ出よう、なにかべつのものになろうと必死にもがきつづける、みじめな鳥の羽ばたきをうちに感じたのだった。

「さ、そろそろ行くぞ、坊や」

とTSの声が聴こえてくる。どこから聴こえてくるのかわからなかった。

鉄の階段がジグザグに曲るところ、中二階の監視室に蛍光灯の光りがあり、その窓ぎわに白衣姿の技師とTSが立っていた。構内を見おろしながら、なにか意見を述べあっている。象の墓場のようないちめんの化石や、起ち上がりかけた恐竜を指さし、首をふり、うなずいたりする。この惑星の海がからからに干上がった頃、ほかの星系からやってきて、ここで栄え滅びていった種を調べ、この廃駅で復原しようとしているんじゃないか、そんな気がしてならなかった。

枯草色のジープで走りつづけた。さっきとは道がちがう。

荒地にぽつんと乗りあげている難破船のような家があった。蛍光色と見まちがうほど鮮やかな黄緑のペンキで塗られていた。窓に、白いものがちらついている。妻が去った日のまま、ブラジャーやブラウスなど洗濯物がぶらさがっていると聞いたけれど、あれがそうだろうか。

　母屋ではなく、納屋のほうに車を止めた。昔は倉庫や家畜舎を兼ねていたのだろう、カマボコ型の大きな木造の建物だった。

　馬車二台が通れそうな戸をひらいた。

　草刈りの大鎌、乾草用のフォーク、黒光りする鞍、馬蹄(ばてい)。天井の梁からコンベア・ベルトが斜めに降りてきて、旋盤につながっていた。工具台にはコンピューターが二台ならんでいる。

「こっちだ、坊や」

　とTSが手招きした。

　納屋の奥のほうに、奇妙なものが五、六体、立ちならんでいた。ずらりと一列になって、薄暗がりへ行進していく格好だった。古代の生き物だが、どこかちがう。いちばん手前は一メートルぐらいの背丈の、まだ成長しきっていないダチョウかなにかの骨格にみえた。まぎれもなく二本足で立っているけれど、ひどく華奢(きゃしゃ)な骨で、どこからどう見ても鳥類だった。

「これも恐竜？」とジローは訊いた。

「ようく見てみろ」

自分の眼で確かめろ、とＴＳは突き放してくる。

「ええ、鳥類じゃない……」

「なぜかね」

「手がついている」

「そう」

「これは直立したため、前足が退化したものです。翼竜の手ともちがう」

「それから？」

「爬虫類の尾もついている」

「………」よろしい、とＴＳはうなずく。

ジローはかがみこんで、小型のダチョウのような生き物の骨盤や歯をのぞき、

「鳥盤目の、肉食恐竜……」

と自分なりに分類した。

「そう、白亜紀の小型恐竜で、サウロルニトイデスというやつだ」

ＴＳは友達でも紹介する口ぶりだった。

「あの丘で見つけたんですか？」

「いや、もっと北の方だ」

「なにか、特殊なわけですね」

「どこが、どう特殊だと思うかね？」

ジローはしばらく考えてから、あえて単純なことを最初に述べた。

「まず、恐竜としては、とても小さい」

「重要なポイントだ」ＴＳは生まじめにうなずいた。「霊長類と、ほぼ同じサイズだったわけだ」

「手足の指が三本ですね」

「三本指であることは、べつに珍しくもなんともない」

「でも手の親指は、ほかの指と向かいあわせになっています」

「ということは？」

「ものをつかめる、道具を使えるようになる」

「そういうことだな」

「…………」ジローは骨格全体のバランスを眺めてみた。

「それから？」とＴＳは促す。

「ちょっと、首が短いな」

「それは、なにを意味するかね？」

「大きな重い脳を支えられる」

「そうだな」

よくできました、坊や、と頭をなでるようにＴＳは微笑して、

「骨格から推定すると、こいつの体重は四〇キロぐらいしかなかったはずだ。だが頭蓋骨を調べて、体重比を計算していくと、脳が異常に大きいんだよ。大脳係数は〇・三になる。ということはだな、ほかの大型恐竜よりも、そのころの哺乳類よりも、数倍以上、知能が高かったはずだ」

「…………」それはジローも予想していた。

「小型であること、直立していること、手の指が向きあっていること、首が短いこと、そして大脳係数は〇・三。つまり、この小型恐竜は、最も進化していく要素をすべて備えているわけだ」

「もしも……」ジローは昂ぶりながら訊いた。「六五〇〇万年前に、集団絶滅しなかったとすれば――」

「そう、知性体になったはずだ」

隕石か、小惑星、あるいは彗星の軌道がわずかにそれて、地球にぶつからず、ただ海をゆさぶり、津波をひき起こしながらかすめ飛んでいったとすればどうなるか。もしそれが起こらず、恐竜が生きのびていったとすればどうなるか。その後の六五〇〇万年、もうひとつの可能性を辿(たど)るように、ジローはゆっくり歩いていった。

サウロルニトイデスの向こうに直立しているのは、その骨格に肉がつき、血がめぐっていたときの復原モデルだった。筋肉は想像がつくし、数値だって割りだせるだろう。

わからないのは、皮膚の色だ。褐色なのか灰色なのか、手がかりはまったくない。熱帯の蛇のように黄や赤、あるいはエメラルド・グリーンの鱗におおわれていたことだって考えられる。

知能は高いけれど、背丈一メートル、体重は四〇キロそこそこだから、大型肉食恐竜の眼をのがれて、羊歯や、鱗木、ジュラ紀にはなかった顕花植物の繁みなどに隠れながら、ちっぽけな小動物などを捕えて食べていたはずだ。すると、まず保護色の緑が妥当だろう。さらに大地の黄土色を加えていくと、皮膚は、カーキ色がかった暗緑色になる。

どんな姿勢で走っていたか、そのメカニズムもわかっている。

上半身を前のめりに傾け、ぐっと首をあげ、バランスをとるために強い腱の力で尾を水平にもたげて疾走していく。

やや離れて、ファイバーグラスかなにかで肉づけされ直立している次の姿は、もうほとんど爬虫類とは見えなかった。さらに進化して背骨をぐっと垂直に起こし、頭蓋のかたち、眼の位置さえしだいに変化させながら、ひとつの種から逃れ出ようとする過渡期の生きものたちがずらりと一列にならんで、未知の時空へ行進していく。

ジローはさきを急ぎ、可能性としてありえた六五〇〇万年を歩いていった。

架空の現在に着いた。

それはヒトのように歩行しながら、静かに、考えていた。

やあ、こんにちは、と握手でも求めるようにジローは近づいていった。三本指だった。背丈はジローの肩ぐらいで、腕、胸、首も、ほとんどヒトと変わらない。むろん、尾もついていない。

皮膚は、やはりカーキがかった暗緑色だ。爬虫類の鱗が角質化してきたのだろうか、やや硬そうな肌で、喉もとや下腹部だけやわらかい黄土色だ。

頭蓋はまるく膨らみ、球形に近づいている。髪の毛はなく、つるりと禿げあがり、体毛もなかった。

鳥類とヒトの異種混血のように、口もとはやや鋭角的にとがり、鼻すじは鳥の嘴をおもわせる。

自分の影でも見つめるように伏目がちになにか考えているらしいその眼は、金褐色に光っている。

――まるで宇宙人だ。

ジローは立ちすくみ、胸で呟いた。

この金褐色の眼こそ見てほしいと言いたげに、ＴＳは指さした。

「液化（リキッド）プラスティックなんだよ」

卵型の眼は大きすぎて、顔からやや盛りあがっていた。

瞳は、猫のような三日月型だ。たぶん昼間は細い新月で、夜は満月のかたちにひらくのだろう。闇のなかでは、その金褐色の眼がセンサーのように発光するのかもしれない。

——いや、宇宙人じゃない、恐竜型の知性体だ。

ジローは骨盤のかたちや、尻尾の切れた尾骶骨を眺め、ヒトとのちがいをさぐるように、ぐるりと一周した。ヒトによく似てはいるが哺乳類ではないから、乳房も、乳頭もついていない。

「でも、おかしいな……」ジローは首をかしげ、指さした。「臍（へそ）がついている」

「おかしいかね？」

と、ＴＳは愉しそうに笑った。

「だって、これは……」

「爬虫類すべてが卵生とはかぎらん。蛇やトカゲにも、胎生のやつがいるだろう。おそらく、胎生で、温血化の方へ進化していくはずなんだよ」

「………」ジローはうなずき、まるく膨らんだ頭蓋を見た。

「大脳係数は、七・一だ」

ＴＳは誇らしそうに言った。

「ヒトは？」とジローは訊いた。

「七・六」

「ああ」ジローはなぜか溜息をついた。

「もうちょっとなんだが」それをつくりだしたはずのＴＳは、くやしそうに言う。「あと一息で、ヒトを超えられるんだがな」

「言葉は？」

「喋るだろうな。これだけの脳だから、言語中枢もできているはずだ」

「どんな声かな……」

「たぶん、鳥のような声だろうな」

「………」

「もしも、このダイナソーロイドが出現していたら、いまごろヒトはいなかったはずだ」


むしろそうであって欲しかったと言いたげな口ぶりに、ジローはちょっと疎ましさを感じながら、鳥とヒトの混血のようなそれのまわりを、もう一周した。

やはり、宇宙人に似ている。

――ドクター。

とジローは呼びかけてみた。水のように宇宙に満ち満ちている物質、水素の出す一四二〇メガヘルツの電波を使って交信しようと試みたとき、ドクター、あなたの無意識のなかにもこんな姿のだれかがいたのですか。どうだろう、ジム、こんな金褐色の眼で水の惑星を見おろしてもよかったし、こんな暗緑色の爬虫類型のからだでレイを抱いてもよかったわけだ、われわれでなくてもよかったのだ、そうだろう……、そんなことをぶつぶつ語りかけながら、もう一度ぐるりと回り、立ち止まった。

「これ、ペニスがついてないや」

ジローはそう言ってから、性器がついていない、と言い直した。雌の知性体かもしれなかった。だがいくらのぞきこんでも、股間はつるりとして、無表情だ。

「………」TSは青い眼で苦笑している。

そうか、見えないイチジクの葉っぱで隠されているわけか、とジローも苦笑いした。

宇宙人のようなそれは、金褐色の眼を伏せ、性器のないからだの影を追うように三本指の足で歩きつづけていく。

ジープを走らせながら、恐竜型知性体ダイナソーロイドになぜ性器をつけなかったのか、TSは独りごとのようにぶつぶつと語った。むろん、忘れたわけじゃない。恐竜の性器や内臓は腐敗していくから、化石としては残らない。だが想像はできる。いまもインドネシアの島に生棲(せいせい)する、体長数メートルの爬虫類コモド・ドラゴンなどの性器を手がかりにすれば、決して想像復原できないわけじゃないんだ。だが雌はともかく、わたしにはどうも知能とペニスが相関しているような気がしてならないんだよ。たとえば遥かに大型のゴリラよりも、ヒトのほうがずっと大きな脳とペニスをもっているんだ。だから、というのは妄想的かもしれんが、恐竜型知性体にどうも性器をつけにくかった……。

いや、ちがう、とジローは思う。それはすでに創りだされていた。ファイバーグラスや液化プラスティックではなく、暴君竜ＴＳの脳のなかに、それはすでに棲みついていた。大脳係数は七・一でもいい。鉄鉤のような三本指や、まだ鱗のなごりのある暗緑色の肌、暗く光る金褐色の眼で、脳とともに大きくなった性器を鬱血させて交尾しながら、いま自分は交尾しているのだと感じるそれが、耳まで裂けた爬虫類型の口で笑う。おそらく、自分の脳の奥地を徘徊しているそれにイチジクの葉っぱをつけたんじゃないか。

EXXON CACTUSといった標識がそびえ、群青色の空で光っている。

不時着したときの給油基地のような町だ。がらんと明るいガソリン・ステーションでは、人間そっくりの恐竜型知性体ダイナソーロイドたちが金褐色の眼でテレビでも眺めているんじゃないか。レストランの前に車をとめて、キノコ入りのオムレツを食べ、コーヒーを飲んだ。

もう、日没が近い。天が漏水してくるような青を見るたび、ジローは泣きたくなる。

外へ出ると熱気は消え、砂漠の鉱物性がひんやりと漂っていた。ＴＳが立ち止まった。隣りのコイン・ランドリーの駐車場を眺めている。

「…………」

赤い旧型フォードがとまっていた。塗料の光沢はすっかり消えているが、使いこまれて底光りするような車だった。後ろのトランクがぱっくり口をひらき、獣の足がはみだしている。

大鹿だった。首のつけねを撃たれ、流れだした血の上には、砂漠の黄色い花がひとつかみ供えられていた。花弁も、茎も、乾いた血糊(ちのり)ではりついている。

だれだろう、どんなハンターだろう。

コイン・ランドリーをのぞくと、三人しかいなかった。夫婦らしい二人は、近くのモーテルに泊っているのか、備えつけのテレビを眺めながら洗濯機がとまるのを待っていた。

隅っこのほうに、老いたインディアンが坐っていた。

きちんとそろえた膝の上に、黒光りのする単発式の猟銃をのせていた。ほかの二人を気づかってか、銃口を壁に向けていた。長い灰色の髪を二つにわけて胸もとに垂らし、輪ゴムで束ねている。

テレビには、ヘリコプターが映っていた。縄梯子を垂らしながら夜空を飛びつづけていく。若い女がぶらさがっていた。破けた網タイツの脚を縄梯子にひっかけ、五本指で自分の乳房をぎゅっと鷲づかみにして、まだらに染めた髪をなびかせながら、ハスキーな声で歌っている。

老インディアンはまったく不可解らしく、きょとんと眺めている。猟銃の上に重ねられた手は骨ばってごつごつしているけれど、砂漠にしゃがみこんで黄色い花を摘むときの繊細さが感じられた。

乾燥機がとまった。

老インディアンは立ち上がった。銃口を注意深く下に向けて、乾いたシャツやズボンを取りだし、片手に抱え、ドアのほうへ歩いてくる。痩せた小柄な老人だった。だが、貧相ではなかった。赤銅色に日焼けして、顔中の皺が意志にそうかたちで深々と撓んでいる。

自動ドアがひらいた。ジローを見て、老人は立ち止まった。ん、だれだったかな、と問いかけてくる眼だ。なぜ撃ったのか、ジローは訊きたかった。血糊ではりついている花から見て、猟を楽しんでいただけとは思えなかった。

「………」

応えはないが、ぼんやり視えてくる気がした。黄色い花が咲く荒地にぽつんと腰をおろし、老人は古い猟銃を膝にのせたまま、鹿の群れを静かに眺めている。それから、ゆっくり銃をかまえ、撃つものと撃たれるものの、理不尽な因果関係をひき絞るように引き金をひく。

「あの鹿は?」

なにか儀式のための供えものですか、とジローは訊きたかった。

「………」老人はこともなげにうなずく。

「連れていってくれませんか?」

ジローは前かがみに挨拶する姿勢で、人工頭蓋のプラスティックの蓋でもとるように意識をひらき、老人にゆだねた。この脳に宿る音色のようなものを、まるごと差しだしたつもりだった。たった十秒かそこらの沈黙が果てしなくつづく気がした。

「ＯＫ」

そう応えてから、老人は異国語を組み立てるように、われわれは近い、と言った。人種的に近いという意味だけではなさそうだった。

ジローはふり返り、「行かなくちゃ」とＴＳに言った。

わかっている、とＴＳはうなずき、鶯色のチョッキから小切手帳を取りだした。赤い旧型フォードのボンネットの上でひらき、ジローの名前と金額を書きこみ、サインをした。およそ一ヵ月、炎天下の発掘現場で働きつづけた報酬だった。べつのポケットから、つるつるに磨滅した、ピンク色がかった卵ぐらいの石ころをつかみだし、小切手と一緒に差し出してきた。

「ダイジェスティング・ストン？」とジローは訊いた。

「そう、恐竜の胃袋にあったやつだ」

「………………」

握手をした。その手を離すとき、どちら側へ自分らしさが憑けばいいか迷うような、あの感覚がぶり返してきた。ＴＳは岩陰のサソリを見つめていたときの眼でなにか言いかけて、口をつぐみ、老インディアンのほうに軽く会釈してから枯草色のジープへもどっていった。

その車が恐竜たちの埋もれる丘へひき返していくのを見送ってから、ジローは赤い旧型フォードに乗り移った。

すぐには走りださない。

老インディアンは猟銃をジローに預けてから、洗濯物をたたみはじめた。大鹿の血が薄いシミになって残っていた。車に積みこむときについたのだろう。清潔な車だった。あちこちに銹の粒々がのぞいているが、計器類のガラスも、バックミラーも、よく磨きぬかれて、座席のビニール・シートも埃ひとつなく、きれいに拭かれている。

老インディアンは愛馬の首すじでも撫でる手つきで、エンジンを点火させ、ゆっくりと走りだした。

ジローは猟銃を抱き寄せたまま、名前を告げた。老人はまた異国語をぎごちなく組み立てるように言った。

「わたしは、テリー・グッドモーニング」

「ほんとですか！」

ジローはびっくりして訊き返した。グッドモーニングだって？　おはよう、良い朝、そんな姓があるとは思いもよらなかった。

「もちろん」

と老インディアンは生まじめに応える。

そうか、赤い雲、黄色い稲妻、まだら牛、といった名前と同じように、「良い朝」あるいは「悦ばしい暁」という伝統的なインディアンの姓がそのまま異国語に変わってしまったのだろう。

「ぼくの姓のアリマは、馬が有る、という意味です」

ジローはすこしばかり誇らしかった。

「グッド、ベリーグッド」

老インディアンは眼を細めた。そうだったな、いつか遠い前世で、一緒に草原の野牛を追いかけたことがあったかもしれんな、と懐かしむような笑顔だった。

ハイウェイに入った。いちばん右側の車線だった。左側を新型車がびゅんびゅん追い越していくが、老人は気にもとめず、馬の跑足のようにゆっくり走らせていく。風が吹きこみ、後部シートの洗濯物がバタバタした。ジローは助手席から身を乗りだして、膝の上できちんとたたみ、猟銃でおさえた。サンキュー、サンキュー、と老インディアンはくり返した。それから、地平線に近づきつつある夕陽の位置や、影の長さに眼をこらしている。時間を測っているらしかった。

五分ほど走りつづけて、カーラジオを入れた。

赤い目盛りの線は、FM九〇・一に合わせてあった。老朽船の羅針盤をおもわせる古いラジオなのに、音が澄んでいた。電波源に近づいているのだ。インディアン独立運動の指導者の煽るような激しい演説につづいて、あのハスキーな女の声が聴こえてくる。

——はーい、元気？　番組すっぽかしてて、ごめんね。みんな待ってた？

——え、男とどっか行ってたんだろうって？　ちがう、ちがう、あたしだってやること、いろいろあるんだから。この放送局維持するために色じかけで金持くどいたり、ほかの部族集会にも行かなくちゃならないからね。でも最後の二日は、留置場（ジェイル）にいたの。

——あたしがいないと、マスターベーションするの張り合いないだろうって、びゅんびゅん飛ばしてたらさ、スピード違反で捕まっちゃったの。

——警官のやつ、あたしの尻に手を回して、見逃してやってもいいんだよって嫌らしいウィンクなんかするから、ぺっ、と唾吐きかけちゃった。

——そしたら、ぶち込まれちゃったというわけ。ううん、平気、平気。慣れてるもんね、ああいうとこ。

——出るとき副署長が送ってくれたの、自分の車で。あいつ、自分もインディアンの血がすこし混ってるとか、嘘ばっかり。ステーキ食べて、ボルドー・ワインじゃんじゃん飲んで、真っ青になるぐらい使わせちゃった、あはは。副署長の奥さん、聞いてる？

——でもね、あいつが言ってたんだけどさ、白人から見たら、インディアンは死にたがっているとしか見えないんだって。

——知ってる？　あたしたちの平均寿命、いくつだと思う？

——四十三。信じられないほど短いんだって。アルコールでばたばたやられていくし、自殺率はふつうの十五倍。

——むちゃくちゃ交通事故も多いんだって。言われてみれば、あたしもスピード狂だしねえ。

——ほんとに、死にたがってるとしか見えないんだって。

——うーん、そうかなあ……。

——それからね、ちょっとショックな話も聞いちゃった。昔、昔、あたしがまだ処女（バージン）だったころ、ほんとにあった事件。

——あのね、インディアンの若者が、父親を殺しちゃったんだって。

——警察署には、インディアン出身の警官（ポリス）もいたわけよね。

——で、白人の署長は命令したの。おまえが逮捕にいけ、インディアンの事件だからなって。

——すると、インディアンの警官（ポリス）はこう言って断ったの。

——放っておけば、犯人はかならず自殺するはずです。同族の者を殺したら、自殺しなければならないという インディアンの掟（おきて）があるからです。

——もしも、わたしが逮捕にいけば、かならず撃ち合いになるでしょう。かれはいま自殺したがっています。だから抵抗して、わたしに射殺させるように仕向けるはずです。

——もしそうなったら、今度は、わたし自身が自殺しなければなりません。

——そう言って断ったんだけど、わかんなかったのよね。で、結局、署長命令で行かされちゃったわけ。どうなったと思う？

——もちろん、撃ち合いよね。そうなるしかないじゃない、二人ともインディアンなんだからさ……。

——警官(ポリス)は、犯人を射殺した。

——それから、自分の頭を撃ちぬいて自殺したの。

風に運ばれていく雲が陽をさえぎるように、ハスキーな声がふっとやんだ。数秒が過ぎた。

やっぱり、あたしたち死にたがっているのかなあとマイクの前で考えこんでいる女の顔が、ジローには視える気がした。

車のなかまで急に翳った。ハイウェイも、遠くの刑務所も、マスターベーションの真っ最中の男根も、インディアンの夢精のようなものすべてが、何秒間か、青い影に入った。

あたふたとした様子で、レコードがかかった。忘れるな、忘れるな、戦うことを忘れるな……とくり返す、さざ波そっくりの歌声のあと、雲が切れたように、また、けろりと明るい声が射してきた。

——ね、今夜、ペヨーテ・ミーティングがあるんだって？

——かならず来いって言われてんだけどさ、どうしようかな。

——うーん、はっきり言っちゃおうか。

——ペヨーテなんてさあ、そこらに生えてるサボテンじゃない。

——もう、わかっちゃってんだよね。いいですかあ、ペヨーテにふくまれてる物質を化学分析すると、メスカリンに似てるんだって。

——で、メスカリンはさあ、えーと、忘れちゃったけど、あたしたちの脳内ホルモンのなんとかかんとかに、そっくりなわけ。ちゃあんと、あたしたちの頭のなかにあるわけよね。

——だから、いまさらペヨーテなんかってのが、ま、正直なとこなのよね。

——あたしなんかさ、十四のころからアルコール嗜んじゃってましたから、葉っぱなんかも、あんまり効かないのよね。

——そりゃね、昔、昔は、清らかなところにいましたからさ、インディアン・パイプ回して一服しただけで、みんなハイになれたの。ちょっとの刺激で神さまとお近づきになれちゃったわけ。でも、もうだめなのよ、あたしたちは。

——わかるでしょ、ぜーんぶ終っちゃってるの。

——もう、なんにもない、すっからかん。

——…………。

——でもさ、ペヨーテ・ミーティング、鹿肉のごちそうがでるのよね。

——あ、大きな鹿、しとめたでしょう、やったわね！　ぴーんとくるのよ、シャーナは。

——うーん、じゃ行こうかなあ。鹿の肉って、おいしいもんね。

——よおし、スピード違反でびゅんびゅん飛ばしてくからね。

——みんなも来る？　ペヨーテ・ミーティング、今夜だって。

——じゃあね、精液（シーメン）のどしゃ降り待ってるわよ！

——平気、平気。缶ビールちびちびやりながら、テレビの前に寝そべってるあんたたちの精液（シーメン）、ダイエット・ペプシみたいなもんよ。どうってことない。くやしかったらさ、あたしみたいに裏切った男、ナイフで刺してみなよ。

——あ、言っちゃった。へへへ。

——じゃあね。

——こちらは、ＦＭ九〇・一、ネイティヴ・アメリカン独立国放送局。

夕焼けだった。老インディアンはまっすぐ前方を見つめ、赤い旧型フォードを走らせていく。ゆるやかな遠心力に引きつけられるようにカーブを切り、ハイウェイから砂漠に出た。ささくれた地面がむきだしになった路上で、馬の手綱をひくように止まった。

老インディアンは髪を束ねていた輪ゴムを外し、蓬髪になった。車から降りて、洗ったばかりの長袖シャツを着た。鹿の血のシミ痕は、老人の右胸のあたりだった。

立ったまま、長い灰色の髪を櫛で梳いた。頭の真ん中で二つにわけて胸もとに垂らして編み、革紐できつく縛った。ダッシュボードをひらき、鹿の骨らしい純白の首飾りを巻いた。静かな戦いの仕度にみえた。

跑足の馬を抑えるように、さらにゆっくり、ゆっくり走らせていく。自転車で追いぬけそうな、あきれるほどの、のろさだった。まわりは車一台見あたらない夕焼けの荒地だった。

「パトカーなんかきませんよ」

ジローはつい、焦れて言った。

「………」老インディアンは、横目でじろりと一瞥した。もっとよく見ろ、知覚しろと促していた。

ジローは眼を閉じて、宙から細い絹糸でもたぐり寄せるように息を吸い、肺が空になるまで絞りだした。そんな深呼吸をくり返してから、ゆっくり薄目をひらくと、

岩が燃えていた。

噴きあふれ盛りあがってくる力が、表面張力ぎりぎりの姿で、燃えていた。高くそびえる積乱雲、そう、積乱雲と呼んでいるぎりぎりの象も、夕陽を引火して燃え、動き、

夢のなかに採りこまれてくる光りのように湧出（スパウト）していた。世界が出来事に見えた。ものとして在るのではなく、出来事として世界も湧出している。

赤い旧型フォードは、出来事の真っただ中をゆっくりと慣性飛行していく。


到着した。ヘッドライトを消すと、逆に、まわりの暗がりが青く明るんでみえた。がらんとした吹きぬけの荒地に、円錐形のテントが白くぽつんと立っていた。

夏の宵、思いがけない停電が起こり、人びとがぞろぞろ家から出てきて所在なげにうろつくように、円錐テントのまわりで立ち話などしている。二、三十台の車が荒地に乗りつけたまま、ばらばらの向きに止まっている。小型トラックが多かった。

犬が吠えかかってきた。大鹿の血の匂いを嗅ぎつけたのだ。人びとが浮き足だち、水底を歩くようにゆらゆらと群らがってくる。

若い女が、男たちをかきわけながら歩いてくる。夕闇のなかでも混血らしいとすぐにわかる顔だちだった。茶色の髪が乱暴なほど豊かに両肩へ波打っている。ぴんと背すじを伸ばしていた。レイに似ている、とジローは思った。

「グランパー」

と女は呼んだ。ラジオで聴いたとおりの、ハスキーな嗄（しゃが）れ声だ。

「………」老インディアンは立ち止まったが、なにも言わない。

んだ。

咎(とが)められることには慣れっこなのか、女はけろりとして、グランパー、ともう一度呼

老インディアンはうなずき、長い、さまざまの我慢のつづきのように、

——I will make you an angel.

やや間をおいて、tonight と、つけ加えた。今夜、おまえを天使にしよう。まだ不慣れな異国の言葉をごつごつ組み立てる口ぶりだった。

「やめてよ」

と女は苦笑して、斜めにジローを見た。眇(すが)めた眼が、液化(リキッド)プラスティックのように光った。レイより少し若いけれど、ほんの十分かそこら遅れてきた双生児のようで、いずれそのからだを抱くことになるという気がした。女は腹を立てる眼つきで、ジローをじっと見すえたまま、色の淡い唇をまるく、ゆっくりすぼめ、なにか、ぷっと吐きだした。固くなるまで嚙みつづけたチューインガムだった。

# 第九章　惑星のネイティヴ

スニーカーをぬいで裸足(はだし)になった。

ティピと呼ばれる円錐テントへ、人影が次々に吸いこまれていく。あの女も腰をかがめて、するりと入った。ごわごわした帆布地をめくりあげた、洞穴のような狭い入口だった。ジローも前かがみになって潜りこんだ。

火が燃えていた。円錐形の空間がオレンジ色の光りのかたまりに見えた。

インディアンたちが焚火を囲み、あぐらをかいていた。黙りこくっている顔が、炎のさざ波にゆれている。

火とインディアンたちの間に、馬蹄形の盛土があった。ひょいと跨(また)げる二〇センチぐらいの高さにすぎないが、火を包みこむ竈(かまど)か、結界にみえた。その円いへりにそって、時計の針と同じ右回りに進まなければならない。逆回りしてはいけない。いいな、わかったか。老インディアンがたったひとつ、事前に注意したことだった。あとは見よう見まねで、流れに従っていけばいいのだ。

行列にならんで右回りに歩いた。ゆっくり進んでいるのに、急カーブを切るとき遠心力でからだが傾くように足がふらつき、馬蹄形のへりにぶつかった。土がくずれた。しまった！　緊張しすぎて、逆に吸いこまれてしまったのだ。ジローはうずくまり土を盛り直した。ああ、追い出されてもしかたがないと諦めかけていると、インディアンたちは、さあ早く回れ、と見て見ぬふりで促している。

半周した。車座の空いているところに坐った。狭くて、ちょっと膝を立てた。荒地にはもっと大勢集まっていたが、火を囲んでいるのは二十人ぐらいだ。

まっすぐな若木の幹を十二、三本、たがいに支えあうかたちに組み立て、円錐の頂点のところを束ね、厚い帆布地をぐるりと巻きつけた移動用のテントだった。てっぺんに通風の隙間があり、たち昇る煙がぬけだしていく。

水音が聴こえてくる。

紫の花が咲く高地の砂漠に満ちていた幻聴のような水音がしたかと思うと、すぐに、濡れたタオルで水面を叩くような音に変わった。長髪を背中で束ねた青年たちが、奇妙なものを手で叩いている。

水甕（みずがめ）の太鼓だった。たっぷり水を入れた甕の口に、なめし革が張ってあった。びしょびしょに濡れて、叩くたびに細かい水滴がたち昇り、火の粉とともに舞いつづける。円錐テントのオレンジ色の光りのなかに、火と水しぶきの霧がもうもうとたちこめていく。

酋長(チーフ)の挨拶がはじまった。

まだ精悍(せいかん)さの凋れていない、がっしりとした首に青いトルコ石の首飾りをつけているだけで、鷲の羽の冠などかぶっていない。ふだん着で、砂漠の夜の寒さをしのぐ毛布を肩にかけていた。この集会こそ最後の拠(よ)りどころだという口ぶりだが、ジローにはわからない言葉だった。

つづいて老インディアンが立ち上がり、全員をゆっくり見回しながら、一人一人にうなずきかけ、

「サンキュー、みんなよく集まってくれた」

今夜はいい夜になるだろう、と異国語でごつごつ語りかけてから、両手をだらんと垂らし、インディアンの言葉で祈りだした。肩を怒らせる気配はまったくない。大草原で馬に逃げられて、一人ぽつんと途方に暮れるような淋しい声だ。迷子になった少年が心細さをこらえながら、けんめいに父母を呼びつづけるような声でもあった。もはや弱さを隠そうともせず、聴いてください、どうか聴いてください、と低く、ひたむきに訴えている。

火を囲むインディアンたちも、背中をまるめ、うなだれている。

いや、一人だけ、けろりと背すじを立てていた。夕闇のなかでジローを見すえながら、チューインガムをぷっと吐きだした女だった。

深皿が回されてきた。

まだ熟れていないパイナップルの白い果肉をぶつ切りにしたようなものが、山盛りになっていた。

齧ってみた。苦くて、酸っぱかった。急いでのみこんだ。舌がちょっと痺(しび)れそうだ。神経や脳に作用するらしいことは、すぐにぴんときた。だが、平気だった。この十年近く、頭皮に電極をつけて脳波を測ったり、超音波が出ていやしないか、いや電波が出ているとか、実験用の猿のようにさんざんいじくり回されてきた脳だ。だから少々の異変にはびくともしない。それに、ここまで連れてきてくれた老インディアンへの信頼感もあった。

たてつづけに二つ齧った。水の入ったポリ容器も回されてきた。舌にはりつく苦みをすすぐように飲んだ。Tシャツにジーンズ姿の青年が、焚火にたえず木の枝をつぎ足している。それを食べて炎が膨らんでいく。円錐テントの頂、煙のぬけていく空洞のところに星が見えた。

老インディアンが手招きした。

まだ十七、八ぐらいの姉妹が立ち上がった。奇妙な髪の色だ。生えぎわが褐色で、さきへいくにつれて淡い栗色から、黄色っぽく変化していく。いや、染めているのかもしれなかった。二人とも混血だった。ジーンズの尻ポケットに両手を突っこみ、あたしたち、ちょっと見物にきただけなんだからさあ、そう簡単に仲間あつかいされちゃ困るのよね、と全身のしぐさで拒んでいた。

老インディアンは、赤い紐のついた鷲の羽で姉妹のからだを撫ではじめた。額から、髪へ、首へ、肩へ、背中へゆっくり撫でおろしていく。尻ポケットに両手を突っこんでいるため乳房のふくらみを誇示する格好の胸を、羽でさする。なによ、という反撥の顔になった。けれど老インディアンは生えたつ若木や仔牛をいとおしむように、腹をさすり、腰をさすり、しゃがみこんで娘たちの爪さきまで鷲の羽で祝福する。

困っちゃったよお、と言いたげに姉妹は見交わし、ジーンズの尻ポケットから両手を出した。

次に手招きされた少年も、その次も混血だった。混血というかたちではみ出しかけた若者たちを、もとの世界に呼びもどすための儀式らしい。

五人目がチューインガムを吐きだした女、FM九〇・一のシャーナらしい女だった。

美女コンテストのポーズでもとるように、ぴんと背すじを伸ばしている。水甕の太鼓が激しく鳴った。まるで応援団だ。女は首をめぐらし、青年たちに笑いかける。胸もとで、なにか光った。細い鎖に、カミソリの刃型をぶらさげたペンダントだ。

それを誇示するように、ぐっと胸を突きだしている。だが、微笑はどこか淋しげだった。少女の頃、アル中の母親が行きずりの男を家にひっぱりこんで、娘をどれか一人もらってくれと泣きつき、姉妹たち全員を整列させたことを思いだしているのかもしれなかった。Tシャツの裾をひっぱり、まだ蕾ほどの小さな乳房をけんめいに突きだしながら「あたしは料理ができます」と、この女は言ったはずだ。

老インディアンは、孫娘の色の淡い髪が洩れ流れだしてしまった血のしるしだというように、くり返し、くり返し、髪を撫でる。ゆるゆると回りながら、カミソリの刃が光る胸、背中、いつか妊むはずの腹を羽でさする。一羽の鷲がゆっくり旋回し、翼や羽毛であやし、愛撫しながら、帰ってこい、さあ帰ってこい、と呼びかけているようだ。

ジローは深皿に手を伸ばし、砂漠に生える多肉植物、トゲだらけの皮を剝いだ白いかたまりを口に入れた。

火の向こうでオレンジ色に染まっている女を見つめながら、生唾を飲みこむように、生ぬるくなったポリ容器の水を飲んだ。

鷲の羽がくすぐったいのか、女は、く、く、と喉もとをふるわせながら誘うようにこちらを見ている。ジローはまたひとかたまり、白い茎肉を食べた。舌が麻痺したのか、苦さも酸っぱさも薄れていた。なにかがやってくる、乗り移ってくる。いや、なにかが炙りだされてきそうだ。よし、行けるところまで行ってみようと、もう一つ齧り、水を飲んだ。

こちらを見つめていた女はあきれ顔になり、

――それ、むちゃ食いするもんじゃないの。

と金褐色に光る眼で笑った。

　なにごとも起こらない。さあ、準備はできている、どこへでも連れて行ってくれ、行けるところまで、果ての果てまで行ってやろうと、インディアンや鷲の羽にゆだねたけれど、なにごとも起こらない。満ち足りて、なんの幻影も要らなかった。ただ心地よく、水甕の波にゆられていた。この波は妙になつかしいぞ、浅い海が退(ひ)いたりもどってきたり、海岸線がたえず移動していたという波打ち際だろうか、水甕から海が叩きだされてくる。とめどなく押し寄せては、巻きあがっていく波しぶきの一滴一滴が記憶らしいが、だれのものかわからない。自分らしさのかたちもなく、脈絡もなく、脳の回路がいっぺんにひらいて記憶の海があふれだしているのか。それにしてもこの明るさはなんだろう、夢のなかに射してくる光りみたいじゃないか。いや、透明なプラスティックの人工頭蓋をかぶった猿の脳にさしこまれた電極がぴかぴか光っているみたいだ。水甕の海鳴りが聴こえる。もうもうと水しぶきの霧がたち昇り、魚が羽ばたいていく。おやおや、暗黒のなかで燃える太陽がみえる。とてもきれいだけど脳が炙りだす夢、ポラロイド・フィルムを感光させる夢みたいなものだろうな。太陽が溶けだす。どろどろの赤潮となって、重力にさからい、もう一つの星へのびていく。連星だった。対(つい)になり、たがいに捉えあう連星がけんめいに赤い舌をのばして、相手の舌をさぐりあてようとしている。連星のディープ・キスだ。よくやるよ、まったく。脳が炙りだす夢をひやかしている自分らしさは、金褐色に光る液化(リキッド)プラスティックの眼球だった。凍結した眼がなんの抵抗もなく、ハイスピードで飛んでいく。なにもなかった。なにも見えない絶対零度のがらんどうだ。いや、このがらんどうそのものが、もっと途方もないがらんどうで起こりつつある特異な出来事らしい。泡かもしれなかった。ぶくぶくと無のなかに湧きだしては、凋(しぼ)み、また膨らみつづける泡。ここからは出られっこないのか。悲しかった。なぜだろうな、なんにも意味なんかないがらんどうに、なぜ悲しみが起こってくるんだろう。眼球は飛びつづける。さらに速くなった。ぐいぐい引き寄せる力があった。重力ではない。思い出のような力だった。飛びこんでいった。なにも見えなかった。知覚が飽和点に達したのか、自分らしさが永遠に溶けこんでしまったらしい喜びだけがつづいて、おかしなことに聴覚だけが残っている。ざわざわと聴こえてくる。死者の耳もとの読経みたいにうるさかった。いや、深い井戸の底へ呼びかけてくる声かもしれなかった。

人びとが火を囲んで坐っている。どれが自分なのか忘れていた。そろそろ、もどろう、もとのからだに潜りこもうとしても、どれが自分だったか思いだせない。あそこの水甕を叩いている男だったか、焚火に木の枝をつぎ足している青年だったか、どちらも自分だったような気がする。いや、待てよ、あそこの双子みたいな姉妹だって自分みたいだし、鷲の羽を手にしている老人こそ自分じゃないか……。これは、ちょっとまずいぞ。でも、どうしてこんなに懐かしいのだろう。たった一つのからだにもどっていくのが惜しいぐらいだ。車座になり、炎のさざ波に照らされている人びとすべてのからだを生きて、通りぬけてきたような気がする。

そろそろ肉に憑こうと、もとのからだを捜しているとき、強く光る眼にぶつかった。火の色だった。見つめてくる。女だった。あれに憑くべきなのか迷っていると、女はゆっくり両手をひろげ、
パーン！

と、掌を打ち鳴らした。まっすぐ背すじを伸ばしたまま、火の向こうから横っ面を張り飛ばしてくるような動作だった。きょとんとしていると鋭く見すえたまま、また両手をひろげ、パーンと鳴らしてくる。いや、左右の掌がぶつかる寸前に、ぴたりと止めた。それでも音は感じられた。直撃してくる無音の響きだった。

とたんに、もどっていた。からだのなかにいるが、これがもとの自分なのか確信がもてなかった。テープをダビングしたように、自分らしさが磁気であったように、からだに重ねられている。どうやら、これらしいぞ。茎肉の苦みが残っている舌も、ぼくは、おれは、I、i、i、iと言ったことがあるような気がする口も、手も、なぜか使い方をよく知っている。

左手の中指、第一関節のところに小さな傷痕があった。友だちの家で遊んでいたとき、戸板の割れた先が突き刺さった痕だ。そう、まちがいない、このからだだった。

火に手をかざしてみた。オレンジ色の樹木にみえた。幹と、五本の枝であった。そうか、薪であるからだを燃やして立ち現われてくる火が、この自分らしさというやつなん

だな。

深皿が回されていく。苦さにへきえきしたのか、だれも手を出そうとしない。シャーナらしい女が口に入れて、まずーい、と顔をしかめた。

最後のひとつはジローが食べた。このからだでしかない一回性にもどったことが、なんだか淋しかった。だが車座になって坐る人びとの、円い結界に満ちているなごやかさは心地よかった。脳のどこかで紫の稲妻がぴかぴか光りながら遠ざかっていくような感覚も、くすぐったくて、つい笑いだしそうになる。

円錐テントの頂、煙のぬけていく小さな空洞のところが明るくなってきた。

朝焼けだった。我々の祈りの力で陽を昇らせつつあるのだと水甕の太鼓が鳴りつづける。

火の勢いがおとろえてきた。肉である薪を食べつくしたのだ。青年が焚火の灰を掻(か)きだしては、地面になにか形をつくろうとしている。砂遊びのように、掌でまだ熱い灰をかためる。

鷲であった。紫のルピンの花が咲く砂漠で、いつも熔岩の上にとまって羽を休ませ、猛禽の自信に満ちたしぐさでゆっくり首をたわめて見つめ返し、ジローが移動するたび、頭上で旋回していた鷲であった。青年は最後に、赤々とかがやく熾火(おきび)を一つ、そっと供えた。真紅の眼を与えられた鷲は、灰の翼をひろげ、ゆったりと大地に舞い降りていた。

円錐のテントから出た。

もう朝焼けは消えていた。吹きぬけの荒地に、横なぐりの光りが射し、人びとの影が長い。

子供たちが走ってきた。なぜか外来者のジロー目がけて駆け寄り、しきりにじゃれついてくる。まるで小犬だった。ジローは脚にしがみついて離れないひとりを、片手でひょいと抱きあげて歩いた。

折りたたみ式の簡易テーブルが二つ、荒地に並んでいた。ぺらぺらのテーブルクロスを、朝の光りが淡いピンク色に染めていた。紙コップ、大壜のペプシ・コーラ、セブンアップ、紙皿にはごちそうが盛りつけられ、リンゴの実、ぶかっこうな手造りらしいブルーベリーのケーキもあった。きらきらと輝くアルミホイルの大皿にあるのは、鹿肉の料理だった。
四、五十人の人びとが、ごちそうに手をつけず、円錐テントから出てくる酋長（チーフ）や老人たちを待っていた。ジローの抱きあげている子供が、グランパー、と呼びかけると、酋長（チーフ）はふり返って小さな孫にうなずき、鷲の羽をもつ老インディアンと耳打ちしてから、
「おまえが祝福のことばを述べなさい」

とジローに言った。遠い国からやってきた、どこの馬の骨とも知れぬ若僧に花をもた

せてくれようとしているのだった。

「でも……」

ジローがためらっていると、

「やりなさい」

老インディアンが命じた。もっとよく視ろ、知覚しろと促してきたときの眼差だった。テーブルを囲む人びとに向かって、ジローは夜明けまで途切れることのなかった幸福感と、火と薪について語り、ありがとう、と礼を述べた。

「………」

語り終えたけれど、人びとは最後のひとことを待っている。子供たちは生唾を口にためて、テーブルのごちそうとジローを見くらべながら、次の一語をうらめしそうに眼で急かしている。

途方にくれた。こんなに言葉が待たれていると感じたことはなかった。なにを言えばいいのか立往生していると、

——God bless you.

息とも風ともつかぬものが、勝手にそんなことを喋って、いたずらっぽく吹きぬけていった。それは言葉ではなかった。子供たちがごちそうに飛びついていく。朝の荒地でにぎやかな立食パーティーが始まった。

「今日ここで見たものは、だれにも語るな」

と酋長（チーフ）がジローに言った。

「死ぬまでおまえの胸にしまっておけ」

あからさまな禁止に戸惑っていると、気にするな、そんなおおげさなことじゃない、と老インディアンがそっと笑った。それから猟銃の狙いをつけるような眼で、人びとに伝えろ、おまえが見たものをしかと伝えろ、と思念で言った。

女が近づいてきた。べつに天使の羽なんか生えてこなかったわよ、おじいちゃん、と澄まし顔で老インディアンに笑いかけた。紙皿の鹿肉を指でつかみ、旨そうにむしゃむしゃやりながら、

「坊やは食べないの？」

と、食べかけの肉片をこちらの口もとに突きつけてくる。

「シャーナ？」とジローは訊ねてみた。

「そうよ」

軽くうなずきながら、さ、食べなさい、と鹿肉を口に押しこんでくる。

黄色い花がはりついていた血糊を思いだしながら、ジローはゆっくり嚙んだ。水炊きにして、ほんの少し岩塩を加えただけらしい淡白な味だ。

「どう、おいしい？」

シャーナは指についた脂をぺろぺろと舐めた。

「あのとき、なぜ手を叩いたんだ？」とジローは訊いた。

「迷惑だった？」

「いや、そういうわけじゃないけど」

「ふらふら迷子になってたんじゃなかったの？」

「………」ジローは、むっとしかけた。

「だってさあ」急に、ＦＭ九〇・一の口調になった。「こうして食べてるときさ、この口、ま、食器じゃない？　でも歌えば楽器になるし、たまには性器にだってなるじゃない」

「え？」ジローは、つまった。

「手だって同じ。拍手したり、祈ったり、セックスするときさ、手を合わすじゃない」

あはは、と嗤（わら）いながらシャーナは立ち去りかけた。

「ちょっと待って」ジローは強く言った。

ふり返ってくる乳房のふくらみの間で、金属が光った。カミソリ型のペンダントだ。

反射的に、ジローは金属片をつかんだ。ほっそりとした首すじからペンダントの鎖がのびてきて、ぴんと張った。

「なによ、キスしたいの？」

シャーナは顎を突きだしてきた。いいわよ、坊や、と挑発するように鹿肉の脂でうっすらと光る唇を、丸くすぼめた。チューインガムの弾丸が、ぷっと飛んできそうだ。鳶色の眼は冷めていた。

欲しい、と言いつのるようにジローは念をこめた。抱きしめたかった。思いを伝えるように、息をつめ、金属へ放電した。脳のどこかでたてつづけに稲妻が光った。指さきが焼鏝（やきごて）になった。指紋を吸いこむように、ゆっくり、カミソリ型のペンダントがゆがみはじめた。これが最後でもいいと、ありったけの念をこめた。金属片はガラス細工か水飴のようにぐにゃりと曲り、丸まってきた。ジローは精を放ったあとのように長い息を吐いた。

シャーナは胸もとにぶらさがるペンダントを、そっと指さきで突ついた。熱くないか、感電しやしないか、試すような手つきだった。つまみ上げて、眼球を傷つけそうなぐらい近づけて見つめ、離し、裏返したりする。なにか言いかけて、口ごもり、ヒュー、と口笛を吹いた。それから掌にのせて、変形した金属にいたずらっぽく唇を押しつけた。

群青色の車に乗った。さあ、飛ばすから覚悟しててよ、とシャーナは笑いながらシートベルトをかけた。乳房の間のペンダントが隠れた。ジローは助手席のベルトをつけた。犬が吠えた。まだ生肉のこびりついている大鹿の皮が、裏返しのまま、小型トラックの荷台にひろげられていた。

酋長（チーフ）と立ち話をしながら、老インディアンがちらりとこちらを見た。そうなるしかあるまい、と受け入れる眼だ。

に仕上げたのだろう、鋭く、精巧にチューン・アップされていた。

見かけはごくありふれた乗用車だが、ガソリン・スタンドで働く青年たちが特別念入り

走りだした。砂が飛び、石ころが飛んだ。荒地を突っ切り、ハイウェイを北上した。

シャーナは笑いながら、エンジンを点火させた。

「この坊や、さらってくからね」

西へ曲り、さらに荒地をひた走った。

鉄条網に囲まれたところに、安っぽいプレハブの家々が散らばっている。２ＤＫかそこらの、ぺらぺらの文化住宅。窓ガラスの割れたところにはベニヤ板が打ちつけてあった。家というより、吹きっさらしの不毛地に乗りあげたプレハブの小舟だった。錆ついたトラックの荷台で、褐色の子供たちが遊んでいる。インディアン保留地と呼ばれるゲットーだった。

シャーナは、びゅんびゅん飛ばしていく。

山道にさしかかった。まわりが緑色に変わっていく。緯度ではなく、高度差による変化だった。地図の等高線を切り裂くように走りつづけ、森に入った。パイン・ツリー、松の木の多い谷間を川が流れていく。

「砂金が出るの」

谷ぞいの道をさかのぼりながら、シャーナが言った。

遮断機が見えた。枝を払った幹が一本、水平になっている。その手前の空地が駐車場

になっていた。見張り小屋は空っぽだった。その軒から、星条旗が私刑のように逆さまに吊るされている。松材の壁には、ペンキのなぐり書きがあった。

PRAY FOR PEOPLE

人びとのために祈れという言葉と、縛り首めいた逆さまの国旗の幼児性が、ひどくアンバランスに思えた。

松林の細い道を歩きつづけた。森の匂いにくらくらしそうだった。足もとで松笠（まつかさ）が砕けていく。シャーナはまだ緑がかった松笠をひろい、匂いを嗅いでごらんと手渡してくる。薄荷（ミント）にそっくりの香りがした。木洩れ陽をよぎるとき、全身が金色のまだらになった。野ウサギが走った。

松の幹に、白く風化した野牛の頭蓋骨が打ちつけてあった。黒々と生える太い角に、赤い紐のついた鷲の羽がぶらさがっている。ああ、こんな偉大な獣が滅びつつあるのか。アライグマや、鹿や、野ウサギの皮も枝にぶらさがっている。

あちこちに円錐形のテントが見え隠れしている。野牛の群れを追いながら草原を移動していた頃の、野営用のティピであった。まだ新しい純白のティピもあれば、風雨にさらされ鼠色（ねずみいろ）にくすんだものもあった。円錐の頂から、うっすらと煙がたち昇っていく。電気もガスもない村であった。いや、実験的に過去の狩猟時代を復原した野営地らしい。

ＦＭ九〇・一で聴いたネイティヴ・アメリカン独立国とは、ここのことか。ＦＢＩや軍隊に包囲されながら丘にたてこもり、わずか二百梃(ちょう)の猟銃で七十日間戦いぬいて独立宣言をしたという幻の国とは、このちっぽけな共同体のことか……。

「そうよ」

これが夢のかたちなのだとうなずくようにシャーナが言った。ハスキーな声で、じゃあね、精液(シーメン)のどしゃ降り待ってるわよ、と笑うＦＭ九〇・一の女とは、まるで別人の陰鬱さだった。

川が光った。獺(かわうそ)がつくるダムのように丸石が積まれ、砂金の川がせきとめられていた。青い水をたたえた小さな湖のようだ。

蓬髪の男が水辺の台によこたわり、上半身、裸のままバーベルを上げていた。なみはずれた長身、見事な筋肉だった。大胸筋から玉の汗がふつふつと湧きたって光り、腹筋の溝にそって細い滝が流れていく。蓬髪は黒々と長く、地面にまで届いていた。ジーンズと、たっぷり油を沁みこませた黒の編上靴をはいている。腰のベルトに、革鞘(かわざや)のナイフをつけていた。刃渡り二〇センチぐらいだろうか、柄のところに碧(あお)い石が象眼されている美しいナイフだった。

「はーい、ミスター・ターザン！」

シャーナは声をかけた。ＦＭ九〇・一の口調で、まあ、がんばっちゃって、と露骨にからかっている。

迷彩服姿の青年たちが、シーッ、と人さし指を口にあてた。テレビ・カメラが回っていた。

金髪の薄くなりかけた中年の男が、カメラを肩にかつぎ、片膝をついて撮影している。助手らしい青年が、テープレコーダーの音量を調節していた。二人とも弾倉のような鉛色の電池をぎっしりと腰に巻きつけていた。

蓬髪の男はバーベルをおろし、上半身を起こした。四十二、三歳だろうか。ターザンとしては若くはないけれど、全身から噴きあふれる強い覇気があった。純粋のインディアンには見えなかった。混血なのか、ラテン系ともメキシコ系とも見える彫りの深い顔だちだった。けれど蓬髪といい、腰につけたナイフといい、全身でインディアンであることを誇示していた。

「ジローよ」とシャーナが紹介した。

「………」男はぎろりと一瞥しただけで応えない。

「こちらは、ジャスパー」

あんまり利口じゃないけどさ、いいとこもあるのよ、それはほんと、と伝えるようにジローを見た。

ジローは挨拶した。ＦＭ九〇・一で演説していた、あのジャスパーだった。男は放電するような眼でジローを見すえたまま、威圧的にうなずいた。

これだから、もう、とシャーナが苦笑した。ジローは笑わなかった。この男は力が欲しいのだ、数百年にわたる民族の悲惨に圧しひしがれてみじめにうなだれるかわりに、ぐっと顎を上げながら、力に渇えているその痛みがわかった。

「また従兄らしいんだけど」と、シャーナが言った。「あたしの叔母の、その娘に私生児を妊ませた男で、えーと、よくわかんないけどさ、ま、あたしと同じ」

このジャスパーという男とも寝たことがある、ややこしくなるかもしれないけれど、気をつけてね、とシャーナは眼で語っていた。


撮影が再開された。金髪の薄くなりかけた男も、助手も、ゲイらしかった。社会への帰属性が薄れて、いつもうっすらと潤み、眼窠のなかにやさしげに漂っているようなゲイの眼は、ジローにも一目でそれとわかる。

蓬髪のターザンそっくりの男は取材慣れして、どうすればテレビの画面に映えるか心得ているらしく、迷彩服の青年からライフル銃をつかみ取り、油を沁みこませた布で銃身を磨きながら質問に答えようとする。そう、そう、と撮影者が昂ぶっていく。シャーナは悲しそうに眺めていた。かつての男で、なおかつインディアンの最後の夢を託すしかない指導者のジャスパーが、テレビ・カメラを向けられて悦に入り、もっと有名になりたいとあからさまに飢えている貧しさを悲しんでいるらしかった。

「最初に保留地（リザベーション）を出たのはいつでしたか？」

と撮影者が訊く。

「ちょっと待て、その保留地（リザベーション）という言葉がおれたちにとってどれほどの屈辱か、わかっているのか？　おれたちは保護動物じゃない、そうだろう」

　と念を押してから、ジャスパーは喋りだした。

「最初に出たのは、八歳のときだ。融和政策というのを聞いたことがあるだろう。白人と融和させるという名目で、インディアンの子供を白人の学校に入れて教育する、つまり目ざわりな先住民（ネイティヴ）を白人の世界に吸収させてしまおう、殺すかわりに、ゆっくり消えてもらおうというわけだ。ありがたい話だよ、まったく。そして白人の善意とやらで、おれは寄宿舎にぶちこまれた。母親からも捨てられたわけだ。やっかいなガキさえいなければ、羽をのばして遊べるからな。おれは寄宿舎のベッドで、その日、その日に受けた屈辱に身をふるわせていた。ぐらぐらになるまで奥歯をかみしめていた。ま、それはいい。絶対にゆるす気になれないのは、おれから言葉を奪ったことだ。八歳のその日を境に、山も川も草も木も、いきなり別の名に変えられてしまった。いまおれが口にしている、この糞（くそ）いまいましい言葉に化けたわけだ。おれ自身も分裂した。八歳まで、おれはタタンカと呼ばれていた。野牛のことだ。あわれな混血の私生児に、祖父はインディアンとして最高の名前をつけてくれた。ところが、八歳の日を境に、おれはジャスパーというものになった」

「いまも、その名前を名乗ってますね」

「決めたわけだ。もう引き返さないと。そのかわり自分が父親になったら、最初の男の子は、タタンカと名づけようと同時に決めた、八歳のときに。おかしな話だろう」

「高校を中退して、西海岸へ行きましたね」

「よく知ってるじゃないか」

「どうしてたんですか、西海岸では？」

「ハスラーになったよ」

「ハスラーというと、あのハスラー？」

「そう、あのハスラーだよ。白人の女漁りが仕事みたいなもんさ。煙草代もろくになかったからな、三日で一箱きりだ。そいつを口にくわえてバーに入る。で、いい女がいないと、くわえた煙草を箱にもどして、つぎのバーをさがす」

「………」

「ナイフと女に明け暮れていた」

　美男のジャスパーは銃を磨く手を休めて、胸や腕の傷痕を示した。唇の下にもあった。左の眉毛も一ヵ所、細く斜めに切れていた。その傷痕に、テレビ・カメラがアップで迫る。

　くくっ、とシャーナが笑った。はじめは声を抑えようと怺えていたが、途中からそんな努力も馬鹿ばかしいと投げだすように、あはは、と笑いを解いた。

「だってさあ」

　FM九〇・一の、あの声だった。

「ジャスパーがなんで西海岸へ行ったか知ってる？　映画スターになろうと思ってたのよね。背は高いし、ターザンみたいにかっこいいもんね。白人の女にもチヤホヤされるし、映画スターは無理でも、ま、テレビぐらいは出られると思ってたんでしょ」

「……………」蓬髪のジャスパーは舌打ちした。

「いいじゃない、ほんとなんだからさ」シャーナはけろりとしていた。「黒人がフットボールやバスケットボールの有名選手になりたいと思うのと同じなんだからさ、ちっとも恥ずかしいことじゃないよ。そうよね、みんなだって」

　まわりの青年たちが、つられて笑いだした。ジャスパーの機嫌をそこねないよう、逆鱗(げきりん)に触れぬよう、遠慮がちの笑いだった。

　声がひくのを待って、カメラマンの質問がつづいた。

「先住民(ネイティヴ)の独立運動に入るきっかけは？」

「やはり、刑務所だろうな」ジャスパーの声から、すこし芝居気がぬけかかった。「いろんな連中がいたな。ポンビキ、泥棒、強盗、強姦(ごうかん)、殺人犯、ホモ連中……。女房を殺したやつもいたし、母親を刺したやつもいたな……。本も読んだよ。あのときだけは、この糞いまいましい言葉を覚えといてよかったと思った」

「たとえば、どんな本？」

「忘れたよ」ジャスパーはせせら笑った。「おれが知りたかったことは、ただ一つだけだ。この世には、生まれながらにして恵まれた者と、生まれながらにして不幸な者がいるのは、なぜか。それだけだよ。そしてわかったのは、本気で世の中を変えようと願っているのは、不幸な連中だけだってことさ。ま、あの刑務所がおれにとっての学校だった。そして、二度の刑期をちゃんと務めあげたという証明書、その青い紙っきれが、学位みたいなもんだ」

「その二度目の刑というのが、あれですね」

「そう」

くり返し語る熱が失せたように、ジャスパーはぶっきらぼうに応える。

「あなたが号令をかけて、二百人ぐらい猟銃をもって駆けつけてきたわけですね」

「いや、号令をかけたからじゃない。あれは、ただ起こっただけだ」

「…………」

「きっかけを知ってるか？　たわいないもんだよ。一人の女をめぐって、白人の男と、インディアンの男が争った。白いほうがインディアンを刺し殺した。そして裁判の結果は、無罪だった」

それだけの出来事が、なぜ口火になりえたのか訝るように、ジャスパーは銃を眺めている。

「そして、あなたたちは反乱を起こした。たった二百人で戦い、世界最強の国に対して独立宣言をした」

ジャスパーの声の沈みように焦って、逆に、白人のほうが煽るように言った。

「…………」その独立国の実体がここにすぎないと呟くように、ジャスパーは奥歯をかみしめている。

「あなたたちが丘の上にたてこもっているとき、わたしは実況中継のニュースを見ていました。丘のまわりは装甲車や戦車で囲まれ、軍のヘリコプターが飛び回っていた。そして狙撃兵が、照準レンズつきのライフルで頭上から狙っていた」

金髪の薄くなりかけた白人は、テレビ・カメラから眼を離して語りかけた。

「ヘリコプターのせいで草がざわざわ波だっていた。そして、インディアンの女性たちが食糧を抱えて、いのちがけで丘へ走っていった。黒い髪がなびいて、ほんとうにきれいだった」

眼窠のなかでやさしげに漂っているゲイらしい眼に、ひたむきな色がにじんでいた。あのとき理想の女性たちを見た、そう言いたげに声をつまらせてから、再びテレビ・カメラをのぞき、

「あれが先住民（ネイティヴ）の最後の反乱でしたね」

いや、最後じゃない、という応答を誘いだそうとした。

「…………」

ジャスパーは、ぼんやりとしていた。

「あなたたちは、いまも武装している」

「これか？」

使い方を思いだせない道具でも見るように、ジャスパーは銃を手放し、

「こいつは猟の練習だよ」

な、そうだろう、と迷彩服の青年たちに声をかけた。

「ウラン鉱を占拠するとか、中米にインディアンの義勇兵を送るとかいう噂は？」

「………」ジャスパーはへらへらと笑った。

「連邦捜査局はすでに動きはじめていますよ。もし本気なら、どうしてラジオなんかで喋るんですか？」

「そう、そこよね」

と割り込むシャーナのうしろで、青年たちも問い糺す眼つきになった。

「あんなにべらべら喋っちゃってさ、そばで聞いてて、馬鹿かって気がしてくる」

一度は惚れたこともある男を、どうしても見放せない、せめて最後まで見届けたいという執着があった。

ジャスパーは足もとの草をむしった。銃を磨くとき手についた機械油を、その草でぬぐいながら考えている。力が欲しい、戦う場が欲しいとねがう男が、なぜ考えなければならないのか考えているもどかしさが、ジローには痛ましかった。

埒が明かない、と考えかけたことをごろりと横によけるように、ジャスパーは言った。

「起こるときは、起こるもんだ」

青年たちは迷彩服をぬいで、砂金の川に入った。石を積んで堰とめたところが、かなり深そうだった。せいぜい池ぐらいの大きさだが、澄んだ水は湖の色だ。

撮影を終えて白人たちがひきあげていくと、ジャスパーも水に入り、おまえもこい、とジローを呼んだ。

裸になり、水際へおりていった。

積乱雲が水中へ湧きたち、その雲に押しやられて、青空はもっと深くにあった。水面からいくつも頭が突きだしている。

水中に黄緑の光りがあった。恐竜のダイジェスティング・ストンに似た石が水底に見えた。潜っては、水を割り、息を吸った。青い鉱石のような空へねじれこんでいく螺旋状の鳥の動きがあった。その鳥も意識をもっていると感じられた。泳ぐ青年たち、岸の女たち、水面すれすれに立って見えるシャーナ、森をひきちぎるように飛びたつ鳥。いたるところに意識の濃淡があり、さざ波があった。

水に潜るとジャスパーがいた。蓬髪が逆さに立ってゆらめき、ジローを見つめてくる眼に殺気があった。なにか言った。唇から小さな泡がたち昇っていく。ほとんど同時に、水から頭を出した。

空がまだ明るいうちに夕食のしたくにとりかかった。谷間だから、まもなく日が翳ってしまう。電灯もない。女たちは野営地の竈に火をおこしている。トウモロコシをゆでるシャーナの胸で、変形したペンダントがゆれている。確かに、金属は曲った。だが、それはもういい。ここまででいい。ここからさきどんな意味が開示されてくるのか、いまはただ眼を瞠いていよう。

水辺に松材のテーブルがすえつけられ、丼のような深皿のスープから湯気がたち昇っている。ゆがいた青紫のトウモロコシと、窯で焼いたぶかっこうなパン。それに小ぶりなリンゴが添えられている。それだけだった。

松林に点在する円錐形のティピから、子供たちの笑い声が聴こえてくる。家族をなす者たちは別個に食事をつくり、それぞれ団欒（だんらん）の時を過ごしているらしかった。松材の食卓についているのは、独身者たちだった。男もいる。女もいる。

蓬髪のジャスパーが立ち上がった。うっすらと湯気をたてる青トウモロコシの粒々を指でちぎり取って、地にこぼした。パンもひとつまみ、地にこぼした。両手で丼をもち、足もとの草むらに少し滴らせた。大地への捧げものだった。

ジャスパーはナイフの傷痕がある顔を伏せて、なにか言った。部族のことばだが、ジローにはわかった。わかる気がした。この草は母の髪で、この大地は母の肌、山は乳房、土は肉、地中の硬い石は母の骨だと祈っているのだろう。独身者たちも食べものを少量こぼしながら、ぶつぶつ祈っている。母なる大地をまるごと奪われ、我々は砂漠や、こんな谷間の野営地に追いつめられている、いったいなぜだ、なぜ苦しまねばならないのか、うつむきながら言いつのっている。

　腰をおろし、がやがやと食べはじめた。スープには、野草、野ウサギの肉、ぶつぶつと短く折って煮立てたスパゲッティも入っていた。パンは窯の煤(すす)やら火つけに使ったらしい枯草などがこびりついて、食べにくかった。トウモロコシも青くて薄気味わるいが、嚙みしめると甘やかな滋味があった。

「ねえ、ねえ、このオリエンタル・ボーイ、どこで拾ってきたのよ」

　女たちはシャーナを小突き、あけすけに笑う。

「あたしのグランパーが連れてきたんだけど、迷子になってたの」

　ペヨーテの茎肉を食べながらの儀式のことはすっ飛ばして、けろりとシャーナは言う。

　性的な禁止のゆるやかな共同体らしいことは、ジローにもわかった。野牛の群れを追っていたころからのしきたりなのか、滅びつつある民族の血をいま再び殖(ふ)やそうとしているのか、家族の団欒はいらないが私生児なら何人でも産んでやると肚(はら)をすえているのか、女たちはふてぶてしいほど明るかった。

　鳥の声がやんだ。

　砂金の川が暗くなってきた。空はまだ藍色だが、天の漏水するような青さが谷間に濃く満ちはじめた。ごうごうと水音が高まり、こちらの足もとまで水がみなぎってきて松材の食卓ごと漂っている気がした。

一人、二人と立ち上がって、空になった食器を川で洗いはじめた。シャーナも水辺にかがみこんでいる。ジローも見よう見真似で、竈の灰と土をまぶし、食器についた野ウサギの脂をこすり落とした。水の流れは速く、斜めの滝のように走っていく。深皿や丼が弾き飛ばされそうな急流だった。けれど石積みにいったん堰とめられ、満々とみなぎる滝のように膨らんでから、落下していく。水しぶきの霧がたち昇ってくる。谷間の下方、つい昨日の夜、焚火を囲みながらペヨーテの茎肉を食べたあたりも、今朝、群青色の車で走りぬけてきた荒地も、いちめん水浸しになっていそうだった。もっとよく視ろ、と老インディアンに促されてやっと視えた、あの赤く盛りあがる岩も、ものではなく出来事として生起しつつある世界も、隅々まで洪水におおわれているんじゃないか。ここから上流には、だれひとり住んでいない。野ウサギや、鹿や、雷鳥の領域だった。水源はどこにあるのか。惑星のネイティヴの夢から湧き出してくる水音に聴こえた。

シャーナは背すじを丸めて、水を掬う。首からペンダントの鎖がぶらさがって、水面すれすれにゆれる。濡れた手をTシャツの裾でぬぐい、変形したカミソリの刃を丸首の奥へ入れた。三つ目の乳首のように尖ってきた。パーン！　と打ち鳴らした両手を、また水に沈めた。合わさった掌が、淡くピンク色がかった蓮の花にみえた。ジローも鶴嘴をふるいつづけた両手を砂金の川に浸し、同じ夢を汲みとるように水を掬い、ごくごくと飲んだ。

# 第十章　百秒だけの友愛

雪が、とめどなく降ってくる。夜空の奥ではまったく見えず、都市をおおう赤紫がかったドーム状の光りに入ったとき、いっせいに燦（きら）めきだす。垂直のコンクリートの森にさしかかると、突風にあおられ、白い氷河のように宙を流れていく。サーチライトのなかでは青白く結晶して、高層ビル群の窓のあたりでは蛍光灯の色に染まる。

テレビの画面から父の姿が消えると、レイはまた窓に吹きつける雪を見る。やみそうもなかった。金属粒子か、ガラス繊維のような細かい雪が風にあおられていく。ほとんど吹雪だった。

テレビから、また父の声が聴こえてくる。

熱帯アジアの戦争映画だった。濁った橙色の泥水に浸（つ）かり、英語を母語とする二世の父が、たどたどしいピジン・イングリッシュで機関銃をもつアメリカ兵にへつらいながら、密林の村へ向かう。

ロードショーで観たことがあった。四年か五年前、いつもより念入りに化粧してから、迎えにきてくれた副社長ダグラス・イリエの車で、映画館に乗りつけたのだ。今度こそ父は、アカデミー助演賞を取るだろうと、下馬評の筆頭にあげられていた。けれど、そんな誇らしい予感は、映画が始まり、半時間もたたないうちに萎えていった。

むろん、父は熱演している。ナパーム弾で焼かれていくふるさとの村を呆然と眺め、息子の歳ぐらいの若いアメリカ兵のお供をして、へらへらと笑い、へつらいながら売春宿でドルをくすね、同胞たちを裏切る。アクターとしては見事だけど、父は結局、アジアの黄色い猿ばかりで、毅然とした人格をもつ東洋人の男性を演じる機会はついに巡ってこなかったのだ。

おれは裏切り者じゃない、と呟いていた祖父が思いだされてくる。脳溢血で半身不随になってからも、スパイじゃない、裏切り者でもなかったと、ことあるごとに車椅子の上で言いつづけていた。

太平洋戦争が始まる以前、祖父は日本プロレタリア文化連盟の一員として、軍国主義をからかう諷刺画を描きつづけていたのだという。何度も投獄され、全裸のまま拷問される妻の悲鳴を聞きながら、それまで拒みつづけていた転向の手記を書いた。

「妊娠していたんだよ……」

「ええ」

わかっているわ、流産したのよね、とうなずきながら車椅子を押したこともよく憶えている。

出獄後、しばらく神戸の妻の実家に身を寄せて画塾などひらいて暮らしていたが、特高の監視はつづいていた。豊かなリベラリストであった妻の父親の奔走で、パスポートや、アメリカの入国ヴィザを得て、亡命者のように夫婦で客船に乗った。

「畜生、逃げられた、と特高のやつら地だんだ踏んでくやしがっていたそうだ」

いたずらっ子のように笑う祖父の声も忘れてはいない。中国大陸への侵略はすでに始まり、ヒトラーのドイツ、ムッソリーニのイタリアと三国同盟が結ばれる直前だったという。

真珠湾攻撃のニュースを聞いたのは、アート・スクールで本格的に油絵を学びなおしている頃だった。宣戦布告なしの奇襲攻撃、街角のラジオというラジオが日本の卑劣さをなじりつづけていた。通りを歩けなかった。行きつけの雑貨屋、食料品店に顔を出すこともできず、ハーレム近くのアパートに閉じこもって、消しゴムのかわりに使うデッサン用の食パンが干涸(ひから)びていくのをぼんやり眺めているうちに、巨大な戦争が動き出していた。

「FBIに呼ばれたでしょう」

「そう、FBIにも移民局にも呼び出されたよ」

「どう答えたの？」

「もちろん、日本軍部のファシズムに抵抗してきたことを喋ったさ」

「収容所には送られなかったの？」

「収容所に入れられたのは、西海岸の日系人だけだった」

「ニューヨークでも、エリス島に収容された人たちがいたんじゃない」

「よく知っているな」

「だって、わたしも日系人よ」

宙ぶらりんの混血の三世だけど、とレイは思う。

「エリス島に収容されたのは、公職者と商社員だけだ」

「ええ、そうね」

真珠湾攻撃のあと、アメリカ合衆国の反攻が始まるのと同時に、祖父が奇妙な行動を起こしたこともよく知っている。天皇や、日本政府、トージョーに対する諷刺画を描いて「ライフ」をはじめ、さまざまな新聞、雑誌に持ちこんだのだ。記者たちは、母国を痛烈に弾劾する若いジャパニーズを気味悪がりながらも、一通の紹介状を書いてくれた。それを持って、祖父はみずから、ＯＷＩ、戦時情報局のドアを叩いたのだ。

「裏切りじゃない」

と祖父はしつこく、くり返した。

「一日も早く戦争を終らせることが使命だと信じていた」

どこかしら正面切って語る強引さ、ふつうなら口ごもり、沈黙するはずの急所をてらいもなく踏み渡っていく祖父の性格にいらだち、

「ＯＷＩの年俸はいくらだったの？」

遠慮がちに訊ねると、

「二八〇〇ドル」

むっとして不機嫌に答えてくる。

「当時としては、すごい高給よね」

「金が目的じゃなかった」

と、祖父は癇癪を起こしかける。

「もちろんよ、グランパー、よくわかってるわよ」

妻は再び妊娠して、わたしの父を宿していたのだった。戦時情報局に入った祖父は、心理戦争作戦部に回され、対日工作のためのブラック・プロパガンダ、日本兵の戦意をそぐための宣伝ビラをつくり始めた。太平洋の島々や、ビルマの戦場で飢えている日本兵の犠牲を最小限に食いとめること……。それが祖父にとっての大義名分だった。そして天皇の献立表や、でっぷりと肥ったブルジョア、醜いトージョーの諷刺画を描いて、ジャングルで飢えている日本兵の頭上にばら撒いたのだ。武器を捨てて投降してくる日本兵の背嚢（はいのう）に、よく祖父の描いたビラや宣伝の豆本が入っているという報告を受けとったとき、祖父はひそかに泣いたという。

そして戦争が終ると、Ｃ54機で日本へ飛んだ。敗戦後の日本人の意識調査、それが表向きの任務だった。かつてのプロレタリア運動の仲間たちは、占領軍の一員としてもどってきた祖父を、売国奴、裏切り者、スパイと蔑んだ。それが晩年にいたるまで消えない心の傷となった。だが祖父は欲するものを手に入れた。戦時情報局の一員として協力した功績を認められて、アメリカ市民権に準ずる永住権を与えられたのだ。

アメリカ人として成長した父が、東洋人そのものの顔かたちが不利だとわかりきっているのに、なぜアクターになろうとしたのか、それはいまも謎のままだ。わかっているのは、劇団で出会った白人女性と早々と結婚して、兄とわたしが生まれたことだ。

二卵性双生児のように、わたしたち兄妹は仲が良かった。白人でもアジア人でもないわたしたちは、アメリカ人としてはちょっと異物だった。混血だから日系人とも言いにくい。それでいて遊びたい盛りの七つのころから週に一回、土曜日ごとにロサンジェルスの日本語学校に通わされた。たまらなく苦痛だった。「合いの子」という日本語もそこで覚えた。兄とわたしは、よく日本語学校をズル休みして動物園に出かけたりした。

十二歳になった兄は、ある日、アイスクリームをわたしに買い与えてから、

「知っているか、レイ」

と大人びた顔で教えてくれた。

ずっと昔、ローマ帝国時代に頭のおかしな皇帝がいて、不思議な実験に熱中したという話だった。皇帝は奴隷の赤ん坊たちを集めて、その子供たちに決して声をかけてはならない、近くで喋ってもいけない、この世に言葉というものがあることを絶対に気づかせてはならない、そう厳命して育てさせたのだという。

「で、どうなったの、子供たちは？」

わたしが訊ねると、

「おれたちと同じだよ」

あはは、とひねくれ者の兄は笑った。

わたしは黙っていた。ちがう、その奴隷の子供たちと、わたしたちはちがう、と言いたかったけれど、黙ってアイスクリームのコーンを齧っていた。二つの言葉を無理強いされて、世界がそこに二重露光しているみたいな宙ぶらりんの気持だけは同じだと思えたからだ。子供なりに漠然と考えてもいた。その頭のおかしな皇帝と、グランパーがどこかしら似ているような気がすると。いまならば、兄にこう述べることもできる。遠い歴史のなかで意志した祖父のせいで、わたしたち兄妹はいま歴史の波頭に打ち上げられ、水しぶきのように漂っている。けれど拠りどころのないわたしたちこそ、これから先のヒトの意識にほかならないと。たとえば、混血黒人の宇宙飛行士ジムのように……。

太平洋を一望するカリフォルニアの家、庭に大きなレモンの木が生えている家で、祖父は死んだ。二度目の脳溢血だった。そうしようと思えばいつでもアメリカ市民権を取れるのに、永住権だけのまま、日本国籍のまま死んでいった。遺言どおり、ふるさとに遺灰を運んでいったのは、孫であるわたしたち兄妹だった。祖父のふるさと、わたしたちの遺伝子の一方のルーツは日本の南部だった。緑の市街電車が走っていた。観光用のフェリーボートに乗った。海は孔雀（くじゃく）の首をおもわせるつややかな群青色で、向こうに噴煙をあげる活火山がそびえていた。兄とわたしは円筒形のブリキ缶の蓋をひらいて、フェリーボートの甲板から遺骨をざっと海にこぼした。

テレビを消した。毛皮のコートを着て、通りに出た。雪が降っていた。水をはじくポリエステルの偽物（フェイク）のコートのほうがいいとわかっているが、どうしても毛皮を着たかった。いまは捕獲禁止になっている山猫の毛皮だった。妖（あや）しいほどの光沢があり、背の毛なみにそって渦巻く模様や斑点があった。休暇で北京へ行ったとき、デパートで買ってきたのだ。信じられないほど安かった。その分、裏皮の鞣（なめ）しも悪く、山猫の臭いも消えていない。

深々と襟を立てた。ガラス繊維のような雪はほとんど水気を感じさせず、無機的に滑りおちていく。

衛星中継の電波をリレーしていく塔の頂、その光りの暈のなかにも球状の吹雪が浮かんでいる。

足もとで雪は硬くきしむ。路上のマンホールから、白い蒸気がたち昇っている。地底から火山の湯気が洩れてくるみたいだ。レイは、それを突っ切って歩くのが好きだ。

川に出た。シャーベット状の氷がうっすらと漂っていた。こんな夜でも海が規則正しく呼吸しているのか、シャーベット状の氷は雪を乗せたまま、満ち潮に押しもどされ、ゆっくり川をさかのぼっていく。

雪が赤くなった。ディスコのネオンの下に、三十人ほど行列をつくっている。海豹のような毛皮を着た、もう人種的な特徴のない混血青年が、入口で客を選別していた。ロールスロイスから降りてきたカップルを雪のなかに立たせたまま、札ビラだけじゃここは通れないいんだよ、と涼しげに笑っている。階級、貧富、社会的地位などまったく通用しない、不思議な選別だった。混血青年の、特権的なセンスにかなう客だけが、優先的に入れるのだ。客たちはその無根拠な差別をむしろ甘美なもののように受け入れ、雪のなかでふるえながら待っている。

その選別を受けてみたくなった。

行列のうしろに立ち、五、六分もたたないうちに、混血青年はまっすぐレイを指さした。入口に張った赤いビロードの綱をはずし、さあ、どうぞ、と優雅な身ぶりをする。眼が合ったとき、ふっと友愛ということばを思い浮かべた。

地下へ降りた。長い階段だった。パステルカラーの細いネオンで飾られている壁が、黒褐色の岩になった。イースト・リヴァーとハドソン川、二つの川にはさまれた島の、高層都市を支える岩盤がむきだしになっているのだ。basalt 玄武岩、二つのことばをほとんど同時に思い浮かべながらレイは降りていった。地下洞窟、いや地下鉄の廃線を改造したディスコだった。踊る人びとの足もとで、フロアに埋めこまれたままのレールが光っている。

黒褐色の岩肌をむきだしにした壁ぎわのカウンターで、バーボンを飲んだ。からだがまだ冷たかった。踊ろう、と男たちが誘う。人の群れにぶつかりながら踊った。電気増幅された音が、皮膚を叩いてくる。一曲踊り、ダブルで二杯飲んだ。二曲目の相手は、すれすれに腰を寄せて、突きあげ、こねまわすように動かしてくる。玄武岩の天井を、プラネタリウムの星が動いてゆく。

次の曲はパスした。グラスを手に休憩室へ向かった。男たちが追ってくる。まつわりついて離れない。廃線レールの間に、電話ボックスが立っていた。ガラスのカプセルに入りたかった。

先客がいた。口髭をきちんと刈り込んだ中年の男性だった。ドアの前に立っていると、追ってきた男たちがいやに狎れなれしく腰に手を回してくる。電話ボックスの男性は気づかいながら、こちらを見つめている。眼が、静かな水たまりみたいだ。眼球が水っぽく潤み、エロティックでありながら奇妙な清澄さを湛えている。あきらかにゲイの眼だ。

男たちの手を払いのけているとき、ガラスのドアが開いた。受話器を持ったまま、よかったらおいで、と眼で語りかけてくる。ヒト科の眼だ。笑いながら、カプセルに入った。ゲイの男性は電話のやりとりをつづけながら、そっと抱きよせ、背中を撫ではじめた。中年の天使に撫でられるような、くすぐったい中性的ななまめかしさがあった。

どちらからともなく、くすっと笑い合った。こころの波長が合うのに性愛はすれちがうことがおかしくて、わざと乳房を押しつけてみた。

「まだ雪が降ってる？」

髪の匂いをかぎながら訊ねてくる。

「ええ、吹雪みたい」

「………」

なにか言いかけて、じゃあ、と水の眼で微笑んだ。狭い電話ボックスでするりと身を入れかえ、ひとりしか乗れない救命ボートをゆずるみたいに、そっとドアを閉め、さよならという眼をした。行きずりの、百秒だけの友愛。

わたしはゲイに似ている、とレイは思う。レズビアンでもないし、両性愛（バイセクシャル）でもないけれど、自身の欲望のほか、いっさいの帰属意識をもたない宙ぶらりんの、中性的なゲイにそっくり。

ジムの声を聴きたかった。腕時計を見た。もう真夜中の二時。明日の訓練をひかえているジムを起こすわけにいかない。わたしは中性だけど、あいつは次期機長（コマンダー）の人造人間、と舌打ちしたくなる。黒い膝にまたがって交わっているとき、あいつはわたしを軽々と抱きあげ、わたしのからだ深くに性器を入れたまま歩きだして、キッチンへ水を飲みにいったこともある。

青いラピスラズリの原石を磨きながら、木々の枝が鳴る音を聴いた。吹雪のなかで神経線維がいっせいにふるえるような音だ。母の遺骨を撒いた砂漠の火山にも雪が降っているのだろうか。吹雪で母の遺灰が飛ばされやしないか……。

電話が鳴った。

工具台の電話を見た。まちがいない。鳴っているのは、自殺防止ホットラインの電話のほうだ。気が変わって切られないよう、間髪を入れず受話器を取り、ハロー、と応えた。

「…………」返事がない。

「ハロー」

ニューマンは明るく呼びかけてみる。この声を出すとき、いつも逡巡が起こる。自殺しようかと迷いながら電話をかけてくる相手に対して、深い包容力を示さねばならないのだが、偽善がにじみ出していやしないか。

「ドクター?」

と訊いてきた。若い女性の声だ。

「え?」一瞬、戸惑ってから、ふだんの電話のように応えた。「ええ、ニューマンですが」

「あたし、だれだかわかる?」

「さあ……」

「すごい雪ね、そちらも降ってる？」

ヒントでも洩らすように、くくっと笑う。長距離電話らしく、声がくぐもっていた。

「ああ、レイだね。そうだろう」

「イエーイ」

「おや、おや、ごきげんじゃないか」

「そうよお」

「音楽が、ちょっと聴こえるね」

ニューマンはさりげなく訊いた。自殺防止ホットラインに応える場合、相手がどこから電話をかけているのか、まずそれを知る必要がある。睡眠薬をのんでベッド脇の電話に手を伸ばしたのか、街角の公衆電話か、テーブルの拳銃を見つめているのか、とっさに状況を判断しなければならないのだ。

「ディスコにいるの」

レイは、けろりと答えてくる。

「楽しそうだね」

「ヘイ、ヘーイ」

「ジローの居所でもわかったのかね？」

「いいえ、あの子はまだ行方不明」

「…………」

「ねえ、ドクター、いまなにしてた？」

「ラピスラズリを磨いていたよ」

「ああ、あれね、ジムの指輪」

「そう、ジローにもやろうと思ってね」

「あたしも欲しいな」

「指のサイズは？」

「ナンバー・ナイン」

「よし、わかった。ところでレイ、また遊びにおいで。ロゼッタが会いたがっているぞ」

「ねえ、ドクター」沈黙をよけるように、レイは早口に言う。「ロゼッタのママとどこで出会ったの？」

「え、ワイフのことかね？」

「決まってるじゃない、ドクター」

「彼女は」ニューマンは生まじめに応える。「天文台の職員用レストランで、ウェイトレスをしていた」

「ほんと！」

「おかしいかね」

「ええ、おかしい。おかしいけど、とっても素敵です」

「…………」ニューマンは苦笑した。

「ねえ、ドクター、夢も見ない人間って、いると思う？」

「ジムのことかね？」

「そう」

「うーん、ふつうありえないがね、あいつはヨガ行者みたいなやつだからな」

「そうね」レイは、かん高く笑った。「あいつったらね、あたしを抱いた翌朝、キッチンで腕立て伏せやってたのよお」

「それはひどいな」

　ニューマンも笑った。

「やっぱり、機長（コマンダー）になるのかしら」

「たぶんね」

「…………」

「レイ」ゆっくりニューマンは語りかけた。「プライベートの電話のほうに、かけなおしてくれないかね。この回線は、ふさげないんだ。自殺防止ホットラインだから、わかってるね？」

「イエイ！」

　陽気な声で、電話は切れた。

ニューマンは待っていた。二台の電話、天文台のマザー・コンピューターと繫がっている端末機、それらの回線の向こうに、気味わるい沈黙が黒々とひろがっている気がした。こうして自分は常に待ちつづけている。戦争の頃は、敵の電波を傍受する観測船で耳を澄ませていた。大学にもどり、鯨座タウ星にアンテナを向けてからは、今日に至るまで地球外知性体からのメッセージ電波を待ちつづけている。そして三十年以上過ぎたというのに、声はまだ一度も聴こえてこない。

また砂漠の火山が胸に浮かんだ。その頂から、母の遺灰が粉雪となって飛んでいるような気がしていたたまれなかった。

脳腫瘍に冒された母は、つい昨日のこと、おととい の出来事と、新しいほうからつぎつぎに記憶を失っていった。楓の森の家さえ、もう思いだせないという。旧ユダヤ人街の煉瓦造りのアパートは、ぼんやり霧に包まれているらしかった。古い記憶だけが残り、アイザッシュ・ニューマンがまだこの世に生まれていなかったころの、迷路のようなプラハの街の石造りの家は、間取りまではっきり思いだせるという。

電気ノコギリの音とともに頭蓋骨の一部が取りはずされていった。ピンク色がかった灰色の脳を、血管が赤紫の葉脈のように包んでいた。脳膜を切りひらくと、内部はやわらかい乳白色だった。オリエンタル・フードのトーフのようだ。メスのさきから鮮血がじくじく滲（にじ）みだしてくる。ニューマンは知っていた。母の脳腫瘍は、メスのさきが触れただけで心臓がとまるという脳幹の近くにあるのだった。脳のなかに赤い血だまりができた。やわらかい脳漿（のうしょう）がまわりから崩れおちてこないよう、助教授たちが銀色の器具で支える。

手術後、もう植物人間になってしまった母の手を握りしめたまま、ニューマンは脳波計を見つめていた。

エメラルド・グリーンの波が、スクリーンをよぎっていく。脳のなかの電気的な振動、物理的なさざ波だけには見えなかった。東欧からの貧しい移民として、言葉さえわからない国で働きづめに働き、けんめいに自分を育ててくれた母、非常階段に洗濯物を干し、家族の誕生日にはごつごつのケーキを焼き、喜び、泣き、笑ったりしてきた営みすべての引き潮だった。

エメラルド・グリーンの波は、ゆるやかに凪ぎ、水平になった。切れぎれに光り、最後の輝点がふっと消えていった。無の波打ち際にみえた。ニューマンは急速に冷えていく母の手を握りしめて、死顔とスクリーンを交互に見つめながら、奇妙な妄想にとらわれていた。無のなかをよぎっていった母の脳波と、宇宙からの電波がなぜか一つに重なってみえたのだった。そんな馬鹿な。夢のなかで、これは夢にすぎないと打ち消すような思いのまま、だが宇宙は、宇宙そのものを認識する知性体を必然的に生みだすとすればどうだろう、と妄想は勝手に膨らんでいく。宇宙に満ちている水素は、一四二〇メガヘルツの電波を出している。星間物質である炭素も、窒素も、アンモニアも、つまり生命をつくりだす原料となる分子すべてが、それぞれの波長、周波数の電波を出している。

するとヒトは、いったい何ヘルツの電波を出していることになるのか。ヒトの肉体はほとんど水でできているから、$H_2O$ の一六八・七六二ギガヘルツだろうか。いや、待てよ、脳のなかの電気的な振動である脳波を電波に変換してみてはどうだろうか。

妄想を払いのけるように、腕時計を見た。

立ち上がり、熱い紅茶を淹れた。自分の脳を元気づけるつもりで、スプーン二杯、オレンジの花の蜂蜜を加えた。へとへとだった。週に一度、徹夜で待機する自殺防止ホットラインの仕事は、肉体的に、もうそろそろ限界かもしれない。

午前七時五〇分。

時差が一時間あるけれど、ジムはまちがいなく起床している。四十二歳、宇宙飛行士としてはすでにベテランの肉体をきわどくピークのまま保つために、あのＭＩＴの宇宙航空工学博士は、朝の海辺を走り、ひとり腕立て伏せをしたり、太極拳をやっているはずだ。

長距離電話をかけた。やはり、ジムはいない。ニューマンは、録音テープに語りかけた。

——やあ、ジム、おはよう。

——ニューマンだよ。

——昨日、といっても夜の二時ごろだがね、レイから電話があったよ。べつに用事じゃないんだが。

——ディスコからかけてきたんだ、すこし酔っていたな。

——そのへんはちょっと疎いんだが、ＳＯＳだったような気がする。

——うん、あれもまあＳＯＳだろうな。

——じゃあ。

吹雪の勢いがおとろえてきた。あと二十分ちょっとでホットラインの回線が切りかえられ、担当者の交代だった。ニューマンは伸びをした。そのまま伸ばした腕で宙に円をえがき、太極拳の真似をしてみた。晩年のエジソンが霊界ラジオを発明しようと試みていたことや、統一場理論に失敗したアインシュタインが降霊術の本に序文を寄せていたことをふっと思いだした。自分も足を掬われかけているのかもしれない。甘美な罠かもしれなかった。それでも妄想を払いのけることができなかった。遠ざかる風の音に耳を澄ました。ひょっとすると電波天文学者であるニューマン自身が、無意識のままジムにＳＯＳを発信したのかもしれなかった。

ボンベを背負い、鉛のかたまりがついたベルトを締めるたびにジムは思いだす。

——いいか、気をつけろよ。圧縮空気が噴きだすと、そいつは屋根を突き破って、ロケットみたいに吹っ飛んでいくからな。

　レンタカーを走らせながら、父は笑った。

　上機嫌だった。つい先週、ドル相場にうまく乗じて、ふつうの人の年収分を一夜で手にしたばかりだった。むろん、失うときの速度も同じだった。

　母はネッカチーフで髪を包み、ひとけのないビーチをさがしている。十五歳のジムは、ひんやりした鉄のボンベを両膝と両腕で抱きかかえていた。

　純白の砂浜に降りた。エメラルド色の水底から砂とサンゴ礁が透けて、海は明るいまだらになっていた。環礁(リーフ)で波が砕け、沖へいくにつれて、ウルトラマリン、群青色へと濃さを増し、もう闇としか混りようのない藍色に変わっていく。その果てから積乱雲が湧きたち、あまりにも白く、まぶしすぎて、ジムの眼には青空さえ黒く見えた。

　水に潜った。

　黄緑の光りがとろりと射し、水底にも波のきらめきが映っていた。生きているサンゴが透明なゼリー状の触手をふるわせ、熱帯魚が色彩の信号を出している。マリン・スノウをおもわせる魚群が、いっせいに向きを変える。水底の裂け目が、青い肉食の花のように口をひらいている。そこへ魚群が吸いこまれ、また吐きだされてくる。まるで藍色の女陰だった。ジムは恐怖をのぞくように、水中で眼を瞠いていた。

　海亀が白い紐をつけて泳いでいた。

　水中銃で撃たれたのか、スクリューに捲(ま)きこまれたのか、甲羅が割れ、はみだした腸を長くゆらゆら曳いているのだった。ジムは水中を遊泳しながら、青い海亀を追い、そっと白い腸にふれる。

ボンベの空気が切れかかるころ、潜水したまま波打ち際へ向かった。

水の尽きるあたりで、砂に腹をふれながら、初めて海から陸へ這いあがる生き物のように、一ミリ、二ミリ、と水面に眼をもたげてみた。まぶしかった。海のぶきみなほどの豊かさにくらべると、そこは、光りや紫外線だけむやみに明るく満ちている、もうひとつの世界だった。ただ黒い皮膚と白い皮膚の生き物が一対、やがて自分となるはずの精子卵子をついさっき癒着させあったばかりのように、けだるそうに白い砂浜に横たわっていた。

贅肉（ぜいにく）ひとつない四十二歳のジムは、ボンベを背負い、鉛のついたベルトを締めて、水に入る。

温かい真水（まみず）だった。かすかに消毒液の匂いがする。明るいコバルト・ブルーの光りが水中に満ち、水底にはスペースシャトルが沈んでいる。

現物とまったく同じ大きさの、宇宙遊泳訓練用のシミュレーターだ。白い沈没船に群らがる潜水夫のように、飛行士たちが水中で倒立しながら作業している。ジムはそれを見守り、ときどき泳ぎ寄って、手話のしぐさで指示を与える。次の打ち上げのとき、ジムの部下になるはずのメンバーだった。

ジム自身、その母船から出て遊泳したことが二回あった。いま水底にのぞいているペイロード、円筒形の扉のあたりで作業したこともあった。ヴィデオ・テープで見ると、逆立ちしたり、シャトルからぶらさがったりしていたようだが、むろん、無重力空間では上下も左右もない。それはあくまで、地球という惑星の1G環境を前提にした感覚にすぎない。

宇宙酔いは0G、無重力でもっとも軽く、2Gでもっとも強い。ロケットの噴出力で地球から離脱していくときは、からだがぐにゃりと潰れ、骨までばらばらに砕けそうな4Gがくる。

動物実験によると、鳩は無重力空間では首を左右にふり、異常な飛翔パターンを起こす。亀は、捕食行動に障害を起こす。猫は、立ち直り反射を喪失する。魚は、0Gでも光りに背を向けてスムーズに泳ぎだすが、脳波には0G移行による変化があらわれる。猿は、0Gでは最初まったく動けないが、学習によって、無重力空間を自由に漂えるようになる。

人体実験は、ジム自身が何度も受けた。

まず最初に、円筒形のドームの中心にベッドを固定して、ドームとベッドを、ともにゆっくり回転させる。眼を閉じていても回転していることがわかる。耳石器官が重力の方向を探知して、からだも体重のかかっていく方向を知覚するからだ。

られる。0・2G以下になると、回転感も消えていく。音は、はるか遠くで逆方向へ回転しているように感じられ、自分のからだの空間的な位置はまったくつかめなくなる。

ドーム壁にとりつけたスピーカーから音を出すと、その音も回転しているように感じ

初めつらかったのは、0Gによって起こる眼球回旋、この知覚の混乱だった。ジムはそれを耐えぬこうと、たえず、自分自身に強く言い聞かせた。

――いいか、おまえの知覚は、地上の1G環境で作動するようになっている。

――1G環境が変化したから、いま眼球運動に変化が起こっているんだ。

――ジェームズ・ビーム。おまえの眼球は、外界からの刺激に応じて、周期的な振盪(しんとう)を起こす。

――無重力のなかでは、その眼振が低下していく。

――いいか、それだけのことだ。

――この宇宙酔い、知覚の混乱とは、それだけのことなんだぞ。

三〇〇〇時間におよぶ訓練のあいだ、ジムはそうやって、いっさいを意識化することに全力をふり絞っていた。

宇宙へ飛びたつときも、宇宙酔いを防ぐ薬物を、ほかの飛行士たちの五分の一しか摂らなかった。ジム自身はもう必要ないと考えていたが、失敗を防ぐために、五分の一だけ自分のからだに与えたのだった。

宇宙船内部で漂っているとき、感覚の混乱は起こらなかった。無重力空間で作業するときは、注意が向かっている対象物との相対性、自分がどちらをより強く意識するかにかかっている。逆立ちして作業しているべつの宇宙飛行士たちのほうが自然だと感じると、つまり、そちらの方を強く意識すると、自分の方が倒立していると感じられてくる。二重のだまし絵のように、正立、倒立の感覚は、どちらを意識するかによって刻々と変化していくのだった。

母船から出て、なんの抵抗もない空間を浮遊していたときのことは、1G環境を前提にしてなりたっている言葉では、どうしても言い表わせない。人に訊かれるたび困りはてて、夢のなかで飛んだことがありませんか、まあ、あんな感じですね、と応えることにしているのだが、あのときジムは、ぞっとするような物理的な無のなかに湧出(スパウト)している意識だけを意識しつづけていたような気がする。

シャワーを浴び、海辺の家へ車を走らせる途中、ふっと蜂鳥のことを思い浮かべた。ここらや宇宙基地の芝生の上で、何度か飛んでいるのを見かけたことはあるけれど、なぜか、まったく無関係なところで蜂鳥のことを意識することがよくあった。いくら記憶をのぞき込んでも蜂鳥に関して特別なことは思い当らないのに、どうも不思議だった。

だれもいない空っぽの家に、西陽が射していた。

朝のトレーニング・ウェアを洗濯機に入れた。たった一人、宇宙ステーションで暮らすことになっても同じだろう。この単調な毎日と、孤独がつづくだけだ。むしろそこに、自分を封じこめてしまいたかった。たとえば太陽と地球、地球と月の引力が釣りあうラグランジュ・ポイント、その真空に浮かぶ金属の修道院のようなところに、ひっそり隠棲してみたかった。

空はまだ弱々しい夕焼けだが、海は暗かった。その途方もない水のひろがりのなかに、あの肉食の花のような青い裂け目があり、恐怖が閉じこめられているような気がした。おい、どうしたんだ、まるで恐水症みたいじゃないか、とジムは苦笑する。

この海辺の家は、どうも過剰に記憶を誘いだしてしまう。だが、ひき払うつもりはなかった。ここでよく夏休みを過ごした息子に贈るつもりで、遺言状も弁護士に預けてある。法的に有効な遺言状をきちんと作成しておくのは、宇宙飛行士にとっては当然のことだった。

窓ぎわから離れ、ブラウン・ライスを洗う前に、留守番電話のテープを回してみた。

——やあ、ジム、おはよう。

ニューマン博士の声だとすぐにわかった。

テープを巻きもどして、もう一度聴いた。ＳＯＳ、ＳＯＳ……。甲羅が割れてはみだした海亀の白い腸のように、ＳＯＳ、ＳＯＳという言葉が、ジムの内部でゆらゆらあとを曳いた。

キッチンへ入りかけて、ひき返し、受話器を取り、航空便の予約をした。

スペースシャトルの約一・七倍の旅客機は雲の上を飛びつづけた。

このジェット機のコクピットのパネル装置を、ジムはくっきり思い浮かべることができる。正面に、CRT、カラー・ブラウン管のディスプレイ装置があり、エンジン、燃料、油圧などを一目でチェックできるはずだ。自動飛行システムも、これまでの慣性航法装置ではなく、レーザー光線の特性を応用したレーザー・ジャイロの慣性航法装置に変わっているはずだ。

マッハ速度計は、二つの操縦席のそれぞれ左側にある。

その下が、ラジオ・磁気方位指示器。

その右側が、電子式方向指示器。

さらにその右隣りが、垂直速度計。

ミサイル発射装置のついたジェット戦闘機や、操縦桿を両膝で抱くようにして垂直に上昇していくシャトルのパネル装置も眼に浮かんでくる。

いや、いまは忘れよう。電源を切るように、ジムは首をふった。

隣りの客席に、褐色の少年が坐っている。ノートブックをひろげ、細いサインペンでなにか描きつづけている。設計図とも地図ともつかぬ奇妙な絵だ。

「TVゲームだね」

とジムは語りかけた。いまは新しい父親の姓を名乗っている八歳の息子も、方眼紙によくそんな絵を描いていたのだった。

少年は横目でちらりとジムを見てから、ノートブックをめくって見せる。

翼のある蛇、三つの頭をもつ恐竜、火を吹く鰐、砂漠、そして死海の十倍も塩からいという湖。怪獣や悪霊と戦うヒーローは、オリエント風の白い長衣(ローブ)をまとっていた。

「なんて名前？」

「ダウラギリ」と、少年は呪文のように言う。

「ふうん」

「戦争に負けちゃってね、ムーンゲイト砂漠へ逃げていくの」

チャンネルひとつで世界を切り換えるように、少年は語りつづける。ムーンゲイトで傷が回復したダウラギリは、ひとり戦場へもどっていくのだという。あちこちに魔王の都市、魔王の工場があるのだった。そして古代部族の生き残りの姫と出会い、勇者たちと箱舟で海を渡り、エメラルド・ジャングルで戦い、カイラース大陸でいちばん高い洞窟にこもり、もっともっと強くなって雪山から降りてくるのだという。

「それから？」

たぶん救世主幻想が出てくるだろうと予測しながら、ジムは訊いた。

「うーん、それからねえ」

少年はもやもやした空想の雲を払うように、みんな死んじゃうの、と乱暴に言った。

「ダウラギリも死んじゃうわけ?」

「ううん、死んじゃった敵も仲間も、ぜんぶダウラギリのなかに入ってくんだ。だから、ダウラギリはもっとパワー・アップするの」

いくら電源を入れてもスクリーンが真っ白だとでもいうように、少年はぼんやり眼と口をひらいている。それから、と訊きかけてジムは息をつめた。パパとママはね、べつべつに生きることにしたんだよ、と語りかけたときの息子の顔を思いだしたのだ。そして必要なのは自分ではない、母親なのだと自分に言い聞かせて、親権や養育権をすべて放棄したとき、ジムはほとんど世界を手放したのだ。


窓の外には、コバルト・ブルーの青空があった。太陽のスペクトル線を乱反射する大気圏の色だ。宇宙から見ると、地球のへりもこんな青に包まれている。頼りないほど薄い層で、オーラのように青々と透きとおっている。しかしスペースシャトルで再突入していくとき、進入角度が浅すぎるとはね返され、深すぎると摩擦熱で機体が燃えてしまう大気だった。

いま下方には雲海がひろがっている。白い脳髄のようにひしめき、ひろびろと陽に照らされている。

高度がさがり、雲のなかへ入った。乳白色の霧が窓をかすめ、たちまち濃霧の灰色に変わっていく。機体がぶるぶる震えだした。

雲の層を突きぬけると、雪が降っていた。滑走路も、管制塔も見えなかった。どこに陸地があるのか、それさえわからない吹雪だった。有視界飛行は、とても無理だ。ジムは緊張して、耳を澄ます。操縦席と管制塔のやりとりが、ありありと聴こえてくる。

――コントロールの周波数をどうぞ。

――周波数は、一二七・七メガサイクル。

――了解。

――この周波数で、着陸誘導コントロールを待て。

――了解。

――進入レーダーに機影をとらえた。

吹雪の滑走路に旅客機が降りてくるとき、レイは掌（て）を合わせたかった。祈る姿勢でガラスに額を押しつけていた。

なにごともなく着陸した。レイは階下へもどり、出口のほうへ走っていった。大きな旅行鞄（かばん）をのせた回転台が、ぐるぐる回っている。あいつは荷物など待つ必要もなく、スポーツ・バッグひとつの軽装で、まっさきに出てくるにちがいない。

予想通りだった。ずばぬけて背の高いジムが人波を割り、褐色の顔をまっすぐこちらに向けて歩いてくる。吹雪だというのに、黒のセーターと、焦茶色のコールテンの上着だけだ。

あいつ、風邪ひいちゃうぞ。レイは爪さき立って、両手をふった。泣きだしそうな自分が癪にさわり、ふっていた腕を内側に曲げて、ぐっと力こぶをつくりながら、

「はーい、ミスター・ユニバース」

と皮肉たっぷりに挨拶した。

「………」

金色のオーラが立つような微笑を浮かべながら近づくなり、ジムはさっとレイを抱え上げた。レイは両脚をばたつかせ、思いきりかかとで蹴りつけた。駄々をこねる少女をあやすように、軽く揺らしながら歩いてゆく。こちらのからだ深くに性器を入れたままキッチンへ水を飲みに行ったときより、いくらか友愛めいたやさしさがあった。系統樹の幹のような黒い首にぶらさがり、レイは深々と唇を吸った。

# 第十一章　人びとのために祈れ

薄い氷の上を歩いた。真冬には野営地の青年たちが滑りながら格闘技の練習をしてもびくともしなかった厚い氷が、うっすらと青みがかり、流れていく水が透けて見えるようになった。いつ割れるかわからないその氷の上を、すり足で歩くのがジローは好きだった。

谷間にまだ青い影が満ちている夜明け、氷は完全な無色だが、陽が高くなるにつれてやや白濁したコバルト・ブルーや、淡いエメラルド・グリーンに変わっていく。夕焼けの雲の色が映ることもあった。

月の明るい夜、シャーナと二人で素足のまま氷の上に立つこともあった。冷たさにがまんできなくなると、シャーナは抱きつき、ジローの足の甲に乗ってくすくす笑う。そして、火の燃える天幕（テイピ）にもどり裸になる。

鹿皮の上に、ジローはあぐらをかいて坐る。シャーナはその膝に横坐りになり、指さきがふれただけでびくっと感電する。乳首を口にふくみ、やわらかい恥毛をそっと撫でる。シャーナは首を抱き、耳を咬(か)み、桜色に上気しながらジローの両膝にまたがり腰を沈め、歯をくいしばったまま、強く息を吸う。交わったまま、ただ静かに抱きあっているることもあった。氷の下をくぐっていく水音や、山鳴り、遠い分水嶺からくる吹雪の音を聴くこともあった。谷間に降りてくる鹿や、マウンティン・ライオンの足音も聴こえてくる。

——ピャ、ピャ、ピャー、ピャ。

鳥類か、あの大脳係数七・一のダイナソーロイドが呼んでいるような声は、コヨーテだった。

そんなもの音に気をとられて、いつのまにかジローの性器が萎えかかってくると、ゆり起こし、眼ざめさせようとシャーナは腰を波うたせてくる。ふたたび凜(りん)としてくると、静まり、息をととのえる。たがいのからだを循環していく血液の動きまで聴きとれることがあった。精を洩らさず、そうやってただ深く交わっていると、谷や、松林や、川と名づけているものの輪郭が溶けだし、ひとかたまりの海のようにうねっていると感じられてくる。

シャーナを抱いたまま、ときどき片手を伸ばし、鋳物のストーブに枯木をつぎ足す。するとシャーナは不機嫌になり、ジローの手の甲をぴしゃりと叩く。

青いポリバケツをぶらさげて、翌朝、また氷の上に立つ。シャベルで割った穴が、夜明けには透明にふさがっている。水を汲み、綱渡りのように、つ、つっと氷の上を歩いていく。今日こそは割れる、今日こそは水に沈むだろうと楽しみにしているシャーナをがっかりさせて、水を薬缶（やかん）に移し、ストーブにかける。

昼間は、よく働いた。立ち枯れした木を伐（き）り、チェンソーで幹を輪切りにして、谷の斜面を転がしていく。アライグマの毛皮などが乾してある陽あたりのいい場所に積み、斧（おの）で割る。野営地の者がだれでも自由にもっていけるように大量に割った。「おい、プラスティックの骨でも入っているんじゃないか」と古生物学者のTSに笑われた華奢な指が、いまはもう、がっしりとしている。斧を振りあげ太くなっていく腕や肩の筋肉が、自分の夢を鍛えている証（あかし）のように思えてうれしかった。仕事の邪魔になる長い髪は、後頭部で束ね、紐できつくしばった。

衣類には不足しなかった。この谷間の野営地とFM放送局はインディアン独立運動のシンボルにもなっているらしく、世界各地から救援物資がよく送られてくる。だが、気位の高いジャスパーは「なんだ、古着なんか送りやがって」と舌打ちするだけで目もくれようとしないのだった。ジローは前の持主の気配がまだかすかに感じられるバックスキンの半コートや、内側にフェルトのついたカナダ製のワーク・ブーツを選び、身につけていた。

仕事は、いくらでもあった。天幕を張る綱が切れる。風で、帆布地が裂ける。赤ん坊が発熱する。医者もいない保留地のドラッグストアに「タイレノール」という薬を買いに車を飛ばし、店が閉っていると地図をひろげ、吹雪の州境を越える。ついでに紙オムツも買ってきて、男に逃げられてしまった女の嘆きにうなずきながら、鋳物のストーブを修理する。

そうやって忙しく働いていると、「ジロー、ジロー」とジャスパーが呼ぶ。初めのころは「おい、ブルース・リー」と、からかい半分に呼んでいたのが、「ジャパニーズ・カンフー」と、やや親しみがこもり、やっとただの「ジロー」になったのだ。

「あそこにいる」

ジャスパーは谷間の一角を指さして、双眼鏡を手渡してくる。見ると、雪で枝がたわんだ松の幹に人影が隠れている。

「Fですか?」

とジローは野営地の隠語で訊く。

「ま、そうだろうな。山林警備隊なら隠れる必要はない」

わずか二百梃の猟銃で聖地の丘にたてこもり独立宣言した時から、ジャスパーはこの国の危険分子そのものであった。武器を持って丘に集まれと呼びかけた指導者は、ジャスパーの他にもう一人いたのだという。野営地の隠語で、Gと呼ばれる人物だった。十年以上、Gは逃亡生活をつづけていたのだが、これ以上は逃げおおせない、隠れていては活動もできないと判断したのか、いまは自首して刑務所にいるのだという。回心体験もあったらしく、非暴力主義に転じ、武器を取ることを禁じている。

かつてナンバー2であったジャスパーは、いまもカリスマ的な人望を集める獄中のGに嫉妬しているのか、

――あいつも、生ぬるくなったよ。

とFM九〇・一で批判するのだが、そのたびに人びとは離れていく。ジャスパーが率いるこの組織は、インディアンたちの伝統的な共同体からも孤立しているらしかった。

FM九〇・一の放送局の維持費、活動資金が、北アフリカの独裁者からジャスパーに流れているという噂もあった。この谷間は過激派の巣窟とみなされ、FBIの監視は、いまもジャスパーに集中しているのだった。

「逃げ出すなら、いまのうちだぞ」

にやりと笑いながらジャスパーは脅してくるが、ジローはなぜか恐怖を感じなかった。

――こんなことで死ぬようなら、そんな人生は生きるに値しない。

そうだろう、と語りかけてくるジムの笑顔がジローの内部にあった。

シャーナがFM放送局へ出かけていったあと、ジローは野営地のジープで谷間から降りていった。もう平地の雪はまばらだった。南へ二時間もひた走ると、また半砂漠だ。

幼年期地形から壮年期地形への過渡期、ひび割れや亀裂のあとが浸食され、ギザギザになり、ずっと昔の地表のあとが高みへせり上がっている岩の台地（メサ）に、老インディアンの住む村があった。

道は、地層の縞目を斜めに削りつつ登っていく。カーブを切るとき、車輪が青空へ乗りあげてしまいそうだ。

台地（メサ）の上には、石と赤土を固めた家々が蜂の巣のようにぎっしり密集して空へせり上がっている。その屋根という屋根から、スラム街そっくりにテレビ・アンテナが林立して、ひどく醜悪だった。台地（メサ）の斜面は、投げ捨てのコーラやビールの空缶におおわれ、いちめん銹ついている。

石の路地を鶏が走る。

家々の戸口から、ベースボールの中継放送が洩れだしてくる。連邦政府から生活保護を受けてぶくぶく太りながら、テレビを眺めて暮らしている先住民の村だ。雑貨屋に入ると、しなびたリンゴや缶詰がならぶ店の片隅に、NINTENDOのテレビ・ゲーム機が置かれている。ジローがまだ十代の頃、東京で出回っていた旧型機だ。

乾いた路地をぬけていくと、台地（メサ）の頂上がひょうたんの形に細くくびれた場所に出る。その向こう側に、もう一つ石の村がある。いまも人が住みつづけている、この大陸の最古の村だ。

細くくびれたところが、岩の通路になっている。両手をひろげたぐらいの幅はあるが、左右は吹きさらしの断崖だから、岩の吊り橋のように細く、危なっかしい。

ジローは風によろめくまいと、青空のなかを綱渡りするように、すり足で歩いていく。


ひょうたんの向こう側はごつごつに膨らんだ岩の丘で、石の家々が廃墟のように青空へ盛りあがっている。ここには電線もひかれていない。村全体が掃ききよめられて、塵ひとつ落ちていない。青空へのび上がる石の坂道も、神殿の廊下のようにきよらかだった。二層、三層に入りくむ石段、砦そっくりの石壁、すべてが布で拭いたように清潔だった。小さな村にすぎないけれど、インディアンの聖地だった。東海岸から白人たちが押し寄せてくる以前、アステカ帝国を滅亡させたスペイン人たちがメキシコの方角から侵入してきて、この一帯は戦場になったのだという。インディアンたちはスペイン人の火器に敗れて、追いつめられ、この最古の村である砦にたてこもったのだ。そして降伏を拒み、飢え、渇き、雨乞いもむなしく、ミイラそっくりに干涸びた死骸の山をここに築いたのだという。

がらんとした石の空地に出た。

鷲の羽毛があちこちに散らばっている。儀式の日に、猛毒のガラガラ蛇を口にくわえて踊る舞台となるところだった。客席はどこにもない。頭上にひろがる青空が神々の観覧席だ。だが、義しいはずの先住民を見殺しにした神々じゃないかとジローは思う。

老婆たちが火を焚いている。かちかちに乾燥した家畜の糞を燃やして、壺を焼いているのだった。どの壺も、ガラガラ蛇が竜のように巻きつき、稲妻が光り、トウモロコシ畑に恵みの雨が降っている絵柄だった。

　老インディアンは石段に坐り、人形をつくっている。壺も人形もハイウェイわきの土産物屋で売るためのものだ。老人たちにとって、それがほとんど唯一の現金収入になる。

「………」

　ジローは眼で挨拶する。よけいなお喋りは、ここでは不作法なのだ。

「………」

　シャーナの祖父も微笑してくる。それからジローは黙って人形づくりを手伝う。ナイフで木を削り、サンド・ペーパーをかけて、絵具を塗る。万歳のかっこうで両手を上げている人形が多い。葦舟（あしぶね）が天で難破して、祖先たちが地上へ降下してくるときの姿だという。貴重な鳥の羽をうまく接着剤でとめることができると、ふうっ、と息をついで笑う。若葉が芽吹く春になれば、山に入り、薬草摘みを教えてもらう約束だった。どちらから言いだしたわけでもなく、すでに師弟の関係が始まっていた。

　老人の住まいも石造りで、かちかちの三和土（たたき）に簡単な寝台があるだけだった。台所は、同じ部屋の片隅にあった。そこで湯を沸かしながら、自分はいまパスポートもない、もし移民局に捕まれば強制送還されるだろうとジローが不安を洩らすと、

「そんなこと気にする必要はない」

　ここはわたしたちの国だと言いたげに老インディアンは笑い、ガラスも入っていない

石の窓から、トウモロコシの粉をひとつまみ撒いてみせた。白い花粉のように風に運ばれ、地平線のほうへ漂っていく。窓の下にひろがる半砂漠は、いまたまたま「アメリカ」と呼ばれている地表ではなく、惑星のどこかとしか言いようのない深淵(しんえん)だった。

　老インディアンの家にやってくるたび、必ず課せられることが一つあった。

ひょうたんの形をした村のはずれに、キヴァと呼ばれる岩の地下室がある。入口は四角な穴で、木の梯子がのぞいている。

　降りていくと、なかは墓穴のようにひんやりと暗い。八畳間ぐらいのがらんどうで、本来はインディアンしか入ることのできない聖域だった。ジローは夜明けまでそこにこもって、断食をやらねばならなかった。辛(つら)いのは空腹よりも渇きだった。この台地(メサ)の砦にたてこもって戦い、雨乞いもむなしく渇死していった祖先たちの無念さを偲(しの)ぶために、この墓穴そっくりのキヴァにこもるのが、インディアンの若者たちに課せられている修行なのだ。

　岩の床に大の字になっていると、頭上の入口が青い天窓にみえる。妄想のように雲がよぎっていく。青い鉱物のような空が、群青色になり、それから天が漏水するような藍色へ変わっていく。宇宙船の窓から見る地球も、こんな青に包まれているんだろうか。テスト・パイロットであった頃、ジムはジェット戦闘機の高度をぎりぎりまで上げる飛行実験をしたことがあると言っていたな。マッハ3だったか、超高速で上昇して、大気を必要とするジェット機では物理的に突破できない高みで失速しかかるとき、真昼だというのに青空が暗くかげり、井戸の底から仰ぐように肉眼で星が見えたという。四角な井戸のような空が、夕方、ぞっとするほど赤くなることもあった。ここで渇死していった先住民たちの血の涙が降ってきそうだった。

その日は、曇っていた。臨月そっくりに膨らんだ灰色の雲がどんより垂れさがって、四角の天窓をふさいでいる。開示されてくる意味の果ての果てまで行こうと決めているが、啓示らしいものなど、なにもやってこない。いまは裏張りの水銀が剝げてしまった鏡みたいに、なにも映らず、がらんどうの世界が透けてみえるだけだ。どうしてだろう。ひょっとすると変わってしまったのは、こちらかもしれない。歳をとったのか。生まれたばかりの小犬なんか、どうしようもなくかわいい。ころころ肥って、疑うことを知らず、じゃれつくだけで人をたまらなく幸福にする。けれど成犬になると、攻撃的になり、猜疑心をもって吠えかかったり、本能装置で動くまったくかわいげのない動物になってしまう。自分だってそうかもしれない、人間という成犬になってしまったんだろうか。

――ジロー、ジロー。

天窓から声が降ってくる。仰ぎ見ると、人影がのぞいている。老インディアンが珍しく声を出して呼んでいるのだった。

ジローは起き上がり、梯子をよじ登っていった。いつもは暗い墓穴から、青い天へ首ごと突っこんでいくような高揚感がやってくるが、その日は、やわらかい灰色の雲にぐにゃりとめり込んでいく気がした。

老インディアンは鹿骨の首飾りをつけ、二つにわけて編んだ髪に革紐を巻きつけていた。儀式の日の正装だった。

「さ、行こうか」

と、わけも述べずに琺瑯びきの深皿とスプーンを手渡してくる。皺だらけの老いた顔に、小犬の眼が笑っていた。

赤い旧型フォードでひた走った。パスポートも運転免許証もないから、ブルー・ハイウェイと呼ばれる旧道を北上した。ここらは洪積平原の北のはずれ、高地の砂漠と、大陸の背骨にあたる山脈がぶつかるところだった。だから地形の等高線も乱れていく。肌寒くなった。北へ走りつづけるうちに暗くなり、ヘッドライトを点けた。

雪が降りはじめた。アルミニュームの粒が音もなく降りそそぐような、微小な、金属的な雪にみえた。

スピードを上げてひた走るうちに、吹雪のように押し寄せてくる。

インディアン保留地の境界らしい町に着いた。ピンク色のネオンが灯(とも)るちっぽけなモーテル。雑貨屋。アルコール中毒のインディアンや、すぐにも私生児をはらみそうな娘たちがたむろするバーの前を走りぬけた。

宵闇のなかに、黄緑色の光りが立っていた。安普請の体育館だ。雪の積もりはじめた校庭に小型トラックが集まっている。

老インディアンは、深皿とスプーンを手に体育館に入った。リノリューム張りの室内バスケット場だ。ひろびろとした蛍光灯の光りのなかで、人びとが踊っている。ジーンズ姿で鷲の羽の冠をかぶった壮年の男たちが列を導き、祖霊たちと遊ぶようにバスケット・コートを行進していく。革をゆるく張った大きな太鼓が鳴る。見覚えがあった。たっぷり水を満たし獣の革で口をふさいだ甕、あの水甕を叩いていた青年たちが、汗みずくになり、からだの脈搏にリズムを合わすように大太鼓を打ち鳴らしている。

老インディアンは爪さきから波打ち際の水に触れ、ゆっくり海に入るように、呼吸を合わせ、列に加わっていく。従いてこい、と手招きする。見よう見まねで、ぎごちなくジローも踊る。

シャーナによく似た若い女が踊っている。明るい空色の服をまとい、髪には鳥の羽をさして、純白の骨のネックレスを首に巻きつけ、トルコ石やビーズの首飾りをゆらしながら踊っている。赤い紐のついた鷲の羽を手に、やわらかく鞣された鹿革のブーツで、そこだけ時間が加速されたように、軽やかに、速く……。やはり、シャーナだった。首飾りに埋もれながら、ぐにゃぐにゃに変形したカミソリ型のペンダントが光っている。

まわりに男たちが群らがり、そこだけ雲間から光線が射すように白熱した踊りがつづいている。母の髪であるという草、母の肉であるという土を踏みしめ、すり足で進み、リノリューム張りの大草原や幻の野牛を見つめ、さらに一歩踏みだし、顔を上げ、青空の鷲を眼で追う。

休憩のときは、体育館の片隅で湯気をたてる大鍋の前に行列する。炊き出しのおばさんたちは元気いっぱいだった。肉と豆のスープを深皿によそいながら、

「このくらい食べなきゃ男じゃないよ！」

と大声で笑い、窯で焼いたパンを切りわける。もう生理が上がりそうな歳なのに、滅びつつある民族をまるごと産み直そうと肚をすえているような明るさがあった。

地下室から出てきたジローは、たまらなく空腹だった。からだの奥の透きとおった飢餓感、そこから心が水洩れしていくような奇妙な感覚があった。老インディアンはゆっくりと食べる。この世での食べおさめのように、あるいは来世のからだを養うように湯気のたつ豆を味わい、灰のついたパンを齧る。シャーナはすごい食欲だった。スプーンをのばし、祖父の皿からさっと肉きれをさらう。

太鼓が鳴り、さらに踊りがつづく。蓬髪をゴムで束ねた老人やTシャツ姿の若者たちが、地霊を呼び起こすようにステップを踏む。

シャーナはリノリューム張りの草原を走っていく。髪がなびき、鳥の羽が飛ぶ。男たちがわずか二百梃の猟銃で丘にたてこもり包囲されているとき、食糧を背負い、命がけで丘へ走っていったという女たちの後ろ姿にみえた。シャーナは陽気に踊りつづける。ビーズの首飾りが揺れ、胸の谷間へ汗が流れこんでいく。その足もとだけ重力が消えた

ように軽く、春の野のモンシロ蝶そっくりに舞う。雪の降りしきる宵のバスケット場が冥界のパーティーにみえた。

そんなシャーナがFM九〇・一の放送が始まる前は、別人のように神経質になった。保留地全域に電波がいきわたるように、吹きぬけの高い丘に鉄骨のアンテナが垂直に立ち、太いワイヤー・ロープで支えられている。放送局は、バンガロー風の小さな木造建築だった。

駐車場に車を止めても、シャーナは降りようとしない。放送直前になっても、どうしても気乗りしないことが月に二、三回あるのだった。ひどく憂鬱そうに丘の麓を眺めている。なだらかに起伏する地平に萌黄色の靄がひろがっている。かすかな春の新芽が、遠く離れるにつれて視角の変化で重なりあい、密度をもち、色つきの靄のように見えるのだった。その一帯が、インディアンたちの血が沁みこんでいる古戦場だという。

シャーナは助手席のダッシュボードをひらき、化粧バッグの鏡を置く。

切手三枚分ぐらいの真空パックから、ひとつまみ、白い粉を鏡にこぼす。スイス・アーミー・ナイフの刃先で粉をわけ、二列、白い条をつくる。一ドル札を細くまるめて、左の鼻孔に入れる。片方の鼻孔はおさえ、一ドル札のストローの先から白い粉を吸いこんでいく。

もう一列はジローの分だった。ジローは鏡に映る自分をのぞきながら、みじめさをわかちあうように、ゆっくりと吸いこむ。

　シャーナは刃についた粉末を舌で舐めとり、パチン、とナイフをたたむ。

　萌黄色の靄を眺めている脳のなかに、涼しい風が吹きこんでくる。憂鬱な雲が晴れて、時間が加速されはじめる。まわりの世界がものではなくことして一瞬ごとに立ち上がってくるようなコカイン特有の高揚感が湧きだしてくる。

「はーい、みんな元気？」

　とシャーナは発声練習をする。

「…………」ジローは粉のついた一ドル札を車の窓へ出して、爪で弾く。

「あたしの声聞きながらマスターベーションするの、流行ってるんだって？」

　シャーナは、なんとか調子に乗ろうとする。

「じゃあね、精液（シーメン）のどしゃ降り待ってるわよ」

　から元気を取りもどしたシャーナは、泣き笑いするような顔をジローに向けてから、木造の放送局に入っていく。

　その後ろ姿を見送ってから、ジローはあてもなく車を走らせ、腕時計をのぞき、カーラジオのＦＭ九〇・一にダイヤルを合わせる。

——はーい、みんな元気？

——今日はね、素敵なゲストがいるの。

——アダムっていうの。

——アダムはね、中米のジャングルで独立戦争をやってるインディオの一人。

——というより、インディオ亡命政府の外務大臣ってとこかしらね。

——みんなも知ってると思うけど、中米の先住民はもう七年もゲリラ戦をつづけているの。アダムはね、資金集めたり、マスコミや国連に訴えたりするために来てるの。

——うーん、残念。これ、テレビだと顔が映るんだけどなあ。

——アダムって、けっこうハンサムなの。

——えーと、だれだっけ。ほら、ずっと昔、ハンサムな黒人歌手がいたじゃない。

——ほら、バナナ・ボート歌ってた……。

——ハリー・ベラフォンテ！

と、陽気な声が割りこんできた。紹介されているアダム自身らしかった。

——よく、そう言われるの？

——まあね。

——じゃ、一曲歌ってくれない。

——え？

——カリプソって、四分の二拍子だっけ？

──ちょ、ちょっと待ってくれよ。

──あ、まじめな話があるんでしたね。じゃ、どうぞ。

紹介されたアダムは、ひでえなあ、と苦笑いしてから、同志ジャスパーや、北米インディアンたちの戦いを心から尊敬していると語りだした。あなたたちは、わずか二百梃の猟銃で起ち上がった。世界最強の国、アメリカ合衆国を相手に独立宣言をした。抑圧されている世界中の先住民(ネイティヴ)たちを勇気づけてくれた。そして、わたしたち中米の先住民(ネイティヴ)もまた独立を求めて戦っていると、簡潔に、熱っぽく訴えていく。

──わたしたちは国境でひき裂かれている。

──言葉もちがう。

──だが、やってきた方角は同じだった。

──わたしたちはベーリング海峡を渡って大移動してきたモンゴロイドだ。

──ある群れは平原に住みつき、北米インディアンとなった。

──べつの群れはもっと南のほうに、アステカやマヤの文明をつくりだした。

──赤道を越えて、インカ帝国を築いた部族もいる。

──氷の果てのパタゴニアまで辿り着いたグループもいる。

──わたしは中米の村で生まれた。もともとは、マヤの血をひく部族だった。

──村はずれの密林には、ジャガーの神殿もあった。マヤ文化圏の南端だったらしい。

もちろん熱帯雨林に埋もれたままで、神殿には木々の根がからみついている。

——そんなところで生まれたのに、わたしは混血なんだよ。

——マヤの血と、侵入者、スペイン人の血が混っている。

——さらに、黒人の血も混っている。

——ややこしい話だが、ちょっと聞いて欲しい。

——白人たちがやってきてから、カリブの島々では先住民が奴隷として働かされていた。だが殺されたり、やつらの世界から持ちこまれた伝染病にやられて、ほとんど絶滅した。

——代りに、アフリカ黒人が奴隷船で連れられてきた。

——奴隷たちはときどき舟を盗んだり、筏(いかだ)をつくったりして逃亡した。

——中米の海岸に運よく漂着した黒人たちは、海亀の卵を食べ、ジャングルに住みつき、殖えていった。

——そして、わたしのような者も生まれてきた。

——大移動してきたモンゴロイドと、白人、黒人の混血なのだ。つまり地上の血がすべて混っている。

——言葉だってそうだよ。

——マヤ系の言葉、スペイン語、それに黒人の持ちこんだイングリッシュが入り混っている。黒人たちは奴隷時代にアフリカの言葉を失い、とうに母語が入れかわっている。

あなたたち北米インディアンと同じことだ。

——だから先住民(ネイティヴ)といっても、血も、言葉も、すでに変化している。

——先進国の人間よりも、わたしたちのほうが混血を強いられてきた。いや、混血した者はネイティヴの側に押しこめられた。

——そして、わたしたちは戦っている。

——人種も言葉も、てんでばらばらの混成部隊だ。

——まったく、ややこしい話だろう。

——………。

——生まれたとき、わたしの尻には青い痣があったそうだ。

——モンゴリアン・スポット、蒙古斑というやつだよ。

——地上の血がすべて混っているというのに、モンゴロイドの大移動のしるしが、ちゃんとからだに刻まれている。

——ジャングルを転戦しながら、わたしは行く先々の村で、いつも赤ん坊に注目していた。遺伝子が妙なぐあいに飛びはねて、いろんな肌の色の赤ん坊が生まれてくる。それでも尾骶骨のところに、かならず青い痣があった。

——青い薔薇(ばら)のように、くっきり咲いていたよ。

——機関銃を膝に抱いて、密林の雨に打たれながらよく考えたよ。おれたちの戦いとはいったいなんだ。先住民といったところで、おれたちほど複雑に混血している者は、おそらくどこにもいない。だとすれば人種の戦いではない。むろん右とか左でもない。もしかすると、おれたちは知らず知らず、青い痣をもつモンゴロイドの夢精のようなものにひきずられて戦っているんじゃないか。これは物質主義と霊性の戦いなのか。おれは雨に打たれ、マラリアの熱にうなされながら、そんな埒もないことをしきりに考えていた。

——おれはジャングルに六年いた。
——最初のころは単発式の猟銃だけで、ろくな武器もなかった。
——魚を突くヤスや、弓矢を持った兵士もいたぐらいだ。
——ひどい栄養失調で、歯がボロボロになった。
——ジャングルで戦う兵士たちは苦しんでいる。
——だが、マラリアの薬もない。止血薬も、包帯もない。
——食糧もない。靴もない。弾もない。
——兄弟たちよ、どうか助けて欲しい。
——テレビを見ながら飲んでいる、その缶ビール一本の金でもいいから送ってくれ。
——な、頼むよ、兄弟たち。
——戦うことを忘れないでくれ。

アダムの声は消えていった。ジローは車をUターンさせた。アダムという男を肉眼で確かめる必要があった。なにか不吉なもの、ひとすじ縄ではいかない企みを感じたのだ。ＦＭ九〇・一では、指導者ジャスパーの演説が始まっている。ぐいぐいスピードをあげて丘を登り、放送局に着いた。

正面入口のロビーや廊下に、おびただしい新聞の切りぬき、ポスターなどが貼られていた。保留地(リザベーション)にあるウラン鉱を閉鎖すべきだと、ジャスパーたちが鉱山を包囲したときの写真。放射能漏れを起こした原子炉。南太平洋の環礁(リーフ)からたち昇るキノコ雲。パレスチナ難民。クルド族。餓死寸前のアフリカの子供たち。北海道のアイヌや、水俣病患者の写真もあった。

長い廊下の片隅に、アダムらしい褐色の男が立っていた。黒の革ジャンパーと緑色のポロシャツを着ていた。都会的な着こなしだった。だが革鞘ナイフを常に腰につけているジャスパーよりも、もっと日常的に暴力に触れてきたらしい酷薄が感じられた。それでいて必要があればいつでもスーツ姿に変身して、国連の諮問委員会あたりに堂々と乗りこんでいけそうな知的な顔だ。

壁にもたれ、煙草を吸いながらガラス張りの放送室を眺めている。三十二、三歳だろうか、若々しく、ふてぶてしい策士にみえた。髪の毛は黒人のように縮れていた。顔は彫りが深く、瞳の色がグレーがかっている。すでに、どんな人種でもなかった。さっきラジオで喋ったとおり、地上のすべての人種の血を混ぜてしまえば、惑星の新しいネイティヴとでも言うべき、こんな姿になるのだろうか。

放送室のジャスパーは、マイクに向かって熱弁をふるっている。声は聴こえなかった。ラジオだから映るはずもないのに、顔を紅潮させて拳をふりあげ、ナイフを突き立てるようにテーブルを叩き、ひたむきに煽っている。

その姿をガラス越しに見つめているアダムの眼に、値踏みするような怜悧さがあった。かすかに表情らしいものが浮かんでいる。……憐れみだった。こっけいなほど生まじめで真剣なジャスパーを大局から見おろし、観察しているらしい憐れみだった。

ガラスの上で、視線が合った。アダムはふり返らず、鏡をのぞくように深々とジローの眼を捉えたまま、にやりと笑いかけてくる。

シャーナが廊下を歩いてきた。

乳首が透けそうな薄いTシャツ姿で、頭にバスタオルを巻きつけている。全身から、うっすらと湯気がたち昇っていた。野営地の水が冷たすぎて髪を洗えないので、放送局にくるたび、熱いシャワーを浴びるのだ。

「ハーイ、ハニー」

アダムは声をかけた。がらっと変わり、カリプソでも口ずさむような陽気な顔になった。

「食事でもどう、ってわけね」シャーナは立ち止まった。

「そう、そう」

「でも、ここら辺にはレストランもないのよ」

「じゃあ――」

「映画館も、ディスコもないの」

「うーん、まいったなあ」アダムは苦笑した。

「残念ながら、モーテルもないの」

シャーナは湿った髪をタオルでもみながら、けろりと言った。

「ここらの連中、どうやって女を誘うんだ？」

「さあね、中米じゃどうしてたの？」

「亡命政府の連中は、みんな、けっこうもてるんだよ」

「へえ、どうして？」

「うまくくっつけば、いつか外国へ連れ出してもらえるかもしれないだろ」

「亡命者って、どうやって暮らしてるの？」

「まあ、いろいろだよ」

「たとえば？」

「そうだな。たとえば、おれなんか精液(シーメン)売ってるんだよ、精子銀行にね」

ＦＭ九〇・一の結びのことばをよく知っているらしく、あはは、と笑いながら、ガラスに映っているジローの視線をたぐるようにふり返った。ぴたりと笑いをとめて、真顔でジローを見つめながら、失礼、と言った。

赤の旧型フォードが、谷間の野営地にやってきた。

老インディアンは挨拶もそこそこに、松林や、まだ氷の溶けきっていない水辺を歩き回った。両手をだらんと垂らし、十本の指や全身をアンテナにして聴き耳をたてている。気の充実するポイントをさがしているらしかった。

立ち止まった。たぶん、あそこだろうな、とジローが予想していた通りのところだった。なんの変哲もないけれど、なぜか心地よくて、元気のでてくる場所、風のない日などジローがよく坐りこんで凍った水を眺めていた陽だまりだった。

ここだ、ここ、と老インディアンは足もとを指さした。ジャスパーや迷彩服姿の青年たちが、いっせいに穴を掘りはじめた。直径二メートル、深さ七〇センチぐらいの円い穴であった。

山に入り、しなやかに撓む若木を切った。猫柳という木だろうか、少女の手首ぐらいの太さのものを十二本、選んだ。枝を払い、穴を囲むように突き立ててから、やわらかい若木の幹を曲げて、それぞれの端を土に突き刺した。円い穴は、ひしげた鳥籠におおわれていった。

老インディアンが鹿の皮をひろげて、鳥籠を葺(ふ)いていった。わずかな隙間もないよう、何枚も、何枚も重ねていく。

ジローは命じられるまま、上流から人の頭ぐらいの丸石を抱えてきた。野営地の女たちも汗だくになって丸石を運ぶ。三、四十個集めて、その上に枯枝や薪を山ほど積みあげた。火を点けたのは、ジャスパーだった。炎は勢いよく膨れあがり、谷間に火の粉が舞いはじめた。

日没後、天幕(テイピ)のなかで毛布をかぶり、シャーナと抱きあって過ごした。素裸だった。ときどきジローが猛ってくると、こら、こら、とシャーナはいたずらっぽく性器を爪ではじいて、ひかえさせた。静かだった。水と、火の燃える音。ときおり、火のなかで丸石が割れる。

真夜中に、おお、おお、と呼ぶ声がした。ジローは起き上がり、ポリバケツを取った。服を着る必要はなかった。シャーナは素裸に毛布を巻きつけて、坐ったまま、

「ま、がんばっちゃってね」

と、ＦＭ九〇・一の声色で送りだした。

火が立っていた。夜の底で、川が赤い。

素裸の男たちが火にあたりながら、うつむき、考えこんでいる。枯木のような老インディアンに火が燃え移りそうだ。ジローは水を汲んだ。シャーベットか霙(みぞれ)のような氷が混っていた。雫のたれるポリバケツを老人に手渡した。

全裸のまま、列をつくった。蓬髪のジャスパーが先頭だった。

「おまえは、ここだ」

老インディアンは、ジローを列の真ん中に立たせた。

獣の皮におおわれたレンズ状の天幕に入った。暗かった。腰をかがめ、入口から洩れてくる焚火の明りだけをたよりに、右回りに進んだ。円い穴のまわりに、やっと腰をおろせるぐらいのスペースが輪のように残っている。十二人が、あぐらをかいて坐った。

ジローの席は、入口から対角線を結ぶ位置だった。土も草もひんやりしていた。雪のなごりの冷たさが尾骶骨にこみあげてくる。ひどく窮屈だった。あぐらをかいた膝の前には穴。背中には曲った若木の幹や、大鹿の皮。

青年たちが乾草用のフォークで、焼けた丸石を掬ってきて、穴に入れはじめた。二個、三個、四個……。人の頭蓋骨ぐらいの丸石は、熔岩そっくりに真っ赤に輝いている。獣の皮におおわれた暗闇が、しだいに赤々と明るんできた。さらに、十個、十五個、と運びこまれたとき、全身、汗が吹きだしてきた。三十個を超えると、円い穴が噴火口になり、どろどろに熔けた岩漿(マグマ)が盛りあがってくるように熱い。あぐらをかいた膝が焦げそうだった。ジローは、ぎりぎりまで後ずさりした。

「そこは特別席なんだぞ」

ジャスパーが、にやっと笑いかけた。鍛え上げたからだだが、赤い油をぬりつけたように光っている。

なんのことかわからず、ジローは聞き流した。いや、熱さでなにも考えられなかった。

老インディアンが祈りはじめた。台地（メサ）の石の村で老婆たちとなごやかに語りあっていた、あの古い言葉だった。それから、円陣を組んでいる十二人を眺めながら、異国語をごつごつと組み立てて言った。

「いいか、この儀式はつらいぞ。だが、どんなにつらくても我慢しろ。我慢しながら人びとのために祈れ。いいな、祈る力によって苦痛に耐えろ」

ん、わかったな、と念を押す眼で、ポリバケツの水を掬い、赤い火口にかけた。

爆ぜるような音と共にはじき返され、水は一瞬で蒸気となった。目の前が白くなった。息もできないサウナだった。いや、そんな生やさしいものじゃない。全身、痛みがくるほどの熱さだった。入口の隙間から洩れてくる空気の流れで、ジローの席に熱が集まってくる。

一人ずつ順番に祈りはじめた。猟銃をいじるときは嬉々としている青年たちが、ふだん胸にしまっている苦しみ、つらさを洩らすように低くぼそぼそ祈りはじめた。

「父母兄弟のために、同族のために、インディアンすべてのために……」

長い祈りが終ると、また、焼けた石塊に水をかける。さらに熱い蒸気が充満した。

「妹のために、刑務所にいる仲間のために……」

次の一人が祈りはじめた。はぐれてしまったマウンティン・ライオンの仔がおずおずと遠吠えを試みるような淋しい声だ。大いなるものに自分の弱さをさらけだすのが祈りの作法らしい。

　老インディアンは、容赦なく水をかける。ごうごうと熱気が渦巻いていく。火と、水。ふつうなら相殺しあう力が融合し、相乗し、すさまじいエネルギーとなって噴き出してくる。もう眼を開けていられず、息もできなかった。

「ジャングルで戦うインディオのために……」

　と、ジャスパーが祈る。

　眼をつむっていても、蓬髪をかき乱しながら、奥歯を噛みしめ、ナイフの傷痕だらけのからだを硬直させているジャスパーの姿が視える。

　また熱炎が渦巻く。べろっと皮膚がむけて、焼けただれてしまいそうだ。こらえきれず、ジローは悲鳴をあげた。だがインディアンたちは呻き声ひとつ洩らさない。恥ずかしかった。両手で口をふさぎ、歯を食いしばった。まだ悲鳴が止まらない。ジローは左手で自分の頭を抱えこんだ。そして右手を顎骨の下にあてがい、がっしり押さえつけた。それでも生きようとする本能が口をこじあけて叫ぼうとする。

　激痛で、ぼうっと意識が薄れてきた。おい、しっかりしろ。みっともないぞ。それに穴に転げ落ちると焼け死んでしまう。薄目をひらくと、充満する蒸気の中心に、真っ赤に発光する原始星がみえた。星雲みたいに高熱のガスも渦巻いている。いま世界の始まりなのか。歌声が聴こえてくる。原始の雲のなかに人影がぼうっと浮かんでいる。円陣を組みつつ人影は歌う。なにかを凝集させ、ここに世界を在らしめようと歌っている。

そう聴こえた。読経の黒い滝が死のしぶきをあげて近づいてくる。意識がかすむと引き潮のさざ波となって遠ざかっていく。もう痛みすらない。これ以上なにも知覚しようのない充溢、飽和のなかで意識が気化しかかっていく。これが死というやつか。意識をひきもどし、すがりつかせる力が必要だった。そう思ったときは抱きしめていた。あぐらをかいた両膝の上にシャーナを抱き寄せていた。乳房の感触、やわらかく撓う背骨。その幻のからだを力いっぱい抱きしめながら、けんめいに意識を繋ぎとめた。

夜が明けた。獣の皮をめくりあげて、外へ出た。全身の毛穴という毛穴がひらいて、涼しい風を吸った。手の甲や、胸に、火傷をしていた。

ジャスパーも青年たちも、赤く火ぶくれしている。かれらも耐えたのだ。呻き声ひとつ洩らさず祈る力によって耐えつづけていたのだ。恥ずかしくてたまらず、やや離れて立っていると、ジャスパーがひょいと敬礼のしぐさをした。よう、坊や、とからかっているが眼はやさしかった。悲鳴をあげ、気絶しそうになりながらも、あらんかぎりの気力をふり絞って曲りなりにも最後まで耐えぬいたことを認めてくれる眼差だった。よろしい、これで坊やは卒業だな、と語りかけるように、にやりと笑ってくる。

谷間に立ったまま円陣を組んだ。

老インディアンが聖なるパイプに火をつけた。ふうっと一服して、長い木のパイプを朝日にかざして祈った。吸口のあたりに赤い紐が結えつけられ、鷲の羽がぶらさがっている。パイプは円い結界を回っていく。ジローの番になった。一服した。薬草が混っているらしい、いい匂いがした。

夜明けの寒さで縮こまった性器を眺めながら、女たちがくすくす笑っている。そして円い結界が解けると、それぞれの男のほうへ歩み寄って、毛布をかける。ジャスパーの逞（たくま）しい肩には、二人の女が毛布をかけた。シャーナはやってこない。老インディアンは聖なるパイプを布で包みはじめた。その痩せた肩にも次々に毛布がかけられていく。

松林の天幕（ティピ）に木洩れ陽が降っていた。枝の影がちらちらと揺れる。その内側で起こったこと、自分たちの営みが影絵となって映しだされているようだ。帆布地をめくり上げてテントに入ると、なつかしい繭のなかにもどってきた気がした。

シャーナは毛布をかぶり腹這いになっていた。髪が乱れ、頬や首すじが発熱したような桜色だ。横目で訴えるようにジローを見た。急いで毛布をめくってみた。シャーナの背中は赤く火ぶくれしていた。

「痛いよお」

だだをこねる幼女のようにシャーナは言った。

ジローは、かたわらに坐りこんだ。どうすればいいのか、なんの迷いもなく掌をかざした。深呼吸した。念をこめた。こころが生起させたことは、こころで消せるはずだ。ありったけの思いを掌にこめて、背中すれすれに愛撫した。シャーナの熱を吸いとるように、強く息を吸った。反応は速く、なにもかも気のせいだったと起こったことを打ち消すように火ぶくれの色がひいた。自分の知覚を疑う眼でシャーナは起きあがった。首すじや背中に手を回し、ふうんと呟き、急に抱きついてきた。胸に火傷しているジローは、ギャッ、と悲鳴をあげた。シャーナは飛びのき、いたずらっぽく眼を光らせながら唇を押しつけ、脱水してからからに干涸びているジローの唇に舌を入れてきた。

たっぷりと唾液をふくんだ、やわらかい舌だ。

ジローは吸った。ぬるぬると潤う舌を、その舌をつたってくる唾液の雫をけんめいに吸った。シャーナはからだの奥から体液を汲みあげるように送りつづけてくる。唾液が涸れると、裸のまま立ち上がり、片足をジローの肩にかけた。両手でジローの頭を鷲づかみにして、強くひき寄せた。やわらかい恥毛が朝の草のように光っている。ジローはひざまずいて唇を押しつけ、草の根のほうに舌を入れ唾液よりもとろりとした体液をすすった。

# 第十二章　サンダンス

電話が鳴った。手を伸ばしながら、だれからだろうと考えてみた。いつもの習慣だった。アパートにかけてくる相手はかぎられているから、適中率はかなり高い。二回、三回、呼びだし音が胸の奥をノックしてくる。動悸がした。ジムだ、そう、まちがいなくジムだ。どうしたのよ、ミスター・ユニバース、次期機長さん。飛びつくように受話器をとると、

「レイ、ニュースを見てごらん、7チャンネルだ」

いきなりジムは言った。急いで、とつけくわえ、すぐに切った。

TVに飛びつき、スイッチを入れた。

蓬髪のインディアンが映っていた。まっすぐこちらを睨めつけている。長身のせいか、見くだす目線だった。鋭い眼だ。ブラウン管がそこだけ強く発光して、伸びてくる視線にビリッと感電しそうだった。我々は春分の儀式をはじめる、断食しながら人びとのた

めに祈る、と酋長(チーフ)そっくりの口ぶりで語っている。なんだかちょっと荘重すぎて、ニュースではなく、映画でも見ているようだ。

緑のポロシャツ姿の男が、左に立っている。褐色の肌だが、人種がわからなかった。白人、黒人、モンゴロイド、すべての人種の合成写真のようだ。なにを考えているのか、正体も不明だった。

マイクを向けられると、流暢に語りだした。独特の訛(なま)りがあるが、母語であるらしいイングリッシュだった。抑圧され苦しんでいる世界中の少数民族、ネイティヴたちの連帯について、中米の熱帯雨林でゲリラ戦をつづけているインディオたちの独立運動について熱弁をふるい、最後に、

——Come together.

集まれ、兄弟たちと言ってから、歯の浮くような台詞(せりふ)だよな、と照れるように笑う。テレビ・カメラが動き、まわりの青年たちが映ったとき息を呑んだ。あの坊や、ジローだった。逞しく日焼けして、眼の白目がひんやり青みがかってみえる。ずっと昔、サイキック・ボーイだった頃と同じようにテレビ・カメラが吸いこまれ、一瞬、アップになった。変わっていた。少年らしさのぬけきれない幼児性と、年齢のわりに多くのものを見てきた大人びた落ち着きがアンバランスに同居していたのに、いまそこに映っているのは、まぎれもない青年だった。無遠慮なカメラをさえぎるように、混血らしいインディアン女性の肩を抱き寄せている。混乱した。弟の恋人に妬(や)いているような、双子の

妹に嫉妬するみたいな、妙に甘美な混乱だった。

すぐに、べつのニュースになった。

電話が鳴った。見たわよ、ジム、と胸で叫びそうになって受話器をとると、気配を察したのか、予期した相手ではないことを知らせるように咳ばらいしてくる。

「すまん、プライベートな電話はひかえるべきなんだが……」

副社長のダグラス・イリエだった。身がまえながら黙っていると、

「見たかね？」

「ええ」

「ジローのやつ、元気そうだったじゃないか」

「女の子と一緒でしたね」

「うん、うん」イリエは愉しげだった。「明日、ジローのところへ飛んでくれないかね」

「で、どうすればよろしいのでしょう？」

「ただ見た、ということを報告するだけでいい」

「わかりました。でも、ジローの居場所……」

「わかっている。地図と航空券を秘書にもたせるから、明日、待機していてくれないか。空港まで車で送らせるよ」

「あの……」

「なんだね？」

「ジローは、パスポートが必要な気がしますけど」

「弁護士（ロイヤー）のところに寄ってパスポートを受けとってから、そちらへ行かせよう」

初めからそのつもりらしい口ぶりだった。

「きっと喜ぶと思います。でも、いいんですか？」

「逃げ帰るつもりなら、もうとっくに帰っているよ。紛失届を出せばすむことだからな」

「ええ」

「現金も少し持たせてやろう。それより、やっかいなことに巻きこまれそうだな。気をつけるように伝えてくれ」

「わかりました」

「じゃあ」

私的なことばを自身に禁じるように、イリエは電話を切った。

中腰になってＴＶを消しかけたとき、保温装置のついたガラス箱をのぞきこんでいる東洋人（オリエンタル）の姿が浮かんできた。

窓のすぐ下にセントラル・パークの緑がひろがる高級アパートで、イリエは南米産の白い蛙（かえる）や、枝に巻きついてしまうと葉と見わけがつかなくなる小さな蛇などを飼っているのだ。なんという種類だったか、きめのこまかいエメラルド・グリーンの鱗にうっすらと砂金の色が浮いた、美しい細身の蛇だった。一度だけ、北部の別荘にもいったことがある。牧場ほどの庭がいちめん雪におおわれ、月明りのなかを四、五頭のコヨーテがよぎっていくのが見えた。

——ここは、野生動物のハイウェイなんだよ。

スーツ姿のまま、使用人が運んでくる料理を食べながら、イリエはひっそりと眼を細めた。

権勢をふるう副社長ではなく、動物好きの老人の姿だけを憶えておこうと、そのときもレイは思った。

成層圏の光りが射し、機内食のフルーツ・サラダがまぶしかった。赤い苺も、芽キャベツほどの小さなトマトもたっぷりと水気をふくみ、有機物の宝石に見えた。久しぶりのゆったりとしたブランチだった。コーヒーを飲みながら、秘書から手渡された資料をひらいた。空港へ向かうリムジンのなかに、イリエから電話がかかってきたのを思いだしたのだ。

——ちょっとひっかかるところがあって調べさせたんだがね。

——その資料、飛行機のなかで目を通しておいてくれ。

——じゃあ、気をつけて。

読みはじめたとたん、成層圏の光りの心地よさが消えていった。北アフリカの産油国の独裁者から、武闘派のインディアン・グループや、ブラック・モスリムの組織に多額の資金が流れているというレポートだった。インディアン保留地内のウラン鉱山を占拠するとか、少数民族の連帯をはかるという計画も、その資金をめぐって主導権争いをやっているからだと思われる、という分析もそえられていた。

　緑のポロシャツを着た、あの男の写真も添付されていた。名前は、アダム・リヴェラ。三十二歳。セントラル・アメリカ大学を卒業後、政府給費生としてイエール大学の法科に留学。中米の独裁者を倒した革命政府が、カリブ海域の先住民たちを虐殺しはじめたとき、大学院を中退して帰国。先住民独立闘争のゲリラ部隊に合流。負傷して隣国の病院へ運ばれ、大腿部に鉄パイプを埋める手術を受ける。総入歯である。インディオ亡命者組織（亡命政府）の外務大臣にあたる渉外責任者となり、国連の少数民族会議、トリポリで開かれた国際人民会議などに出席。ユナイテッド・フルーツ社、石油メジャー数社とも接触した形跡がある——。

　ため息が出た。やっかいなことになりそうだった。全米屈指の複合企業トランス・グローバル社は、世界中の企業や組織について豊かなデータをもっているから、レポートの信憑性はかなり高いはずだ。

　なぜかしら、とレイは思う。ひょっとするとテロリストたちが背後に絡んでいるかもしれないやっかいごとに巻きこまれかけているジローに、なぜパスポートを返してやる気になったのかわからなかった。いつでも逃げ帰れるようにという親切心であるはずはない。南米産の白い蛙やエメラルド・グリーンの小さな蛇が北半球では冬眠するかどうか、ガラス箱の温度をさげてみたり、突ついたりしてひっそり愉しむのと同じなんだろうか。あの坊やは、ただ貴重な珍種のペットにすぎないのか……。とにかく、なんとしてでもジローを救いだそう、そうする必要があるなら、あの混血のガールフレンドも一緒に連れだしてしまおう。

レイは旅客機の窓に、額を押しつけた。

春の北半球が、レタスそっくりの淡い緑色を浮かべていた。葉脈そっくりの濃淡もみえる。まるい地球、このまるい惑星が人びとの妄想やたくらみをぎっしり満載して、生理の追いつかないスピードで飛んでいる気がした。さっき苺を食べたときの幸せな気分や、喜び、悲しみなどを満載しているのだったらいいのに……。

ブーゲンビリアの花が咲いている空港で時差を修正してから、レンタカーを借りた。地平線も淡い黄緑だった。遠く離れるほど緑が濃く重なり、幻の波打ち際へ半砂漠が溶けこんでいく。ハイウェイのかたわらに立つ電話ボックスを見るたびに、ジムの声が聴こえてくる。肺活量の豊かな深い声……。

谷間の入口に、州警察のパトカーや、窓に金網をはった装甲車が集まっていた。

レイはあえて車を止め、野営地への道順を訊ねた。ピンク色の肌をした若いポリスは、このまま道なりに登っていけばいいと川ぞいの林道を指さしながら、混血のレイをいぶかり、インディアンなのかと訊いた。

「そうよ」レイは嘘をついてみた。

からだを眺めまわすだけで、なにも言わない。装甲車のなかでサンドイッチなど食べている者もいる。よく見ると、脇の下から長い銃身が突き出ている。

林道に入った。川ぞいに走りつづけていくと、小型トラックが点々と止まっている。中古車ばかりだった。インディアンたちが儀式に駆けつけてきたのだろうか。山林警備隊のジープが、ところどころに待機していた。山火事を警戒しているだけとは思えなかった。双眼鏡をのぞき、携帯電話で連絡をとりあっている。助けて、ジム、わたしひとりではジローを救いだせないかもしれないと訴えたかった。

太鼓の音が谷をおりてくる。

林道の空いているところに、レンタカーを止めた。降りかけて、ふっと気になり、飛行機のなかで読んだ資料を車のダッシュボードに押しこんだ。イリエから託された二千ドルの現金はジローのショルダーバッグに移した。着替えや、パスポート、国際運転免許証、ジロー自身の薄いトラベラーズ・チェックのほかに、帰りの航空券も入っていた。レイが東京に郵送したオープン・チケットの半券だった。

歩きだした。足もとで木洩れ陽がゆれ、一方から川のきらめきがくる。

遮断機があった。その少し手前で、黒髪のインディアン青年が二人、太いマニラ麻のロープをはって林道を封鎖していた。ここは聖地だ、部外者は入れない、と無言のまま首をふった。

「ジローに会いにきたの」

レイは、ぴんと背すじを伸ばして言った。あの友愛のようなものが、ここでも通行証になればいいのだが……。

インディアン青年たちは、なぜか不思議がる眼で見つめてくる。レイの眼は明るい鳶色、青年たちは褐色だった。ちょっと待てというしぐさで、一人が奥へ消えていった。

太鼓が鳴りつづけている。初めて聴診器で自分の鼓動を聴いたときの驚きが思いだされた。鼓舞するような連打がつづく。つらいとき、自己嫌悪に陥って死にたいと呟きたくなるとき、いつも思いだすことにしている、あのリズムだった。

松林のなかを、若いインディアン女性が歩いてくる。ジローが肩を抱き寄せていた、あの女だった。谷間の入口を州警察が固めているというのに、春の日射しを楽しむように悠然と歩いてくる。木洩れ陽を浴びて、髪もからだも金褐色のまだらだった。立ち止まった。

遮断機ごしに、まっすぐ見すえたまま、

「レイでしょう」と低い嗄れ声で言った。

「ええ」とレイは応える。

「わたしは、シャーナ・グッドモーニング」

その奇妙な姓を誇るように言う。こんな茶色の髪をしているけれど、インディアンだと強調しているのだろうか。

「通しなさい」

女は青年たちに合図して、遮断機を上げさせた。レイよりも若いけれど、世間の冷たい風にさらされてきたのか、しっかりと落ち着いていた。

ならんで松林のなかを歩いた。勝ち気な妹と歩いている気がした。いい匂いがした。松林のあちこちにインディアンたちがかたまりあって、焚火に小鍋をかけて料理したり、コーヒーを沸かしていた。麓の村から、春分の儀式のために集まってきたのだという。子供たちもいる。野牛を追って草原を移動していたころの仲むつまじい大家族にみえた。

「そのヘアスタイル、いま流行ってるの？」

歩きながら、シャーナが訊いた。遠い他国のことでも訊いているような感じだった。

「そうよ」

レイは、頭のうしろをシャーナに見せる。後頭部から太く束ねてゆく編みこみだった。

ふうん、とうなずくシャーナの胸もとで金属のペンダントが光った。

川を堰とめた水辺に人が群らがっていた。輪の中心に一本の若木が生えたち、上半身裸のインディアンたちが踊っている。谷間にひびきわたる太鼓の音とともに、ゆっくり、右回りに進んでいく。ジローはどこだろう。二十人ほどのダンサーや人垣を眼で追っていると、

「ここにはいないの」とシャーナが言った。「でも、だいじょうぶ、帰ってくるから」

シャーナは天幕(ティピ)の入口の帆布地をめくりあげて、どうぞ、と身ぶりで言う。

鹿皮が敷かれていた。稲妻と鷲の羽を織った毛布の上に、男物の衣類がきちんとたたんであった。鋳物のストーブに、青紫の花が飾られている。春の光りがこもり、天幕のなかは暖かい。ジローとシャーナの性愛の余熱のようで、ちょっと妬ましく、からかってやりたい気もした。

「いつ帰ってくるの?」

「あと四、五日かしら。いま、わたしの祖父(グランパー)と一緒にいるの」

「そう……、ジローのパスポートもってきたんだけど」

「じゃ、帰るまで泊っていけば」

「いいの?」

「もちろん」

「じゃ、そうさせてね」

レイは靴をぬぎ、ゆったり沈みこむように坐り、鹿皮を撫でた。旅客機やレンタカーを乗りつぎ、ふつうなら日が暮れかかる頃なのに、時差を逆行してきたため、まだ明るさが残っていた。

差しだされた琺瑯びきのカップで水を飲んだ。まだ雪が残っている分水嶺から流れてくるという真水だった。シャーナはバッグをひらき、金色の菊の花のマークがついたパスポートを、興味深げにめくりだした。華奢な子供っぽさと、たとえヤスリをかけても外側からは傷ひとつつけようのない大人びた静けさが同居しているジローの顔写真をのぞきながら、

「この坊や、いまごろ断食してるわよ」

シャーナはくすっと笑った。

「ここでもやってるんでしょう」

「やってるけど、ここのは略式。祖父が、ほんとの儀式を復活させると言って、ジローを連れていったの」

「どこへ？」

「さあ、どこか秘密の場所」

シャーナはバッグの現金をつまみ出して、口笛を吹き、これもらっちゃおうかな、と明るく言った。

火をおこし、料理をつくった。野菜スープと、青トウモロコシのパンケーキ。シャーナ自身は食べなかった。食糧が不足しているわけではなく、いまどこかで断食しているジローと飢えを分かちあうつもりで、ものを食べずにいるらしい。レイは微笑みながら遠慮なく食べた。

空はまだ薄明るいのに、谷間にはもう夕闇がおりてきた。谷底から闇が湧きだしてく

るみたいだった。堰とめられた水が、夕焼けを映している。

シャーナと二人で野営地を歩いた。松林の奥まったところに、テント群がのぞいている。インディアンの天幕（ティピ）ではない。キャンプ用のテントだった。

黒人たちがまわりを囲んでいる。若さの絶頂で、しかも見事に鍛えぬいた青年たちが、狙撃されるとすれば、どこから弾が飛んでくるか、専門的に訓練された鋭さで、谷の稜線、死角となるポイントなど、双眼鏡で見張っている。

白のリンカーンが二台、テントのそばに止まっている。いつでも、さっと走りだせるよう谷の出口のほうへ先を向けて、運転手が待機していた。

「あれは、ルール違反」

と、シャーナが舌打ちした。ここはインディアンの骨が埋もれている聖地だから、車で乗りつけてはならないのだけど、あのリンカーンだけは特別扱いなのだという。

「だれが乗ってるの？」

と空惚けてレイは訊いた。旅客機のなかで目を通した資料から推測して、ブラック・モスリム、最も危険だとみなされる黒人回教徒の一団らしいことは見当がついていた。確かめるまでもなく、松の枝に吊るされたラジカセから聴こえてくるのは、コーランの朗唱だった。テントには、おそらく、指導者がいるのだろう。そう考えると、谷間の入口がパトカーや装甲車で固められていたのも納得がいく。

「アダム、いる？」

蓮っ葉なほど明るく、シャーナが訊いた。

見張りの責任者らしい青年が、礼儀正しく、真ん中のテントへ案内した。アフリカ風に髪を編みこんだ若い黒人女性がテントの入口に立ちはだかり、武器を身につけていないか、ボディチェックをした。同性に乳房や股間を撫でまわされるのは初めてだった。

薄闇のテントのなかで、中年の黒人夫婦が紙皿の野菜サラダを食べていた。いかにも第一夫人といった威圧的な女性からちょっと離れたところに、あの男、アダム・リヴェラが坐っていた。フォークを持ったまま、やあ、と手をふりながらシャーナに声をかけた。

「お姉さんがいたの？」

「そうよ」

「じゃ、そちらの姉さん、紹介してくれないかな」

妹さんはどうも脈がなさそうだから、とアダムは軽口を叩いた。緑のポロシャツが、褐色の肌に映えてセクシーだった。

レイは、アダムを黙殺して、スーツ姿の指導者のほうに挨拶した。

「レイ・タジマです」と名前も告げた。

鷹揚にうなずいて、テントの奥に招き入れた。カリスマ性は感じられなかった。実務家タイプの指導者らしい。黒い手首に、金色の蛇の鱗をおもわせるバンドの金時計を巻きつけていた。文字盤にダイヤの粒が光っている。

「レイというのは、光線のレイ？」

アダムが陽気に色目を使ってくる。いいえ、奇麗の「麗」と説明する気もおこらないけれど、嬉しかった。ジム、あなたの名前はジェームズ・ビーム。そう、ビームとは光線のことよね。思わず微笑すると、アダムは気をひくように熱っぽく喋りだした。

いいかい、ブラック・モスリムと先住民族のインディアンが手を結べば、この国の深層をゆさぶることができるはずだ。だからおれは、こうして——。

レイは聴いていなかった。産油国のオイル・ダラーを狙ってるんでしょうと切り返す気にもなれず眼をそらすと、黒豹そっくりの若者たちがテントの入口に群らがっていた。片膝をつき、すさまじいバネ、跳躍力を秘めた姿勢で身がまえている。足首に、革鞘つきのナイフを巻きつけていた。いつでも飛びかかれるよう、前のめりに力をためて、ナイフの柄を握りしめている。

「だいじょうぶだよ」

と、指導者が言った。声に、けだるい倦怠感が滲みだしていた。スラムの貧困家庭から叩き上げて、人間をよく見てきた五十男の顔で、このお嬢さんたちは無害だよ、心配するな、と苦笑いしている。金時計を巻きつけた左手で、さがってよろしい、というしぐさをした。黒豹そっくりの精悍な影が、音もなく退き、夕闇に吸いこまれていった。

たった一日過ぎただけで、春の光りが苛酷なほど強くおもえてきた。断食して踊るインディアンたちは、足がふらついている。空腹よりも、渇きのつらさを耐えているらしいことが、レイにもわかる。

もう一滴の汗も流れてこない。脱水症状を起こしかけて、気管の空洞がぴたっと閉じて、呼吸でこじ開けようと苦しげにあえいでいる。どこか秘密の場所で、ジローも渇き、飢えているにちがいない。ジローの眼で見ようとすると、青空が台風の目のように渦巻いていると感じられる。巻きこまれていくように、半裸のインディアンたちが一本の若木を中心に回っていく。

十三かそこらの少年が一人、踊りの輪に混っている。シャーナやレイの髪よりも色の淡い、ほとんど金髪に近い混血児だ。白人の男と別れたか捨てられたインディアン女性が、子連れでこの野営地に帰ってきたのだろう。少年の肌はよく日に焼けていた。色を変えられない髪の毛だけが、皮膚から奇妙に浮きあがっている。

少年は空腹をこらえ、渇きをこらえ、インディアンとしての生を受け入れよう、泣きだすまいと歯を食いしばって踊りつづけている。老人たちが涙ぐみながら少年を見守っている。

休憩のときがくると、少年は草むらに倒れこんだ。

背の高い蓬髪のインディアンが駆けつけ、あれを持ってこいと身ぶりで言う。ターザンをおもわせる見事な筋肉だった。ポリ容器が運ばれてきた。男は野苺の色をした果汁をスプーンで掬い、少年の唇に注ぐ。からからの舌、口腔に滴るとき、ジュッと音をたてそうだった。もう一杯、スプーンで注ぐ。混血の少年は声を殺して泣くように顔をゆがめ、果汁をすする。

スプーン三杯で終りだった。少年はうらめしげに見つめている。老人たちが飛びだしてきた。少年の頭のそばにかがみこんで日陰をつくり、ぶこつな掌を扇のように煽いで少年の口もとに風を送る。口々になにか叫ぶ。スプーン三杯だけじゃ、むごすぎる、もう少し飲ませてやってもいいではないかと訴えているらしかった。

蓬髪の男は突っ立ったまま、うらめしげな少年の眼を見すえながら、強い意志をもて、と眼から気力を注ぎこむように放電し、首をふり、自分のこころを引きはがすように立ち去っていく。そして草むらに倒れている十七、八の少年の口に、スプーンの果汁を注ぐ。次は二十歳ぐらいの若者だった。そうやって踊り手すべての口に、スプーン三杯ずつ赤紫の果汁を注ぎこむと、蓬髪の男は草むらにくずれおちる。眼をつむっている。厚い鉄の胸が苦しげに上下している。自分自身は、一滴も果汁を飲まなかった。

「あれが、ジャスパー？」

と、レイは訊いた。飛行機のなかで読んだ資料とは、まったくの別人におもえた。

「そう、あれがジャスパー……」

うわごとを洩らすように、シャーナは応えてくる。

太鼓が鳴りだすと、ジャスパーはまっさきに立ち上がり、草むらに倒れたままの一人、一人を、眼でひき起こす。

もう動けないと眼で訴える混血の少年を見つめながら、起て、起て、起て……と祈るように呟いているのが、レイにも視える。

少年がよろめきながら自力で起きあがると、ジャスパーは先頭に立ち、するり、するり、すり足で進んでいく。もう一頭の野牛もいない幻の草原を見つめ、視線を青空へもたげるとき、眼から矢をひき絞るように祈っている。ああ、この男は本気なのだと、レイは胸がふるえそうになる。

夕焼けがきた。水辺で盛んに火が燃えつづけている。象の死骸でも焼いているみたいな、大がかりな焚火だった。焼け石の割れる音が谷間にひびく。

断食中のインディアンたちが、お椀を伏せたかたちの、獣の皮でおおわれた天幕に入った。全裸だった。アダムや黒人青年たちも腰のタオルを松の枝にかけてから、あとにつづいていく。

真っ赤に焼けた丸石が次々に運びこまれていく。ジャスパーの祈りが聴こえてくる。

「大地を盗みとられ、根こそぎ誇りを奪われている先住民と、奴隷として連れられてきた黒い兄弟たちとの、新しい連帯のために」

映画の酋長をおもわせる荘重な口ぶりだが、レイは笑わなかった。あの男は本気なのだ、インディアンの戦士であろうと愚直なほど本気に思いつめているのだ。ジャスパーの祈りにつづき、ゴォーッと炎の走るような音がした。

レイとシャーナは草むらに坐り、獣皮の天幕から洩れてくる、きれぎれの苦しい歌声を聴いた。火傷をこらえるような呻き声も聴こえてくる。これが略式なのか、とレイは耳を立てる。シャーナの祖父と一緒のジローはもっと苛酷な儀式に耐えているはずだった。なにも食べていないシャーナは草をちぎり、叫びたい思いを怺えるように、その草を噛みしめている。

天幕の入口がひらき、白い蒸気が噴きだしてきた。蒸気機関車をおもわせる、すさまじい勢いだった。まるで白い炎だった。風に薄れ、白い霧になった。素っ裸の男がひとり、四つん這いになって這いだしてきた。褐色の肌から大粒の汗が吹きだしている。

「いやあ、まいった、まいった」

男は笑いながら起ち上がり、水辺へ降りていった。顔を洗うように両手で水を掬い、ごくごくと飲んだ。頭ごと水に突っこみ、ぶるっと雫を散らしてから、ふうっと息をついてふり返り、

「やあ、シャーナ」

と屈託もなく笑いかけ、松の枝のタオルを取った。片足が少し不自由にみえた。

「なによ、アダム、だらしないの」

シャーナがせせら笑った。

「おれはね、マゾヒストじゃないの」

アダムは水滴のしたたる性器をすぐには隠そうともせず、余裕たっぷり草むらに坐りこんで、

「だから、こんな変てこな苦行なんかに、プライドをかける必要はないんだよ」

「北アフリカでも断食するんじゃないの？」

思わず、レイは口を挟んだ。

「そう、そう、ラマダンの月。あれにぶつかると大変なんだよ」

「一ヵ月もやるんでしょう」

「そう、クレージーだよなあ」

「でも、そういうときは、がんばるわけ？」

「あれは、かんたん。陽が沈んだら食べてもいいわけだろう。だから昼は眠って、夜、起きだせばいい」

「なるほどね。でも、アッラーの神が怒るんじゃないの？」

こめられた皮肉に気づかないふうに、

「アッラーなんていないのさ」

アダムはけろりと応えてくる。

「でも、アッラーこそ全知全能なんじゃないの」

言ってから、少し調子に乗りすぎたかもしれないと思っていると、アダムは薄笑いを

浮かべながら、

「いいかい、もし全知全能のだれかさんがいるとすれば、光りあれとかなんとか言って、外側からおれたちの世界を在らしめたことになる」

そうだろう、お嬢さん、とからかう口ぶりだった。

「ところが、この宇宙は光速で膨張しつづけている。だから内部の出来事はなに一つ、外へは洩れていかない。外側から見れば、まさにブラックホールというやつだよ。つまりだれかさんには、この宇宙で起こりつつあることはまったく見えないわけだ。関知しようがない。干渉しようがない。なんら手の加えようがない。だとすれば、だれかさんは外側から世界を在らしめたのではなく、この宇宙と共に生まれてきたことになるじゃないか。従って、アッラーの神も全知全能ではありえない」

ま、こんな屁理屈でどうかね、とアダムは憎ったらしげに笑いながら、催眠術でもかけるようにのぞきこんでくる。こちらの眼に、なにか性的な器官が深々と入ってきて金縛りになりそうな気持だった。けんめいに意志をふるい立たそうと、旅客機のなかで読んだ資料を思い浮かべた。いま目の前でふてぶてしく笑っている歯は、総入歯のはずだ。六年間、熱帯雨林の奥地で戦っていたころ、マラリアに罹(かか)り、ひどい栄養失調で歯をやられてしまったのだ。その白い入歯が近づいてくる。雨の降りしきるジャングルで女に飢えつづけている純粋な獣欲におもえた。甘美なほど無遠慮に息が迫ってくる。歯科医の麻酔ガスを吸ったように、頭の芯にぼうっと霧がかかってきたとき、

「タタンカ！」

と強い声が聴こえた。叱咤するようなシャーナの嗄れ声だ。はっと金縛りが解けて眼をそむけると、獣の皮でおおった天幕の入口に、真っ裸の少年がいた。日射病にやられて草むらに倒れこんだ混血の少年だった。泣きださんばかりに顔をゆがめている。これ以上は無理だと判断されて、苛酷な儀式の天幕から外へ出されたのだろう。まだかわいい皮っかぶりで、やわらかい恥毛が生えかかっていた。シャーナが松の枝のバスタオルをひっつかんで駆け寄り、肩にかけ、抱きしめようとした。少年は歯を食いしばったまま、シャーナの手を激しく払いのけた。

三日目の朝、儀式の太鼓が鳴りだしたけれど、シャーナは毛布にくるまったまま、なにか陰鬱に考えこんでいる。肌寒かった。まわりの山は春の若葉ごとはち切れんばかりに空へ盛りあがっているが、朝夕、谷間にはひんやりと冷気が沈みこんでくる。

「ここから出たほうがいい」

レイも毛布にくるまり、首だけ伸ばして言った。ここは危ない、ジローと一緒に野営地を出たほうがいいと、昨夜からくり返しているのだった。

シャーナは、うるさそうに舌打ちした。生理でも始まりかけているのか、妙にいらいらしている。たとえジローから誘われても、ここから動くつもりはない、と昨夜も言った。先住民族アメリカ・インディアンの運動はいま、いくつもの組織に分裂しており、連邦政府から補助金をどうひきだすか、そんなことにばかり熱心なのだという。あくまで独立を求めて、戦う姿勢をくずしていない指導者は、いまはもうジャスパーひとりだけだ。現実性がない、はね上がりだとインディアンからも誹(そし)られ、孤立している。だから、ジャスパーを見捨てるわけにはいかないのだという。

「どちらの男を選ぶか、そういうことじゃないの」

と、シャーナは不機嫌だった。

そんなシャーナの頑固さに、なかばあきれ、なかば心を打たれながら、レイは鋳物のストーブに火を点け、コーヒーを沸かしはじめた。青トウモロコシのパンケーキを焼いて、断食中のシャーナになんとか食べさせるつもりだった。

ヘリコプターの爆音が聴こえてきた。

いつもアパートの窓の外、高層ビルが林立する空を飛びかう音を聴きなれているレイは、ああ、またかと気にもとめずにいたのだが、急に、シャーナが跳び起きた。顔がけわしかった。大急ぎで服を着て、儀式の場所へ走っていった。

灰色の軍用ヘリコプターが上空を旋回していた。太鼓は鳴りつづけ、インディアンたちも踊っている。けれど人びとはすでに浮き足だって、不吉な鳥のように機影を見あげている。

旋回しながら、高度をさげてきた。野営地を目がけて、まっすぐ近づいてくる。もうそろそろ上昇に転じるはずだと思っていても、さらに、ぐんぐん降下してくる。谷の斜面に影が走る。

ヘリコプターは斜めに宙を切り、襲いかかってきた。葉という葉がちぎれ飛びそうにふるえだした。若木の頂をかすめ、急上昇した。高く、高く、そのまま螺旋状に青空へ吸いこまれ消えかかっては、降下し、ふたたび野営地に突っこんでくる。若木が撓み、川にさざ波が走った。

断食中のインディアンたちは、ヘリコプターの爆風によろめき、長い髪を煽られながら踊りつづけている。脱水症状を起こし、もうろうとして恍惚さえ感じているのではないかと思えるほど眼がうつろだった。ひょっとすると巨(おお)きな鳥の幻覚でも見ているんじゃないか……。

踊りを囲む人びとの輪がゆるみ、乱れはじめた。ヘリコプターの執拗な爆音におじけづいて、ばつが悪そうに、松林へ散っていった。

容赦はしないと警告するように、ヘリコプターはまた青空から急降下してくる。

林道をおりていく小型トラックの音が聴こえる。残っているのは、半分に満たなかった。インディアンたちは踊りつづける。また機械の鳥が襲いかかり、髪が逆だっていく。

混血の少年が草むらにくずれおちた。ジャスパーはなにも言わなかった。起て、起て、起て、と無言で呼びかけることもやめて、青空をずたずたに切り裂いていくヘリコプターを見つめながら、からからの眼で泣いている。

ぼろぼろ涙をこぼしているのは、シャーナだった。

ジャスパーにひきずられていく踊りの列から、一人が脱落した。迷彩服のズボンをはき、上半身裸の青年だった。もつれる足で川のほうへふらふら歩いていく。水際でへたりこみ膝をつき、四つん這いになった。禁じられている水を飲んでいるのだ。

ぼんやり脱落者を見送っていたジャスパーが、すぐそこに渇きをいやせる水がいくらでもあることにやっと気づいたというように、顔をひきつらせた。

一歩一歩、よろめくまいと大股で近づくなり、ジャスパーは青年の長髪を鷲づかみにした。どこにそんな力が残っていたのか、青年をひきずり起こし、低いかすれ声でののしり、水面に叩きつけた。顔をつぶす勢いだった。

もう一度髪をつかみ、ひき起こそうとするが、上がらない。筋肉がなえていた。青年のからだも水浸しで重い。ジャスパーは泣き狂うように、蹴った。水に足をとられて、へたりこみ、恐水病の犬のように跳ね起きた。

全身、水しぶきを浴び、その水をすすりたい衝動におびえ、さらに蹴りつづける。髪をつかみ、頭を水中に押しつける。

「やめろ！」

駆けつけてきたアダムが言った。戦場で兵士たちを率いてきた鋭い声だ。いまは緑のポロシャツ姿で、黒人青年たちを従えている。

足首に革鞘ナイフを巻きつけている一人が、水際に降りて、ジャスパーの右腕をつかんだ。ジャスパーはふり払おうとした。だが、びくともしない。そんなはずはないと怪訝そうに、もう一度試みた。やはり動かない。逆上して左手で殴りかかった。黒人青年はさっと身をかわしながら、右腕をひねり上げた。ジャスパーは前のめりによろけて、片膝をついた。そのまま岸に立つアダムを睨めつけ、アダムの顔に浮かんでいるのが憐れみであることに気づいた瞬間、息をつめ、腰の革鞘ナイフに手をかけそうになった。

シャーナが飛び出し、叫びながらジャスパーにぶつかっていった。払いのけられ、水中に倒れた。起き上がり、ずぶ濡れのまま抱きついていく。ジャスパーは左手で突き飛ばした。

レイは駆け寄り、シャーナを抱き起こしながら、唾を吐きかけるように口走った。

「なによ偉そうに！　いちばん薄汚いのはあんたたちじゃない、どこから金もらってるかわかってるのよ！」

「…………」アダムの眼が硬く光った。それでいて総入歯らしい歯をのぞかせて笑っている。眼と口が、別々に動いているような顔つきだった。

若木のまわりで踊っていたインディアン青年たちが、五、六人、ふらふらと夢遊病者のように降りてきて、川の水を飲んだ。ジャスパーはもう、なにも言わなかった。浅い流れに腰を浸して坐ったまま、眼は放心して、号泣をこらえるように口を結んでいる。

レイは全身ずぶ濡れのシャーナを抱きかかえて、天幕にもどった。裸にしてバスタオルで拭いた。鳥肌がたっていた。シャーナはぎゅっと眼をつむっている。レイはもう一枚のバスタオルで、自分と同じ栗色の髪を包み、もむようにして水を吸わせた。

「もう帰りなさい」

とシャーナが言った。野営地のキャンプごっこはこれで終り、という口ぶりだった。

「でも、放っとけないわよ」

「ぐずぐずしないで!」

ここはお嬢さんなんかがいる場所じゃない、と叱正する声に聴こえた。静かだった。太鼓の音がやみ、いまは川の水音が谷間に響いている。天幕には松の影が映っていた。

谷底から湧きだすような早い夕暮れがきた。空が藍色になりかかると、野営地はもう暗闇だった。松林に止めてあったリンカーンは二台とも立ち去っていた。軍用ヘリコプターの警告があった以上、インディアンと運命を共にするのはまずいと実務家らしく判断したのだろう。まだテント群は残っていた。

レイは足音を殺して歩いた。松笠の砕ける音が、びくっとするほど響きわたる。松林をぬけて林道へ出ると星明りだった。水音がうるさかった。心は急いて眼を瞠いているのに、歩きながら一、二秒、夢を見た。黒い仏像みたいにあぐらをかいた膝にまたがり、交わっているときの至福感……。林道の隅っこに止めた車は、松の陰に隠れていた。ドアをひらいた。ダッシュボードに気をとられながら中腰になって車に乗ろうとしたとき、暗闇の一部がちぎれて飛びだしてくるような気配があった。中途半端な姿勢のまま戸惑っている隙に、鋭く伸びてきた手で口を抑えられた。レイは嚙みつこうとした。激しく顎を動かしたが、まったく歯の立たない大きな掌だった。クラクションを鳴らそうと宙をまさぐった。大蛇のような腕が巻きついてきて、根こそぎ引きずりだされ、腹這いに押さえつけられた。掌がずれた瞬間、思いっ切り嚙んだ。助けて！　と叫びかかった口を地面に叩きつけられた。耳を殴られ朦朧となった。足首をつかまれ、そのまま逆さに吊るし上げられた。生木をひき裂くような強い力だった。宙吊りのまま、からだの向きを変えさせられた。ブランコ遊びのようにぶらぶら揺らし、肩口から地べたに叩きつけられた。足首をつかんだまま逆さまに丸めこみ、抑えつけてから剝ぎとられた。暗闇の一角がからだを貫いていく。内臓が圧迫されて深海魚みたいに口からはみだしそうに強く突きあげてくる。生臭い闇がのしかかり乳房をまさぐってくる。心臓をつかみだすように揉みしだき、舌と歯さきで乳首をねぶってくる。これは総入歯かしら。六年間、雨の降りしきるジャングルで戦い、女に飢え、栄養失調で歯がぬけてしまったあとの総入歯ならゆるしてもいいという気持になりかけたとき、義歯とは思えない強い力で左の乳首を嚙み切られた。

ジャスパーは水を飲まなかった。

砂金の川に、なんの変哲もない夜明けが映っている。のどかに流れていく雲まで白い鱗を水面に散らし、しゃらくさく誘ってやがる。谷ぞいに風が吹きぬけ、さざ波が走っていく。おれは水を飲まなかった。あの陽が沈み、もう一回昇ってくるまで、せめておれだけは絶対に飲まない。夜どおし何百回も呟きながら、ここにへたりこんで若木の幹にもたれたまま、自分のこころを幹に縛りつけていたのだった。

ブーン、と蜂の大群が近づいてくる。一匹、耳穴へ飛びこんで頭のなかをうるさく回ってやがる。おい、だらしないぞ、ジャスパー。たった四日間、水を断っているだけで、こんなにたわいなく幻聴など聴いてしまうものかね。おふくろが男をくわえこんできた日も、おれは台地の村のはずれで蜂鳥の羽の音を聴いていたな、腹を空かせながら。おい、元気か、坊主、と呪師の老人がおれの頭に掌をのせて、撫でるかわりに、ぐいと摑んでくれたな。鷲にさらわれていくような喜びを感じながら、まだ十にも満たぬおれは出来のわるい頭で、なにか一つのことを思いつめていた。崇高さとはぎりぎりの感情なのだ、と老人に訴えたかったことを憶えている。老人よ、あんたは慈愛にあふれているが、おれはぎりぎりの憎悪によって高みへいってみせる。ブーン、ブーン、ブーン。幻聴ではなかった。昨日の軍用ヘリがまた飛んできやがったのだ。照準レンズつきの銃のかわりに望遠レンズつきのカメラで、野営地を写しているらしいぞ。カシャ、カシャ、とシャッターを切るせせら笑いが聴こえてくる。いや、まだ負けてはいないとジャスパーは奥歯を噛む。たとえ敗れるにしても、おまえたちの肝を冷やすぐらいのことはやってのける。まだ切札はある。おまえたちは栄えているが、おまえたちはここを通り過ぎていくにすぎない。生き残るのはおれたちなのだ。

若木がゆれていた。精霊が宿る枝、地から天へのびあがる臍の緒である若木がゆれている。

ジャスパーは首をふる。祈りはまだ届かない。あの反乱のときも、刑務所のなかでの日に百回の祈りも届かなかった。数百年、おれたちの祈りはただの一度も叶えられていない。なぜなんだ、なぜ正しいはずの者たちが苦しまなければならないのか。

ジャスパーはうつむき、なぜなんだと言いつのり訊ねてみたい人びとの顔を思い浮かべる。酋長はだめだ。保留地を通りぬけていくハイウェイぞいに二軒のガソリン・スタンドを経営しているチーフには、もうそんな胆力はない。東部の大学から帰ってきた息子や甥たちに鉱山局委員会を設立させて、ウラン鉱のビジネスに部族の命運を託しているチーフは正しくない。スーツなど着て州議会へ交渉にいくあいつらはだめだ。

正しいのは、だれか。刑務所にいるあいつ、Gは正しい。平和。非暴力。愛。むろん、正しいに決まってるじゃないか。だが、その正しさを通すためには、一方、このジャスパーが必要なはずだ。いつでも引き金をひく用意のあるおれが必要なはずじゃないか。そうだろう。けれどおれは何度も何度も、愚かな、はね上がりのナンバー2として軽くあしらわれてきた。組織からも仲間からもはじき出された。おれたちは双子のようなものだった。血もつながっていないし、おれは混血で四年も若輩だが、たしかに双子だったのだ。おまえは光りや慈愛であり、おれはどろどろの暗い憎悪だった。おれの憎悪でおまえはきよらかに輝いたはずだ。そうだろう、ちがうとは言わせないぞ。薄汚いコソ泥や強姦犯と一緒に、おれが刑務所でのたうち、ただ祈るしかすべがなかったころ、逃亡中のおまえは英雄だった。進歩的文化人とやらに祭りあげられ、おまけにウェスト・コーストの革新知事の庇護を受け、州法に守られ、おまえは預言者のようにふるまっていた。だが、その州知事が選挙に敗れると、おまえはほんの何年か身を隠し、そのあげくに自首して刑務所に入った。なあに、文化人やジャーナリズムに見守られているし、非暴力主義に転向したから、ほんの二年で出られるはずだ。あの反乱、独立宣言のときナンバー2であったおれは七年も喰らいこんだというのに。そしていま刑務所のなかでさえおまえは、聖者然とふるまっているそうじゃないか。おれは二流なのか。おれは正しくはないのか。いや、おれは悪党でいい。そう決めたはずだ。

ジャスパーはからからの眼、からからの喉で泣き声をのむ。

いや、シャーナの祖父は正しい。あの老人だけはおれの馬鹿さかげんも、危なっかしいおれの正しさのかけらも黙って見通していた。力ずくでシャーナを奪ったときでさえ、おまえがその悪党の愚かさをつらぬき通すつもりならば、孫娘をくれてやってもいい、供えものにしても惜しくはないというように、ひっそり淋しい眼をしていた。おれが怖ろしいのは、ただ、あの淋しい眼だ。五十年ぶりにインディアンのぎりぎりの祈りを甦らせる、この祈りが叶えられなければあとはおまえに委ねる、そう言いのこして涸れ谷へいった。連れていかれたのは、畜生、あの雛(ひよ)っこのジローだった。

ヘリコプターがまた近づいてきた。カシャ、カシャ、とシャッターが嗤う。

若木の、あるかないかの淡い木陰から、ジャスパーは起ち上がった。

断食テントに入った。

もうだれもいない空っぽのはずの場所に、たったひとり混血の少年がいた。テントのなかの草むらの毛布に突っ伏して、恥にまみれて泣き寝入りしていた。よくやった、おまえはよくやった、とジャスパーは声をかけてやりたかったが、渇きで喉がつまっていた。

カーキ色の毛布をひらき、猟銃をつかんだ。

銃身にうすくひいた機械油と鉄の冷たさを、掌に受けた。

松林を歩いた。二台のリンカーンも、黒人青年たちのテントもきれいに消えていた。アダムのやつはどこにいるのだろう。去年の、硬く乾いた松笠が足にふれる。かまわず、釘(くぎ)でも踏みぬくようにジャスパーは歩く。

野ウサギが走った。

銃口を下に向けたまま、白い天幕へ向かった。歩いて十分もかからないのに、この天幕にやってくるのは、ほとんど一年ぶりだ。シャーナは複数の女をもつことを許さなかった。もう来ないで、殺したくなるから。シャーナはそう言った。本気だった。だがな、とジャスパーは胸で呟く。たしかに女狂いかもしれないけれど、おれは子を殖やしたいのだ。滅びゆく民などと憐れみをうけるよりも、おれたちの民でこの地をおおいつくしたい。だからおれは子種をまき散らし、おれの私生児だけで精鋭部隊ができるぐらい生み殖やしてやると広言してきたんじゃないか。

天幕に、蓬髪の影が映った。

シャーナもこの影を内側から見ていると感じながら、待った。

「ジャスパー？」

「………………」喉がからからで応えられない。

「あやまりにきたわけ？」シャーナは言う。「そう、じゃ、わかったから帰って」

「聞いてくれ……」

声が喉をこすり、痛かった。

なにか金属音がした。かまわず、天幕に入った。シャーナは赤い柄のスイス・アーミー・ナイフを開いていた。小さな鏡の上に白い粉末をこぼした。ジャスパーは坐りこんだ。膝に置いた猟銃をちらっと一瞥して、シャーナは細くまるめた二十ドル札で粉末を吸った。

「たしかに、おれは金を受けとった」

ジャスパーは唐突に言った。

「………………」それで、とシャーナは鳶色の眼で促す。

「北アフリカのオイル・ダラーだ」

「そしてＦＭ九〇・一に注ぎこんだ。ま、おかげで、あたしもこれが買えるわけよね」

「そんなのは、はした金だ」

「でもさ」シャーナは静かに言う。「たとえば、このコカイン、南米のインディオがコカの葉を摘んで、マフィアかなんかが買いとるわけじゃない。あたしは汚いヒモつきの金でサラリーもらって、コカイン買ってさ、ＦＭ九〇・一で、起ち上がれ、起ち上がれって煽ってたわけよね」

「………………」ジャスパーはうなずいた。

「で、なに企んでるわけ？」

「もう、武装蜂起なんかできっこない。たとえ起こしても……」

「ま、そうよね」

「やろうとしている連中はいるが、結局、飼い殺しになってくすぶっている」

「あたしたちみたいに」

「おれは、そういう連中を組織してきた」

「この野営地のこと？」

「いや、ここだけじゃない」

「ふうん……」シャーナの眼が光りかけた。

「その連中を、義勇兵として送りだすつもりだ」

「あの国へ？」シャーナは訊いた。

「………」ジャスパーは、生まじめにうなずく。

「でもさ、やっぱり無理なんじゃないかな」

さらりとシャーナは言った。

「わかっている」

埒もないこと、滑稽なことは承知の上だった。反乱を起こし、ＦＢＩや軍を相手に銃撃戦をつづけていたときも、よくわかっていた。こちらは命がけだが、あいつらにとっては西部劇ごっこのお遊びだった。白人の数は二億人近くで、インディアンは六十万人、多く見積もっても百万人に満たない。勝てない、どう考えても勝てやしない。

あの国へ百人かそこらを義勇兵として送りこんだところで、大局はなんら変わらないこともわかっている。それどころか、連邦政府から生活保護を受けて、テレビを眺め、缶ビールを飲み、ハイウェイをぶっ飛ばすのが好きな連中のことだ、くる日もくる日も雨が降りしきる熱帯のジャングルでは使いものにならないだろう。いや、おれが呼びかけても従いてくるのは何人いるか……。

「で、また独立宣言やるわけ？」

「………」

ジャスパーは、ひっそり笑う。たとえ現実的な戦果があろうとなかろうと、二つの大陸、いくつもの国家に分断されている先住民が合流して、戦う、それはかならず新しい意味をもつはずだ。せめて一矢を報いることはできるはずだ。

「やっぱり、死にたがってるのね」

ぽつんとシャーナは言った。

「いや……」誇りを失うよりは死んだほうがいい、とジャスパーは胸で応え、こんな当り前のことを口にするのを、どうして気恥ずかしいと感じるようになったのか、考えかける。

シャーナは笑った。そうよね、ジャスパー、ま、やるっきゃないわよね、と眼で応えていた。

「だから……」ジャスパーは言いよどんだ。

「あたしだってさあ、マシンガンぐらい軽い軽い」

「……」ちがう、そんなことじゃない、とジャスパーは奥歯を嚙む。

「あ、それはだめよ」

シャーナはＦＭ九〇・一の調子で首をふった。

ジャスパーは膝の銃身をつかみ、鉄の冷たさでこころを鎮めた。

「あたしを、殺したい？」

「……」ジャスパーは愛を囁くようにうなずく。

「でも殺しちゃったらさ、自殺しなきゃならないじゃない」

ね、だからだめよ、とシャーナの声は甘やかに聴こえてきた。

ジャスパーは金縛りになっていた。

赤ん坊の泣き声が聴こえた。執拗なヘリコプターの旋回音が怖いのだろう。

「ね、外へ出ようよ」

シャーナの声は生乾きだった。

天幕から出て、松林の細い道を降りていった。無慈悲に川が光っていた。シャーナは小娘のように明るい草むらに坐りこんだ。ジャスパーがならんで腰をおろすと、

「あたしね、あの日の新聞を切りぬいたのよ」

と、シャーナが懐かしそうに言った。

あの日とはなにか、訊くまでもなかった。丘にたてこもり、軍用ヘリや戦車に包囲されながら七十日間戦いぬいて、聖なるパイプを交わし、インディアンの独立宣言をした日のことだ。望遠レンズで撮った新聞の写真を、シャーナはずっと大切にしていたのだという。昔々、あたしがまだバージンの頃だけどね、と笑いながら、

「かっこよかったわよ、ターザンみたいに凛々しくてさ」

とっておきの思い出を贈るように、シャーナは言った。

ジャスパーは川を見ていた。流れを堰とめたところに青年たちが群らがっている。昨日、禁じられている水を飲んでしまった連中だった。混血の少年も水遊びをしている。

「タタンカ！」

とシャーナが呼んだ。ふだんから甥っ子のようにかわいがっているのだ。

青年たちがふり返った。草むらにあぐらをかいているジャスパーに気づくと、ばつが悪そうに上流のほうへ離れていく。少年は眩しげに眼を眇めて、シャーナを見つめ、まだ恥辱感が消えていないふうに背を向け、走り去っていく。

「タタンカ！」

シャーナが追いかけていく。タタンカとは野牛のこと。白人に捨てられた同族の女が子連れで野営地にやってきたとき、ほとんど金髪に近い少年の名前を、あえてインディアンの名前に変えさせたのだ。融和政策で白人たちの寄宿舎に入れられる以前の、ジャスパー自身の幼名だった。こらあ、待てえ、タタンカ、とシャーナが呼ぶ。小さな野牛は浅瀬を走っていく。水しぶきが立ち、風に漂ってくる。

ジャスパーはからからの口をひらき、水しぶきの霧を吸い寄せるように息を吸った。それから唇をぎゅっと結び、奥歯を嚙んだ。おれは水を飲まない。明日の夜明けまでは、絶対に……。

谷間の狭い空に、またヘリコプターが飛びこんできた。カシャ、カシャ、とせせら笑いがはっきり感じられる。ジャスパーは奥歯がめりこむほど強く嚙みしめ、膝の猟銃をつかんだ。北アフリカの独裁者からおれがせしめた金は、あのヘリコプターの一機分か、二機分かそこらだろうと自分の穢れと貧しさを嗤いながら猟銃を向けた。

ヘリコプターは遠ざかっていく。

網膜のひっ掻き傷が遠くへのびていくようだった。青空が深い。自分の眼の水晶体をのぞきこんでいるような気がする。鳥が飛びこんできた。金属じゃない、ほんものの鳥だ。ジャスパーは草むらに坐ったまま狙いをつけた。決して撃ってはならない精霊の鳥、大鷲だった。邪魔者のいなくなった空で羽ばたき、ゆったりと旋回している。ジャスパーは銃口で動きを追う。だめよ、自殺しなきゃならないじゃない。祈りなど叶えてくれず、大鷲は鋭い嘴で青空を切り裂いて飛びつづける。

銃口をさげた。

鱗状の松の幹、ごつごつの根方、川、水底の砂金が噴きあふれたように眩しかった。シャーナの髪が金褐色のしるしのように輝いている。急いで銃口をあげた。

鷲に狙いを定めたまま、銃身も回っていく。空中の渦がゆるやかにほどけ、鷲は下降してくる。谷ぞいに吹きあげる風の抵抗を愉しむように羽ばたき、気流をつかみ、急上昇していく。渦が狭まり、螺旋ネジの先端のかたちに青空へ吸いこまれ、ふっと消えた。目標を見失って銃身がさがり、金褐色のしるしが見えた。祈りなど叶えられない、理不尽ないたずらの因果関係をひき絞るように、引き金をひいた。

# 第十三章　そこにいるなら隠れずに出てこい

銀色の宇宙服をまとったジムがゆらゆらと遊泳したはずの空間が頭上にひろがっているのに、青空がそれを隠していた。痛む眼を瞠いていると、空は青いスペクトル線を底なしに吸いこむ円い海面のように見えてくる。その向こうの深海、深宇宙の方へ、限られた酸素を吸いながら潜水服姿のジムがひとり潜っていったのだ。

もう四日間、食物はもちろん、一滴の水も口にしていないけれど、たった一つのささいなエラーで、母船にもここにも帰ってこられないジムの緊張を思うと、なんでもなかった。ここには酸素もたっぷりあるし、風の愛撫もやってくる。気密服だっていらない。コヨーテたちの声も聴こえてくる。そうだろう、たった四日、水を飲めないぐらいなんでもないことだ。

静かだった。

夜は、火打ち石のような星があった。昼は、涸れ谷のへりが青空の砥石にかけられて、やがて砂漠となるはずの砂粒をひっそり谷底にこぼしていく。この一帯はインディアンたちが反乱を起こし、血みどろの戦いの末、騎兵隊の銃に敗れて全滅したところだというが、いまはまったく、なにもない。海までからからに干上がったあとの惑星が、ゆっくり磨滅しているだけにみえる。

滝があったのかもしれない。

涸れ谷のいきどまりには、灼けついてぼろぼろに浸食された岩が女陰のかたちにきりたっていた。水ではなく砂の川がなだれおちてきたのか、滝壺には石ころと砂がひろがっている。

老インディアンは裸足で歩いていく。かさかさの枯木そっくりのからだが、焼けついた足もとからぼっと引火してしまいそうだ。それはジローも同じだった。

涸れた滝壺に、丸太が架けられている。断食に入る前、命じられるままジローが運んできて、岩と岩との間に、梁のように渡したのだ。精霊の樹の枝がわりだった。

マニラ麻のロープが一本ぶらさがっている。絞首台のようだ。

老インディアンはロープの下でうなだれ、祈りはじめた。からからの喉をこする摩擦音が聴こえる。長い年月、深まるばかりだった恨み、悲しみを怺えるのも、もうここまで、義（ただ）しいはずの者たちがなぜこれほど苦しまねばならないのか、天を問い糺すような祈りだった。

声がやんだ。ジローはナイフを抜いた。台地（メサ）の村で木を削り人形を作るときの、細身のナイフだった。

「………」老人が、待てというしぐさをした。

耳を澄ましている。数秒遅れて、ジローにも聴こえてきた。

どこか遠くの一点から大気が裂けはじめている。キーンと金属音が空を走り、涸れ谷に響きわたる。またジェット旅客機が飛んできたのだった。

世界が回復するのを待つように老インディアンは滝壺に立っている。

飛行機雲の直線が風にさらわれて、淡くぼやけ、青空の裂け目が癒えた。

老インディアンはトウモロコシの粉を足もとにこぼし、細い骨笛を吹きはじめた。鹿の骨髄を息が吹きぬけていく。ピー、ピー、ピー、と単調なオモチャの笛のようだ。

ジローは断食中に何度も教えられたとおり、老インディアンの左胸を鷲づかみにして、ぎゅっと引っ張った。痩せた胸だが、それでも乳頭のあたりの、いちばん厚みのあるところだった。

呼吸を整えてから、ナイフの刃先で胸を刺した。深くはない。皮膚に切口をつくったのだ。

血の玉が盛りあがり、流れだした。ジローはぎゅっと口を結び、今度は右の胸を刺した。ナイフを鞘にもどし、シャープペンシルほどの木切れを取りだした。黒檀（こくたん）のように、ずっしりと硬い木質だった。先端が尖っている。涸れ谷の洞穴で断食しながら、二人で削ったのだ。

ジローはまた老人の左胸をつかみ、鋭い木切れを傷口に突っこんだ。肋骨と平行に刺した。ぐっと力をこめたけれど、つらぬくことができなかった。

骨笛の音が高くなった。もっと強く、思いっきり刺せと命じているのだった。ジローは激しく息を吸った。吸った息を腹にためて、気合いをこめ、一気に刺しつらぬいた。皮膚と筋肉の中間のやわらかいところだった。木切れの先端が、乳頭の向こう側から突きだしてきた。もう一本で、右の胸もつらぬいた。

木切れの両端に革紐をかけて、垂れさがるロープに結びつけた。

なぜこんな残酷な儀式が必要なのか歯ぎしりする思いで、ジローはロープをつかみ、ゆっくり引きはじめた。老人の左右の胸が、三角形にぴんと張った。眼をそらさず、井戸のつるべのように引きつづけた。

老人の足が、砂地から離れて浮き上がった。三〇センチほど軽々と上がり、絞首刑のように宙吊りになった。血が腹をつたい、足をつたい、赤い雫となって滴っていく。まだ骨笛を吹きつづけている。胸を刺されたときは息も乱れず、リズムも変わらなかったけれど、宙ぶらりんになってから、ピ……、ピ、ピ……と切れぎれになった。

血で滑らぬよう、ジローは手首にロープを巻きつけ、ただ見つめていた。眼が痛かった。睫毛の一本一本が硬く光り、虹が砕けていく。現実感が薄れそうだ。手首に食いこんでくる痛みで、けんめいに正気を保とうとした。

老インディアンは、胸に鉤を打ちこまれた精肉のようにぶらさがっている。胸をひっぱられて、首をうしろに反らし、顔を上に向ける格好だった。骨笛が落ちた。なにか呟いている。涸れ谷の上にひろがる青空を仰ぎながら祈っていた。

胸の肉がちぎれて、ぐしゃりと落ちた。血が流れだす胸に、ジローは枯草色の粉をかけた。乾燥させた薬草をもみ砕いた止血薬だった。たちまち赤黒く染まってきた。かたわらに坐り、老インディアンのために日陰をつくった。できることはそれだけだった。血が固まりかけては、またじくじく流れだしてくる。まだ動かせなかった。腹や足に、血糊でべっとり砂がこびりついている。老インディアンは呻き声も洩らさず、薄目をひらいて青空を見ていた。

このぎりぎりの祈りに世界がどう応えてくるか、ジローも眼を瞠いていた。静かだった。砂粒が乱反射して、涸れ谷はむやみに明るかった。この祈りが叶えられなければ容赦しないと呪うようにジローは奥歯を噛み、青空を見た。なぜ知らん顔をしている。そこにいるなら隠れずに出てこい。応えてくれ。よろしい、おれはいま一つだけ願をかける。

future life というやつがもしもあるなら、次はかならず、インディアンとして生まれ変わらせて欲しい。叶えられたならば、もう一度戦う。根こそぎ誇りを奪われ血の涙をこぼしている人びとの矢面に立って、もう一度戦う。意味をあらしめるために。

またジェット機が飛び、キーンと青空の裂けるような振動音が聴こえてくる。

鎖骨と肩のくぼみに砕けそうな衝撃がきたとき、ジャスパーは銃床を抱きこみながら草むらにくずれた。耳だけが醒めていた。もうろうとしているのに耳だけ冴えざえとして、聴覚でものを見ている気がした。銃声の谺が消えたあと、しんと黙りこんでいく気配があった。あわてるな、静かに、と制する小声。足音。松林のざわめき。それから土を掘るシャベルの音。雪どけ水の沁みこんだ土の粘り。シャベルの刃が石にぶつかっている。草は母の髪で、土は肉、地中の石も母の骨……。州警察が入ってくる前に、すべてを湮滅(いんめつ)しようとしているのだろうが、その必要はない。始末は自分でつける。だが、その前にやるべきことが残っている。ジャスパーは力をふり絞って、草むらから起き上がった。野営地の女たちが遠巻きにしていた。ジャスパーは見おさめのつもりで松林をゆっくり歩き、自分の天幕(テイピ)に入った。猟銃を柱にかけてから、暗証番号を回して、アタッシェケースをひらいた。各地の組織、各部族と交わした書類はきちんと別にして、石油ランプの下に置いた。白頭鷲のマークがついたパスポートをめくり、有効期限が切れていないことを確認した。北アフリカの産油国でひらかれた世界少数民族会議に招かれたときのパスポートだ。銀行の口座帳、小切手、クレジット・カードなどを残して、独裁者のサイン、献辞つきの薄っぺらな緑色の本は捨てた。

秘密の涸れ谷がどこにあるのか、ジャスパーは知らなかった。

鉄が熔けるような夕焼けのハイウェイを走り、あそこではないかという気がする谷間へ乗り入れてみたが、足跡ひとつ見つからない。ほかの谷も同じだった。空はまだ焼けつづけているが、涸れ谷は夕闇をたたえ、青い気体の川があった。

この土地は涸れ谷だらけで、谷の内部はさらに枝わかれして無数の谷が入りくんでいる。見つかりっこない。車のシートにもたれかかり、夕焼けが褪(あ)せていくのを見届けた。星が光りはじめた。フロント・グラスをノックするように、すぐそこで輝いている。

刑期を務めあげたという青い紙っきれをもらって刑務所を出てから、四、五回、暗殺されかけたことがあったな、とジャスパーは思う。

フロント・グラスから後ろへ銃弾が突きぬけていったのは、つい二年前だった。すれちがいざま対向車から撃たれたのだ。それ以来、野営地の連中も、FM九〇・一の連中もみんな怖気づいて、おれと同じ車には乗りたがらなくなった。平気なのはシャーナだけだった。この群青色の車の助手席におれを乗せて、髪をなびかせ、キャーキャー笑いながら、カーレースみたいにぶっ飛ばしていくのだった。白人から見るとインディアンは死にたがっているとしか見えないとシャーナが喋っていたが、無理もないな。インディアンの自殺率は十五倍で、平均寿命はわずか四十三歳。ちょうど、いまのおれの歳か。

そう、おれはもう充分生きたわけだ……。

夜明けにガソリンを入れた。

地平線から横なぐりに射してくる朝日が、蛍光灯の黄緑の光りが内側にこもるガラスを照らしていた。四日四晩の儀式が明けたことを告げる朝日だった。

「おい、ヘリが飛んできたんだってな」

と、従業員が浅い同情をのぞかせて言った。

酋長（チーフ）の経営するガソリン・スタンドだった。ジャスパーはじろりと一瞥するだけで応えない。カードでガソリン代を支払い、証拠をひとつ残すような気持でサインした。

洗車用の黒いゴムホースをつかみ、朝の光りに背を向けながら、ジャスパーは油くさい水を飲んだ。

ハイウェイから出て、岩の台地（メサ）へつづく狭い崖道を走った。

車輪がふわっと青空へ乗りあげてしまいそうだ。平手で頬を叩いた。水だけではまだ回復しない。不眠のせいで頭のバッテリーが空になっていた。考えなければならないことが山ほどあるはずなのに、どの器官を使ってどう考えたらいいのか、わからなかった。

村の入口で車をとめた。赤の旧型フォードもそこにあった。

石の家々がひしめく路地を歩いた。鶏が走った。

豚小屋の臭いが漂ってくる。

この台地の頂で豚を飼うなど、以前は考えられないことだった。祖父たちはこの岩の台地を砦として白い侵入者たちと戦い、包囲され、火器の雨のなかで食糧も天水もつきて、雨乞いの祈りもむなしく、ここでばたばたと渇死していったのだ。その祖父たちは、ひょうたん型に分かれている台地の向こう側に埋もれている。

路地がいつもより清潔に見えた。ビールやコーラの空缶が一個も落ちていない。

なぜだろう。歩きながら考え、ジャスパーは嘲った。スーパーマーケットや酒屋で空缶を一個五セントで回収するという法案が、つい最近、州議会で可決されたのだ。この村のアル中の男たちが空缶をかき集めて酒屋へ駆けつけたのだろう。腹をすかせてギャーギャー泣きわめくガキどもを五人も六人もかかえた母親が、血眼になって空缶をさがしたのかもしれない。

おれの母親も似たようなものだった。性懲りもなく父親のちがうガキをつぎつぎに妊み、この村に帰ってきては、また出ていく。そのくり返しだった。おれは私生児で、おまけに敵との混血だった。ほかの子供たちよりも生白い肌を焼き焦がそうと、遊び呆けるふりをして日暮れまで陽の光りにしがみついていたな。

戸口にプロパンガスのボンベが据えられている石の家があった。赤い手形が壁に押しつけられている。この家に置き去りにされたころ麓にひろがる砂漠を眺めては、ここがジャングルであればどんなにいいかと夢想していたのを憶えている。野生のバナナが実り、ココナツが生え、川に潜れば魚や蟹が取れるというジャングルが、飢えることなど決してないパラダイスにおもえたのだ。ふつうなら華やかな都会に憧れる年頃、おれはぼうっとジャングルを夢みていたのだ。

小さな石の家から力ずくで眼をひき剝がして、ジャスパーは歩いた。

蜂の巣のような家々から、テレビの音、朝食の匂いが洩れてくる。ああ、鍋で炒って岩塩をまぶしただけの熱いポップコーンが最高のおやつだったころ、よくラジオにしがみついてベースボールの実況中継を聴いていたなあ。

入口の板戸がコバルト・ブルーに塗られた家があった。

ジャスパーは立ちどまり、廃船のようにボロボロに剝げかかったペンキにさわってみた。忘れてはいない、この家の女を抱いたとき、不思議なことが起こったのだ。

以前から、どうも薄気味わるい、憑きもの筋の女だという噂は耳にしていた。よおし、確かめてやろうじゃないかと、夜、こっそり忍びこんでいったのだ。美しくも醜くもなく、ふだんはただ陰気な女だが、ベッドでは一変した。おれを組みしいて馬乗りになり、激しく腰をふるわせてくる。口をあけて、おれを見おろし、北風のような暗いよがり声を洩らしながら女は昇りつめていった。

そのときだった。天井からぶらさがる三〇ワットの裸電球が、いきなり、ボン！　と破裂したのだ。ガラス片が飛び散り、床に落ちる音が聴こえた。

驚いて萎えてしまったおれに焦れて、女は食いちぎりそうにしゃぶってくる。いや、ただの偶然にすぎないと自分に言い聞かせながら、闇のなかでぞっと鳥肌がたったのを憶えている。

台地(メサ)の頂がひょうたん型にくびれている場所に出た。

両手をひろげたぐらいの幅はあるが、左右が垂直の崖になっているので、ひどく狭く見える。ガキのころ、よく眼をつむったまま肝試しに渡ったことがあった。いまのおれの足で二十歩、とジャスパーは目測する。それから風を見た。南西の方、左から吹いてくる。

バランスをとるため、アタッシェケースを左手に持ちかえ、眼をつむったまま大股で渡りきった。

足音を感じたのか、ノックする前に戸口がひらいた。

雛っこのジローが立っている。なにも言わず、問い糺すように見つめてくる。頬が削がれたようにひきしまっている。この坊やも、四日四晩の断食をやりとげたわけだな。眼が底光りしている。放電するような激しさがあった。そうか、シャーナが死んだことをすでに知っているのか。おれが涸れ谷をうろついている頃、野営地の連中が知らせにきたのだろう。ジャスパーは一瞬ひるみかけたが、かまわず押しのけて奥に入った。

赤土を固めた床に粗末な木の寝台があり、シャーナの祖父が横たわっていた。血と膿に染まった包帯が胸に巻かれていた。

「輸血……」

言いかけて、おれが心配するのはおかどちがいだとジャスパーは口を噤（つぐ）む。

「病院がない」とジローが言った。

「………」

そうだったな、おれたちの土地、保留地（リザベーション）と呼ばれている砂漠のゲットーには、病院さえない、とジャスパーは奥歯を嚙む。病気の女たちを州立病院へ連れていくと、卵巣を摘出され、あるいは卵管をいじられて帰されてくることが何度かあった。どこまでも民族絶滅（ジェノサイド）をやるつもりなのか。だからおれたちは本能的に病院を怖れてしまう。

老人が眼をひらいた。ぎごちなく首を曲げて、横目でおれを眺めながら、

「タタンカ……」

ぽつんと呼んだ。ジャスパーは思わず、首を横にふった。白人学校の寄宿舎に放りこまれ、インディアン名を捨てるよう言いふくめられ、ジャスパーと改名させられた時から、おれは積極的にそう名乗ろうと決めた。世界が裂けたことを忘れないために。

「タタンカ……」

と、老人はくり返した。手におえない悪ガキ、鬼っ子だった頃のおれに呼びかけていた。喉もとか下腹か、いちばん敏感なところを鷲の羽でそっと撫でられている気がした。うるさかった。払いのけてやりたかった。けれど寝台に近づくなり、老人の手を握りしめていた。冷たかった。もう指さきまで血を送る力がないのか、血液そのものが流れ

出してしまったのか、死後硬直をおもわせる冷たさだった。ぞっとして手をひっこめると、

「怖いだろう」

と老人が言った。おれの頭を撫でるかわりに、ぐいと鷲づかみにして、タタンカ、と呼びかけてきた頃の深い声だ。

背中に殺意が突きささってくる。

しゃらくさい、とジャスパーは思う。殺したければ勝手にやれ。ほら、この首を掻っ切ってもいい、心臓をねじ切ってもいい。だがな、坊や、おまえは決して憎み切ることなどできやしない。互いに追いつめ合って、舌を嚙み切ってしまいたいおれたちの愛が、雛っこのおまえなどにわかるはずはない。

ジャスパーは、うろ覚えの言葉で語りだした。まだタタンカであった頃の、部族の言葉だった。赦して欲しいとは言わなかった。同族のインディアンを殺した者は自殺しなければならないが、せめて一矢を報いてから死にたいことだけは伝えたかった。

告白してから、ごろんと昏睡したジャスパーを、老人は木の寝台から見おろしている。ジローも見つめていた。ジャスパーは奇妙な格好だった。最初、あぐらをかいて坐ったままで、語り終えるとうつらうつら前のめりにくずれおちて、片頰を赤土の床に押しつ

け、それから手足の関節が外れたように、ぎくしゃくと横たわったのだ。頰がこけ、閉じている瞼はどす黒かった。

「毛布をかけてやれ」と老人が言った。

「………」

ジローは首をふりたかった。なぜこんなやつに、いまここで絞め殺してやりたいぐらいだと言いたくて老人を見ると、目尻の深い皺をつたって、あみだくじのように涙がにじんでいた。ジローは部屋の片隅へ歩いていった。きちんとたたんだ毛布の上に、自分のショルダーバッグが置かれている。今朝、野営地の女が届けてくれたのだった。なにが起こったかも、すでに聞かされていた。どうしてもジャスパーに毛布をかけてやる気になれず突っ立っていると、

「おまえはキヴァに入れ」

と老人の声が背中にきた。淋しい、静かな命令だった。

戸外へ出た。石の村は明るかった。春の日射しがうとましく、無人の惑星のように荒涼としているべき半砂漠にうっすらと緑が萌え、黄色い花さえ咲きはじめていることが癪にさわった。台地のへりに出ると、岩舞台そっくりの平らなところに、四角の穴がのぞいている。小さな井戸のようだ。梯子のさきが斜めに突きだしている。キヴァの入口だった。どうせ祈りなど叶えられやしないと、胸でぶつくさ、ふてくされながら梯子を降りていった。

石の地下室はひんやりと乾いていた。夏は涼しく、冬は暖かく、春分を過ぎたばかりのいまは地上の生温かさをよせつけぬ闇があった。坐りこんだ。頭上に草が生え、花粉が飛び、松の木々が根を張っている気がした。ぼろぼろと涙が出た。涸れ谷で渇いていたころなら、もったいないと啜るはずの滂沱（ぼうだ）の涙だった。尻が冷たかった。妄想で暖をとるように、あぐらをかいたままシャーナを抱いた。こうして深々と性器を入れたまま、精を洩らさず、川の水音や松のざわめきに耳を澄ましていたのだった。分水嶺を越えてくる風が集まり、細長くつづく谷間全体が一つの巨大な楽器だというように、音色を変えつつ吹きぬけていく。惑星のネイティヴの夢が湧きだしてくる水源にいると感じたこともあったが、まったくおめでたい至福だったわけか。いま雪どけ水がじくじく沁みる土中でシャーナの腹にはガスがたまり、卵巣も、子宮も腐りつつあるのだ。乳房も腐爛（ふらん）していく。甘い汗がたまる鎖骨のくぼみから骨がのぞき、じゃあね、精液（シーメン）のどしゃ降り待ってるわよと笑った口も顔も、骸骨になり、眼窩の穴は蛆（うじ）だらけになる。ジローは白骨を抱きしめながら、これだけのことか、これが答えなのかと青空に訊く。四角な天窓の空は、ただあっけらかんと明るかった。井戸の底から見上げるような、遠く、硬い、鉱物そっくりの青空だった。あれは青のスペクトル線を乱反射する大気の層にすぎないのか。祈りなどにべもなくはね返す物理性にすぎないのか。雲が流れてきた。やわらかく霞んだ春の薄雲だった。自分の頭蓋のなかを漂っていく妄想のかたちにみえた。眠くなってきた。涸れ谷では四日四晩、ろくに眠っていなかった。うつらうつらまどろみ、昏睡した。

眼ざめたとき日はまだ暮れていなかった。天窓の空も明るかった。抱きしめていたつもりの白骨もない。頭がすっきりして全身に力がみなぎっていた。ぐっすり眠ったせいだけとは思えなかった。眠りながら両腕に抱いていたシャーナがこちらに沁みこみ、溶けこみ、みずみずしく細胞に宿っているような不思議な気分だった。そうか、白骨を見るのはむしろ自明のことであって、その白骨がきよらかな肉でありこころであったときを甦らせるのが務めなのか。川の水を掬って飲むときの、蓮の花の色をした掌が思いだされてくる。それを在らしめるのが務めなのだ。そう、この手を使えばいい。このからだに宿ればいい。この眼を使って、なつかしい世界を見ればいい。起き上がった。シャーナの祖父のことが気がかりだった。梯子に手足をかけた。一段、一段、登っていくにつれて天窓の空が近づいてくる。雲がすぐそこにあった。さあ、この眼を存分に使えと囁きながら、頭ごと青空へ突っこんでいった。

石の家に入ると、ジャスパーはまだ眠っていた。

耳を立てるように、老人がぎごちなく顔を向けてきた。眼をつむったままだ。皺だらけの目尻に、膿のようなものが黄色くかたまっている。目脂（めやに）がこびりついているのだった。

「ジャスパーは？」と老人が訊いた。

「眠っています」

「そうか」

老インディアンは目脂のせいで眼がひらかないと苦笑いを浮かべ、考えつづけていた結論を述べるように、ぽつんと言った。

「あいつと一緒に行け」

「わかりました」

迷わずジローは即答した。老人の世話は、野営地のだれかに頼めばいい。レイが届けてくれたショルダーバッグに二千ドルの現金が入っていたから、それを預けておけば入院もできる。老人を起こして血膿のついた包帯を取りかえるとき、シャーナが手を使っていると感じられた。ジローは考えていた。これから目の前に生起してくることに身をゆだねて、行き着くところまで行くしかない。見極めるしかない。だがジャスパーを殺すかもしれないと言いたかった。かまわん、どうせあいつは死にたがっている、だから殺させるように仕向けてくるかもしれんが、かまわん、と答えているのか、老人は目脂で瞼を糊づけされたまま静かにうなずいてくる。

ジャスパーは二人分の航空費を支払ってから、長距離バスの待合室のようなロビーで自動販売機のセブンアップをうまそうに飲んだ。

小型のプロペラ機が降りてきた。余熱のむっとくる滑走路を歩き、五段しかないタラップを昇った。機内は狭い円筒形で、十二人分の座席しかなかった。

飛びたつとき、台地の石の家に老インディアンを置き去りにしていくのだと感じた。だが、ためらいはなかった。シャーナの祖父はもともと個人ではない……。

高地の砂漠には紫のルピンの花が咲きかかっているが、いまはまだ草の色のほうが濃い。あの洪積平原の片隅でＦＭ九〇・一の声を聴いたのは去年の夏だったな。ジローは眼球をぎゅっと硬くして、思い出を押し殺した。自分だってもう個人ではない。それよりシャーナの声を楽しみにしていた刑務所のインディアンたちは、きっと落胆しているだろうな。いまも鉄格子の中でマスターベーションしているのだろうか。むなしくほとばしっていく精のなかに同じ夢が眠っているのだと思いたかった。そういえばアダムのやつ、青い痣をもつモンゴロイドの夢精のようなものとか喋っていたな。鉄錆色の火山がちらっと見えた。乳房のかたちをした、なだらかな火口のへりに遺骨が撒かれていたが、あれはやはり、ニューマン博士の母親の骨だろうな。ジムは元気だろうか。そしてレイは……と考えかけたとき胸さわぎがした。

プロペラ機は身震いをつづけ、乱気流にぶつかると、こちらの内臓までぶるぶるした。積乱雲に突っこんでいくときは、機体がきしみ、解体しそうなほど激しくゆれた。

地方都市の空港に降りた。ここから普通の国内線旅客機に乗り換えるのだ。ジローはトランジット・ルームの公衆電話に直行した。コインが足りなかった。長距離電話だった。

「番号は？」

とジャスパーが横から訊いた。

「713……」

「ちょっと待て」

ジャスパーは交換手に自分のクレジット・カードの番号を告げてから、さあ、とつづきを促した。ジローは視覚として記憶に焼きつけている10桁の番号を告げた。

留守番電話のテープが回り、操縦席からの応答のようにジムの声が聴こえてくる。

――…………。

――…………。

声が出なかった。ジム、よく聞いてくれ、レイがね、野営地にきたらしいんだ、パスポートを届けてくれて、とても会いたかったけど、それから……、それから何が起こったと言えばいいのか、わからなかった。テープが切れた。

国内線の旅客機に乗りかえると、すぐに機内食が運ばれてきた。ジローは手をつけなかった。断食が終ったばかりのジャスパーは、ロールパンを一個食べただけで、しきりに水を飲んだ。

海が見えた。薄青くけむる太平洋が白波をたて、ひた押しに押し寄せている。それでいて波打ち際は、不思議なほど軽やかに陸地と触れあっている。

滑走路に降りた。空港ビルでレンタカーを借りた。ジャスパーが差しだしたクレジット・カードは金色だった。高架式のフリーウェイを走った。土地勘があるのか、立体交差の出口もまちがわず、まっすぐ都市の中心部へ降りた。そうか、映画スターになりたかった若い頃のジャスパーが、女とナイフに明け暮れるハスラー時代を過ごしていたというのは、この街だったな。

椰子(やし)並木の大通りを走った。空は晴れているのに青みが薄く、ただ白っぽく明るかった。

銀行の前で車を止めて、

「ここで待つか?」

と、ジャスパーが訊いた。

ジローも銀行に入った。ショルダーバッグから自分の薄いトラベラーズ・チェックを取りだし、とりあえず五百ドル分だけ換金した。それから、ここまでの航空費を精算した。要らねえよ、とジャスパーは首をふってくるが、強引に手渡した。いまは借りをつくる気にはなれなかった。

「金のことは心配するな」

ジャスパーは封筒が嵩ばるほどの現金を口座からひきだし、無造作に尻ポケットに突っこんだ。

椰子の影がくっきり壁に映っているスーパーマーケットに入った。

台所用品のコーナーへ直行して、ラップやアルミホイルなどが並んでいる棚を物色した。

ジャスパーが選んでいるのは、真空パックだった。メーカーのちがう箱を見くらべながら迷っている。真剣な目つきだった。えい、埒が明かないといった手つきで箱を破り、ビニールの厚さ、強度など確かめてから、小さめのサイズのほうを選び、真新しい一〇〇ドル札で払った。

「………………」

なんのために真空パックが必要なのか、ジャスパーは語ろうとしない。ジローも訊かなかった。いまは盟友めいた気持とぎりぎりの殺意を抱えながら、行き着くところまで行くしかない。

「つぎは、靴だな」

片手で運転しながら、ジャスパーは言った。

華やかな大通りの靴屋を素通りして、レストランや、オーダー・メイドの高級品店がならぶ静かな通りに入った。靴だけは上等なやつが必要だと呟きながら、車を止めた。銃砲店の前であった。

鍵のかかるガラス・ケースに、ライフルやら猟銃やら、ぎっしり立てかけてあった。銃身が黒光りしていた。まわりの壁から、獣の首が突きだしている。剝製の大鹿、熊。野牛の頭蓋骨から角が突きだし、鷲の羽がぶらさがっていた。

ジャスパーは拳銃やナイフなど封じこめた氷塊のようなケースの前を、ゆっくり、大股に歩いていく。店員が追いすがってくる。映画でしか見たことのない赤色インディアンと、黄色人種、そんな二人連れにどう対処したらいいのか、少し、おろおろしている。

「靴」と、ジャスパーは言った。

「これは軽くて、防水性もしっかりしていますが」

と店員が奨めてきたのは、爪先とかかとだけ革で、足首のあたりはカーキ色の厚い布地の半長靴だった。

「そいつはだめだ」

にべもなく首をふり、毒蛇がいるからな、とジャスパーは言った。そして手当りしだい棚を荒らすように物色して、革の厚さ、靴底、歩きやすさなど慎重に検討してから、

「おまえもこれにしろ」

と、ぶっきらぼうに押しつけてきた。蛇の牙などはね返すほどがっしりして、臑のなかほどまで届く、編上げの黒い軍靴だった。

# 第十四章　分水嶺／舟をつくる

熱帯の雨が、滑走路をたたいていく。

赤道からわずか10度、北へ離れた空港だった。ここに着陸するまでも、機上からずっと水を見てきた。重力に抱きとめられ、表面張力ぎりぎりの力で惑星から噴きこぼれそうにまるくふくらみ、月にひきずられて動く水のかたまりを眺めながら飛びつづけてきた。眼の水晶体をのぞいている気もした。Caribbean Sea カリブ海と名づけられる側にあった陽が、太平洋のほうを明るく照らしはじめるのも肉眼で見た。

南北に伸びる、細長い、ひょいと、ひとまたぎできそうな狭い陸地もたしかに見た。漂移してちぎれかかっている大陸二つを繋ぎとめているのか、あるいは地殻がぶつかり隆起してきたのか、まるで細い橋だ。事実、人びとがここを渡ったのだ。二万年か三万年前、ユーラシア大陸から獲物を追い、まだ離れてはいなかったベーリング海峡を歩き渡ってきたインディアンたちの、南半球への長い通路だった。

その移動の途上で、ジャングルの緑のなかに自閉していった先住民たちが、いま孤立しながらゲリラ戦をつづけているのだという。

「おれたちにもジャングルがあればな……」

ジャスパーがぽつんと言った。円窓をのぞく蓬髪に、ごくまばらだが白髪が混っていることにジローは初めて気がついた。

そう、地平線まで見渡せる平原や砂漠では無理だからな、とジローはうなずきながら鷲の眼で緑を見る。国境などどこにもない。ただ濃い緑がどこまでも南へ伸び、不思議なほど軽やかに水と触れあっていた。石英質の砂浜、エメラルド・グリーンの海。どんなに美しくても、それだけではおもしろくもなんともない。生き物がうごめき、関わりあい、飽きもせず意味を生みだそうと、もがくからこそ世界はいとおしいのだ。

南下するにつれて雨雲がひろがってきた。

機首がぐんぐん下がり、密雲のなかへ突入していく。窓の下方から上へ、雨が吹きつけてくる。粒状の雨ではなく、水のかたまりが噴き上がってくる。潜水艦で水中へ沈降していくような錯覚が起こる。木星だったか水星だったか、その星に着陸しようとすれば、びっしりとおおう氷の雲を突きぬけ、さらに液体水素の海のなかを、どこまでもどこまでも深く下降しなければならないとジムに聞かされたことがあるが、いまは、水、水、水……。つくづく、ここは水の惑星だと思い知らされる。

水びたしの滑走路に熱帯の雨が降りしきっている。まるで滝だ。着陸の瞬間、水しぶきが上がり、機体は白い霧に包まれていく。

防弾ガラスのような厚い窓口から、パスポートを提示した。

ここが目的地ではない。国境をすりぬけるための中継地点として、ここに着陸しなければならなかった。むろん、あの国の首都に降りるのはかんたんだが、先住民たちがいるところは前線の向こう側だから、首都からは辿りつけないのだ。とりあえず、この隣国に降りて、ジャングルに潜入するため、なんらかの方法を講じなければならない。

「休暇でね、スキューバ・ダイヴィングをやりにきたんだ」

係官に入国理由を訊かれたジャスパーは、何度も修羅場をきりぬけてきた涼しい声で答えた。

疑われず、パスポートの余白に青い入国スタンプをべたりと押された。息を吹きかけてインクを乾かしながら、ジャスパーと眼を見交わし、つかず離れず、互いを追いつめあうようにゲートを出た。

アメリカ・インディアンの青年たちが待機していた。ほとんどがTシャツやジーンズ姿で、スニーカーをはいている。

ジャスパーは、その人数を眼で数えてから、

「これだけか？」

満たなかった。

と、失望を隠さずに訊いた。おれが一声号令をかければ、義勇兵としてぞくぞく駆けつけてくると夢みるように豪語していたのに、ジャスパーを出迎えているのは二十人に満たなかった。

「これから集まってきます」

と一人が答えてくる。反乱を指揮した伝説のジャスパーを仰ぎ見る面もちだった。

「手配はついているのか？」

ジャスパーは鷹揚に手荷物を運ばせせながら訊いた。

「ホテルに待たせています」

海亀の写真をプリントしたTシャツ姿の青年が応えた。一重瞼の切れ長の眼で、これまでに会ったどんなアメリカ・インディアンよりも東洋人にそっくりだった。

ジャスパーの蓬髪をまねているのか、青年たちは全員、背中まで長い髪をたらしている。ひとりだけ、シャーナやレイと同じ栗色の髪をした混血の青年もいた。

「喉が渇いたな」

ジャスパーが呟くと、競うように駆けだし、自動販売機のセブンアップを持ってくる。

レンタカーの白い小型バスに乗った。ニッサンだった。混血の青年が運転した。

「よし、説明してくれ」

ジャスパーは窓の外の景色に眼もくれなかった。

「ホテルで待っている亡命者たちが連絡をつけてくれることになっています」

海亀のTシャツの青年が言った。

「その連中が国境まで道案内してくれるわけか？」

「いいえ、亡命政府にあたる組織は、カリブ海側にあって、そこまで案内してもらう予定です」

「それから？」

「連絡はついているのですが、具体的な入国方法については、まだ……」

「地図を見せろ」

「………」

北緯5度から15度までを拡大した地図がひろげられた。カリブ海の沿岸はジャングルらしい黄緑色で、静脈のように、川が青く複雑に入りくんでいる。

サインペンで無数の印が描きこまれていた。

三角の印は、政府軍によって空爆された先住民の村々だという。ざっと数えて、九十近くあった。丸印は、いまも五万人が強制移住させられている収容所。星印は戦闘地で、とくに赤い星の箇所は激戦地なのだという。

「重要な港はここの二ヵ所ですが、政府軍におさえられています」

海亀の青年は地図を指さす。

「ゲリラの中枢部隊は、どこにいるんだ？」

「わかりません。ジャングルのなかを、たえず移動しているはずです」

「…………」

「国境のすぐ北側には、クレオール系黒人の組織もありましたが、ここの軍港を奪回する作戦に失敗して、ほとんど壊滅したようです」

「黒人もいるのか？」

と訊いてから、ジャスパーはアダムのことを思い出したふうだ。

「ええ、インディオと黒人の混血もかなり多いはずです。昔、奴隷船がハリケーンで難破して、ここらの海岸に流れ着いています。それからジャマイカやキューバの黒人奴隷が舟を盗んで、ここらのジャングルに逃げこんだりして、混血化していったわけです」

「戦況はどうなんだ？」

「…………」

海亀のTシャツの青年は、わかりません、と首をふった。弾も食糧も不足して、劣勢であることは一目瞭然なのだろう。ジャスパーは訊くまでもないことだな、とうなずきながら地図を折りたたみ、当然のように自分のものにした。それから青年たち一人一人に、部族名と名前を名乗らせた。全米各地から集まってきたらしく、経歴も出身部族もばらばらの混成部隊だった。栗色の長髪を背中で束ねている青年は、コロラド大学の助教授だと名乗った。

輪切りにしたパイナップルやマンゴーの実を売る露店がひしめいていた。かき氷屋のシロップ壜の口にはびっしりと蜂が群らがっている。街路樹のヤカランダが淡い紫の花をつけていた。スコールを吐きだして身軽になった白い雲がビルのガラス窓に映り、さらに向こうのガラスへ反映して、たえまなく動いていく。行きさきを色でしめす極彩色のバスが走る。

三階建のホテルに着いた。ゼラニウムや蘭科（らんか）の花々で埋もれそうな入口のカフェに、女たちが群らがっていた。小麦色の乳房を乳首すれすれまで露出して、腰をくねらせ、陽気に誘ってくる。

「ハーイ、ハニー、あとで会おうな！」

ジャスパーは、晴れやかに二本指の投げキスを返す。堂に入った鮮やかな手つきだった。

青と白の飾りタイルを張ったロビーに、もの静かな男たちが坐っていた。一張羅を着て村から出てきたばかりといった白い開襟シャツ姿だった。一人はアルミ合金の松葉杖を抱えていた。もう一人は、肌色をしたゴム製の義手をつけていた。マラリアに罹っているのか、不自然に青ざめた男もいる。戦場の国から逃れてきたインディオたち、もしかするとトルテカ族やマヤ族の血をひいているかもしれない先住民たちだ。

無言のまま立ち上がり、全員、二階のツイン・ルームに入った。

「バーボンです」

と、片腕の男は挨拶した。

「バーボンだって？」ジャスパーが訊いた。「ウイスキーの、バーボンか？」

「…………」片腕の男は生まじめにうなずく。

「ポーヨです」もう一人が言った。

「ポーヨっておまえ、鶏（チキン）のことじゃないか」

「ええ」

松葉杖の男は、ハイバ、と名乗ってから、

「蟹です」

と訊かれる前に、意味を述べた。むろん偽名ですが、この名前を受け入れてくれなければ困ります、と言いたげだった。組織をまもるために、本名を隠し、ニックネームで呼びあう習慣になっているのだろう。

「…………」ジャスパーは黙った。

「ジャングルで負傷したのですか？」ジローは訊いた。

「…………」片腕の男はうなずき、失った手をしのぶように生ゴム色の義手に触れる。かたわらで黙りこくっている男は、爆風で片耳の鼓膜が破れてしまったのだという。

「みんなイングリッシュ、うまいじゃないか」

不思議そうに、ジャスパーが言った。

「十七世紀から、カリブ海側は英国（イングランド）の勢力下にありましたからね」

片腕の〈バーボン〉は、あなたもインディアンのはずだがイングリッシュがうまいですね、と冷ややかにジャスパーを見つめ返している。もの静かだが、きっと眼をあげる瞬間には、戦場をくぐりぬけてきた兵士らしい独特の気品が感じられた。

「あさっての朝、四時に迎えにきます」

と〈バーボン〉は言った。

「四時だって？」

おい、おい、冗談じゃないよ、とジャスパーは苦笑いした。

「それまでに準備して欲しいものがあります」

「なんだね？」

「靴」と、まっさきに言った。「ジャングルには毒蛇もいますから、革の厚い軍靴がいいでしょうね」

「おい、海亀、ちゃんとメモしとけよ」

ジャスパーは真顔になって命じた。

「それから、マラリア予防薬。厚地のレインコート。リュック。水筒。食糧はわれわれが準備しますが、キャラメルなど甘いものは役に立ちます」

「マラリアの薬はどこで手に入る？」

「風土病研究センター。場所はホテルで訊いてください」

「それから？」

「ハンティング・ナイフ。椰子の実が割れる鉈みたいな、がんじょうなやつが必要です」

「………………」

「それから、迷彩服。ジャングルに入ればわかりますが、迷彩服を着ているかどうかで、弾に当る確率がはっきりちがってきます。市内の銃砲店で売っています」

「わかった」

「では、あさっての朝、四時。さっと発てるように、荷造りも全部終えて待っていてください」

「ＯＫ」

と受ける声は明るかった。緊張し、青ざめているインディアン青年たちのなかで、ジャスパーひとりが逸る心をけんめいに抑えるように眼を細めて、ほとんど恍惚を浮かべている。死にたがっているのか、根っからの戦士なのか、ジローには判断がつかなかった。


夜明け前の暗がりで、ニッサンの小型バスに物資を積みこんでいるとき、埃だらけのジープがやってきた。きっかり午前四時だった。すぐに出発した。大量の物資で小型バスの席が埋まったため、ジローはジープの荷台に乗っていた。

石畳の旧市街を走りつづけた。がらんとした街のあちこちに、熟れすぎた果実の甘酸っぱい匂いが漂っていた。

首都をぬけてまもなく空が明るんできた。赤道近くの早い夜明けだった。光りのシャワーが、ゴム園やバナナ園の緑を横なぐりに照らしだした。すべての影が西へ走っていく。回りつづける惑星のへりに光りがぶつかって爆ぜ、水しぶきそっくりに充満した。草の一つ一つがすっくと立って、朝陽の圧力にあらがっていた。

ジープの荷台に乗っているのは、これから戦場へもどっていく兵士たちだった。夜目のきく敏捷な小動物のように、眼だけ神経質にぎらつかせながら、みな陰気にだまりこくっている。

運転手と助手席の男だけが世間話をつづけている。古参兵らしい助手席の男は〈鰐(わに)〉と呼ばれていた。銀歯だった。しきりにふり返って、息子の歳の兵士たちに語りかけてくる。

漁師をしていたころエビ漁でもうけて、ヤマハのエンジンを買った。舟にエンジンを取りつけたのは、おれが村で最初だったよ。だが政府軍のやつらに没収されちまった。前歯もへし折られた。それでもおれなんかましなほうで、村長たちはヘリコプターに乗せられて、次々に空から突きおとされた。海に落ちていくのが見えた。だいたい、そんな話だった。スペイン語だが、ジローにはほぼ理解できた。母と二人きりで暮らしていたころ、近所のヒスパニックの子供たちと遊びながら育ったからだ。それに学校も、ジュニア・ハイスクールまで第一外国語はずっとスペイン語だった。

昼食ぬきで山間部を走りつづけた。

川のそばで小休止して用を足しているとき、水が逆向きになっていることに気づいた。細長く南北に伸びる中米の分水嶺を越えてしまったらしく、西の太平洋の方へ流れていた川が、いつのまにか東へ、カリブ海の側へ流れているのだった。

熱帯海洋性気候の、明るい港町に着いた。

ほとんど季節の変化がなく、咲いては散り、咲いては散り、とめどなく飽きもせず花を出現させているらしい街路樹が、通りをうっすらと染めていた。人びとは、けだるそうに花びらを踏みしだいていく。水色やピンク色にぬりたくったペンキの家々が、石の硬さに光っている。町をよぎるレールが海へつづき、ゆるやかな勾配でそのまま海へ沈んでいく。かつてはバナナの積みだし港として栄えていたのだろう。潮風にさらされ塩をまぶしたように白っぽく乾いたスラムをぬけて、町はずれにさしかかった。

鉄条網があった。機関銃を持った男たちが、入口を固めていた。正規の軍隊ではなかった。よれよれのTシャツ姿で、ゴム草履を突っかけている。難民キャンプだった。政府軍に村を焼かれ、同胞たちを殺された先住民がジャングルを逃げまどい、国境の川を渡って、どうにかここまで辿り着いたのだ。

赤いトサカの鶏が走る。裸足の子供らが追う。共同炊事場では、女たちがバナナを油で揚げている。尻に青い痣のある赤ん坊が泣く。大家族だった。男どもはマンゴーの樹に張り渡したハンモックで昼寝している。そうして夜になると女たちに大サービスして、難民キャンプの人口増加にはげむのだろう。

「カルロス！」

と、銀歯の〈鰐〉が呼んだ。

事務所らしいプレハブの前に、男が立ち、人なつっこく笑っている。黒人との混血らしく、髪が縮れ、褐色の肌だ。三十五、六だろうか、場ちがいなほど若々しく、知的にみえる。真っ白な歯で笑いながら、ジャスパーに握手を求めてくる。

どうも苦手なタイプだと戸惑う顔で、

「やあ」

とジャスパーは挨拶した。

「あの反乱のことは、よく存じています」

カルロスは流暢に言った。反政府ゲリラを組織する以前は、ハイスクールで物理を教え、カレッジで講師もしていたことは、すでに聞き知っていた。先発隊としてやってきた〈海亀〉が接触していたのだった。

筏をおもわせる木のテーブルで遅い昼食をとることになった。テーブルの左舷には、亡命政府の幹部にあたるインディオたち。右舷にはアメリカ・インディアン。数万年前、ユーラシア大陸から渡ってきたモンゴロイドの再会だが、指導者はどちらも混血だった。

食事が運ばれてきた。ピラフのような炒飯、緑の豆のスープ、揚げバナナ。亡命者たちは貧しい食卓で両掌を組んで祈り、アーメンと言った。一瞬、ジローは耳を疑った。先住民の戦いの場へやってきたつもりなのに、なぜアーメンなどという祈りを聞かなければならないのか。

独立宣言すべきだと切りだしたのは、ジャスパーではなかった。コロラド大学の助教授をしているという混血のインディアンが、おもねるようにジャスパーの顔色をうかがい、北米インディアンと中米インディアンの連名において独立宣言しようと持ちかけたのだ。

「…………」

カルロスは炒飯を食べながら、にこやかな微笑で拒んでいる。

「なぜなんだ？」

と、ジャスパーがいらだってきた。北米・中米の先住民が共同で独立宣言すれば、かならず全世界が注目する。あらゆるメディアが飛びついてくる。抑圧され苦しんでいる世界中のネイティヴ、少数民族が誇りを取りもどすはずだと言いたげな、生まじめな眼だ。

「もちろん、独立はしたい」と、カルロスは言った。「わたしたちが共同で独立宣言すれば、ニューヨーク・タイムズも、ワシントン・ポストも、ＡＢＣも飛びついてくるはずです。世論もたぶん、こちら側につくでしょうが……」

「しかし？」

と、ジャスパーは歯がゆそうに問い糺した。

「いま独立宣言をすれば、政府軍は絶対に妥協しないはずです。ゲリラ戦ではなく、徹底的な全面戦争になるでしょうね」

「われわれも支援する」

このおれが号令すれば、北米でくすぶっている若いインディアンたちが義勇兵としてぞくぞく集結してくるはずだと、ジャスパーはまだ豪語するそぶりだった。

「感謝します」

と、カルロスは笑みを絶やさず、

「しかし政府軍は、T55戦車、AK自動小銃、M18、M21の戦闘ヘリコプターを持っています。全面戦争になれば、ミグ戦闘機も投入してくるかもしれません」

そうなれば勝ち目はない、この四〇〇年間、敗北を重ねてきた北米インディアンの轍を踏むわけにはいかない、と微笑で突き放していた。あなたたち北米インディアンが勇敢に戦ったことは知っています。今日は死ぬには良い日だ、と馬上で言い交わしたりして最後の戦いに打って出たことも知っています。しかし、そのような美学、死生観であったからこそ、あなたたちは必然的に敗れたのではないかと、カルロスはにこやかに眼で語っていた。

「だからいまは独立宣言をひかえて、自治権を要求するだけにとどめるべきだと考えています」

「…………」ジャスパーは奥歯を噛んだ。

「北側の国境付近には、旧政府軍の残党もいます。資金を出したり、戦闘訓練をさせているのは、もちろんＣＩＡです」

「わかっている」

「二つの勢力に挟まれて、しかもわたしたちが戦っている相手は革命政府なのです」

「そう、微妙な立場だな」

「支援していただくのはありがたいのですが、義勇兵がやってきても、持たせる銃がありません」

食糧や、薬品、靴、石鹸のほうが必要なのです、とカルロスは微笑む。いや、実弾や銃を買うことのできる現金のほうがありがたいと言外に語っていた。

「それだけか？」

ジャスパーは悲しげに眼をそらした。

「わたしたちは、もう七年間戦いつづけています」

わずか七十日の戦いとはちがう、とカルロスは物理学講師の眼差になった。それから、無言のジャスパーをとりなすように、

「あなたたちが連帯を表明してくださることは、ありがたく思います。わたしたちは孤

立していますが、これからはマスメディアも注目してくるでしょう。そして超大国がどう介入してくるか、国連がどう動くか、そうした世論づくりに影響するはずです」

「………」

ちがう、おれは戦士なのだと呟くように、ジャスパーはひっそり首をふった。

「可能性はあります」と、カルロスが言った。「わたしは亡命政府の代表ですが、組織上はナンバー2で、指揮系統のトップは長老会議の〈千里眼〉です」

もちろん偽名ですが、とカルロスは微笑した。

「どこにいるんだ？」

「ジャングルに入れば接触できるはずです」

「もし、そいつが独立宣言をやると言えば、どうする？」

「もちろん従います。わたしたちは暫定的に自治権を要求していますが、ほんとうに求めているのは独立ですから」

「よし、入国する方法は？」

ジャスパーは、にやりと訊いた。

「国境の川はすぐ渡れますが、向こう岸は政府軍におさえられています」

「………」

「ヘリコプターがないので、空からも入れません」

「すると、海だな」

もって回った言い方はやめろよ、とジャスパーは眼でせせら笑った。

ジローはとっさに、真空パックのことに思いあたった。海のほうから潜入する以外、方法はないと予期していたからこそ、現金やパスポート、銀行口座帳などを包む防水の真空パックを準備したのだろう。

「船を手配できるか？」とジャスパーが訊く。

「漁船をチャーターする方法はありますが……」

「いくらかかる？」

「沿岸警備隊の武装船（ガンボート）には、超音波の魚群探知機がついていています」

「漁船もキャッチできるわけだ」

「ええ」

「チャーター代も高くつくというわけだな」

ジャスパーは口を濁すカルロスにいらだち、

「だから、いくらなんだ？」

と、ぶっきらぼうに訊いた。

「五万ドルあれば、なんとかなると思います。船の燃料費もかかりますし、弾や食糧など、補給物資も送ってやりたいので」

支援金を出して欲しい、とカルロスは述べているのだった。渉外担当として各地を飛び回っているアダムから情報を得ているのだろう、金の出所がどこか知っているらしい口ぶりだった。

「………」

ジャスパーは尻ポケットから嵩ばる封筒を取りだし、ざっと札を数えて、筏のようなテーブルに置いた。

港町のほうへ降りていった。銀歯の〈鰐〉は、静かな目立たないホテルの前で車を止めた。後ろの小型バスの窓から、ジャスパーが顔と手を突き出し、次！　と促す身ぶりをした。次のホテルも気に入らなかった。ちらっと建物を眺めただけで、部屋を見ようともしなかった。

三軒目でも、ジャスパーは首を横にふって、

「いちばん豪華なホテルにしてくれ」

と注文をつけた。

公園前の広場に出た。旧植民地時代の石造建築群が、いかがわしいホテルに変わっていた。後ろの小型バスから、ジャスパーが降りてきた。気に入ったらしく、ぶらぶら歩いていく。白髪まじりの蓬髪がゆれる。熟れすぎた果肉の匂いはどこよりも濃く、香辛料をたっぷりまぶして焼く肉の匂いと混りあっている。搾りたての砂糖黍（さとうきび）ジュース。青くさいココナツの果汁。露店の屋根や縁台には、熱帯の花びらが赤いゴミのように降り

つもっていた。

あやしげなホテルに入った。一階のロビーやレストランには、船員相手の娼婦たちが熱帯魚のように群らがり、二階はディスコ、三階は女たちを連れてなだれこむ客室だった。

よし、ここにしよう、とジャスパーは勝手に決めて、広場を見おろす三階の角部屋に全員を集合させた。

「思いっきり遊べ」

と、ジャスパーは強く言った。

「………」

インディアン青年たちは、真に受けていいものかどうか戸惑っている。

ジャスパーは封筒から紙幣をつかみだして、適当に分けろと手渡した。

「いいか、なにも思い残すことがないよう、徹底的に遊べ」

命を張って行動する前には、はめを外して遊ばせてやろうとするハスラーの呼吸だった。

青年たちはどよめき、窓から流れこんでくる花々の濃い匂いのほうへ生理を解き放つように、ヤッホー、とおどけて笑う。

「ここは港町だからな、ちょっとエイズが怖いぞ。いいか、命が惜しければ、ちゃんとコンドームをつけろ。だが、弾を怖がるやつは許さんからな」

ジャスパーはにやりと眼をなごませながら、巧みに締めた。

青年たちは街へくり出していった。ジャスパーとジローは三階の角部屋に残り、互いに口もきかず、生ぬるいミネラル・ウォーターを飲んだ。階下からディスコの音楽が聴こえてくる。さらに熱帯海洋性気候の風が、街の騒音を運んでくる。さまざまな匂いも流れてくる。これは露店の揚げもの、これは肉の串焼き、とジローは意味もなく嗅ぎわけていた。燕が飛びこんできて、室内で鋭角的に曲り、べつの窓から去っていった。ジャスパーは陰気に黙りこんで、まずそうに水を啜っている。ジャスパーなりに喪に服しているらしかった。

樹皮を剝がれた大木が、森に倒れていた。

三人が手をつないでも抱えられるかどうかわからない太い幹だ。枝という枝を切り払われ、皮を剝がれ、なまなましく樹木の肉をむきだしている。

難民となって逃れてきた人たちが、その肉塊に群らがり、斧や鉈をふるっている。設計図もなく、目印となる線ひとつ引かれていないのに、経験やカンを頼りに、力まかせに削っていく。

幹の切口は、すでに円形ではなかった。下方は、紡錘状のゆるやかなカーブをえがき、上は平らになり、人びとは足もとへ向かって大鉈をふりおろしている。幹の内部へ向かって掘り進んでいるのだった。

　まさか……、ジローは眼を疑った。まさか、この大木をまるごと刳りぬいて舟を造ろうとしているんじゃないだろうな。いや、そんなはずはない。あの国のジャングルは、領海の向こう側だ、こんな手造りの丸木舟で航海していけるはずがない。そんなことはありえない。けれど一方の切口をのぞくと、木の肉は大量に削りとられて、波を切り進むかたちに尖りかけている。まちがいない、舟だ。尖ったところは舳で、ゆるやかにカーブする下方は舟底だった。人びとは小人のように大木に群らがり、幻の舟のかたちへ向かって、がしがしと荒削りしていく。
　四、五日つづいた放蕩あけの青年たちも、森の底に突っ立ち、声をひそめてざわめきながら、おい、こんな舟でいくのかと、あっけにとられている。
「やあ！」

　と、人なつっこい声が降ってきた。

　鉈の刃を浴びつつある樹木のかたまり、やがて左舷になるはずのところに人影が立っている。汗みずくで、黒光りしていた。逆光でよく見えないが、カルロスらしく、髪が縮れている。

「おい、チャーター船はどうした？」

　ジャスパーが声を荒らげた。

「いやあ、エビ漁のシーズンにひっかかりましてね」

カルロスは屈託なく言う。

「それに沿岸警備が厳しくなりましてね、よく武装船（ガンボート）にやられるんですよ。だから船主たちがこわがってるんです」

「これでいくのか？」

ジャスパーはおびただしい削り屑のなかから姿を現わしつつある、まだやわらかい樹木のかたまりを顎でしゃくり、まるで詐欺ではないかと言いたげに、強く睨めつけた。

「だいじょうぶですよ」カルロスは跳びおりてきた。「いつもは、もうひとまわり小さなカヌーで補給物資を運んでいますから」

「じゃ、なぜ新しいやつを造るんだ？」

「向こうで軍事用に使っていて、ここには一隻も残っていないのです」

カルロスは涼しげに答えてから、どうか、わかってください、兵士たちに食糧を送り届けたり、ジャングルから負傷者たちを運んできたり、戦力となるカヌーがいまは一隻でも多く必要なのです、とジャスパーの強い視線を受けとめている。

「…………」

一杯食わされてしまったが、まあいいだろう、おまえもけっこう悪党じゃないかと嗤いながら、ジャスパーはふり返り、おい、手伝え、と全員に号令をかけた。

くる日も、くる日も、カヌーの建造現場に通いつづけた。

ジローは、がむしゃらに働いた。カヌーの舟底に鉈をふりおろすたびに、おい、頼むよ、沈まないでくれよな……と語りかけ、念をこめた。パヴィオという種類の樹だ。熱帯の雨を吸ってぐんぐん伸びたのだろう、繊維が粗く、心細くなるほどやわらかい木質だった。力まかせに鉈の刃を打ちつけると、胸の筋肉がちぎれるように、ザクッと削れてしまう。

掌のマメが何度もつぶれた。恐竜の発掘現場で働いていた頃のように、毎日、塩を舐めた。体中が白っぽかった。汗とともに塩分が吹きだしてしまうのだ。

よく、スコールがやってきた。

遠くから近づいてくるとき、密林の葉が水に打たれふるえる音でそれとわかった。移動してくる滝のような雨だ。ジローは生温かい滝のなかで、鉄の鉈をふるう。木陰へ走りこんだところで、スコールからは逃れようもなかった。

火照(ほて)るからだが冷まされて、やがて肌がふやけ、まわりの樹々や、うなだれる草むら、蛙、密林にひそむ小動物とともに、水そのものに溶けこんでいく気がした。造りかけのカヌーも水を吸い、刳りぬいたところが樹液をたたえるプールにみえる。ジローは、口をあけて雨を受ける。草のような恥毛の奥に舌を入れて体液をすすったことを思いながら、眼をつむったまま、スコールのなかで泣いた。

陽に追いたてられて滝が逃げる。

密林の葉むらを透かしてくる光りが、たちまち背中を炙り、カヌーも白い水蒸気に包まれていく。ジローは生温かい湯気がたち昇ってくる樹木の生肉のなかに入り、深々と鉈を打ちつけ、シャーナと老インディアンのための席をつくる。

半月もたつと、木の贅肉がおちて、ジローの脳に浮かんでいた舟がくっきり姿を見せはじめた。樹皮を剝がされ横たわっている樹を見たときは、その巨大さに圧倒されたけれど、舟のかたちになると意外なほど小さく乾き、縮んでいった。ジローは、もっと大きな舟を視ていたような気がしてならなかった。

竜骨をつくった。

彎曲した太いがんじょうな枝をさがし、巨(おお)きなブーメランのかたちに削り、カヌーの内部に、左右から交互に嵌めこみ、そこだけ太い釘を打ちこんだ。まるで鯨のあばら骨だ。

ペンキもぬらず、舟名も与えられずに、それでもう完成だった。難民たちは木陰にへたりこんで、ぼうっと舟を眺めている。ジローは、樹木の内部から顕われてきた化身のような気がするカヌーを撫でさすりながら、おい、沈むなよ、沈まないでくれよな……、と祈り、思念のバリヤーをかけた。

その日の夕暮れ、港町に帰りつくなり、カルロスは電話ボックスに入った。

電話さきが電波基地らしいことは、ジローにも想像がついた。そこからジャングルの中枢部隊と無線で連絡しあっているのだが、新しいカヌーが出来上がったこと、まもなく食糧や弾など送れることを、一刻も早く知らせたいのだろう。

カルロスと同時に、亡命者たちがジープから跳びおりて、ガラス張りの電話ボックスをぐるりと取り囲んだ。自分たちのからだを楯(たて)にしながら、夕暮れの交差点や町角へ眼を光らせている。暗殺を警戒しているのだった。

電話ボックスのカルロスは顔をゆがめている。電波基地になにかおもわしくない知らせが入っているのだろう。戦局が急変して死者がでたのか、食糧が尽きてしまったのか、あるいは負傷者をジャングルから運びださなければならないのか。いずれにしても早くカヌーを出航させねばならないようだ。受話器を握りしめながら、カルロスはほとんど泣き顔だった。


山刀で藪や蔓(つる)を切り払い、カヌーを押した。

全長、約八メートル。幅は、一・五メートル。これで外洋を航海できるのか心細いが、土の上ではやはり重い。全員で呼吸をあわせて押しても、一度に五、六センチしか進まない。舟底がひび割れでもしたら大変だ。草むらに隠れている岩角を警戒しながら、小刻みに進むうちに、またスコールがきた。舟のなかに水がたまり、ずっしりと重い。

夕暮れ近くに、やっと川に辿りついた。

野生のバナナや黄色い花をつけた藪を払い、太いマニラ麻のロープでカヌーを水面へ吊りおろした。ジャスパーたちと共にジローは水中に立ち、筋肉が切れそうになるほど力をこめて舟を受けとめ、カヌーの底を水面に乗せた。

腰まで水に浸かり、カヌーを押した。流れが速すぎて、岩にぶつからぬよう勢いをおさえなければならなかった。

水面すれすれに、真っ青な熱帯の蝶が飛んでいく。

旺盛（おうせい）に樹々が繁り、頭上は緑のトンネルだった。しだいに日が暮れかかってきた。

「ストップ！」

舳から声がかかった。

朽木が倒れ、流れてきた木の枝がひっかかり、ビーバーの巣のように川を堰とめていた。

チェンソーで横倒しの幹を切断して、川をひらいた。四方から、夕闇がなだれこんでくる。もう胸のあたりまで水浸しだ。また、朽木が川をふさいでいる。チェンソーが鳴る。水が動く。川底に爪さきだってカヌーを押していくうちに、すっかり暗くなった。

頭上は熱帯雨林のトンネルで、月も星も見えなかった。すぐ眼の前でカヌーを押しているインディアンたちの背中さえ見えなくなった。からだのひっ掻き傷がひりひりと痛みはじめた。口に入る水が塩からい。

海だ、海水の味だ。

満ち潮が川をさかのぼってくる。だが、なにも見えなかった。ただ密林のざわめきとせめぎあいつつ、遠くから海鳴りだけが聴こえてくる。水の惑星が呼吸していた。もう背が立たない。川底を蹴りつけ、なかば泳ぎながらカヌーを押した。青白い鬼火が飛んだ。幻覚ではなかった。暗闇のなかをゆらゆらと飛び、仄明るい光りの尾をひいてゆく。蛍だった。闇に溶けるカヌーの舷にとまり、青白く明滅する。シャーナや、老インディアンが乗っている舟を押している気がした。海鳴りが強くなった。カヌーは暗い海を漂っていく。くだけつつ盛りあがり、またせりあがってくる波のしぶきが、蛍よりもかすかに光っている。

# 第十五章　密　航

黒いプラスティックの燃料容器をいくつも海に浮かべ、泳ぎながら運んだ。

カヌーは岸から一五メートルほど離れたところに浮かんでいる。そのたった一五メートルが途方もなく遠く感じられた。海は荒れて激しくうねっているし、サンゴ礁の岸は波に浸食されてギザギザに尖っている。もし岩礁に叩きつけられると、カヌーの舟底が砕けてしまう。だから海上で積んだほうがいいと判断したのだった。

燃料容器は大きかった。五〇リットル、いやもっと入っているだろう。陸地では重くてびくともしなかったが、水より軽い石油だから、海の上なら運んでいける。

インディアン青年たちは蓬髪を頭のうしろできつく縛り、立ち泳ぎのまま、燃料容器を次々に押す。ジローも波をかぶり、けんめいに押しつづけた。カヌーの舷まで辿りつくと、波のうねりが高まってくる瞬間、気合いと共に押し上げる。カヌーの上から兵士たちが容器を引き上げる。

刳りぬかれた舟底が黒々と埋まるまで燃料を積んだ。往復の燃料だから、大量に必要だった。波にほんろうされていたカヌーが、ずっしりと安定してきた。生ゴミ用の黒いビニール袋で幾重にも厳重に密封された救援物資も、次々に積んだ。

米。

豆、塩、砂糖、石鹸。

マラリアの解熱剤。

止血薬、包帯。

毒蛇にやられたときの血清。

電池、マッチ。

軍靴。

迷彩服。

戦場となっている国の現地通貨。

そして、弾薬。

これだけは絶対に濡らすまいと、ビニール袋で密封した木箱を発泡スチロールの筏に乗せて全員で支えながら波の上を運んだ。

カルロスが、コーヒーの空缶を兵士たちに託した。難民キャンプの妻子たちの手紙が入っているのだという。

燃料や補給物資の上に、防水シートをかけた。工事現場でよく見かける青いシートだった。さらに、その上からロープをかけて物資を固定した。

ジャスパーと部下たちは舳に集まって祈り、青みがかったタバコの葉をひとつかみ海に供えた。第一陣、北米インディアンの先発隊として乗舟できたのは、たった六人だった。補給物資とゲリラ兵士をすこしでも多く乗せるために減らされたのだ。

岸に残る青年たちは、またパヴィオの樹を伐り、第二波、第三波のカヌーを造らなければならないのだ。あのジャスパーが再び決起したというニュースが全米に走れば、砂漠の保留地（リザベーション）で鬱鬱とくすぶっている若者たちが、義勇兵としてぞくぞく集結してくるはずであった。

ジローは、それを信じてはいなかった。あの蜂起のとき猟銃を手に駆けつけてきたのは、わずか二百人にすぎなかった。あれから長い年月が流れて、若者たちはもう諦めきっているし、まして他国の中米までわざわざ馳せ参じてくることなど、あり得ない……。インディアンではないという理由で、ジローは舳の祈りから除外されて、舟尾に立っていた。だが孤独ではない、このカヌーには精霊ふたりの席があるのだから、とジローは思う。

ジャスパーは防水コートの下に、ひとりだけ救命胴衣をつけていた。それを見て、ゲリラ兵士たちが薄笑いした。だがジャスパーは意にも介さず、兵士たちを見つめ返して、

「おれは砂漠で育ったから、海を知らない」

と、ゆっくり言った。やるべきことがある、だから溺れ死ぬわけにはいかない、とい

で吃水線が迫っている。横波をくらえば、海がなだれこんでくる。
カヌーはすでに深々と沈み、舷のへりまで、あと五〇センチか六〇センチのところま
う気魄のこもった眼つきだった。気圧されて、兵士たちは黙りこんだ。

出発した。
スクリューのついたモーターボート用のエンジンが二基、舟尾に固定されていた。そ
れを操作するのは、銀歯の〈鰐〉と、中年の兵士だった。海は荒れていた。カヌーを建
造していた頃、海はとろりと凪いでいたのに、いよいよという時になって天候がくずれ
てきた。だが急がねばならない。ゲリラ部隊の食糧が尽きかけているのだ。被弾した兵
士たちも救急車がわりのカヌーを待ちつづけているはずだ。
外海へ出た。
生温かい潮のシャワーが、舳から降りそそいでくる。やや大型とはいえ、樹木を刳り
ぬいた丸木舟のカヌーは、構造的に左右のゆれにもろく、横波を食らうと、くるりと転
覆する。だから五五〇馬力のエンジン二基の推進力で、波のうねりを直角に切り進んで
いくのがいい。
兵士たちは塩からい水しぶきを浴びながら、難民収容所のある町はずれを眺めている。
そこに妻子や、恋人、愛人を残しているのかもしれない。ジャングルで負傷し、夜、カ
ヌーで運ばれてきて、傷が癒え、ふたたび戦場へもどっていくゲリラ兵士たちだ。

タンカーや、すれちがう貨物船に見咎められないよう、全員、迷彩服を裏返しに着こんでいる。

雨雲を映す海は、その裏地そっくりの、灰がかったカーキ色だ。

発泡スチロールが漂っているのを見つけるたびに、〈鰐〉はたくみに梶（かじ）を操り、カヌーを寄せて、

「拾え！」と大声で命令する。

ジローは波頭にくる発泡スチロールを拾い、ナイロン・ロープで結えつける。やがて空になっていくはずの燃料容器と組みあわせれば、かなりの浮力がつく。いざというとき救命ボートがわりになる筏だった。

日没まで走りつづけ、小さな入江の漁師小屋に泊った。反政府組織の隠し小屋らしく、食糧や、燃料、海図、バッテリー、無線機などが隠されていた。

熱帯性低気圧が、海上でぐずついていた。

水しぶきのシャワーがたえまなく降り、カヌーは白い霧に包まれながら走っていく。

ジャスパーは舟酔いして、吐きつづけている。もう胃袋は空っぽらしく、舷にしがみついて、胃液やよだれを垂らしている。ジローは水を掻きださねばならなかった。舳を上げて進むため、舟尾のほうに水がたまってくる。

兵士と交代すると、発泡スチロールの小さな筏をベッドがわりにして横たわった。カヌーからふり落とされないよう、物資を固定しているロープに両足を突っこみ、手にも握っていた。そうして防水コートを頭からかぶり、うとうとした。薄地のコートをつらぬいてくる光りが心地よかった。舟酔いもなかった。地理上のどこかへ行くのではない。あの女と出会い、谷間の野営地で暮らしはじめたとき、惑星のネイティヴの夢が湧きだしてくる水源まで辿り着きたいとねがったことがあるが、一度は裏切られたそのねがいを、なおかつ溯(さかのぼ)ってみようと試みている気がした。だいじょうぶ、行くのではなく、行かされるのだ。だから死ぬはずはないという奇妙な確信があった。

防水コートをかぶったままうつらうつらしているとき、カヌーが危なっかしく揺れていることに気づいた。

〈鰐〉がボルトや部品をくわえながら、エンジンを点検している。

二基のうち、一基が故障したらしい。片方のエンジンだけでは推力が足りず、うねりに負けて、横ぶれしているのだった。

「…………」

兵士たちは首だけ起こし、密林の葉むらからのぞくように、じっと〈鰐〉を見つめている。岸の方へ眼をこらす兵士もいる。ここはまだ領海内だから、本来ならば攻撃される怖れはない。

領海の定義については、このカヌーを建造しているとき、コロラド大学の法学部で教えているという混血のインディアンから教えられた。干潮のときの水際から、三海里が領海なのだという。一海里とは緯度の1分の長さで、正確には一八五二メートル。だから、五五五六メートル沖へ出れば、国際法のうえでは安全なはずだという。

同じ木陰でそれを聞きながら、カルロスは鼻で笑っていた。たとえ何海里沖へ出ようと、だれひとり目撃者のいない大海原だから、政府軍は容赦なく襲ってくる。武装船(ガンボート)がくる。M21も飛んできて、頭上から機銃掃射してくる。

——いいか、そのときは海に飛びこんで逃げろ。

ほかに方法はない、とカルロスは言った。それを聞いていたジャスパーは、いつのまにか自分一人だけ救命胴衣を買いこんできたのだった。そしてジローは、パスポートや、薄いトラベラーズ・チェック、国際運転免許証などを真空パックに入れて、ガムテープで厳重に密封したのだった。たとえ海に飛びこんだところで、鮫にやられてしまうかもしれないのだが。

カヌーは激しく揺れつづけている。残るエンジン一基がオーバーヒートでもすれば、ハリケーンの多発する海を漂流しなければならない。

銀歯の〈鰐〉は、自分に集中してくる視線を受けとめながら、すまん……と呟く顔で、しかし有無をいわせず、カヌーをUターンさせた。

陸地が溶けて流れだしてくるような代赭色(たいしゃいろ)の川に入った。

マンゴーの木が繁る中洲の島に、ぽつんと一軒、高床式の小屋があった。そこもゲリラ組織の中継地点らしく、屋根裏には黒い無線機が隠されていた。

故障したエンジンをスクリューごと舟尾から取り外して、運びこんだ。隙間だらけの床に青い防水シートをひろげて、その上で解体した。日が暮れてきた。石油ランプだけでは手もとがおぼつかなかった。

夜が明けると、〈鰐〉は再びエンジンに取りくんだ。おれはメカに強い、刑務所にいた頃はダンプカーを修理していたというジャスパーが、両手を油だらけにして手伝っている。

兵士たちとマンゴーの木陰で無駄話をして過ごした。まだ十七歳の少年もいた。高校に入ったばかりの頃、雑貨屋を営んでいた家族が政府軍に殺されたのだという。かれ一人だけがジャングルに逃げこんで助かり、さまよい歩き、国境の川を越えて難民キャンプに辿りついたのだった。赤十字から救援物資が送られてくるから、キャンプでは結構うまいものが食べられる。中古品だけど、ずっと憧れていたジーンズやスニーカーもはくことができた。だが、なにもしないで豚みたいに餌をもらって暮らすのはもう嫌だと思いつめて、ゲリラ兵士に志願したのだという。

中年の兵士は陰気に青ざめていた。もとは漁師だったが、五年間、密林を転々として戦いつづけ、ずぶ濡れのまま眠ったりしているうちにマラリアに罹り、背骨も痛めてしまったのだ。具合が悪くなるとカヌーで運びだされ、良くなると戦場へもどっていくのだという。

黒光りするリボルバー式の拳銃をベルトに押しこんでいる男は、むっつりして口をきかなかった。

「おれも漁師なんだが……」

と〈海亀〉は言った。ふだんはカナダとの国境近くの川や湖で漁をして暮らしているが、なにか事が起こるたびに、鉄砲玉のように組織から派遣されるのだという。ワシントンへ押しかけるインディアン・デモの陣頭に立たされたりするのが役目だった。一昨年は、旧政府軍の残党たちの支配下にある北隣りの国境からジャングルに入り、空爆され焼き払われた村々を調査したのだという。

栗色の長髪を背中で束ねている混血のインディアンは、若くみえるが三十四歳だった。自分が属する部族は小さくて、もうほとんど滅びかけている。文化も伝統もすべて失われてしまった。だから独立宣言をしたジャスパーたちの部族に、自分自身を適合させてきた。学生時代も、なにか儀式があるたびに長距離バスを乗り継ぎ、ボストンから砂漠へ帰っていった。そんなことを語ってから、

「頼みたいことがある」

戦場でもしものことがあれば、自分の髪を切って婚約者に届けてくれないかと言った。それから、これも一緒に届けて欲しいと指さしたのは、首にかけている小さな革袋だった。メディスン・ストーン、呪術の石が入っているのだという。

「わかった」

ジローが答えると、はにかみながら写真を見せた。先住民の血がもっと濃そうな、黒い髪の女だった。


霧雨が降ってきた。曇り日のなかにも陽の光りがあり、絹糸をぷつぷつ切ったような水の粒が、きらめきながら海へ吸いこまれていく。

波のうねりに強い腰があった。風がかきたてる水面の波ではなく、海そのものが底から揺れ動いている。夕方には、満ち潮が川へさかのぼってきた。川口のあたりで代赭色の流れとぶつかり、行き場を失った水は濁りつつ波の壁となって高くせり上がっていく。

〈鰐〉は岸に立って、風を読み、うねりを読み、ひとり荒海に向かって祈っていた。

「行こう」とジャスパーが言った。

やはり発つしかないと決断したのか、〈鰐〉はカヌーをおおい隠している椰子の葉や木の枝を川に捨てた。

ジローは解体修理が終ったばかりのエンジンを〈海亀〉と二人で抱え、カヌーに運んでいった。そう、やはり行くしかない。ジムのように物理的には遠くへ行けないけれど、せめて意味の果てまで行かなくちゃならない、そうだろう、そう決めたはずだ。

代赭色の川を速く走った。

加速をつけて、川口の波の壁を一気に突きぬけていった。滝壺をくぐるように、水が痛い。二基のエンジンを全開して、外海へ出た。波がなだれこんできても、もうあわてない。カヌーとはそういう乗り物、ぎりぎりの浮力で進んでいくものと了解したからだ。どこに腰をおろせばカヌーのバランスがよくなるか、どこに重心をかければスピードが出るか、もうわかっていた。

舳からたえず水しぶきが降りそそいでくる。まるでシャワーだ。赤道近くの海だから水は生温かいが、何時間も浴びつづけていると、からだが冷えきってくる。さらに風が体温をさらう。寒い、たまらなく寒い。

暗くなってきた。海は黒々とうねり、ひた押しに押し寄せてくる。風が強い。なぜこんなに無目的な力が漲（みなぎ）っているんだろう。ちぎれ飛ぶ雲と逆方向へ、月が走っていく。カヌーも水しぶきの霧に包まれて走りつづけていく。

「あそこだ」と〈鰐〉が言った。

月に照らされている陸地が川にえぐられてV字型になっているところ、そこが国境の目印だという。兵士たちはカヌーからふり落とされまいとロープをつかみ、無言のまま母国を眺めている。

回転する光りが見えた。国境から七〇キロほど北上したあたり、政府軍に占領されている港の沖あいにさしかかったとき、沿岸警備の武装船(ガンボート)の光りが、パトカーのライトのように速く回り、波間に見え隠れしていた。こちらのカヌーは小さくて見えにくいはずだが、超音波による魚群探知機がこわい。

エンジンを全開して、黒い水平線のほうへ向きを変えた。

陸地が遠ざかっていく。だいじょうぶ、あそこまでなら泳いでいける、まだ岸へもどっていけると視線をすがりつかせていた陸地の影も消えていった。三六〇度、黒々と海がひろがっている。いいか、あちらだぞ、もしカヌーが転覆したら、泳いでいく方角はあちらだぞ、と自分に言い聞かせているうち、カヌーごと脳までもみくちゃにされて、もうどちらが陸地なのかわからない。

給油のため、エンジン一基をとめた。燃料容器にゴムホースを突っこみ、口にくわえ、力まかせに吸った。石油が吹きだしてきたとき、エンジン・タンクにホースの先を入れた。それからジローは海水を掬って、口をすすいだ。

激しくカヌーが揺れる。エンジン一基の推力だけでは、横ぶれを支えきれないのだ。〈鰐〉はエンジンを作動させながら、金属の梶の柄を股にはさむ。もう腕力だけでは手に負えず、ぐっと体重をかけて、必死に梶を支えている。

横波がきた。ふり落とされまいと、ジローは必死に舷をつかむ。〈鰐〉もよろけて梶がぶれる。舳が浮き上がりふらついている。容赦なく波がなだれこんでくる。もう膝のあたりまで水浸しだ。ジャスパーが補給物資に張り渡されたロープをたぐり、腹這いになって近づいてくる。太腿まで水がきた。

「急げ！」と〈鰐〉が叫ぶ。

カヌーにたまる水が海面の高さに近づいていく。内と外の水位の差は、三〇センチかそこらしかない。ぎりぎりだった。水位が等しくなると、カヌーは浮力を失い、舟ではなく、ただの漂流物になってしまう。

舟尾まで這ってきたジャスパーが阿修羅のように水を掻きだす。もう七、八時間働きづめで筋肉が萎えかかっているジローの、倍以上の速さだった。だが、いくらがむしゃらに掻きだしても、黒い海水が容赦なくなだれこんでくる。

風が強い。雲の裂け目を月が走っていく。照らしだされた海を見て、ぞっとした。四方八方、黒光りする厖大(ぼうだい)な水のかたまりが急勾配にそびえ、動いていた。黒い水の砂丘だった。うねりの頂上は途方もない高みにあり、そこから波がくずれてくる。カヌーはエンジン二基を全開して、黒い水の砂丘の急斜面を一気にのぼっていく。水の壁、波頭を突っ切り、滝壺をくぐるようにしぶきを割っていくと、うねりの頂上から、カヌーは一瞬ふわりと虚空に投げだされる。そして、うねりの谷間へ落下して、叩きつけられ、舟底が砕けそうな衝撃がくる。はね飛ばされまいと舷にしがみついてジローは祈る。水、水、水……。相手が水ではどう立ち向かえばいいのか、恐怖に対して踏んばりようもない。せめて、陸の上で死にたかった。大地の上でなら、こころの体勢を立て直せる。もう一度だけ陸地に立たせて欲しい。祈ることは、そればかりだった。おい、おまえはだれに祈っているんだ、と問いかけてくる冷ややかな自分に、おまえこそ何様のつもりだと問い返したかった。こんな時にかぎって、いきなり祈りだす自分を、そいつが嘲っていた。おい、いったいだれに祈っているんだ？　複合体か？　そいつはとうの昔におまえを見捨てたはずだ。いや、もう一度声を聴きたい、どうか聴かせて欲しい、いまこそ、なぜ聴こえない、この怖ろしい海も、舷にしがみついて祈るこころも、意味なんかなにもないがらんどうに湧きだし、ぶくぶくと膨らみ、割れていく泡のひとつなのか、いや、この意志はなんだ、ぶざまに祈りながら水浸しのカヌーを走らせていくこの意志はたしかにあるじゃないか、そう、いっさいがpendingなのだ、すべてがそこで起こってくる空席待ちの、未決のペンディングなのだ……。

無人島にさしかかった。はたして島といえるかどうか、緑の木々がひとかたまり、海面からじかに盛りあがっている。漂流する森にみえた。

エンジンを切り、スクリューを舟尾にあげた。

環礁(リーフ)に囲まれた浅い海だ。スクリューがサンゴにぶつかる怖れがあった。舟から降りた。腰まで水に浸かり、カヌーを押して海面の森に入った。マングローブの気根が垂れさがって、水面下に根を張り、もうどこが幹か根かわからないほど複雑にからみあっている。奥まったところに、水面すれすれの砂地があり、木々が生えていた。ちゃんと幹があり、四方に枝をひろげる普通の木だ。海水を吸って育つ、そんな大きな木を見るのは初めてだった。木々は波にさらわれまいと、枝よりも旺盛に根を太らせ、わずかな砂地を貪婪（どんらん）に抱えこんでいる。

カヌーを繋みに隠し、砂地に上がった。朝日が射し、木洩れ陽がゆれ、無人島はそこに投影された像のようにちらついている。夜通しカヌーに揺られていたせいで、足もとがおぼつかなかった。薄い砂地を踏みぬいて海へ沈んでいくんじゃないか。だが嬉しかった。海面すれすれとはいえ、陸地であることに変わりはない。ごろごろ転げ回って大の字になりたかった。けれど砂地は湿っている。

日当りのいい枝に濡れた服をかけた。

熱帯の光りが満ちているというのに、鳥肌がたっていた。溺死体のように手足が青白かった。指を見ると、ふやけた皮膚がぶよぶよに膨らみ、指紋の渦が盛りあがっている。性器は死んだ魚のようだ。

青空がのぞくところにかたまりあって、陽の光りで暖をとった。だれも口をきかなかった。紫の唇をすぼめ、潮のしみた赤い眼をこすっている。髪の毛は、塩で白っぽかった。

水筒の水で粉ミルクを溶いて、回し飲みした。よく溶けきらず、白いかたまりが浮かんでいる。熱いのを飲みたいが、火を焚くわけにいかない。煙がたち昇れば、武装船（ガンボート）がやってくる。灰色のヘリコプターも飛んでくるだろう。

キャラメルが配られた。一人、二粒だった。口に入れたあと、兵士たちは指で砂地を掘り、

「ジャングルに入ったら、自分の跡を残さないことだ。同じ場所に、一時間以上いてはいけない」

と教えながら、キャラメルの包み紙を穴に埋め、砂をならした。

ジローは缶詰をあけようとした。だが潮を浴びつづけたスイス・アーミー・ナイフはどうしても刃がひらかない。頑丈なハンティング・ナイフを突き立て、強引に蓋を切った。回して食べ終えると、空缶も砂に埋めた。

椰子の実があたりに散らばっていた。

兵士たちは木々にハンモックを吊って仮眠をとった。網ではなく、緑色の布のハンモックだった。ジャスパーと部下たちは、湿った砂地に軍用レインコートをひろげて横たわった。ジローも湿った砂の弾力を妙になまめかしく感じながら、うとうとした。

〈鰐〉が一人だけ熱心に働いている。砂地に太い棒杭(ぼうぐい)を突き立て、鉈をふるい、先端を鋭く削っている。それから散乱する椰子の実をひろい、尖った棒杭に打ちつけて割りはじめた。殻の内側にあるココナツの果肉を取りだそうとしているのだ。食べるためではなさそうだった。百個近く次々に割り、白い果肉を集めている。乾燥させれば椰子油のとれるコプラとなる。

再びカヌーで帰っていく予定の〈鰐〉だけが、なにがしかの現金収入を得ようと汗み

ずくで働いているのだった。

「…………」

戦場へ向かう兵士たちはハンモックに横たわったまま、その姿を眺めている。もどるべき生活はない。ジャングルで被弾するか、病気になった場合しか帰れないのだ。兵士たちは批判がましさもなく、羨望もなく、黙りこくったまま、ただ横目で見つめている。独特の気品を湛えた暗い眼差だった。

ひたひたと水が迫ってきた。波とはいえないほど静かに、木々の根方をぬって忍びこみ、透明に砂地をおおっていく。満ち潮だった。海面すれすれの無人島が、森だけ残して沈んでいく。

だが、出発できなかった。空はまだ明るく、いまカヌーを出せば政府軍に発見されてしまう。夜にしか航海できないのだ。兵士たちは静かにハンモックに横たわっている。ジャスパーと部下たちは追いたてられるように、木に登った。しばらく枝の上でぼんやりしていたが、面白くもなさそうに、隠されているカヌーにもどっていく。

補給物資の上に坐り、ジローも待った。枝にかけた服は乾いたけれど、編上靴はまだ生臭く湿っていた。

「漁に出たとき、おれはボートの上で昼寝するのが好きなんだよ」

と〈海亀〉がぼそぼそ言った。

「このくらいの舟か？」

退屈しのぎに、だれかが訊いた。

「いや、もっと小さいファイバーグラスのボートなんだが、糸を流したまま昼寝しているとき、ふっと妙な気配がすることがある。それで薄目をひらくと、舳のほうによく幽霊が立っている」

「どんなやつだ？」

と、ジャスパーが起き上がってきた。

「黒っぽい影のようだが、透きとおっている。見ていることを気づかれたら、やばい、おれが殺られるという気がして、寝たふりをしている」

「どちら側に見える？」

ジャスパーは真顔で訊いた。

「こうやって……」

眠ったふりをしたまま〈海亀〉は左の肩ごしに舳を見た。


とろりとしたエメラルド・グリーンの海にカヌーを出した。

夕方だというのに、水底の白い砂が透けてみえる。生きているサンゴがゼリー状にゆれているあたりは緑がかっていた。そんな浅いまだらの海で、小魚の群れがいっせいに向きを変える。すべての魚が、たった一つの脳を共有しているみたいだ。熱帯魚も泳いでいく。この色の鮮やかさ、豊かさ、あざとさは、いったいなんの信号だろう。色として顕現させた意味を解読しろと求めてくる得体の知れぬサインに思えてならなかった。

積乱雲がそびえている。

水平線に根づかないままキノコ雲そっくりに乱立して、遥か高みに壁をつくり、横なぐりの光りに染まっている。夕陽を引火して燃えあがりそうな雲、天が漏水してくるような藍色を見るたび、ジローは泣きたくなる。いい歳をしてなぜだかわからない。マンハッタンや東京で育ち、明日、頭上にひろがってくるはずの雲を、気象衛星からの映像として前夜に眺めながら成長してきたのだった。世界はつねに既視感を追いかけてくる。ちがうのはこの青、宇宙が口をあけてしまうような天の漏水だけだ。

見られている。ふっと、そんな気がした。エメラルド・グリーンの海には武装船（ガンボート）も浮かんでいない。むろん、ヘリコプターも飛んでいない。それでもたしかに見られていた。鷲の眼の位置、いやもっと遠い時間の凍結した高みから、猛禽類さえ及びもつかぬ分解能をもつ精巧な眼で見つめられている気がしてならなかった。笑っていた。そびえたつ金色の積乱雲の上から、波間に漂うカヌーのちっぽけさ、こちらの行為の滑稽さを見おろしながら笑っている。釣りこまれて、なぜかジローも笑いだした。

赤道近くの夕焼けがひいた。

浅い環礁から外海へ出たとたん、うねりにぶつかり、舳がぐっと宙へそり上がった。また水しぶきの滝。半裸のまま舳で大の字になっている若いゲリラ兵士が、塩からいシャワーを浴びながら、

——I love this life！

と叫ぶなり、けたたましく笑いだした。先住民の言葉でなく英語で叫んだのは、生きて帰れる可能性がいくらか高そうにみえるこちらに、世界への伝言のようなものを託したいのかもしれない。たしかに預かった、声を伝える。おれは生き延びて、かならず意味をあらしめてみせるとジローは思う。

燃料容器は次々に空になった。軽くなったカヌーは速く走る。

乱立する積乱雲だけ、夕闇の高みでぼうっとピンクがかっていたが、それも消えた。ぎっしり星がひしめき、どれが北極星か見当もつかなかった。おまけにカヌーが揺れる。竜骨の間の横板に固定されている、まるい回転式磁石もよく見えなかった。光りが外へ洩れないよう、懐中電灯を掌でおおい隠しながら北を読みとり、夜のなかを走りつづけた。

東の空が明るんでくると、また無人島に隠れ、こんこんと眠った。そして日が沈んでから、カヌーを出す。夜の海ばかりだった。舟尾にたまる水が青白く光っている。水を掻きだすジャスパーの腕も、ジローの手も、白骨にみえる。生臭かった。波間に漂う夜光虫が蓬髪にびっしりこびりついて、阿修羅そっくりに働きつづけるジャスパーが死人

のようだ。うねりと共に波間の夜光虫もいっせいに巻き上げられて、波頭が青白く燃える。

ヒトダマのように揺れるものが見えた。うねりの谷間へ滑り降りていくと、火の玉は消える。そして頂へせり上がっていくと、また赤々と揺れる。

一つは炎だった。風に摘みとられそうに突き崩されてはまた燃えたち、夜空に火の粉を吹きあげている。もう一つは、懐中電灯らしい光りで、間歇的に点滅しながら、

――おーい、おれたちはここだ、だれかそこにいるか。

と呼びかけるように、光りのモールス信号を送ってくる。政府軍かもしれなかった。兵士たちは腹這いのまま息をひそめている。ベルトに拳銃をさした男が懐中電灯を岸へ向けて合図を送る。向こうの光りも応えてくる。

「ブエノ」

と、男が喜びを洩らしたとたん、兵士たちはどよめき、迷彩服や靴をぬぎ捨て、次々に海へ飛びこんでいった。岸へ近づくほど波は荒くなるから、カヌーが転覆しないよう舟べりを支えようとしているのだ。ジャスパーも救命胴衣をつけたまま飛びこんでいった。ジローも海に入った。生温かった。

向こうからも泳いでくる。数えきれぬ人影が浮き沈みしつつ近づいてきて、カヌーを

囲み、いっせいに手を伸ばしてくる。立ち泳ぎのまま、びっしり夜光虫がこびりついた青白い舟を押していった。

水を掻く足の指に、なにか柔かいものが感じられた。砂だろうか？　きっとそうだ。しがみつくように棒立ちになると、足が流れ、潮水を飲んだ。むせながら、けんめいに足掻いた。背が立った。ようやく陸地に触れたのだ。


機関銃が火の色を映していた。

火の粉を吹く焚火に、顔、顔、顔が、赤く照らしだされている。熊みたいな鬚面や、中年、少年、女兵士の顔さえ混っている。肩にかけている機関銃も、種類がまったくばらばらだった。

異臭がした。流木を燃やす焚火に、漂流物のゴムタイヤがぶちこんであった。枯木の火は風にさらわれそうに揺れているが、ゴムタイヤはちろちろと青い火を立て、種火となってしぶとく燃えつづけている。

ゲリラ部隊はカヌーに群らがり、あっというまに補給物資を岸にあげた。黒いビニール袋が整然とならんでいる。弾薬の入っている木箱だけは焚火から遠ざけてあった。

分隊長らしい男が、軍靴の入った袋をひらいている。戦闘服の迷彩模様はすっかり色褪せ、あちこちに継ぎがあててあった。軍靴にも穴があいている。

「千里眼か？」

救命胴衣を脱ぎすてながら、ジャスパーが訊いた。

分隊長は、ちがう、と首をふった。着ている新品の迷彩服をじろりと眺め、おまえがジャスパーなのかとスペイン語で訊き返した。

「シー」

そうだ、とずぶぬれの蓬髪のままジャスパーは応える。

分隊長は、フーンという眼差だった。補給物資が次々にひらかれていく。兵士たちがまっさきに飛びつくものはなにか、ジローは眼を凝らしていた。砂糖だろうか。弾か、薬品か、食糧なのか……。

意外なことに物資ではなく、それらを包んでいるシワクチャの新聞紙だった。砂地にひろげて、ていねいにシワを伸ばし、砂を払い、それから、おもむろにひろげ焚火の明りで読みはじめた。

静かだった。海鳴りだけが聴こえる浜辺で、むさくるしいゲリラ兵士たちが四、五十人、火を囲み、ただひたすら古新聞を読みふけっている。活字に飢えていたのだった。ジローは心を動かされて兵士たちの肩ごしにのぞきこんだ。スペイン語の新聞で、どの紙面も、ＴＯＳＨＩＢＡ　ＴＯＹＯＴＡ　ＳＯＮＹ　ＭＩＴＳＵＢＩＳＨＩといった広告だらけだった。

ガチャガチャという金属音で眼ざめた。夜明けだった。ハンモックを吊ったところは、武装船(ガンボート)から見えないよう、海の側だけ隠されていた。流木を組み立て、椰子の葉でおおった緑のついたてだった。

ジャスパーはもう起きていた。戦闘ズボンにカーキ色のTシャツ姿で、鍛えあげた逞しい腕をむきだし、分隊長と立ち話をしている。やや離れて、十二人の兵士たちが整列している。北米インディアンの青年たちも立っていた。ジローは布製のハンモックから降りて、そこに加わった。靴をはいたまま眠ったので、一分もかからなかった。

分隊長が、十二人に語りかけた。最初は先住民の言葉で、それからスペイン語でくり返した。北米インディアンの独立宣言をした戦士ジャスパーをこれから最前線へ送る、みんなしっかり護衛してくれ、という内容だった。

護衛兵士たちの直立姿勢がしゃんとしているのに目を細めながら、

「名前は？」

と、ジャスパーは鷹揚に訊く。

〈水牛〉です、と護衛兵のリーダーが応えた。中米のジャングルに水牛がいるとは思えないが、いかにもがっしり、ずんぐりした骨太だった。サブリーダーの兵士は、いいですか、ふざけているわけじゃないから怒っちゃいけませんよ、と弁解がましくおどおどしながら、

〈自転車〉ですと言った。
〈山羊〉です。
〈鮫〉
〈M79〉
〈空薬莢（からやっきょう）〉
〈花〉です、と恥ずかしそうに述べたのは十代の少年兵で、稚児的な妖しさがあった。
〈猿〉と、ぶっきらぼうに言う兵士は、確かにそれらしい顔つきだった。
〈ラジオ〉
〈椰子取り〉
〈山犬〉
〈ナイフ〉

背丈も肌の色も、ばらばらだった。何万年か前、氷河期のベーリング海峡を渡ってきたモンゴロイドそのまま、マヤ族をおもわせる顔もあれば、黒人との混血、スペイン系の遺伝子がどう飛火してきたのか、密林に染まったような緑色の瞳の男もいる。

同じカヌーに乗ってきた兵士たちが、別れを告げにきた。密林に点在する戦場へ、それぞれ散らばっていくところだった。救命具の代りになる発泡スチロールを海から拾うたびに、こちらに寄こしてくれた兵士は、グッバイ、と初めて英語で言った。ひとりだけ拳銃をベルトにさして、発泡スチロールを独占しようとしていた指揮官（コマンダー）の背中ごしに、そっと回してくれたのだった。潮のシャワーを浴びながら、I love this life！と叫んだ若い兵士の眼は充血して、真水がまるく盛りあがっていた。

砂鉄をふくむ黒い砂浜を、南へ歩いた。

十二人の兵士たちは、弾薬、電池、薬品など補給物資をかつぎ、陣形を保ちながら歩いていく。一キロほど前方をいく四人が斥候。すぐ目の前に四人。右側に三人。背後に一人。もし弾が飛んでくるとすれば、海からではなく、まちがいなくジャングルからだ。右側から語りかけてくる〈水牛〉は、からだを楯にしているのだった。ジャスパーが語りかけると、ごつごつしたイングリッシュでけんめいに応えてくる。

「ユナイテッド・フルーツの船に乗っておりましたから」

と〈水牛〉は言った。銀歯の〈鰐〉と同じ部族、同じ村の出身で、ふだんはエビ漁などして暮らしているが、シーズンオフになると、熱帯の果物やカカオの実を運ぶアメリカの会社の船で働くのだという。むろん革命以前、ゲリラ戦が始まる以前のことだ。

休憩の時間になると、〈椰子取り〉が足首にベルトを巻きつけて、するすると幹を登り、熟れた実を叩き落とす。

〈水牛〉は山刀で硬い外皮を削り、きれいな飲み口をつくってから、うやうやしくジャスパーに差しだす。茶の作法をみるような優美さがあった。飲み残した果汁を水筒に入れてから、殻を割り、とろりと白濁したゼリー状の果肉を食べる。
兵士たちは背嚢から新聞を取りだす。補給物資を包んでいた古新聞だった。ていねいにシワを伸ばして折りたたんであった。それを膝の機関銃の上にひろげて、この十五分間だけはべつの世界へスライドしようとするように眼を伏せ、静かに、頑固に読みつづける。
満ち潮がやってきた。黒い砂浜が狭くなり、密林のへりにそって歩きつづけた。漂流物が打ち上げられていた。そのラベルを読みとりながら、ジローは一歩、一歩、重い足を運んでいく。
JOY
TIDE
IVORY
CHEER
よく知っている中性洗剤のプラスティック容器だった。ここはカリブ海の波打ち際だから、沖を通るアメリカ船から捨てられたのだろう。
FLEX
VIDAL SASSOON
JOHNSON

といったシャンプーの容器も多い。ジローも子供の頃よくJOHNSONを使っていた。スパゲッティ・ソースRAGUの空壜、トマト・ケチャップのHEINZ。見慣れないスペイン語の容器も散らばっている。

DEER PARK

ああ、鹿の園か、これはよく憶えている。火山の麓のトレーラー・ハウスに辿りついたとき、宇宙飛行士のジムがダンボール箱ごと買いこんだミネラル・ウォーターがこれだったな。

TYLENOL

そう、こいつはたしか解熱剤だ。谷間の野営地で暮らしていた頃、赤ん坊が発熱して、シャーナと二人で雪道を飛ばしたことがあった。目ざすドラッグストアに辿りつくと大雪で店を閉じていた。するとシャーナは迷わず、雪の州境を越えて群青色の車を走らせていった。その町が最短距離だと判断したのだった。割り込んできたシャーナの思い出をよけるように、ジローは次のラベルを読みとっていく。

CRISCO

WESSON

これは食用油だ。冷蔵庫もない天幕(テイピ)のなかで、バターがわりに食用油を使ってよくパンケーキを焼いてくれたな、と思い出したとき涙がこぼれかけた。ジローは急いで次のラベルに眼をすがりつかせた。

SPRITE
PEPSI
COPPERTONE
南アルプスの天然水
　はっとして立ち止まりかけたが、歩行のリズムを乱すまいと、そのまま通り過ぎた。眼をこらすと、見慣れた容器もあちこちに散らばっている。メリット、ファミリー、トップ。発泡スチロールのカップヌードル。真夜中のがらんと明るいコンビニエンス・ストアが目に浮かんでくる。そう、そこからやってきたのだとジローは思う。そう、そこが確かに世界だったな。波打ち際に兵士たちの足跡がつづき、満ち潮にかき消されていく。ヴィデオ・テープは五年かそこらで磁気がだめになって映像が薄れていくと聞いたことがあるが、ひょっとすると世界なんてもうどこにもないんじゃないか。
　植物物語リンス
　足は前方へ、こころは過去へと逆向きになった。Aはアップル、Bはベア、熊さんのことよ、と母の声が聴こえてくる。あれは初めて太平洋を越えていく四つのときだったな。それ以前にひらがなは読めるようになっていたけれど、むずかしいのは漢字だった。だから一人しゃがみこんで、棒切れで地面にぐしゃぐしゃ線をひいては、これもきっと、なにかの文字にちがいないと考えこんでいたっけ。漢字というものは無限にあるものと思いこんでいたのだった。そして地べたの象（かたち）を見つめたまま、意味とも神秘ともつかぬものが炙りだされてくるのをじっと待ちつづけていたのだった。

マングローブの繁る湿地に入った。全員、腰まで水に浸かり、たよりなく泥を踏んでいった。兵士たちは弾倉つきのベルトを肩にかけ、機関銃を天秤のようにかついでいく。五隻のカヌーが隠されていた。

なんの変哲もない舟着場にみえるが、まわりに村落など見えなかった。カヌーは使いこまれて、黒々と湿っている。長さ三メートル、両膝がつかえるほど細い丸木舟だ。櫂も積まれていた。分乗して漕ぎ進んでいくと、ぎっしり密生するマングローブの森が幅一・五メートルほど、きれいに切り払われて、人工の水路がどこまでも細くつづいていく。

川に出た。

緑の島々を浮かべている湖にみえた。どちらが上流か下流か、わからないほど豊かに水がひろがっている。水際ぎりぎりまで密林のへりが複雑に入りくんでいる。外海を走るとき、昼は無人島に隠れて夜だけ行動していたのに、まだ明るく、しかも戦場だった。兵士たちは、それぞれ五隻の舳に機関銃をすえつけ、いつでも応戦できる体勢だった。どこから弾が飛んでくるかわからない。必死に櫂を漕ぎつづけた。まわりにはただ、水と植物の放蕩がひろがっている。

　ジャスパーはぐいぐい水を掻きながら、しきりに空を気にしている。それは〈水牛〉もジローも同じだった。M18か、M21か、政府軍のヘリコプターが飛んでくれば、たちまち機銃掃射されるだろう。

　だが青空は紫がかってみえるほど濃く、のどかに積乱雲が湧きたっている。櫂の水音、鳥のさえずり。気味わるいほど静かで、羽虫の翅音がヘリコプターの響きに聴こえてしまう。


　密林の横っ腹に、洞穴のような暗がりがのぞいていた。〈水牛〉が合図すると、五隻は次々に穴へ吸いこまれていった。

　緑のトンネルだった。

　川中の島らしい密林の底をシャベルで浚い、泥を掻きだし、やっと丸木舟が通れるほど細くきり拓いた隠し水路が、奥へ、奥へつづいていく。櫂を棹がわりに使った。

　緑のトンネルが曲り、もう入口の光りも見えなくなったところで一息入れた。

　兵士たちは地下壕に潜りこんだように安心して、両切り煙草に火をつける。川のどこを流れていたのか、拾ったまま舟底に放りこんでおいた野生のグレイプフルーツの青い皮をむいて食べたりする。

　密林はただ緑の濃淡だけで、色彩が乏しかった。ほとんど花も咲いていない。鬱蒼と垂れさがる気根の下に、わずかに隠花植物をおもわせる小粒な花が点々とのぞくだけだ。

洩れてくる光りが、金色の矢となって密林に降りそそいでくる。何億という葉がエメラルド色や翡翠色にきらめいている。

蒸し暑かった。スコールで湿っている地面からひっきりなしに水蒸気がたち昇り、まるで蒸し風呂だった。動物もいない。ここは川中の島のせいだろうか。虫の翅音だけが聴こえてくる。耳穴から入ってきた虫が頭蓋のなかを飛び回っているようだ。足もとを見ると赤い蟻(あり)が行列していく。いきなり緑の内臓が一部分ちぎれるように鳥が飛び、また緑のなかに癒着していく。

日没を待って隠し水路を動きだした。

ごつごつと舟底がつかえる。もう櫂は使えなかった。ジャスパーは焦れったそうに水路に降りて丸木舟をぐいぐい押しはじめた。ジローも押した。山越えして舟を運ぶような強引さで、緑のトンネルをぬけ、ひろびろとした夕焼けのなかに出た。

舳の機関銃が熔けた鉄の色になった。

スコールがきた。ついさっきまで夕焼けだったのに雨雲が風に押しやられてきたのだ。機関銃にビニールをかけた。舟底に雨水がたまっていく。夜になった。嬉しかった。暗くなれば、ほっと一息つける。そんな習性が、いつのまにかジローにも染みついていた。政府軍が眠っている夜間に、早く移動しなければならなかった。

黒い川をさかのぼっていくとき、突然、水面が銀色に光りだした。しまった。雨雲が切れて星空があらわれたのだ。前方のカヌーが黒い影絵となって銀色の川にくっきり浮かんでいる。もう、四方八方からまる見えだった。夜の歩哨（ほしょう）が眼を光らせているかもしれない。どこから弾が飛んでくるかわからない。

櫂を水中に深く押しこむようにして水音を殺し、けんめいに掻き、密林のへりとも川中の島ともつかぬ黒い影のなかへ逃げこんでいった。そんな影から、影へ、飛び石づたいに漕ぎつづけた。

奥のほうで光りが揺れた。ぎくっと首をすくめ、舷すれすれに頭を伏せながら眼を凝らすと、ふわり、ふわり、青白く浮遊していく。異様に強い光りをひく蛍が飛び交っていた。なあんだ、蛍か……。ほっとして顔を上げると、一個だけ動いている星が見えた。流れ星ではない。一等星、シリウスほどの強い光りが、こちらの惑星との引力バランスを保ちながら、ゆっくり、撓むような光跡をえがいていく。

人工衛星だった。

# 第十六章　エメラルドの密林の奥

一隻のカヌーとすれちがった。

青いバナナの房や、野生のグレイプフルーツなど柑橘類(かんきつるい)を山積みにして、筏のように舷すれすれまで沈んだカヌーだった。真ん中に老人がひとり坐り、一本の長い櫂できわどくバランスをとりながら、たったひとつの果実も落とさず、たくみに流れをよぎっていく。

〈水牛〉が声をかけた。二人はたがいにカヌーの舷をつかみ、平行に漂いながら同族の言葉を交わしあう。

前歯の欠けた口で老人は笑い、こちら側のカヌーに青い果実を三個ずつ放りこんで去っていった。

「じいさん、商売にいくんだよ」

と〈水牛〉は舌打ちした。

網目状に川がもつれあうこの一帯をおさえている政府軍に、これから果物を売りつけにいくのだという。

「近くにいるのか？」

とジャスパーが訊いた。蓬髪から雨水が滴り、ひどく青ざめているが、眼にらんらんと喜びを浮かべている。好戦的な、舌なめずりの顔だ。〈水牛〉は怪訝そうに首をふり、近くにいるらしいが密林の最前線はたえず移動しているから、正確にはわからん、とそっけなく言った。

川に電柱が立っていた。

まさか、こんなところに……。強行軍で川をさかのぼり、五、六日ろくに眠っていないから頭がぼけているのだろうか。いや、よく見ると電線など一本もない。椰子の幹を電柱ぐらいの高さに伐って、川に突き立ててあるのだった。高床式の集落が見えた。椰子の葉の屋根屋根から、薄青く煙がたちのぼり、鶏が鳴いている。のどかな夕餉(ゆうげ)の景色だった。

五隻のカヌーは近づいていく。

集落の真ん中にひろびろとした草の広場があり、水際まで先住民のゲリラ兵士たち一箇分隊が、銃口を下に向けて黒々と整列していた。まともな戦闘服姿の者など一人もいない。穴のあいたTシャツ、雑巾のようなズボン。ゴム長靴や、ゴム草履。裸足のままの兵士も多い。

敬礼で迎える分隊長だけ、継ぎだらけの戦闘服姿だった。

ジャスパーは上陸するなり、

「おまえが、クラリヴィ……」

と舌を噛みそうに言いよどんだ。慣れないスペイン語で、おまえがClarividente指導者の〈千里眼〉なのかと訊ねているのだった。

「ノー・サー」

と分隊長は応えてくる。歳はジャスパーと同じぐらいだろうが、眉がふさふさとしてアイヌの古老をおもわせる落ち着きがあった。だが歯がほとんど抜けおちて口は暗い空洞だった。

「どこにいるんだ？」

とジャスパーは突っかかるように訊く。

「…………」

分隊長は首をふった。たとえ知っていたとしても、戦略上の秘密は洩らせないという強い姿勢だった。それから意気込むジャスパーをなだめるように、あなたのことは〈千里眼〉から聞きました。わたしたちもほんとうは独立を求めています、とスペイン語で言った。〈水牛〉が通訳した。それから分隊長は銃身に巻きつけている小さな旗のようなものをほどいて、もし独立できた場合、これがわたしたちの国旗となるはずですと言った。

高床式の小屋に案内された。

分教場らしく、椰子の葉の壁に黒板がかかっていた。食事が運ばれてきた。蒸しバナナだった。村長らしい老人がやってきて、遠来の客をもてなすように、ソニーのラジカセを黒板のそばに掛けた。聴こえてくるのはロックンロールだった。北米インディアンの青年たちは、ばつが悪そうな、興ざめしたような照れ笑いを浮かべている。その夜も靴をはいたまま雑魚寝をした。寝返りを打つたびに、機関銃の硬い感触があった。


午前四時には空が白み、鳥のさえずりや吠え猿の声が聴こえてくる。兵舎から出て、高い梢の猿が妙に静かだなと思って眺めていると、見張りのゲリラ兵士だった。屋根の上にもいる。岸にもいる。川霧に浮かぶカヌーにも、腰だめに銃を構える影があった。

兵器庫へ連れていかれた。板戸から洩れてくる朝の光りのなかに、機関銃が十五、六梃、ひっそりと立てかけてあった。

「選びなさい」と分隊長が言った。

ジャスパーはまっさきに黒い高性能の新型銃をつかみ取り、いじり回しながら、

「ベルギー製か……」と独りごちた。

北米インディアンの青年たちも品定めしている。ジローは迷った。アメリカ製、ソビエト製、中国製、ハングル文字が刻印されている銃もあった。殺した敵から奪い取り、

奪い返され、密林の戦場で敵味方ぐるぐるたらい回しになっている武器だ。つややかに黒光りする木の銃床に、AMORとナイフで彫りつけられている機関銃があった。なんとなく手に取り、いじり回しているうちに、それがジローの分になった。

草の広場に防水シートをひろげ、あぐらをかいて機関銃の解体、組み立てを習った。外したネジや部品を、一つ一つ、きちんとシートの上に並べていった。もしも紛失すると、こんな奥地ではネジ一本、補給できないのだ。ジローは真剣に学んだ。その知識が、これから先の人生において役立つかどうかわからないが。

ジャスパーは慣れた手つきでさっさと終えて、手の油を草でぬぐい、ゲリラ部隊の兵力を目で測りながら分隊長に訊いた。

「弾はどのくらいある？」

「…………」

〈水牛〉が席を外しているので代りにジローが通訳したが、分隊長は黙っている。

「予備の弾倉は？」

「一人につき一個あるかないか……」

分隊長の眼には苦悩があった。

そうか、とジャスパーはうなずく。弾倉一個には平均三〇発の弾が入っているが、機関銃の三〇発など、十秒かそこらで撃ち尽くしてしまうはずだ。

考えごとをするときの癖で、ジャスパーは腰のナイフを抜いて革ベルトの先で研ぎはじめた。柄のところに碧い石が象眼されている美しいナイフだった。指の腹で刃に触わりながら、機関銃を組み立てているジローをじろりと一瞥して、

――おい雛っこ、おまえはその引き金をひく覚悟がついているのか？

と無言で問いかけてくる。

――もちろん。

と、ジローも眼で応える。いざ戦闘が始まれば中立的な立場などありえない。政府軍は、先住民と同じモンゴロイドである自分をゲリラの一人と見なして容赦なく撃ってくるだろう。当然のことだ。こちらだって追いつめられた鼠のように反撃するに決まっている。生き物が追いつめられ極度のストレスに陥ったときの反応は、戦うか、逃げるか、そのどちらかだという。だから戦う。そのことに疑問はない。ただ不思議なのは、すさまじい腐敗政権を倒して革命をなし遂げた左翼政権に、頭では共感しながら、先住民との関係においてはそれを否定し、ゲリラ側に全面的に自己同一化していく自分のこころの動きだった。もしも陸路でジャングルに入り、政府軍の兵士たちと寝食を共にしてきたなら、革命を完遂するには多少の犠牲はしかたがない、少数民族のことなど取るに足らない問題だと見なすようになったかもしれない。大義名分はどちら側にもある。絶対的な正義などありえない。自分はただ、最も弱い立場で苦しんでいる人たちの側に立つしかない。そんなことを考えながら銃の組み立てをつづけていると、

「そうか」

とジャスパーは薄笑いして、ナイフを革鞘にもどした。

日替りで、ジローも斥候に加わることがあった。集落の外れに、真っ黒に焦げたマンゴーの大樹がそびえていた。葉は一枚も残らず燃えあがって、幹や枝だけ黒々と炭化しかけたまま、積乱雲の空へ伸びあがっている。

「雷に打たれたのか?」

ジローがごつごつしたスペイン語で訊くと、

「M18だよ」

と斥候たちはさらに向こうを指さす。ところどころ草が円く吹き飛ばされて、赤土をむきだし、人や家畜を埋められそうな穴になっていた。政府軍のM18戦闘ヘリコプターから攻撃された痕が、赤く点々と密林のほうへつづいていく。

鳥がさえずっていた。黄色い嘴を重そうにもたげて巨嘴鳥が飛ぶ。赤と緑の金剛インコも……。なだらかな勾配の密林を進んでいくと、いつのまにか道なりに苔だらけの緑の石の上を歩いていた。くずれかけているが、石段だった。石灰岩を積んだ祠のようなものがあった。屋根は切妻型らしいが、木々の根がからみついてよく見えなかった。マヤの神殿ではないか訊ねると、

「ちがう」

と斥候が言う。ここはマヤの辺境ではなく、ここらに住んでいた先住民が北へ再移動して、アステカやマヤの文明を築いたのだという。それが歴史的な事実かどうか、むろんジローにはわからなかった。

苔だらけの神殿の入口には、吸いさしの葉巻が供えられていた。野生のタバコの葉を手で巻いたらしい、ごつごつと太い葉巻だった。若い斥候は木洩れ陽となって降ってくる太陽を指さし、昼がいちばん長い夏至の日、と身ぶりで補いながら、密林のもっと奥の村から老人たちがやってきて、ここで儀式を行い、葉巻を吸うのだと語った。吠え猿が鳴いた。一匹が叫ぶと、鬱蒼（うっそう）とした緑の奥から犬の遠吠えのように次々に呼応してくる。おい、侵入者がきた、気をつけろと合図しているのか、おお、おれもここにいるぞと応えているのか、野太くしゃがれて、殷殷（いんいん）とひびき渡る、たまらなく暗い陰気な鳴き声だった。

銃声が聴こえた。

遠くで車がパンクしたような乾いた音だ。ゲリラたちは硬直して、耳を立てる。静かだった。鳥の声もやんだ。二発目が聴こえたとき、兵士たちはほっとして解凍されたように動きだす。機関銃の連続音ではなかったからだ。向こう岸の政府軍がジャングルの野豚を狩っているのだ。不思議だった。敵の居場所がわかったのに、ゲリラ部隊はいっこうに攻撃に転じる気配もない。

「なぜだ？」

ジャスパーひとりが、しきりに焦れているが、

「止められています」

と分隊長は首をふるばかりだった。〈千里眼〉がなにを企んでいるのか、分隊長も解せない様子だった。

村人たちは草の広場に筵をしいて、風で籾を選りわけ、現金収入源であるカカオの実を日に干している。子供らは一日中、川遊びにふけっている。鶏が鳴く。豚が走る。老人たちは布のハンモックで、うつらうつら昼寝を楽しんでいるが、いざ戦闘が始まれば、なにもかも捨てて密林へ逃げこんでいくのだという。

一触即発、そんな膠着状態の日々が半月ほどつづいた。水辺の共同トイレに坐っているとき、銃声が聴こえることもあった。便座の下には川が流れ、豚が群らがり、いっせいに鼻を鳴らしながら上から降ってくるほかほかの御馳走を待っている。尻の下から急かされながら、ジローは膝の機関銃を見つめ、見知らぬ他人のようなこころの動きに驚いていた。静かに保たれている世界の等高線のようなものを、ずたずたに引き裂いてやりたかった。いっそのこと早く戦闘が始まって欲しい、引き金をひきたいと苛立つ自分が不気味だった。そうか、狭い檻に閉じこめられている鼠たちが狂ったように共食いを始めるのは、きっとこんな瞬間なんだろうな。

交易船が川をさかのぼってきた。甲板のラジオから溢れだす歌が、流れとは逆向きにやってくるさざ波に聴こえた。村人たちが色めきたち、カカオの袋を運んでいく。物資が岸に降ろされ、ささやかな市が立った。交易船が運んできたのは、ゴム草履や、Tシャツ、花柄のブラウス、塩、砂糖、食用油などのほかに、プラスティックの腕輪や、生理綿だった。

「ジャスパー、ジャスパー！」

甲板から船長らしい男が呼んだ。

「…………」なぜここにいることを知っているのか、ジャスパーは猜疑心を隠さなかった。

「あんたかね？」

頭ひとつ高くぬきん出ている蓬髪のジャスパーに気づくと、男はぐにゃりとした肉塊らしいものを両手でつかみ上げて、

「これを預かってきた」

と差し出してくる。

「キエン？」

だれから、とジャスパーは怪訝そうにスペイン語で訊く。

「知らんよ」

川口の村のやつに頼まれただけだ、さ、受け取ってくれと急かしてくる。獣肉ではなさそうだった。毛も生えておらず、緑がかった象皮のようなものにおおわれ、赤黒く血がこびりついていた。いや、哺乳類ではない。爬虫類のような皮から、あざらしの足鰭みたいなものが突き出ている。海亀だった。

「…………」

砂漠育ちのジャスパーは気味わるがって手を出そうとしない。

「わたしが料理します」

と女の声が聴こえてきた。ＦＭ九〇・一のシャーナを思い出させる掠れ声だ。

前に進み出てきた女は、小柄で、真っ黒に日焼けしていた。混血のシャーナとはまったく別人で、マヤ族をおもわせる、きりっと吊りあがった切れ長の眼だ。カーキ色の半袖シャツに、だぶだぶの戦闘ズボン。長い髪を三つ編みにして、黒いハチマキのように額にぎゅっと巻きつけ、女らしさを消し去っていた。肩に銃をかけている。銃床のところが金属フレームだけで空洞化された、新型の軽機関銃だ。

女は、二匹の海亀を受け取った。現金化できる甲羅は、すでに剝がされていた。朽ちかけた古いカヌーが、草の広場に乗り上げていた。女はそのカヌーに海亀を放りこんだ。ゲリラ兵士が山刀を差し出した。うやうやしく上官に捧げる物腰だった。

女は、海亀の首を切断した。淡々とした戦場の手つきだった。瞳が黒く潤んでいる海亀の頭を、二つ並べて舳に置いた。足鰭も切った。それから皮を剝ごうとするが、山刀の刃は鈍くて巧くいかなかった。

「これを使え」

ジャスパーが革鞘のナイフを抜いて、刃をつかみ、碧い石で象眼された柄のほうを差し出した。

女はそっけなく受け取り、海亀を切りわけていく。内臓に手を突っこみ、白い腸をひきずり出した。ひび割れた舟底から血が流れていく。女は山刀に持ちかえ、カヌーの底を俎（まないた）がわりに、海亀の肉をぶつ切りにしていく。

兵士たちが椰子の木に登り、黄色く熟れた実を次々に叩き落とした。女たちは大鍋に湯を沸かし、おろしがねでココナッツの実の果肉をすりおろした。

旨かった。ココナッツ・スープで煮こんだ海亀はやわらかく、とろりとした甘みがあった。爬虫類だから肉は白身だろうと思っていたが、意外なことに赤身だった。

村人たちが炊いたごはんを洗面器に盛ってきた。蒸しバナナも添えられている。

兵士たちが笑うと口の空洞がひらく。長いこと密林に身を潜めてきたため栄養不足で歯をやられているのだ。ビタミンは野生の果物で補えるが、決定的にカルシウムが欠けている。それでも兵士たちは歯茎で海亀の肉をしゃぶり、乳白色のスープを啜る。舌鼓を打つ村人たちの笑い声もさざ波のようだ。なつかしかった。砂漠の天幕（ティピ）で火を囲み、ペヨーテの苦い茎肉を食べるうちに自分らしさが漂い出して、どのからだにもどればいいのか、うろうろと憑くべき肉体をさがしているとき、パーン！　とシャーナが手を叩いて意識を呼びもどしてくれたことがあったな……。

母親にまとわりつく子供らの尻に、青い痣がくっきりと浮かんでいる。氷河期の頃、アジアから大移動してきたモンゴロイドの徴（しるし）、青い蒙古斑だ。なぜか背中の肩甲骨のあたりに痣を浮かべている幼女もいた。青々と咲く刺青（いれずみ）の薔薇にみえた。

おまえもモンゴロイドの遠い郷愁、アジアの夢精のようなものにひきずられてここに辿りついてきたのか……。そうかも知れないとジローは半分うなずきかけて、いや、それだけじゃないと心で首をふった。おまえは以前、安っぽい金属スプーン一個を武器に、圧倒的な世界の物理性と戦ってきたはずじゃないか。虫ケラほどのちっぽけな生に、意味をあらしめようとして。そうだろう、だからこそおまえは、惑星のネイティヴの夢が湧きだしてくる水源のようなところに辿りつこうと密航してきたはずじゃないか。そのいとおしい思いを、おまえはどうやって普遍化するつもりなんだ。

スコールがきた。

村人たちは湯気のたつ食器を掌でおおい隠しながら散らばっていく。ジャスパーも兵士たちも走っていく。女は大鍋のものを掬って飯盒（はんごう）に移している。残っているのはジローと二人だけだった。

女は軽機関銃を肩に吊るし、ついておいで、と目くばせした。細い白目が陶器のように青白かった。飯盒を片手にぶらさげたまま、川ぞいに歩いていく。兵舎とは逆の方角だった。

走る滝のような雨に打たれて、川はいちめん水しぶきの霧を吐きだしている。

漁師小屋があった。なかば川へせりだす高床式で、干してある網もずぶ濡れだった。

女は足を洗い、板張りの階段を昇っていく。ジローも軍靴をぬいで手足を洗った。口をすすぎ、汗くさいはずの股間も洗うべきかどうか迷っていると、けたたましく蛙が嗤う。

小屋は薄暗く、雑然と漁具が置かれていた。女は三つ編みにして額に巻きつけていた長い黒髪をほどいて、タオルでぬぐっている。片隅に垂直の梯子と、木材を打ちつけて毛布をしいただけの、ごつごつとした筏のような寝台があった。

女は枕元に機関銃を立てかけ、ここで待っていなさい、と目くばせしてから飯盒の把手(とって)を歯でくわえて、梯子をよじ登っていった。

梁から梁へ横板を張り渡しただけの中二階、屋根裏の隠し部屋らしいものがあった。女は頭上の筏に乗りこむように消えていった。板の隙間から、橙色の光りが洩れてきた。石油ランプを点けたのだろう。

「さ、食べなさい」

と女のささやく声が聴こえてくる。そして聴きとりにくい男の声。

だれが隠れているのか、ジローは考えることをやめて寝台に仰向けになった。小屋のなかにも、うっすらと川霧が流れこんでくる。

頭上から洩れてくる光りが消えた。もう霧も見えず、水音と蛙の声だけが聴こえてくる。真っ暗闇のなかで梯子がきしみ、するりと女が潜りこんできた。まだ湿り気をおびている髪や肌がうっすらと湯気をたてているのか、草いきれをおもわせる濃密な匂いがする。もう長いこと触れたことのない女の温もりだった。だが、どうもおかしい。抱き寄せてみたが、普通のからだとちがう。唇を吸おうとすると、顔がなく、なにか複雑なかたちをしたものにぶつかった。まさぐってみた。足であった。

女は逆向きになって添い寝してきたのだ。ふふふ、と含み笑いしているのか、女の息の温もりがこちらの膝に感じられる。太股に押しつけられてくるのは乳房の膨らみだった。勃起したこちらの性器は、女のへそのあたりにめりこんでいる。冗談じゃない。いきり立って身を入れかえ、のしかかることもできた。だが頭上の中二階で、だれかがじっと息をひそめている気配があった。床下からは、けたたましく蛙の合唱が湧き上がってくる。この女を抱いてはならないのだ。暗闇のなかで、ごつごつした寝台の筏ごと漂っている気がした。ジローは女の両足を抱きしめた。やわらかい足裏に唇を押しつけ、指の間に舌を入れた。生温かい海亀の腸のようなものを舐めている気がした。小さな爪があった。その爪ごと女の足指を口に含み、静かに、長々としゃぶりつづけるうちに、どちらからともなく眠りに落ちた。

眼ざめたとき、ここがどこかわからないまま、自分らしさがゆっくり甦ってきた。耳に聴こえてくるのは海鳴りのようにすべてを孕んだ一つの全体だが、自分らしさが凝固してくるにつれて、鳥のさえずり、水音、洗濯物を石に打ちつける音へと分かれていった。だが、奇妙な音が混っている。頭上の中二階から、ザーザーと降ってくる無機的な雨の音……。

寝台は空っぽだった。軽機関銃もない。ジローはじくじくと湿った軍靴をはき、垂直の梯子を登っていった。

穀物の袋が積まれていた。鼠にやられないよう中二階に上げたのだろう。

少年兵が隠れていた。まだ高校生ぐらいの歳で、肌が黒く、髪はチリチリに縮れていた。臆することなく、仔牛のような黒い大きな眼をまっすぐジローに向けて、

「グッモーニング」

と挨拶してから、

「ソニーです」

と照れくさそうに言った。

女はいなかった。昨日のアリバイのような空の飯盒を見つめていると、少年兵は学校で習った英単語を一つ一つ慎重に組み立てるように言う。

「姉は、いま、ジャスパーを呼びに、行っています」

「姉？」

そんなはずはない。女はマヤ族をおもわせる典型的な先住民の顔だちをしているのに、

少年兵は明らかに黒人との混血だった。指や手足が長く、からだつきも先住民とはちがっている。背後に、なにか黒っぽいものがのぞいている。横幅三〇センチ、高さ五〇センチぐらいの黒い石にみえる。

機械だった。穀物の粉がうっすらと積もる中二階の筏に、長方体の、黒いラジオのようなものが据えられている。無線の交信機だった。ぼうっと発光する小さな目盛りに、液晶のデジタル数字が浮かびあがり、MHz メガヘルツと周波数も表示されている。

蓬髪のジャスパーが、中二階の筏に首を突き出してきた。抜け駆けしやがったな、と言わんばかりにぎろりとジローを見すえながら、荒々しく交信機の前にあぐらをかいた。女は冷たい三日月のかたちの笑みを浮かべている。昨日の夜、触れることもできなかった唇だった。

通信兵の〈ソニー〉が、静かにダイヤルを回しはじめた。受験勉強中の高校生が、深夜ひとり、FM放送の周波数に合わそうと根気よく試みるような、繊細な手つきだった。ザーザーと降りしきる雑音の雨がやむと、〈ソニー〉は交信機のマイクをつかみ、暗号のように部族のことばを交わし合ってから、コードを伸ばしながら、〈千里眼〉です、とジャスパーに差し出した。

——やあ、おはよう。海亀は旨かったかね?

と〈千里眼〉は語りかけてきた。スペイン語の訛りはあるが、流暢な英語だった。

——…………。

——おや、電池が切れたのかな？

——…………。

——弾や薬と一緒に、ちゃんと補給舟に積みこませたはずだがね。そうだろう、ん？

——おれたちは運び屋じゃない。

と、ジャスパーは苦々しく応えた。

——もちろんだよ、ジャスパー。きみは世界最強の国で反乱を起こした英雄じゃないか。きみたちの独立宣言は、世界中の少数民族を勇気づけてくれたよ。

——…………。

——今日の新聞にも出ている。ジャスパー、再び起つ。なかなか、いい見出しだろう。ネイティヴ・アメリカンの指導者ジャスパーと、そのグループが、先住民のゲリラ闘争を支援するため義勇兵として中米の密林に潜入した。

——…………。

——うん、写真もわるくない。古いやつだが、きみたちが丘にたてこもってインディアン・パイプを回しているときの写真だ。ヘリコプターから撮影しているようだな。

——どの新聞に出ている？

とジャスパーはさりげなく訊いた。その新聞名で〈千里眼〉がどこにいるのかさぐろうとしている気配だった。

——いろいろだよ。

——………。

そんな応答には、〇・二秒か、〇・三秒かそこらの、かすかな時差のようなズレが感じられた。どこかに電波基地があって、遠くからの声を中継しているのだろう。

——ありがたいことだよ、ジャスパー。我々は長いこと密林で孤立して戦ってきた。先住民族のことなど無関心だから、我々の戦いは外部にはほとんど知られていない。だが、きみたちのおかげでマスメディアが飛びついてきた。きみたちインディアンは、どうやら白人たちの深層心理を揺さぶる不思議な力を持っているようだね。

——だからアダムのやつを使って、おれを誘き寄せたわけか。

——おかげで、いろいろ手を打ちやすくなったよ。

——資金集めも楽になるだろうな。

——感謝するよ。

——ま、せいぜい利用してくれ。

——………。

——おい〈千里眼〉とやら、おれはここにきてから何度も銃声を聴いた。政府軍のやつらは平気で猟を楽しんでいる。やつらの居場所がわかっているのに、なぜ攻撃させないのだ?

——我々はいま、和平交渉のテーブルにつく準備をすすめているところだ。近々、政府側の首相がやってきて国連で演説することになっている。革命評議会のナンバーワンだった男で、いまは首相となっているが相変わらず軍服姿で乗りこんでくるはずだよ。だが本当のねらいは、和平交渉をまとめるためだ。有力な上院議員が仲介役となってくれた。

——…………。

——政府側も、早く政権を安定させたい。先住民の反乱など抱えていては、対外的にもいろいろ具合がわるい。だから和平交渉を望んでいる。

——おい、独立宣言するんじゃなかったのか？

——もちろん、独立はしたいよ。

——…………。

——だが独立しようとすれば、政府側は絶対に許さない。ジャングルの局地戦ではなく、徹底的な全面戦争になる。

——いいじゃないか、おれはそのつもりでやってきた。おれが呼びかければ、アメリカでくすぶっている若いインディアンたちが、ぞくぞく志願してくる。

——ありがたいがね。

と〈千里眼〉は苦笑する気配で、

——もし全面戦争になれば、政府側はM16、M18のほかにミグ戦闘機も投入してくる。そうなれば、我々に勝ち目はない。カルロスから聞いたはずだが、忘れたのかね。

——…………。

——だから、いまの時点では独立宣言をひかえて、自治権の要求だけにとどめている。

——そんなもの、おれたちの保留地(リザベーション)と同じことじゃないか。

と、ジャスパーはせせら笑う。

——ただ土地を要求するだけじゃない。我々の世界が外部から干渉されず、自律的に自己成長していく権利も、自治権に含まれていると思うんだがね。

——生ぬるいな。

——ラカンドン族のことを知っているかね？

——…………。

——最後まで戦いぬいたマヤの部族だがね。スペイン人に敗れて、神殿もピラミッドも、なにもかも捨てて密林へ逃げこみ、四百年以上、森に閉じこもっていた。いまでも古代マヤ族そのまま、真っ白い貫頭衣を着て暮らしている。生きた化石のような部族なんだよ。

——…………。

——そのラカンドン族が、最近、きみたちと同じように反乱を起こした。

——そして鎮圧された。

とジャスパーが呻くように言った。

——もちろんだよ。だが、ちがうところもいくつかある。きみたちの仲間は殺され、きみ自身も長いこと刑務所にぶちこまれていた。しかしラカンドン族の犠牲者は、それほど多くない。

――………。

――知っていると思うが、かれらは蜂起するとき、自分たちの主張や行動を一部始終、インターネットで世界中に流していた。全世界が密林の片隅の出来事を見つめていた。だから政府側も虐殺など出来なかった。

――もっと頭を使って戦え、と言いたいのか。

――鳩のごとく素直で、蛇のごとく賢くあれというわけだよ。

――ふん、アダムのやつが言いそうなことじゃないか。おい、アダム、そこにいるんじゃないか、もったいぶらずに出てこいよ。

――………。

――おまえの正体も、大体わかってきた。〈千里眼〉などと気取っているが、おい、おまえはエデン・ラリオスだろう。

エデンだのアダムだの、ふざけやがって、とジャスパーは舌打ちした。

――エデン・ラリオスが何者か、知っているのかね？

――おれは戦うことしか能がない馬鹿者だが、部下たちは優秀でね、ハーバードを出た助教授もいる。そいつが事前にちゃんと調べている。

――ほう、どんなふうに？

――エデン・ラリオスは三部族を統合する指導者で、モラバ教の牧師でもあった。モラバ教というのはよく知らんが、ま、アーメンの一種だろうな。そのくせ、おまえは魔力をもつ大いなる獣と怖れられてもいた。そして革命後は、国家再建委員会の、インディヘーナ、先住民族の代表者となった。

――ほう。

――だが革命政府の情報局は、エデン・ラリオスが革命以前、独裁政権のスパイとして組織に潜入していた前歴を突きとめて、追放した。

――それから？

――ジャングルへ逃げこんで、先住民をまるごと国境の北側へ移動させようとした。

――なんのために？

――国境一帯を基地化して、もう一つの政府をつくろうと企んでいた。

――で、うまくいったのかね？

――初めは、かなりの勢力だった。ＣＩＡから武器や資金など援助を受けて、空港を攻撃したこともあった。だが結局失敗して、亡命した。

――それは残念だったな。

――いや、亡命したというのは正確じゃない。エデン・ラリオスがアメリカとの二重国籍を持っていたことも突きとめられている。

――なるほど、それがわたしだと言うわけかね。

――おまえは悪魔以下の卑しいやつだ。それがおまえさんの正体だよ。

――なかなか面白い意見だが、ま、今日はこのくらいにしよう。この電波は傍受されていると考えたほうがいい。

――…………。

――それに電池も節約しなければならんからね。

無駄話を切り上げるように、〈千里眼〉は一方的に電源を切った。

屋根裏の隠し部屋、中二階の粉っぽい筏の上で、交信機はぽつんと鎮まり返っている。場ちがいなところに降ってきた黒い隕石のようだ。

ジャスパーは、ぼんやり黙りこくっている。へたり込むようにあぐらをかいて、うなだれ、自嘲ぎみになにかぶつぶつ呟いている。おれはどうしてこうも馬鹿なのか、おれが命を張ってやろうとすることは、なぜいつも茶番になってしまうのか。なぜなんだ、義しいことをやろうとすればするほど、おれはいつも、いい笑いものだ。ジャスパーはつぶすように強く眼をつむってから、ちらっと横目でジローを見た。いつもの鋭く放電するような眼光はなく、弱々しく、すまんな……と詫びてくる眼差だった。

ジローは胸を衝かれた。なにか言いたかった。口ごもっていると、いや、赦してもらうつもりはないと払いのけるように、ジャスパーは左右に首をふりはじめた。意気阻喪していたのは、ほんの五分かそこらだった。奥歯を噛みしめ、蓬髪を揺らしながら、まだ完全に負けたわけじゃない、なおかつ、なおかつだと自分の気力をけんめいに奮(ふる)い立たせていた。

磨いても、磨いても、機関銃はすぐに錆を吹いた。日に何度もスコールが走りぬけていく熱帯雨林だった。足もとはじくじく湿り、ひっきりなしに水蒸気がたち昇ってくる。川を挟んで政府軍と向き合っているというのに、なにごともなく一日一日が立ち現われては、過ぎ去っていく。野豚を狩る銃声も聴こえなくなった。世界の等高線は保たれたまま、日が動き、雲が動き、雨が走りぬけていく。赤ん坊さえ生まれてきた。とっくに春分を過ぎて夏至が近づいたせいか、一日一日が長くなり、陽はいっこうに沈まない。空を見ると、陽の照りつけるところと雨のところが飛び飛びになって、その境によく虹がかかっていた。そして東からスコールが近づき、西からの夕陽がそのスコールを中空に立つ滝のように赤く照らしている。

そんな夕方、二つの人影を乗せたカヌーが川を渡ってきた。

水音を殺しながら、静かに岸に滑りこみ、降りてきたのは黒いゴム長靴をはいた、五十がらみの男たちだった。水草がからまる岸に立つなり、こいつは誰だ、と怪しむように混血のジャスパーを見た。

分隊長がとりなし、危なっかしく足もとがよろける一人を脇から支えながら兵舎へ連れていった。男はゴム長靴をぬいで、なかに溜っていた水を窓から捨てて、ズボンの裾をめくりあげた。右足の臑に、被弾したらしい古傷があった。

地図が運ばれてきた。

何十キロ四方かに分割され、一枚一枚、透明な防水ビニールで包まれた精度の高い地図だ。五十がらみの男たちは、そのうちの二枚を選んで床にならべた。一人が懐中電灯で照らし、もう一人は密林や川を鳥瞰しながら、政府軍がどちらへ移動しつつあるか指でなぞってみせた。

戦局が動いたのだ。全面戦争とちがって密林のゲリラ戦では、偶発的なきっかけで出会いがしらに戦闘が始まるというが、それが起こり、対岸の政府軍は援軍として川をさかのぼっていったらしい。網目状にもつれる川を、夜明け前に移動していったのだ。対岸はもうほとんど空っぽで、残っているのはわずかな留守部隊だけだという。

「女たちは犯られていないか？」

とジャスパーが訊いた。それがなによりも屈辱的なことだからな、と気づかうような繊細さがあった。

〈水牛〉が通訳すると、五十がらみの男たちは混血のジャスパーをやっと先住民の一人として認めるようにうなずき、うん、うん、今度は大丈夫だ、と誇らしげに言った。

ジャスパーは分隊長の地図を手もとに引き寄せ、戦闘が起こったのはどのあたりだと考えられるか、そこまでの距離、行程、援軍として移動していった政府軍の兵力など、一つ一つ質問した。いきり立ってはいない、冷静な態度だった。無数の川中島が点在する川の合流点や、近道となる隠し水路についても質問した。地図を包む防水ビニールが光りをはねて見にくいのか、懐中電灯を取り、自分で照らしながら考えこんでいる。

五十がらみの男たちは、ゴム長靴をはいた。

ジャスパーは〈海亀〉を呼びつけ、薬を持たせてやれ、と言った。〈海亀〉はカーキ色のリュックをひらいて、抗生物質やマラリアの錠剤を手渡した。

二人が乗ってきたカヌーには、すでに粉ミルクや食用油の缶が積み込まれていた。こちら側の村から、対岸の村への贈与らしい。二人はいくらか重くなったカヌーを操り、水音を殺しながら去っていった。もしもゲリラ部隊に通報していることが露見すれば、二人は銃殺されるはずだ。ジャスパーはアイヌの古老をおもわせる分隊長とならんで岸に立ったまま、夕闇の奥へ遠ざかっていく舟をいつまでも見送っていた。

隠し小屋の梯子を登っていくと、石油ランプの灯の下で、通信兵の〈ソニー〉が予備の電池を背嚢につめているところだった。女はマイクを片手に持ったまま、掌ほどの小型ノートをさりげなく胸ポケットに隠した。傍受されぬよう、たえず電波の周波数を変えていく乱数表かもしれなかった。

――だれかね？

梯子のきしむ音を聞きつけて、交信機が訊く。〈千里眼〉どころか、盲人が不安そうに耳を澄まし、杖がわりの女の手をまさぐるように、ラモナ、ラモナ、と呼んだ。女は盲目の王に寄り添い、そっと耳打ちするように報告する。

――ジャスパーです。日本人(ハポネス)もいます。

――やあ、ジャスパー。

交信機は、さっと言語のスイッチを切り換えてきた。

――どうも、まずいことになったようだな。

その言葉とは逆に、ジャスパーは戦局の変化を喜んでいる眼つきだった。

――和平交渉が難しくなりそうだよ。

――で、どうする？

――………。

――おれが指揮官なら、いますぐ、援軍を送る。いまなら政府軍の尻(けつ)を叩ける。

――……。

――おい、まさか見殺しにする気じゃないだろうな。援軍を出すなら、おれはいつでもOKだぞ。そのために来たんだからな。なんなら、ここの兵隊を半分、おれに預けないか？

――マンゴーの樹を見たかね、ジャスパー。

――あの黒焦げのやつか。

――そう、あれは警告なんだよ。もし全面戦争になれば、空爆を再開するという脅しなのだ。

――いいじゃないか。

戦乱なら望むところだよ、とジャスパーは喜悦の笑みを押し殺している。

――焼き殺されるのは、女、子供たちだ。きみたちの祖父が反乱を起こしたとき、結末がどうなったか知っているはずじゃないか。インディアンは白旗をかかげて武装解除したが、政府軍は野営地にまで襲いかかり、女、子供まで皆殺しにした。血まみれの死体が、丘や谷を埋めつくしたはずだ。

――…………。

ジャスパーは不意を衝かれて、しばらく黙りこんだ。そして荒涼とした吹きさらしの保留地（リザベーション）や丘を思いだすように、ぼそぼそと独りごちた。

――あのとき吹雪と泥のなかで、なにかが死に絶えていった。おれはガキの頃から百万回も聞かされてきた。あのとき、インディアンの夢が滅びていった、それは美しい夢だったと。

――そうだろう、ジャスパー。

交信機はたたみかけるように諫（いさ）めてくる。

――だが、おまえはちがう。

と、ジャスパーはせせら笑い、

――おまえは〈千里眼〉などと偉そうに構えているが、弾も飛んでこないところに隠れて見ているだけ、遠くから糸をひいて、命がけで戦っている連中をオモチャにしているだけじゃないか。いいか、おまえの本音を言ってやろうか。全面戦争になると勝ち目はない。平和になると、旨味がない。だから適当にごたごたしているのが都合がいい。そうだろう、卑しいやつめ。

──…………。

──おれはガキの頃からさっぱり知恵が回らないが、戦士として死ねとしつけられてきた。今日は死ぬにはうってつけの日だと笑い交わしながら戦場へ向かっていったインディアンの姿が、ガキの頃からおれの理想だった。時代錯誤だと笑ってもいいぞ。だがおれは馬鹿なりに信じてきた。おれたちの祖父はこう教えてくれた。

──…………。

──死についても生についても嘆かないのが戦士なのだ。おれたちはこのからだで、夏の暑さ、冬の寒さに触れながら通過していく。草や、仔牛や、岩にも触れる。もちろん女も抱くさ。ガキもつくる。だがおれたちが触れるものも、この心に起こる苦楽もすべて過ぎ去っていく。

──…………。

──だが、我々は死ぬことも殺すことも、殺されることもない。おれたちを乗り継いでいくもの、永遠というやつをどうして殺せるものか。それは生まれることも死ぬこともなく、ただこの世にみなぎっている。そう、おれたちは殺すことさえできないのだ。

だから戦士は嘆くべきではない。

――…………。

やれやれ、と肩をすくめて失笑する息づかいが交信機から洩れてくるが、ジャスパーはかまわず、押し切るように喋りつづける。

――火もそれを焼き殺すことはできない。ナイフも、矢も、弾も殺すことはできない。草や木や生き物すべてに宿るそれは、決して殺されることはない。それは肉の衣を着がえていくだけのことだ。だから怖れるな、戦え。

――血みどろの全面戦争になっても、かまわないというわけかね。

――おれたちは義務を果たすしかない。

――…………。

――おれたちはいま戦場にいる。これが我々の地上の義務だ。善悪などない。避けることはできない。放棄することはできない。それをまっとうするのが戦士なのだ。もしも我々が勝てば、まあ、そんな奇跡など起こらないだろうが、おまえは地上の権力を手にするだろう。だが負ければ、おれたちは永遠となる。ひるむな、戦え、地上の義務を果たせ。

温泉の川にみえた。たちこめる霧は日没が近づくにつれて、とろりとした乳白色から冷たく淡い鼠色へ変わっていく。向こう岸は見えず、茫々とひろがる水平線と同じだった。こちらの岸には、カヌーの舟団が浮かんでいる。俎がわりに海亀を解体したカヌーそっくりの老朽舟も混っている。一箇分隊をまるごと移動させることはできず、ジャスパーに従いていくのは五十人かそこらだった。

その一隻に、交信機を運んだ。

中二階の筏からロープで吊って降ろしたのだ。そう重くはないが、壊れやすい電子機械だった。〈ソニー〉と二人で抱きかかえていくと、ここに置きなさい、と女が指図した。舳だった。そこなら水に浸かる心配はない。ジローはカヌーに乗り、自分の機関銃を交信機の脇に置いてから防水シートをかけた。女は交信機に寄り添って坐り、軽機関銃を横抱きにした。

霧が動いた。

兵士たちの影の群れから、頭ひとつ突き出た長身の影が近づいてくる。その口もとに、小さな橙色の火がぼうっと浮かんでいる。ふだん喫煙しないジャスパーが紙巻煙草を咥えているのだった。軍靴をはいたまま、無造作に川に入り、吸いさしの煙草をカヌーの舷ごしに差しだしてくる。ジローは受け取り、一口、ゆっくり吸ってから、火をもどした。

ジャスパーは小さな火種を額にかかげてから、深々と吸い、再び回してくる。蓬髪に櫛を入れて、きちんと紐で束ねていた。すかすかに乾いた両切り煙草は、枯草のように早く燃えていった。

なにか言いかけてジャスパーは口を噤み、舷に手をかけるなり、ぐいとカヌーを押した。ひねりを加えて押しやったらしく、カヌーは水上で半回転しながら、ゆらりと漂いだした。〈ソニー〉がよろけながら舟尾に坐りこんだ。ジローもふらつきながら、カヌーの重心が定まる位置をさがした。真ん中より、やや後方だった。転覆しないよう、ゆっくりと腰を降ろした。ジャスパーはもう岸にはいない。ついさっき口を噤んだとき、なにを言いかけていたのか気がかりだった。もうここまででよい、おまえは死ぬなと言いたかったのか、いや、善悪の彼岸までいけと呟きながらカヌーを冷たく突き放したのか。

灰色の川に、ささやかな舟団が浮かんでいる。川霧が濃く、ジャスパーや部下の青年たちがどの舟に乗っているのか見えなかった。だれが号令をかけるでもなく、水音を殺し、静かに漕ぎだしていく。舟尾の〈ソニー〉も漕ぎ始めた。行くしかないと意を固めて、ジローも櫂を取った。

流れをさかのぼっているのに舟団は速く、濃霧の奥へぐんぐん遠ざかっていく。それぞれの舟に兵士たちが四、五人ずつ分乗して、全員で漕いでいるのだった。こちらのカヌーを漕いでいるのは〈ソニー〉とジローの二人だけだ。しだいに距離がひらいていく。ジローは櫂を握りしめて、けんめいに水を掻いた。むきになって追いつこうと急ぐ自分のこころが不思議だった。行くのではなく行かされるのだから、むざむざと死ぬはずはないとでも思っているのか。ジローは透明で硬い繭のようなものに自分が包まれていると自己暗示した。弾が飛んできても、つるりと滑り外れていくさまを強くイメージして、繭のなかに恐怖を封じこめた。恐怖がなければ判断を誤ることもないはずだ。

女が防水シートをめくりあげて、交信機のアンテナを伸ばした。電源を入れ、ラモナです、いま川をさかのぼっているところですが舟団から少し遅れぎみです、と状況を報告した。何度も修羅場をくぐりぬけてきたのか、女の声には落ち着きがあった。

交信機から声が聴こえてくる。だが水音にかき消されて聴きとりにくい。女は交信機に片頬をすり寄せ、

——いいえ、ジャスパーは乗っていません。わたしと、弟と、日本人(ハポネス)だけです。

と応えながら、音量のつまみを回す。

——………。

女の眼を使って起こりつつあることをぎりぎりまで見極めようとするように、交信機はしばらく耳を澄まし、ぽつんと言った。

——雨は降っていないようだな。

——ええ。

——ジャスパーたちの舟は見えるかね？

——霧が濃くて、もうほとんど見えません。

——そうか。

黒い交信機に幽閉されているように〈千里眼〉は、そうか……ともう一度呟いてから、静かに言った。

わたしが死ねば、指揮系統が混乱する。全滅することにもなりかねない。だからわたしを安全なところへ連れていきなさい。

――わたしを連れて逃げなさい。

――…………。

――…………。

――さあ、早く。

静かに叱咤してくる交信機に、わかりました、と女はうなずくなり、避雷針のように震えるアンテナを素速くたたみこみ、防水シートをかけた。

ぐるりと舳が反転した。舟尾の〈ソニー〉が櫂を梶のかたちに水中に突き立て、強引にカヌーの向きを変えさせたのだ。あっ、と叫びそうになったジローを切れ長の眼が見すえてくる。女の横抱きしている軽機関銃が、黒い横笛にみえた。

その横笛が動いた。さあ、わたしと一緒にいこうと誘うように女は妖しく揺らしてくる。いや、女の眼は鋭かった。切れ長の目尻まで裂けそうに瞠き、なにをぐずぐずしている、さっさと漕げと、銃口をこちらに向けて顎をしゃくるように揺らしているのだった。それでいて黒い笛にいっそ魅入られてしまいたいこころの動きもあった。濃霧のなかで、やみくもに漕いだ。東も西もわからないが、やけに舟が軽い。流れに乗って川を下りつつあるのは明らかだった。ジャスパーたちの舟団から遠ざかりつつあるのだ、これでいいのかと葛藤する頭などそっちのけで、手はひたすら水を掻きつづけた。こうするしかない、密林全域にひそんで戦っている先住民の兵士たちすべてを生かすにはこうするしかない、いや、おまえはこの瞬間の自分を一生軽蔑することになるだろうと、十年、二十年後の自分が鋭く誇ってくるが、いまの自分に宿る若さはがむしゃらに生きようとする。銃声は聴こえなかった。ジャスパー、やはりここしかおまえには死に場所がない。義務に基づく戦いをまっとうするしかない。かならず、おまえの墓は立てる。あの舳で潮のシャワーを浴びながら、両手をひろげ、

——I love this life！

と叫んだ若者の声も、シャーナや老インディアンの声も墓に刻む。意味をあらしめてみせる。おれはかならず墓を立てる、人類の墓のようなものを。だからいまは阿修羅となって生き延びてみせる。ジャスパー、いまはおまえを見殺しにする。おまえはここで永遠となれ。

交信機を積んだまま、カヌーは漂っていく。陽が昇り、ひっきりなしに雨や霧が湧いては夜になり、うつらうつら揺られているうちに空がまた白んでくる。赤道近くの夜はあっけないほど短かった。

網目状にもつれあう川から川へ迷いこみ、スコールにぶつかり、ずぶ濡れのまま漕ぎつづけた。空腹だった。握力が弱ってきた。櫂をぽろりと水に落としてしまいそうだ。

舟底にも水がたまり、どうしようもなくカヌーが重い。

　川中の島なのか、陸地なのかわからない雨の密林に舟を寄せ、ロープをかけた。どしゃ降りのなかで交信機を運び、樹の下で雨宿りした。

　寒い……。熱帯とはいえ空から落下してくる水は冷たく、何日も浴びつづけていると体温を奪われていく。両手は、溺死体のように真っ白だった。ぶよぶよに皮膚がふやけきって、指さきまで指紋の渦が膨れあがり、爪は半分隠れていた。

　あぐらをかいて、幹にもたれ、銃床にAMORとナイフで刻みつけられた機関銃を抱いたまま、いつまでも雨に打たれていた。

　尿意を催したが、もう立ち上がる気力も体力もない。迷彩ズボンのチャックをおろし、萎縮している性器をひっぱり出して、あぐらをかいたままだらしなく放尿した。湯気がたち昇ってくる。まだ体温を保っていることが不思議だった。

　夜になっても雨はやまず、水と闇のなかでからだはさらに冷えつづけていく。心臓だけが、かろうじて燃えている小さな熾火だった。ああ、おれはここで死ぬのか。こんなところでくたばるのか。昼は蒸し風呂の暑さだから、たちまち腐乱死体となっていくだろうな。この腹はガスがたまってパンパンに膨れあがり、全身紫色になり、蛆が湧き、あの海亀そっくりに腸がこぼれ出し、この眼も、いまこんなことを考えている脳も腐敗していくのか。よろしい、だれに見られることもなく、ここで腐乱死体となっていくのなら、それだけの人生だったということだな。

交信機は故障していた。

朝の光りが射してくる森の底で、黒い石のように鎮まり返っている。昨夜、雨の冷たさに耐えきれず三人が防水シートに頭を突っこんでいたとき、水浸しになってしまったのだ。樹々の根方を洗っていく濁流も滲みこんでいた。通信兵の〈ソニー〉が背嚢から予備の電池を取りだし入れ換えてみたが、生き返らない。

笑い囃すようにインコが鳴く。巨嘴鳥が鳴く。何万、何億とも知れぬ翡翠色の葉が水を滴らせ、べつの葉にぶつかり、中空で雨だれを響かせている。地面が温まり水蒸気がたち昇っていく。またなんの変哲もない一日、生まれることも死ぬこともなく、この世にみなぎる永遠というやつの御登場か……。

半泣きになって交信機をいじり回す〈ソニー〉を尻目に、女は果物をさがして歩く。額に巻きつけていた三つ編みがほどけて、両肩が黒い髪に埋もれている。ジローも果物をさがした。柑橘類ではなく、マンゴーかパンの実を食べたかったが、見つかったのは青い椰子の実だけだ。穴をあけ、青くさい、かすかな甘みのある果汁を三人で回し飲みした。空になった硬い実を割り、内側のやわらかい果肉を指でこそぎ取って食べた。まだ熟れていない果肉は半熟卵の白身のようにとろりとして、腹の足しにはならなかった。

死んだ交信機をカヌーに積んだ。

日に照らされ、うつらうつら漂い流されていった。女は死骸に添い寝するように交信機にもたれかかって眠っている。

蜂鳥が飛んだ。胴体だけで羽は見えなかった。あまりにも速く羽ばたいているせいだが、こちらの眼も朦朧とかすんでいるのかもしれなかった。羽毛は玉虫色にきらめき、一粒の宝石が飛んでいくようだった。こんなものを見せてくれたところでなんになるのか、永遠というやつはなぜこんなにも無意味なのか。

日が沈むと、カヌーは水銀の川に浮かんでいた。満天の星が水に映っているのだった。川の真ん中に樹がそびえていた。

落雷にやられたのか幹は黒々と太く、水面から垂直に生え立ち、途方もない高みに枝をひろげている。巨大な傘か、キノコ雲のようだ。それでいて枝々はやわらかくふるえ、無数の葉を宙に抱きとめている。その一枚一枚の葉がジュラルミンかなにか金属的に光り、涼しい葉ずれの音を降らせてくる。銀河の水音が聴こえそうだ。ああ、なんと威厳のある樹だろうと仰ぎながら近づいていくうちに、ふっと消えた。

子供らが川に立っていた。

五、六人ひとかたまりになって、淋しそうに水面にたたずんでいる。ひどいボロ着姿ではなかった。飢え死にしかけているわけでもなさそうだった。救援物資らしい、だぶだぶのTシャツ、ジーンズなど着て、中古品のスニーカーさえはいていた。だが、ひどく寒そうだった。初潮をやっと迎えたぐらいの年頃の少女が、幼い妹、弟たちを両腕のなかにかき寄せて、銀色に光る水面が吹きさらしの氷原であるかのように、辛抱づよく立ちつくしている。カヌーが近づいていくと、奥歯を噛みしめたまま、Tシャツの裾をひっぱり、ふくらみかけたばかりの蕾の乳房をぐっと誇示する姿勢で、顔を上げ、この世はほんとうに生きるに値するかどうか無言で問いかけてくる。どう答えるべきか、言葉に窮しながら漕ぎつづけていくうちに、子供らに櫂がぶつかりそうになった。あっ、危ない。慌てた瞬間、ふっと消えた。そうか、わかった。幻覚というのは、眼を瞠いたまま脳が夢を見ていることなんだな。

ジローは川の水を掬い、ざぶざぶと顔を洗った。

水嵩が増し、密林の根方もごうごうと濁流に洗われていく。カヌーはもう、どうしようもなく重い。老朽舟だからたえずじくじくと水が滲みこみ、空からはひっきりなしにスコールがくる。カヌーの内側にも水がたまり、両足の臑から膝近くまで水浸しだった。舷の内と外との水位差は、一〇センチかそこらだった。このままでは浮力を失って、舟はただの漂流物になってしまう。だが水を掻きだすのも億劫だった。もう両腕も握力も萎えかかっている。空腹のまま、うつらうつら漂いながら、ふとんにもぐりこんでぐっすり眠りたいと、それが途方もなく遠く甘美なことのように夢想してばかりいた。数秒、いや数分なのか、眠りにひきこまれては、すぐに眼ざめてくるやっかいなものがあった。消したかった。スイッチを切りたかった。そうか、苦しみを意識するこの自意識というやつを消去したくて人は自殺することもあるわけだな。なぜこいつは、頼んでもいないのにしゃしゃり出てくるんだ。腐乱死体となってしまうかもしれないものに、なぜこんなものが宿っているのか不思議だった。甦る日にそなえて自分の脳を冷凍保存させる者もいるらしいが、おれはごめんだ、永遠というやつに溶けこんでいくのがいい。涅槃、いやそんな上等なものじゃないな。

毛細血管そっくりにもつれあう川が大動脈となるところにさしかかった。根こそぎ濁流にさらわれていく木に蛇がからみついて、けんめいに首をもたげている。小屋の柱も、梁も、溺死した家畜も流されていく。まるで洪水だった。マンゴーの実も流れてくるが、手が届かず拾いそこねた。洗剤のプラスティック壜、シャンプー。泡のなかではコンドームや生理綿が浮き沈みしているんじゃないか。またスコールがやってきて、水浸しのカヌーの舟底からも、まわりの洪水からも水しぶきの霧があがる。水、水、水……。

どこまでも水の放蕩がみなぎり、洪水全体が表面張力ぎりぎりまで膨らみ、灰色の空へ盛りあがっている。ここはどこだ。水惑星のさらに高みから垂直に水が落下してくる奇妙な星……。隕石そっくりの黒々とした交信機を積んだままカヌーは漂っていく。やけに流れが速い。滝口にさしかかる急流のようだ。ひょっとすると洪水の向こうは世界の果ての滝となって奈落へ落下しているんじゃないか。

# 第十七章　国境の沖

青い湾に出た。

湖としか見えないけれど、口にふくむと海水だった。一隻のカヌーも、漁師の小舟も浮かんでいない。背中をまるめ、黙々と漕ぎつづけた。

湾は馬蹄形に口をひらき、岬の向こうに水平線がのぞいていた。半球の空に熱帯の光りがみなぎり、積乱雲がいっせいに湧き立っている。ちっぽけなカヌーで密林の川を逃げまどっている間に、核戦争でも起こり、ありったけのキノコ雲が乱立しているような賑(にぎ)やかさだ。

無人島の緑も、岬の緑も、放射能を浴びて逆に旺盛に繁っているのではないか。突然変異でヒトの背丈ほどに成長した椰子ガニや、恐竜型の知性体ダイナソーロイドがそこらの密林をうろついているんじゃないか。古生物学者TSの頭のなかにだけある六五〇〇万年後の架空の世界が、眼の前にあらわれているような錯覚があった。人工湖そっくりの真っ青な眼をもつTSの幻覚のなかに、このカヌーが漂っている気さえしてくる。

女は隠し小屋に飛びこむなり、隅っこに盛りあがる鼠色の帆布地をめくりあげた。漁具の間に、故障した交信機とまったく同じ型のものがあった。救急箱、非常食なども隠されていた。〈ソニー〉がアンテナを伸ばし、電源を入れた。指がふるえている。雑音だらけだった。〈ソニー〉は根気よく周波数のダイヤルを回す。ノイズの雨が晴れて、遠く細く透きとおるように回路が繋がっていった。〈ソニー〉はかん高く呼びつづけた。

——そうか、そうか。

無事で良かった、と呟く〈千里眼〉の声が聴こえてくる。枯れた好々爺の声に思えた。女は塩を吹いた床にへたりこんで、わたしは、わたしは、と喉をつまらせている。ついさっきまで毅然とした立ちふるまいを崩さずにいたのに、ほとんど嗚咽だった。すぐに気を取り直し、状況や現在地を報告した。

〈千里眼〉は孫娘の乱れた髪を撫でるように、ゆっくり語りかけてくる。

——だいじょうぶだよ。

——世界中の新聞、ラジオがわたしたちの味方だからね、むちゃはしてこない。

——もう少しがまんしろよ。

——きっと良くなる。

——戦争が終ったら、電気も引こうな。

――ほんとだよ、港まできているんだから電線を延ばすだけでいい。

――そう、テレビも映るようになる。

――もちろん、学校も病院も建てよう。

――な、がまんしろよ。

――そこを動くんじゃないぞ。

――……………。

――日本人(ハポネス)もそこにいるかね。

――ちょっと代ってくれないか。

ジローがマイクを受け取ると、〈千里眼〉はさっと言語のスイッチを切り換えてきた。

――生き延びたようだな、ん。

――ジャスパーたちは？

ジローは疚(やま)しさをこらえながら訊いた。

――わからん。

――無事ですか？

――あの部隊には交信機がない。だから、情報が入ってこない。

――……………。

――もちろん楽観はできないが、悲観する必要もない。

――なぜ？

——きみたちが考えている戦争とはちがう。

——…………。

——全面戦争にならない限り、一回の戦闘で死ぬのは、まあ、多くて十二、三人だ。ジャングルへ逃げこめば、なんとか生き延びていける。

——…………。

そんな馬鹿な、どしゃ降りの雨に打たれながら、機関銃を抱いたまま腐乱死体になっていくだけじゃないかと呻いていると、

——こうなるしかなかったわけだよ。

それが掟というやつじゃないかね、と言いたげに〈千里眼〉は沈黙した。

黙禱(もくとう)でも捧げているのかと思っていると、すぐ実務的な声になった。

——二、三日中に、そちらに補給舟がくる。

——…………。

——きみはその舟に乗りなさい。病人たちを積んでいるから〈鰐〉を手伝って欲しい。エンジン二基で、梶が二つ付いているから、どうしても助けがいる。

——わかった。

——それから故障した交信機も積みこんでくれ。修理する必要がある。防水シートでしっかり包んで、それ以上濡れないように注意してくれ。

——ラモナと〈ソニー〉は？

とジローは訊いた。

――そこに残ってもらう。いま使っている交信機を前線に運んでもらわなくてはならないからね。

わたしの眼と耳の代りに、と言いたげに〈千里眼〉は口を噤んでから、もう一度ラモナに代ってくれと言った。

女はすっかり落ち着きを取りもどして、乱数表らしい小型ノートをひろげ、意味不明の符丁を交えながら応答した。


電源が切れると、〈ソニー〉は小さな避雷針のようなアンテナをたたみこんだ。再び交信可能になったことが嬉しくてたまらない手つきだった。

ジローは電波の消えた空をぼんやり仰いでいた。余韻など、なにもなかった。どんな思いを投げかけても、にべもなくはね返す鉱物の青さだった。〈千里眼〉の声も、あそこの電離層にぶつかって地上にはね返ってきたわけか。しゃくにさわった。出てこいよ、もったいぶらずに出てこい、と毒づいてやりたかった。アダム、おまえもそこにいるんだろう。ジャスパーが死ぬ気でいることも計算ずくで、ことを企み、予定どおり巧く運んだわけか。そしていま頃、ジャスパーの死を最大限に利用しようとメディアを煽り、資金集めに飛び回っているんだろうな。

キノコ雲のように野放図に湧きたつ積乱雲があまりにも白く、眩しすぎて、まわりの青空が黒ずんでみえた。そしてまた、無性に心をかき乱す天の漏水が始まった。

三日月が見えた。白く、細い三日月だった。しばらく見つめていると、がらんどうの暗い空で冷ややかに微笑している口もとに思えてくる。〈千里眼〉の口もとなのか。いや、おれたちを乗り継ぎ、乗り棄てていく永遠というやつが薄笑いしているのかもしれないな。


熱帯海洋性気候の風が吹きぬけていく青い湾のへりで補給舟を待っているとき、魚を釣ろう、と〈ソニー〉が言いだした。釣具は小屋にあるから、あとは餌のミミズをさがせばいい。

石を起こし、土を掘った。焼魚か、ココナツ・スープでとろりと煮こんだ魚料理が食べられるかもしれない。夢中になってミミズをさがしていると、女がかたわらにしゃがみ、手伝いながら、わたしと〈ソニー〉は姉弟ではない、と言いだした。

「ほんとうは、甥」

政府軍に家々を焼かれ、家族を殺され、生き残った村人たちがひとかたまりになって密林を歩き、国境の川を泳いで渡ったのだという。十歳の甥がいちばん泳ぎが巧く、流されぬよう、わたしがしがみついている枯木を押してくれた。そして難民収容所に逃げこみ、二年半を過ごした。

「おいしいものを、いっぱい食べた」

密林の村では豆入りごはんと蒸しバナナばかりで、それにくらべると収容所の食事はびっくりするほど御馳走ずくめだった。赤十字から送られてくる缶詰のシチュー、コンビーフ、スパゲッティ。救援物資の中古品とはいえ、憧れのジーンズやスニーカーも初めて身につけることができた。テレビを観たのも初めてだった。ＣＤでショパンも聴いた。収容所の図書室で本を読みふけり、赤十字やボランティアの人たちから読み書きも教わった。あそこが、わたしの学校だった。

けれど二年半、働かずに毎日おいしいものを食べつづけているうちに、自分が鉄条網のなかで家畜みたいに飼われているような気持になった。町へ出て働きたいと言ったけれど、許可されなかった。収容所での暮らしに満足しきって、女の尻ばかり追いかけ回してくるマッチョ気取りの連中にも、つくづく嫌気がさした。

その頃、〈千里眼〉の声を初めて聴いた。日曜日の夜、いつもラジオの宗教番組を使って同胞たちに語りかけてくるのだった。わたしが平和をもたらすためにきたと思うな、わたしは地上に火と剣をもたらすためにやってきたのだと燃えるような声で言った。戦え、と言った。そしてある日、カルロスというゲリラ組織のリーダーが難民収容所にやってきて、母国にもどって戦う者はいないか、志願兵を募ったのだという。

マッチョ気取りの連中は、

「きれいな、ねえちゃんでもいれば行くけどな」

と空笑いするばかりで、一人も立ち上がろうとしない。腹が立つやら、情けないやら、ついカッとして手を挙げてしまった。あ、これでいいのかと呆然としているとき、

「ぼくも行きます」

と、まだ十三歳にならない〈ソニー〉が起立してくれたのだった。収容所から出て、半年間、通信兵として訓練を受けた。そして内乱の国にもどり、ジャングルを転々とする四年間、わたしと〈ソニー〉は姉弟で押し通してきた。

「そのほうが安全でしょう」

部隊は女に飢えた男ばかりだから、と言いたげに女は笑みを浮かべ、小指ほどの太いミミズをつまみあげては次々に飯盒に投げこみ、死ぬのは怖くない、と唐突に言った。だけど子供を産まずに死ぬことだけは口惜しい。だから、あの日、海亀を料理したあと、おまえではなく、おまえの種が欲しいと思った。日本人(ハポネス)は優秀らしいからね。

魚釣りをして日を過ごした。食べきれない分は干物にしようと〈ソニー〉が言いだすほど、次々に釣れた。イワシよりやや大きな青い魚だった。

女は火をおこして飯盒をかけた。真水がないので椰子の実の果汁を使って湯を沸かしている。それから釘でブリキ缶に穴をあけて、おろしがねを作り、椰子の実の果肉をすりおろした。海亀を料理したときと同じ手順だった。とろりとしたココナツ・スープに

野生のバナナと魚を入れて、ゆっくりと煮こんだ。小枝を箸がわりにして、ふうふう息を吹きかけながらむさぼり食った。とうに世界が滅びて、たった三人だけ生き残っているような気もした。

だが翌々日には、エンジン音が聴こえてきた。忘れるはずはない。ハリケーンの海で大波にもまれながら必死に耳をすがりつかせていたエンジン二基の響きだった。

青い湾に入ってくるカヌーを、女は無表情に見つめている。〈ソニー〉は釣り糸を持ったまま立ち上がり、さかんに片手をふった。二人とも、その舟には乗れないのだ。

大型カヌーの吃水線は深々とさがっていた。補給物資を降ろし、燃料タンクも半分空になっているはずなのに不思議だった。

〈鰐〉らしい男が、たった一人で舟を操っている。エンジンに固定されている梶の柄の一方を股にはさみ、もう一方の柄を手でつかんでいる。中腰になってからだを斜めに傾ける、おぼつかない姿勢だった。これでは外海を乗り切っていくのは、とても無理だ。全体重をかけてぐっと梶を抑えなければ、うねりに負けてしまう。やはり〈鰐〉を手伝う必要がある。そう決断するのと同時に、これでおまえは、すべてを見捨てて逃げだすいい口実を見つけたじゃないかと揶揄する声も胸に湧いた。

〈鰐〉は二つの梶をけんめいに操り、カヌーを岸に寄せるなり、

「早く乗れ！」

と険しく言った。ジローは舟底をのぞきこんで、息をつめた。

二十人ほどの兵士たちが、舟底の水に腰まで浸かり、ぐったりと舷にもたれていた。舟垢や血膿で濁った、どす黒い水だ。全員、びしょ濡れだった。マラリアに罹ったのか、青黒い顔で悪寒をこらえながら震えている。雨に打たれ、泥の上で野営を重ねるうちに脊椎をやられたのだろう、燃料タンクにへばりつく格好で痛みをこらえる兵士もいる。毒蛇に嚙まれたのか、風土病にやられたのか、象の足のようになってしまった兵士もいる。耳に包帯を巻いた若者は神経までおかしくなったらしく、いまどこにいるのか無頓着にぼうっと日に照らされている。病人だらけだった。負傷兵も呻いている。傷口は化膿して包帯はもう黄土色だ。ぐちゃぐちゃに潰した草で傷口をふさいでいる兵士もいた。下腹か股のつけねあたりを抑える掌から血が滲みだしてくる。舟底のどす黒い水には石油も浮かんでいた。

ジローは故障した交信機を積みこんでから、女と向かい合った。抱擁したいけれど先住民の慎みには反するだろう。ぐずぐずしてはいられない。気ばかり焦りながら突っ立っていると、

「それ」

と女が足もとを指さしてくる。リュックに機関銃を立てかけていたのだった。そうだ、これは残していかねばならない。ジローはうっすらと銹を吹いた銃身をつかみ、捧げるように差しだした。木の銃床に彫りつけられたAMORという文字が付け文のように思えた。

「靴も」

と、女は掠れ声で言った。戦場だというのに、女はゴム草履をはき、〈ソニー〉はかつてスニーカーだったらしい残骸に皮の切れ端を縫いつけているのだった。

ジローは軍靴をぬいで裸足になった。

「………」

その服も、と女は指さしてくる。乞うているのではなく、そうすべきだと命じてくる上官の眼差だった。

ジローは躊躇せず、パンツ一枚になった。リュックから湿ったジーンズとTシャツを出して身につけた。さらに水筒、椰子の実が割れる頑丈なハンティング・ナイフ、石鹸、タオル、抗生物質、マラリア予防薬など、密林で必要なものすべてを女の足もとに置いた。

「………」

女は水筒を拾いあげて、もどしてくる。そうだ、水筒だけはまだ必要なのだ。もう他にないか自分を点検すると、腕時計が目にとまった。手首から外して、淡いピンク色の蓮の花にもみえる女の掌に押しこんだ。

女はカーキ色の戦闘シャツの襟首に手を突っこみ、内側のネックレスを引っぱり出し、素早く丸めてから、ジローの手に握らせてきた。黒サンゴの粒々を細い針金で繋いだだけの粗末な首飾りだった。切れ長の目をぎゅっと吊りあげ、ティンキ・ムィヒニ、と部族の言葉でなにか言った。

「早くしろ！」と〈鰐〉が叱咤してくる。

乗舟した。おれは生きる。それが本音だとうつむきながら、裸足のまま石油や血膿がたまる舟底を歩いていくと、女も従いてくる。追ってきたのではなかった。マラリアにやられた兵士たちが抱えている機関銃をつかんだのだ。これだけは、頼む……と兵士たちはすがりつく眼差になった。女は静かに首をふって、容赦なく引き剝がすように機関銃を次々に取り上げていった。そして束にして抱え、敏捷に、岸へ跳び移った。

行くぞ、と〈鰐〉が言った。ジローは梶の柄を股にはさみ、呼吸を合わせてからだをねじる。

大型カヌーはUターンした。

舳が水を割った。一気にエンジンを加速させた。滝壺へ突っこむように水しぶきがくる。岸に立つ二人がかき消されていく。水中で眼を瞠くように、密林も湾もぐにゃりと溶けていった。

水しぶきの霧に包まれながら外海を走りつづけた。舳から降ってくる潮のシャワー。夕焼け。日没。雲間に見え隠れする三日月。海は黒曜石そっくりに黒光りして、たえまなくかたちを変え、うねりつづける。動く水の砂丘だった。その頂上へ押し上げられ、波しぶきと共に落下して、うねりの谷底に叩きつけられるたび、カヌーごと砕け散ってしまいそうな衝撃がくる。兵士たちはふり落とされまいと舟底にしがみついて呻く。

夜が明ける。積乱雲のへりが金色に光る。

小さな森が、海に浮かんでいる。水面すれすれの無人島だ。そこには寄らず、明るい海をひたすら走りつづけた。武装船（ガンボート）に見つかれば攻撃されるだろうが、急がねばならなかった。

波がいくらか静かなとき、〈鰐〉と交代で仮眠をとった。舟尾にへたりこんで腰まで水に浸かり、回転磁石が取りつけてある横板にしがみついて、うとうとするだけだった。横ぶれが激しくなると、

「起きろ！」

と〈鰐〉に揺り起こされて、立ち上がり、また金属の柄を股にはさみ、右へ、左へ、全体重を傾けながら、うねりを切った。意識がもうろうとして、突っ立ったまま、ほんの五、六秒、切れぎれに昏睡することもあった。

焼き切れそうなエンジンを冷やすときだけ、無人島に隠れた。兵士たちは全身ずぶ濡れだった。わずかな食料と水を持たされているだけで、薬品はまったくない。舟底にたまる汚水にはアンモニアの臭気も混っている。

耳に包帯を巻いた兵士が、わけのわからぬことを喋っている。鼓膜が破れてしまったのか、自分の声さえ聴こえないことを訝り、おびえている。ほかの兵士たちは、痛いと

った。

も苦しいとも洩らさなかった。眼を閉じたまま耐えている青黒い顔には、暗い気品があった。

無人島の環礁から、また外海へ出た。

夜になると、波しぶきと共に夜光虫がなだれこみ、病んだ兵士たちの顔にこびりついて青白く光った。ジローの手も骨が透ける。夜光虫の群れはうねりに押し上げられ、波頭にかたまり、青白くきらめきながら崩れおちては、また盛りあがってくる。闇のなかで巨大な海が思考しているようだ。血膿がたまる舟底も、ぼうっと青白く光っている。

国境の沖にさしかかった。エンジンが焼き切れないかひやひやしながら、スピードを上げ、領海の向こうへ逃げこんでいった。ここまでくれば、もう武装船(ガンボート)もM18も追ってこない。

海に注ぎこんでくる川が見えた。〈鰐〉はそれらの川を一つ一つ数えながら、南へ急いでいく。四つ目の川でついにカヌーの向きを変えて、河口に入った。

これまでの濁流とはちがう、おだやかな川だ。水面に青空が映り、積乱雲が水中深くそびえている。水草が多くなった。金魚鉢に入れる、あの浮草がびっしりと川をおおっている。舟の通った跡だけ、細長く水がひらいていた。

川の土手に雑草が生え、山吹色の花をつけていた。畑があり、家々や納屋があった。

田舎道を自転車が走っていく。たったそれだけの、なんの変哲もない営みが楽園のようにかがやいて見えた。ああ、生きて帰れたのだ。マラリアにやられた兵士が汚水のたまった舟底から這い上がって、カヌーの舷にしがみついたまま眼に涙を滲ませている。

舟着場に、二台の小型バスとジープが待機していた。

カヌーを岸に寄せると、人びとがいっせいに跳び乗ってきた。カルロスもいた。ぶつけるように目線を交わしただけで、挨拶どころではなかった。負傷兵を抱き起こして、こっちだ、こっちだ、と担架を呼ぶ。病兵たちは脇を支えられながら、中古バスのほうへ歩いていく。ジローも上陸した。大地が、ゆらりゆらりと波だっていた。ジローは立ちくらみを起こしたように、埃だらけのジープにつかまった。

地面が揺らいでいる感覚が完全に消えるまで、まる二日かかった。

金属探知機のゲートを潜りぬけた。なにごとも起こらない。自分のからだが放電して、異常音をひき起こしてしまいそうな、あの奇妙な感覚もなかった。これでいい、意味は金属にはない。いまは自分のなかに多くの死者たちが宿っていて、かならず意味をあらしめて欲しいとつぶやいている気がした。

北へ飛んだ。陽はとうに沈んでいるが、空はまだ透きとおる青さで、雲も淡いピンク色だ。惑星のへりから斜め上空へ洩れてくる光りのせいだ。弓なりの水平線まで太平洋がひろがっている。天からの漏水を湛えているような底なしの藍色だった。なぜか無性に泣きたくなった。この気持はいったいなんだ。理由など一つもない。半球の海が、がらんどうの宇宙とじかに触れあっているだけのこと。無意味だからこそ泣きたくなるというのは、おかしいじゃないか。そうか、これが郷愁というやつかもしれないな。どの土地、どの国ともうまく結びつきようのない郷愁があるとすれば……。

旅客機がUターンした。

暗い海が見えた。大西洋側のカリブ海だ。そちらは空も水も黒々として、惑星の日陰に包まれている。またUターンした。太平洋がぐるりと視野にもどってくる。おい、どうしたんだ。乗客たちがざわめきだした。不安を鎮めるように機内放送が始まった。機長からのアナウンスだった。ものごとに動じない強い父親の声で、おだやかに事情を説明した。いま、隣国の空港が停電中なのだという。

しばらく旋回をつづけ、ついに真っ暗な空港に着陸した。ジャスパーたちと共にカヌーで潜入した、その国の首都であった。ここからは密林で戦う先住民のところへは辿りつけないので、カリブ海側から密航したのだった。

管制塔や、空港ビルの灯りも見えなかった。どうやって着地したのか不思議だった。レーダー誘導するにしても電気は必要なはずだが、着陸と同時に消灯したのだろうか。戒厳令か……。ひょっとすると、ジャスパーの率いるゲリラ部隊が密林から攻め上がってきて、この空港を制圧したんじゃないか……。絶対にあり得ないはずのことを夢想するうちに恥ずかしくなった。

乗客の五分の一ぐらいが降りていった。この便は中米の国々を飛び石づたいに北上していくのだが、だれも乗ってこない。機内のライトが消えた。冷房も切れた。鼻さきに手をかざしても、まったくなにも見えない暗闇だった。円窓の外にも、真夜中の海底をおもわせる闇がひろがっている。

深海探査艇のライトのようなものが近づいてきて、次々に止まった。人影がライトをよぎっていく。完全武装した軍人たちだ。おれを逮捕しにきたのか。いや、海の方からこの国に密入国したことはまだ露見していないはずだ。内乱を抱えている国だから、軍人たちが空港を固めているのは当然のことじゃないか。いいか、落ち着け。取り乱すな。ジローは浮き足だつ心をシートベルトに縛りつけた。

赤ん坊が泣いた。

冷房の切れた機内は、むっとするほど蒸し暑かった。ジャングルの夜が思いだされてくる。金属のジェット旅客機、空港、首都といったふうに空間は分割されているが、ここにみなぎる闇は密林とまったく同じなのだ。もし生き延びているなら、ジャスパーもいま、この暗闇を呼吸しているにちがいない。そう考えている意識だけが、かたちもなく、闇のなかで営みをつづけていた。それが自分らしさなのか、いや、そうじゃない、自分のなかにいる死者たちが思い思いに、なにか言いつのってくる。おい、雛っこ、とぞんざいに呼びかけてくる声とも意識ともつかぬものさえ自分らしさと重複して、いまここに二重露光されているんじゃないか。

闇のなかで、懐中電灯が光った。足音が聴こえた。軍靴らしい硬い響きだった。コクピットのほうへいったらしい。そしてまた、足音が通り過ぎる。異常はないか、定期的な検問をやっているのだろうか。

機内のライトが点いた。

洞穴を吹きぬけるような、ひんやりとした風が首すじを撫でた。冷房だった。電気系統と共に、死んでいた旅客機がゆっくり息を吹き返していく。エンジンの鼓動も聴こえてくる。身震いした。円窓の外には、いぜんとして夜の水底をおもわせる闇がひろがっている。走りだした。なにが起こっていたのか、ついに最後まで理解できないまま離陸して、星空へ出た。太平洋側も、大西洋側もすでに暗く、惑星の裏側の夜を北へ飛びつづけた。

El Salvador 救世主という意味らしい国の空港に降りた。手紙を託されていたのだった。カルロスが運転するジープで首都にもどり、先住民ゲリラ組織の本部に着いたとき、女性スタッフの一人から託されたのだ。フライト・スケジュールの予約表と一緒だった。直行便だと、アメリカに再入国するときイミグレーションで怪しまれる、ツーリストを装って転々と各国へ立ち寄ったほうがいいという理由もあった。

ここも内乱の国で、壁という壁は弾痕だらけだった。街角に装甲車が止まっている。指定された下町のホテルは灯火管制で三〇ワットの電球をつけていた。手紙を受け取りにきたのは、オートバイに乗った若いインディオだった。ホテルの食堂をさっと一瞥してから、浅く腰かけ、どこにも焦点を結ばない眼で視野をひらいたまま、手紙をつかみ取った。ただのラブレターかもしれなかった。

「どうぞ」

ジローが食堂のメニューを差しだすと、

「ノー・サンキュー」

と応えたきり、埃っぽい日本製のオートバイで走り去っていった。

真夜中、冷房もないホテルの蚊帳を吊ったベッドで寝苦しく汗ばんでいるとき、銃声が聴こえた。タタタッ、タタタタッ、と工事現場の鑿岩機をおもわせる乾いた響きだった。

カーテンが揺れる窓ぎわに身を寄せてのぞくと、街灯の光りが舗道を橙色に照らしだしているだけだった。屋台で切り売りするパイナップルや、西瓜(すいか)、マンゴーの皮も散らばっている。熟れすぎた柑橘類の甘酸っぱい匂いも漂ってくる。人の営み、良いものや意味というやつはどうしてこうも無防備なのか。

朝、けたたましい鳥のさえずりで眼ざめた。やけに天井の高い立棺のような部屋で、蚊帳のなかに射してくる光りが淡い繭をつくっている。ジャスパーはいま、泥のなかで眼ざめたのか。中庭には竜舌蘭の白い花が咲き、なんという樹か、葉はなく橙色の花だけをつけた枝々に鳥籠が吊るされ、セキセイインコ、金剛インコ、巨嘴鳥、オウムなどがさえずっていた。首輪をつけられた仔猿が、長い針金をひきずりながら中庭を跳び回っている。

　ジローは湿ったパスポートを日陰でひろげ、風にさらして乾かした。真空パックで密封していたのだが、潮のシャワーや密林の雨を浴びつづけるうちに、じっとり湿り気を帯びてしまったのだ。

　山地の湖を埋めたてた都市は、茶色がかったスモッグに沈んで見えなかった。まるで沼だ。まったくひどいだろう、空から鳥が降ってくることもあるんだよ、と隣席の男がこぼした。スモッグの層を突きぬけていくとき、円窓の外がセピア色になった。公園、劇場、市場、アステカのピラミッドを破壊してその石で築いたという大伽藍。いたるところ混血者だらけだった。密林の兵士たちも混血していたが、ここはもう民族全体がまるごと、どの人種とも特定できない新しいヒトへと変わりつつあるらしい。しかも細部が微妙にちがう。皮膚は複雑に変化していく色見本だった。黒髪、茶色、鳶色、緑の瞳。異なる民族が互いに犯し、犯され、痛苦や、屈辱、愛憎こもごものよがり声を洩らしながら、ふつふつと血の泡をたてて、民族まるごと混血化してしまったのか。やはり、こうなっていくしかないのだろうな。惑星のネイティヴたちが血を交え、溶けあい、新しいヒト科へ変成していくわけか。

　そう、よく憶えている。紫のルピンの花が咲く高地の砂漠で、ジムが無重力について語ってくれたことがあったな。ふわふわ浮かぶのが面白いのは最初だけで、日常化するとやっかいなことばかりなんだよ。オシッコのときは筒状のチューブにペニスを挿入しなければならない。そうしないと水玉になって、ふわふわ漂いだしてしまうからね。宇宙遊泳するときは紙オムツをつけていたよ。食べものだって、浮かんだり水玉にならないように、ねばねばしたペースト状だ。ところで、よく質問されることだが、無重力でのセックスはどんな具合だろうかとね。残念ながら試みたことはないが、快楽は乏しいと思うよ。皮膚感覚がなくなってしまうからだよ。服を着ていても、なにかを身につけているという感覚はない。それも皮膚すれすれに浮かんでいる。だから恋人たちが重なり合っても、たがいに肌が離れてしまう。むろん、セックスそのものは可能だと思うよ。ちゃんと受精だってできる。精液（シーメン）もペースト状だからね、あはは。とにかく我々は無重力のことなど考える必要はない。我々はこの惑星で生まれて、この惑星の条件のなかで進化してきた。だから、さわやかな風や、五月の若葉、きれいな水などがいちばん心地良いようにできている、そういう生き物なんだよ。そして未来は、ひたすら元気に睦（むつ）み合って、せっせと産み殖やしていく人びとのものだ。わたしたちは弱いよ。我々はしょせん実験台さ。

円錐形をした氷の山が、キーンと青空へそびえていた。ジムのことなど思い出しながら大通りを歩いているとき、一枚のポスターが眼に飛びこんできたのだった。美しかった。いや、美しいという感情などにべもなくはね返す物理的な実在だった。それはゆるやかに裾野をひろげ、山頂だけ真っ白に凍りついて吹きさらしの天へ突きだしている。むろん一目見た瞬間に、それが富士山であることに気づいていたが、いま初めて実在の山としてそれを見たという驚きがあった。だが足を止めてしばらく眺めているうちに、それは絵葉書まがいの景色となり、添えられているアルファベットも騒がしく意味を呼び起こしてくる。

JAPAN AIRLINE

ひろびろとしたガラスの向こうのカウンターに、日本人らしい女性たちが坐っている。予約状況でも読みとっているのか、伏目がちにコンピューターをのぞきこんでいる。

そうか、簡単なことじゃないか。あと五、六歩、前へ踏みだしていけば、ガラスの自動ドアがひらくだろう。あそこのカウンターまで歩いていって、こんにちは、と女性の一人に声をかけて、東京行きの便を予約すればいいのだ。トランス・グローバル社から送られてきた往復航空券の半分が残っているから、追加金を少し払えば、明日にでも東京へ飛べるはずだ。そう、実に簡単なことじゃないか。どうして、いままで気づかなかったんだろう。

足が動かなかった。こころに宿る死者たちがしんと息をつめて、こちらの宿主の次の行為を見つめていた。気まずい沈黙を破って、シャーナが喋りだした。

——そうね、坊や。

——さっさと帰っちゃえば。

——ママ、ママって飛んで帰りな。

あたしが世界でいちばん憎み、世界でいちばん惚れてた男は、坊やとはちがうよ、あいつはさっぱり知恵が回らないけど、本物の男だった、戦士だった。ほら、ほら、雛っこは早く逃げて帰りな。

——I love this life !

かならず意味をあらしめてみせると大見栄を切っていたようだが、まあいい、忘れてやるさ。ジローはポスター表面のガラスに映る自分を見た。髪はぼうぼうで、頬がこけ、真っ黒に日焼けしていた。青い痣をもつモンゴロイドそのものだった。氷の山はキーンと青空へそびえている。ジローは軽く会釈してから、雑踏のなかへ歩きだした。胸のなかで小鳥を握りつぶすように、郷愁めいたものを握りつぶした。

さらに北へ飛んだ。水と植物の放蕩はとうに終り、ささくれた大地がむきだしになった。岩だらけの山脈と太平洋との間が、わずかに黄緑がかったベルトとなり、長く南北へつづいている。ああ、ここが大移動してくるときの通路だったんだろうな。

金属のフェンスが延々と真横に大地をよぎっている。国境だった。こちら側は吹きさらしの黄褐色、向こう側はハイウェイと車の列。その真上にさしかかったとき、いとおしいもの、世界の一義性との別れだと思った。すぐに軍港が見えてきた。灰色の戦艦や空母が浮かんでいる。そこを過ぎて十分かそこらで、遠くにガラスの断崖がきり立ってきた。着陸するとき、ジローは滑走路のコンクリートを見ていた。いとおしい大地ではなかった。物理性と意味との吃水線に降りていく気がした。

空港ビルの長いエスカレーターで運ばれ、イミグレーションの行列にならんだ。

「どうしたのかね？」

「…………」

「少し湿っているじゃないか」

係官は金色の菊が箔押しされているパスポートをひらいて、不審げにジローを見た。日陰で風にさらして乾かしたけれど、紙面がやや波うち、出入国スタンプの青が滲んでいる。

「雨に降られて」

とジローは無造作に応えた。

係官は分厚いファイル・ブックをめくっている。ブラック・リストというやつだろう。国籍別の項目らしいところを指でたどり、意外そうに首をかしげている。

どうやら、名前はまだ記載されていない様子だった。それでも係官は、自分のカンを確認するように、コンピューターを叩いていく。

指を止めた。

「しばらくお待ちください」

と、そっけなく言った。席が空くまで、しばらくお待ちくださいという口ぶりだった。別の係官が呼ばれてきた。中年の黒人女性だった。パスポートを指でつまみ、

「こちらに」

と連れていかれたのは、窓もついていない、白い殺風景な別室だった。フロアの真ん中に三脚が据えつけられ、モニター・テレビのカメラが固定されているだけだった。

「そこに坐って」

女性係官は、テレビ・カメラの正面の椅子を指さした。ジローが腰かけてレンズを直視すると、そう、そう、と懶げにうなずき、パスポートをつまんだまま出ていった。

静かだった。ジェット機の離着陸の音も聴こえてこない。壁時計の針も、無音のまま回っていく。

五分過ぎた。十分過ぎた。だれもやってこない。だがレンズの眼を使って、こちらを観察している者がいるはずだった。モニター・テレビを横目に、身元を厳しく調べているのだろう。

ジローはレンズを見つめ返した。確かに、自分は法を犯した。内乱の国に密入国した。

だが、おまえたちには裁けないはずだ。できることは、入国拒否か、強制送還だろう。それなら、それでいい。だが、ほんとうに入国を拒絶する資格があるというのか。おまえたちは他人の国に上がりこんで、土地を奪い、勝手に住みついているだけじゃないか。ここは草木一本、川や湖の水一滴まで、すべてが先住民のものではなかったか。あの涸れ谷で血を滴らせて祈っていた老インディアンにこそ、ジローは入国の許可を求めたかった。

二十分過ぎた。だれも出てこない。ヴィデオの記録でも取っているのだろうが、それにしても長すぎるぞ。ジローは、カメラ・レンズの真正面に左手首を突きだした。右の人さし指で、腕時計の文字盤を軽くトントンと叩くしぐさをした。いつまで待たせるつもりなんだ、時間がない、と示威行為をしたつもりだった。だが、腕時計がなかった。真っ黒な手首に、ベルトの痕だけが白い蛇のように巻きついていた。

# 第十八章　脳とキノコ雲

　ハイウェイが滑走路のようにつづいていく。このまま離陸できそうな高架式で、前方の空はよく晴れているのに青みが薄く、妙に白っぽかった。高層ビル群をぬけて立体交差にさしかかった。高速のままカーブしていくとき、車は半円の軌道をえがいていくが、乗っているこちらは遠心力で外側へひきずられていく。重力をふり切って宙へ拋りだされるような、この感覚がジローは好きだ。いつも鬱陶しい自意識などにかかずりあっている自分が、その一、二秒だけ、物理的な厳密さ、荘厳さに捉えられている気がするからだ。

「急がなくてもいい」

　ダグラス・イリエは運転手に注意を与えながら、遠心力でこちらに傾いてくる。

「レイは元気ですか」とジローは訊いた。

「まあ、元気は、元気なんだがね」

イリエは、よくこなれた日本語で応えてくる。

「というと?」

「インディアンの野営地へ出かけてから、そのまま休暇を取った。怪我をしたというんだがね、詳しいことはなにも言わない。三週間後に出社してきたが、どうも人が変わったような感じなんだよ」

「………」

「以前のふっくらとした明るさが消えて、どこかこう、神経質で、ギスギスした尼さんのようだ」

尼さんという言葉がしっくりこないのか、nun 修道女とつけ加えてから、なぜかわからん、と首をふった。何が起こったのか、ジローにも見当がつかなかった。自分にはもう特殊な能力などなにもない。空港の入国管理局で足どめされ、ようやく解放されて外へ出ると、ダグラス・イリエが象牙色の車で迎えにきていたのだが、今日、この便で到着するとなぜ知っていたのか、そんな単純なことさえ不可解だった。だが、あえて訊かなかった。それはおのずと明らかになるはずだから、いまはなりゆきに身をゆだねていくしかない。

「レイの祖父は、わたしの戦友だった」

ダグラス・イリエは淡々と語りだした。

「戦友といっても銃を取って戦ったわけじゃないから、まあ、同僚というべきかな。たぶん知っていると思うが、当時、日系人は砂漠の強制収容所に入れられていた。わたしの父母も送りこまれた。わたし自身は、アメリカ市民であることを証明するつもりで兵役義務についた。だが日本に留学した帰米二世だから、特殊なところに配属された。戦時情報局といって、現在の中央情報局の前身だがね」

「…………」

「戦時情報局の心理戦争作戦部というところに回された。といっても、たいしたことをしていたわけじゃない。インドのカルカッタ郊外に連合軍の基地があってね、そこに印刷機を持ちこんでビラをつくっていた。日本軍の厭戦気分を煽るためのビラだ。いわゆる、ブラック・プロパガンダというやつだよ。レイの祖父タジマとは、そこで出会ったわけだ」

「…………」

「かれは移民でもなく、二世でもなく、れっきとした日本人だった。プロレタリア美術運動をやっていて投獄されたこともあったが、転向してアメリカにやってきた。ま、一種の亡命だな。そして第二次大戦が始まると、自分から、アメリカの戦時情報局に売りこんできて、天皇や日本軍部をやっつける宣伝ビラなどつくっていた。わたしには、かれの心理がわからなかったよ。満腹した天皇の諷刺画(カリカチユア)を描いて、鯛(たい)のさしみ、鮨(すし)、てんぷら、鰻(うなぎ)、スキヤキ、といったふうに天皇の献立表をならべたてる。そんなビラを、ジャングルで餓死しかけている日本兵の頭上にばら撒くわけだ。どこか薄気味わるい、倒錯した情熱だった」

「…………」

「二世のわたしでさえ、こんなビラは逆効果だ、日本兵の誇りを傷つけるだけだと気づいたよ。そこで、ジョー・コイケという主任（チーフ）と相談した。同じ帰米二世で、京都大学に留学して西田哲学を学んできた男だが、かれもわたしと同意見だった。そしてタジマを説得して、日本兵の誇りを傷つけずに、投降を呼びかけるビラに切りかえた。『犬死にするな、生き延びて母国再建のために尽くせ』といった言葉も二人で考えだした」

「…………」

「戦時情報局の末端にいるわたしたちは、アメリカがなにか途方もない新兵器を開発しつつあることに気づいていた。原子爆弾だよ、まちがいない、とジョー・コイケは断言した」

「…………」

「戦争の大局はすでに見えているから新型爆弾を日本に投下しないよう、ワシントンに嘆願書を送りつづけた。むろん、わたしたちはアメリカ市民であり、戦時情報局に所属している。だから本部の、ある白人将校にゆだねて上層部へ回してもらったわけだ。その頃、ニューメキシコの砂漠で最初の実験が成功して、ついに原子爆弾が明るみに出た。もう日本への投下は避けられそうにない。せめて文化遺産である奈良と京都だけは破壊すべきではないという嘆願書を送りつづけているとき、ヒロシマ、ナガサキに投下されたというニュースを聞いた」

「………」

「そして八月十五日がやってきた。カルカッタ郊外の基地では、イギリス兵とアメリカ兵がビールで乾杯しながら大喜びしていた。ジョー・コイケとわたしは、ちょっと離れて、静かにビールを啜っていた。複雑な気持だったとしか言いようがない。その時、いきなりタジマが川岸のトイレへ駆けこんでいった。椰子の葉で屋根をふいたトイレだがね、いつまでたっても戻ってこない。様子を見にいくと、内側から鍵をかけて泣いていたよ」

「………」

「わたしたちはすぐ、ワシントンに呼び戻された。そして例の白人将校に率いられてヒロシマへ飛んだ。占領軍とほとんど同時に、日本に入国したわけだよ。わたしたち二世グループは調査団の通訳として、毎日、廃墟のなかを歩き回った。朝食のとき角砂糖をくすねて、軍服のポケットいっぱい詰めこんでいたよ、浮浪児が多かったからね。瓦礫の下に、まだあちこち死体が埋もれていた。壊れた建物の陰で雨宿りしていると、黒焦げの手足がのぞいていることもあった。夜中に、ぼうっと青い火が浮かんでいるのも見た」

「………」

「そのときの戦時情報局の将校が、九年後、民間企業に移り、わたしにも声をかけてくれた。その将校というのが、現在のトランス・グローバル社の会長なんだよ」

副社長ダグラス・イリエは、事前に伝えるべきことはちゃんと伝えたと役目を果たしたように、口を噤んだ。ジローは一語も質問を発しないまま、ただ耳を研ぎ澄ましていた。

幹線道路から出て、オレンジ畑のなかを走りつづけた。熟れすぎて枝から落ちた実が地面を橙色に染めていた。収穫するつもりがないのだろう、日なたで萎びている実や、草むらで腐りかけている実が大量にあった。

いま季節がいつか、一瞬わからなくなった。紫のルピンの花が咲く高地の砂漠や、谷間の野営地、赤道近くのジャングルをさまよってきたのだった。暑さや、雪や、皮膚がふやけるほどの海水や雨に触れてきたのだと思った。そしていまは冷房の効いた車のなかだ。ジローは五センチほど窓ガラスをひらいてみた。甘酸っぱい柑橘類の匂いが、風と共になだれ込んでくる。潮の香りも混っている。夏であった。そうか、この国にやってきてから、もう一年以上過ぎてしまったのか。ジローは自分の誕生日さえ忘れていたことに気づいた。

広大な私有地らしいオレンジ畑のきわに、赤瓦の邸宅があった。大きなガラス張りの温室もあった。外と室内の明るさが等しくなる薄明だが、温室には水銀灯をおもわせる光りがみなぎっている。

「こっちらしいな」

ダグラス・イリエは玄関ではなく、温室のほうへ車を向けさせた。

熱帯植物園そっくりの人工ジャングルに、無数の鳥籠が吊るされていた。プールはひょうたんの形で、コバルト・ブルーの水を湛える泉にみえた。赤毛の看護師が車椅子を押しながら、プールサイドを歩いていた。副社長のイリエは、スーツの前ボタンをかけ、ネクタイの結び目を正してから近づいていく。

「連れてきました」

とイリエは言った。改まって紹介するでもなく、ただそれだけだった。

車椅子の老人は、ぎろりとジローを見すえてくる。低い位置から顎を上げて、こちらを見おろしてくる眼つきだった。白内障ではないかと疑わしいほど、瞳の色が薄かった。だが白濁してはいない。かすかに水色がかった灰色で、剝製の鷲に嵌めこまれたガラスの目玉のような、ひんやりとした透明感があった。

「……………」

そうか、この坊やか、と眼を細めたとき、まわりの皺が複雑によじれた。眼窠が深く落ちくぼんで、もうほとんど髑髏（どくろ）のかたちが透けてみえた。真っ白な髪を、軍人ふうに短く刈りこんでいる。

「大きくなったな」

と掠れ声を洩らしたとき、尖った喉仏が動いた。細い首に猛禽の嘴が隠れていて、外へ出ようと、もがいている印象だった。

「初めて見たときは、このくらいだったよ」

車椅子の肘掛けから手首をもたげて、掌を水平にした。十三かそこらの少年の背丈だった。

「どこでお会いしたでしょうか」とジローは訊いた。

「ホテルのTVで見たんだよ」

「いつ？」

「十年ぐらい前、ビジネスでトーキョーへ行ったときだ。窓からインペリアル・パレスが見えるホテルだったな」

老人は深々と車椅子にもたれたまま、列車の窓から遠ざかっていく景色を眺めるように、「TVの画面いっぱい、子供たちが群らがっていた。五十人ぐらいだったと思うな。いっせいにスプーンやフォークを曲げていた。これはいったい何事なのかと眼を疑ったよ。未来の人類が出現してきたんじゃないか、そんな気さえしたぐらいだ。だが、しばらく見ているうちにインチキにも気づいて興ざめしてきた」

我々は筋金入りのリアリストだからな、と言いたげに副社長のイリエをちらりと一瞥してから、

「チャンネルを変えようとしたとき、一人の坊やがアップになった。まわりの子供らは

テレビ・カメラにVサインをつくったりして燥いでいるが、その坊やは、ひとり静かに遊んでいた。合金の玉杓子をぐにゃぐにゃに丸めたり、熔けたガラスのように長くひき伸ばしたりして」

「………」

「司会者がヤスリを手渡すと、それもぐにゃりと曲げてしまった。驚いたよ。ヤスリは、ほかの金属を削れるぐらい特別に硬く作られている。だから折れることはあっても、熱を加えないかぎり、曲ることはありえない。これは何事だろうと、再び考えこんでしまったよ。だが、それきり忘れてしまった、忙しくてね。ところが去年、ふっと思いだした」

「そして、あのときの坊やを探してこいと、わたしが仰せつかった」

イリエが事情を明かしてくるが、そんな頃もあったとジローは他人事のようにうなずくだけだ。赤毛の看護師が車椅子を押して歩きだした。電動式にもなっているのか、シートの下に箱型の電池がすえつけてあった。

執務室に入ると、老人はすぐに看護師をひきさがらせた。片隅に簡易ベッドや酸素吸入器があり、客船の医務室のようでもあった。酸素ボンベも立てかけてあった。ダグラス・イリエが、窓ぎわの双眼鏡で暮れかけた海を眺めながら、

「最近もクジラが見えますか」

と話しかけても、老人はにこりともせず、早くしろと顎を動かすだけだ。無駄話をいっさい許さない軍人のような威圧感があった。

イリエは、コンピューターに向かい、よく爪の磨かれた指でキーを叩きはじめた。どこか遠くの複雑な回路を辿っているのか、いちいち厄介な暗証コードで迷路のドアをひらいていく。スクリーンが真っ青になった。中心に緑色の円があった。まわりにコバルト・ブルーや翡翠色、エメラルド・グリーンがまだらにひろがり、白波の輪にとり囲まれている。そのサンゴ礁の明るい海に、ぽつんと紡錘形のシミのようなものが浮かんでいる。

「拡大してくれ」

老人に命じられるまま、イリエはキーを叩く。紡錘形のシミの中央部だけ青く、鉱物的に光りを撥(は)ねている。食糧や弾薬など補給物資をおおっていた防水シートらしい。漂流しているのを拾いあげてロープで結えつけた発泡スチロールの筏も白く光っている。

静止画像だった。

「次」と、老人が言った。

とろりとしたサンゴ礁の海から、環礁(リーフ)の外、群青色の外海へ出た補給舟は、うねりを受けて舳がせり上がっていた。潮のシャワーの下に人影がかたまっているが、どれがジャスパーなのか見分けることはできなかった。

「次！」

とジローは言った。自分の口を使って、ジャスパーが口走っている気がした。

水の毛細血管がもつれあいつつ太い動脈となっていく川は、ほとんど黒く写っていた。無数の島となって孤立している密林も黒に近い緑だった。イリエが指を動かすと、集落が映しだされてきた。上空から見ると、高床式の家々は一定の秩序を保ち、幾何学的に配置されていた。川ぞいに草の広場があり、人影らしい斑点もあった。舟着場にはカヌーも繋がれている。あの日、濃霧がたちこめる川へ舟団を出すジャスパーたちと別れた、あの場所なのかどうか判断がつかなかった。

「高度は？」

ジャスパーと自分が、同時に訊いている気がした。

「二七〇キロ」

イリエは淡々と応えてくる。

「分解能は？」

「理論的には四〇〇キロ離れて、一〇センチというところだな」

「たいしたことないな」

内部のジャスパーがいつもの横柄な口ぶりで嘯(うそぶ)いている。

「トランス・グローバル社も関係している衛星なんだがね、大気圏の状態でセンサーの能力がかなり影響される」

「これは静止軌道ですね」

いらだつジャスパーを宥め（なだ）ながら、ジローは訊いた。

「地球の自転と同じ方向へ、同じ速度で回っている」

「つまり、戦場の上空に静止しているわけですね」

「そういうことだ。センサーがとらえた映像をデジタル式に読みとって送信してくるから、どうしても鮮明度が落ちる。コンピューターで解像度を上げても限界がある。だから重要なのは、こちらの分析力だ」

イリエは電源を切った。

ジローはふり返った。老人は車椅子に深々ともたれたまま、顎を突きだし、低い位置から見おろしている。ひんやりとしたガラスの義眼のようだ。この眼なのか。日没まで無人島に隠れ、とろりとした夕焼けの海へカヌーを出したとき、積乱雲がそびえ立ち、その高みから見られている、行為のちっぽけさ、滑稽さを笑われていると感じたことがあったけれど、見ていたのはこの眼だったのか。

そういうことだったんだよ、ジャスパー、戦争が勃発すれば、その上空に偵察衛星を打ち上げるのはごく常識的なことなんだろうな。トランス・グローバル社がどんな会社かもわかってきたよ。おそらく〈千里眼〉も、ここから提供される映像で大局をつかみながら交信機で指示を与えていたのだろう。革命政府、いわゆる左翼政権と戦っているわけだから、裏ルートの資金も提供されていたと考えていい。そうなんだよ、ジャスパー、密林の川をさかのぼって行くときも、海亀の肉など差し入れされて、旨い、旨い、と喜んでいたときも、われわれは頭上から観察されていたわけだよ。そしてジャスパー、おまえは義務に基づく戦いをまっとうしようとして濃霧の川へ漕ぎだしていった。

　電源の切れたコンピューターの前に呆然と突っ立っていると、頬にひんやりとした違和感があった。指でさわると濡れていた。涙を流しているという自覚などまったくないまま、眼から水がこぼれていたのだった。


　眠りから醒めたが、どうしても眼があかなかった。強引にひらこうとすると、睫毛がひっぱられて痛い。大量の目脂が出て、固まり、上下の瞼を糊づけしているのだった。不思議だった。眠っている間に、自分に宿る老インディアンやシャーナがひっそりと悔やし涙でもこぼしていたんじゃないか……。

　階下へ降りていくと、車椅子の老人は沖を眺めていた。

　太平洋へせりだす操舵室のようなサンルームだった。前方の庭が、緑色の甲板におもえた。海は薄青くけむり、巻きあがる波の頂から水しぶきが散っていく。風があった。雲の影が海面を走り、庭をよぎっていく。邸そのものが客船となって永遠の真っただ中を航海しているような静けさがあった。

「よく眠れたかね」

　老人は眼球だけぎろりと動かしてくる。

「ええ、ぐっすり」

「イリエがよろしくと言っていたよ、そこに手紙がある」

二つ折りされた用紙がテーブルに置かれていた。重しがわりにティー・スプーンが載せてあった。ひらくと横書きの日本語で、名前の部分だけアルファベットだった。

Leigh のことは心配するな。James Beam と連絡を取ってみる。では、わたしはこれで失礼する。歴史の陰へ退却するよ。

一行あけて、Douglas Irie と署名されていた。日本語の部分は、きちんとした楷書だった。軍服のポケットいっぱい角砂糖をつめこんで廃墟のなかを歩いている若いイリエの姿を思い浮かべているとき、昼食が運ばれてきた。

ジローは、がむしゃらに食べた。サラダの野菜はどれも色が薄く、妙に小さかった。芽キャベツは小指の先ほどで、トウモロコシの粒は鮭の卵ぐらいだった。どうやら新芽の部分だけで作ったサラダらしい。まだ熱いローストビーフは、嚙む必要もなく、舌の上でとろりと溶ける。仔牛どころか、ひょっとすると牛の胎児の肉かもしれなかった。

老人は果物にしか手をつけなかった。赤紫の殻をひらき、真っ白い果肉を口に入れる。ジャングルでも見たことのない珍しい果実だった。

「それは？」とジローは訊いた。

「マンゴスティンといってね、インドネシアでとれるやつだ」

「旨そうですね」

「ドリアンの実も好きだったが、もう食べられなくなった」

「匂いがきつくて？」

「それは平気だが、脂っこくて胃が受けつけてくれない」

老人は白い果肉を淡々と口に入れる。食べているのではなく、自分のからだに餌でも与える手つきだった。

「ジャパンの桃、あれも旨いな」

「白い桃でしょう」

「そう、シーズンになると空輸させて、毎日食べているよ」

「果物以外、食べたいものはないんですか」

「ないことはない」

「たとえば？」

「石ころを変えたパン」

にこりともせず、人を食った口ぶりだった。高齢者をいたわろうとするジローの手を払いのけるような、一筋縄ではいかない狷介（けんかい）さがあった。なぜ自分をさがして連れてくるようイリエに命じたのか、それはもう見当がついていた。ずっと昔、スプーン曲げ少年として騒がれていた頃、末期ガンの財界人たちの私邸に招かれたことが何度かあったからだ。そのたびに、ぼくは治療はできないと答えて落胆させてしまったのだが……。

蜂鳥が飛んでいた。肉眼では見えないほど速く羽ばたき、宙に静止したまま蜜をさがしている。金盞花ともマリーゴールドともつかぬ花が咲いているが、小さすぎて花蜜がないのだろう、蜂鳥は見向きもしない。

車椅子の老人と二人きりで眺めていると、室内がタイム・カプセルのように凍りついて、ガラスの外に、残酷なほど豊かな生の営みが満ちていると感じられる。

蜂鳥はまだ宙に静止している。玉虫色にきらめく羽毛、細長くカーブした嘴、花、ひた押しに押し寄せてくる波、サンルームをさっと翳らせていく雲の影など、色やかたちがいっせいに眼になだれこんできて、知覚が飽和しそうだった。あの液化プラスティックの金褐色の眼で事物の乱反射を見ているような気もしてくる。そう、べつにヒトでなくてもよかったのだ。眼があり、耳があり、脳があり、この世界というやつを知覚できさえすれば、どんな姿かたちの生き物でもよかったのだとジローは思う。

「いい天気だな」

老人は、鯨でもさがすように沖を眺めている。

「ええ」とジローはうなずく。

「あの海は、どうして見えるのかね」

と老人が訊いた。静かな声だが、ついさっきの狷介なひびきがこもっていた。眼が光っている。深々と落ちくぼんだミイラか髑髏の眼窠に、ガラス玉でもはめ込まれているようだ。ジローは水平線に眼を移し、しばらく考えてから、生まじめに答えた。

「海から反射してくる光りが、網膜にぶつかって……」

「それから？」

「細胞のニューロンが発火を起こして、それが脳に伝わっていく」

「だが、それだけでは海はまだ見えないはずだ」

「ええ、インパルスの信号だけだから」

「最初の信号は二種類ある。つまり、インパルスを出すか、出さないかだ」

「二進法ですね」

「そう、デジタル式に送信されてくるインパルスを映像化するわけだから、偵察衛星と同じようなものだな」

「………」

だから、あの海だって脳のなかで構築されたイメージにすぎないのかとジローは思う。

蜂鳥が動いていた。海を眺めながら、一方で蜂鳥からも眼を離さずにいたつもりなのに、二つの映像を切ってつないだように、気がつくと、下方にいた。なんという木なのか、ハイビスカスほどの高さの木に咲く花の芯に、細長く撓んだ嘴のストローを入れて、宙に静止したまま蜜を吸っている。

「あの花は、何色に見えるかね」

「黄色……」

と応えながら、ジローはふっと自信を失いかける。

「わたしも、黄色だと思う」

「どうして一致するのかな……」

老人と自分ではなく、二つの脳が、いま確かに同じもの同じ色を見ていると確認し合っている気がした。

「黄色い光りとは、五九〇ミリミクロンの波長をもつ電磁波なんだよ。それが我々に、黄色という感覚を出現させる」

「…………」

「脳のインパルスは、どうやって起こるのかね」

「電気化学」ジローはぽつんと言う。

「その電気は、どうやって起こる？」

「えーと、脳細胞の内側はカリウム・イオンが多く、外側のほうはナトリウム・イオンが多くて……」

これがおまえの脳で起こっていることだと以前教えられたとおりに、ジローは復唱する。

「ほう、なかなか詳しいじゃないか」

老人は仔猿の頭でも撫でる眼つきだった。

「十三の頃から、いじくり回されてきたんだから」

ジローは自分の頭を人さし指で突つきながら、ひっそりと嗤った。

「脳波計のことかね」

「ええ、頭に電極をつけていた時間の長さなら、ギネスブックにのってもおかしくない。それに、とても痛いんですよ」

「昔は、頭皮にじかに植えつけたからな」

「それで、アルファ波を出せ、電波を出せ、テープの磁気を消してみせろとか言うんだから」

「…………」老人は微笑した。

「電極をつけたまま、自分の脳の発電音も聴かされましたよ。もちろん、電気の増幅音だけど」

その音を聴き、地震計によく似た脳波の起伏、スクリーンをよぎっていくエメラルド・グリーンの波を見ることによって、自分の脳がさらに刺激され発電していく、ブ、ブ、ブブッ、ブ、という増幅音を聴くときのいらだちとも切なさともつかぬ孤独を、十三歳の頃から怺えてきたのだった。

どうやって脳が発電するのか、それなら実験者や観察者の言葉をそっくり口真似することだってできる。いいかね、ジローくん、きみの脳細胞のなかには、マイナスの電子をもつイオンがあるんだよ、イオンというのは電荷をもつ原子、あるいは原子団のことだが、もともとはギリシャ語で「行く」という意味なんだよ、おもしろいだろう。ちっとも、おもしろいもんか。いいかね、ジローくん、きみの脳のニューロンが刺激を受けると、外側のナトリウム・イオンがなだれ込んできて、電位がプラスになり、放電する。そうやって、脳のなかでたえず電位変化が起こっている、それがきみの意識というやつなんだよ、わかるだろう。いや、わかるもんか、と少年のジローはひとり呟き、去っていった父のこと、置き去りにされた母のことをわざと思い浮かべ、その思いによって激しく起伏していく自分の脳波を見つめていたのだった。

「…………」

そう、その電位変化がやんだとき意識は消えていくのだ、わたしの意識とは電気化学の灯りにすぎないのか、この電球が切れたあとはいっさいが無にすぎないのか、とうなずくように老人はしばらく海を眺めていたが、嘴のかたちに突起した喉仏を動かし、戦時情報局の将校だった頃、わたしはマンハッタン計画に関わっていたよ、とするりと語りだした。

部下であるダグラス・イリエたち二世グループは、カルカッタ郊外の基地でビラをつくっていた。日本兵の厭戦気分を煽るためのビラだ。わたしはワシントンでそれを統轄する立場にいたが、そんなブラック・プロパガンダなど大局にはなんら影響しないと、まったく重きを置いていなかった。イリエたちは、日本に原爆を投下すべきではないという嘆願書をさかんに送ってきたが、そんな紙っきれなど無力に決まっている。わたしは握りつぶさず、ただ上層部へ回していただけのことだ。

　その頃、わたしはオッペンハイマーと頻繁に会っていたよ。もちろん、かれの経歴については徹底的に調べあげた。知っているだろう、オッペンハイマーのことは。当時、物理学はまだ若い学問だった。そしてわたしたちは、ナチス・ドイツとどちらが先に原爆製造に成功するか、水面下で戦っていた。

　オッペンハイマーは、バークレーに開設されたばかりの物理学部の若いスター教授だった。原爆をつくれるのは、かれ以外にないと我々は判断した。だが経歴にかなり難点があった。夫婦とも共産党に関わっている形跡があったからだ。ま、ブルジョア育ちの若い教授の正義感、青くさい理想主義にすぎないと見過ごせなくもない程度だがね。それでも火種であることに変わりはない。さらにもう一つ、わたしたちが懸念していたのは、ケンブリッジに留学していた頃、かなり重度の神経症になった疑いがあることだった。分析医にもかかっている。そんな脆いインテリに、原爆製造という国家の命運を託せるかどうか疑問だった。

　だがオッペンハイマーは、まぎれもなく第一級の秀才だった。天才ではなかったがね。あの頃、アインシュタインもすでに亡命してきていた。そして、ナチス・ドイツよりも先に原爆をつくるべきだという大統領への進言書にサインした。それが決め手になって、マンハッタン計画が本格的にスタートすることになった。だがアインシュタイン自身は、新型爆弾の開発などに手を染めやしない。真の天才だったからね。その点、オッペンハイマーは最適と思われる秀才だった。まず、若い。それにユダヤ人だ。ユダヤ人である以上、ナチスに対する憎悪だけは、信じるに足る。

それに我々は急いでいた。ヒトラーはすでに核兵器の可能性を知り、ひそかにウラン原子炉の実験も行われていた。しかも、ナチス・ドイツがゲルマン民族の命運を託した物理学者は、あのハイゼンベルクだった。急がねばならなかった。だからオッペンハイマーの難点にも眼をつぶらざるを得なかったわけだ。そしてわたしは戦時情報局の将校として、ロスアラモスのオッペンハイマーと接触を保ち、たえず眼を光らせていた。

もちろん知っているな、ロスアラモスのことは。半砂漠の台地（メサ）へ埃っぽい道路がつづき、ひっきりなしに軍用トラックが走っていく。

台地（メサ）の頂上は鉄条網で囲まれ、木造バラックが建ちならんでいる。一見したところ強制収容所だが、そこがロスアラモス研究所、秘密の原爆製造所で、国中から選びぬかれた科学者たちが集まっていた。平均年齢は二十五歳。所長のオッペンハイマーも、まだ三十九だ。原子爆弾を生みだすには、若い頭脳が必要だったからな。

ナチス・ドイツに先を越されてはならなかった。どうすれば阻止できるか、わたしたちは検討を重ねた。当時ドイツは電力が限られていたため、ノルウェイ南部の工場で重水を生産させていた。重水は原子炉の中性子を減速させる。原子実験には欠かせないものだ。水素爆弾に使われているのも重水だよ。だから、ノルウェイの工場だけは破壊する必要があった。わたしたちはイギリスとも協議したよ。もしVロケットに原爆を搭載すればどうなるか、イギリスにとってはまさに生命線だ。

わたしたちはアメリカ空軍のB17機をイギリス基地からノルウェイへ飛ばし、重水工場を爆撃させた。だが、完全に破壊することはできなかった。

ナチス・ドイツは蓄えられていた濃縮重水をひそかに国内へ運びこもうとした。そしてドラム缶三十九本が、貨車ごと湖を渡るフェリーボートに積みこまれた。わたしたちはノルウェイの地下組織を通じて、プラスティック爆弾でその船を沈めることに成功した。

だが、オッペンハイマーはまだおびえていた。わたしと会うたびに、ハイゼンベルクの研究がどの段階まで進んでいるのか、しきりに知りたがった。そう、天才ハイゼンベルクの影におびえていたわけだよ。実をいうと、わたしにも情報がなかった。ドイツのどこに秘密の研究所があるのか突きとめられず焦っていた。ハイゼンベルクがすでに原爆を完成させている可能性は捨てきれなかった。オッペンハイマーはひっきりなしにパイプを吸い、空咳をして、神経性の胃炎でひどく痩せこけていた。初めて会った頃は、若い金持のスター教授で、ふさふさの黒い髪と、真っ青な眼をしたハンサムだったんだがね……。

連合軍がライン川を越えてドイツに進攻すると同時に、わたしの部下たちはハイゼンベルクの追跡を始めた。そしてようやく、ドイツ南西部の小さな町で、秘密の研究所を発見した。断崖の洞窟が出入り口で、重い鉄のドアがあった。

コンクリートの室内には、分厚い、金属の円筒があった。そのなかに壺のかたちをした容器が隠されていた。

原子炉だよ。ついに発見したわけだよ。だが意外なぐらい小さくて、まったく素朴な基礎研究にすぎなかった。原爆製造など、まだまだ遠く及ばないレベルだった。

一方、オッペンハイマーは原爆をつくりだした。ナチス・ドイツは滅びたが、まだ日本との戦争はつづいている。もちろん、投下することに決まっていた。イリエたち二世グループの嘆願書など、ただの紙クズだよ。

最初の実験に立ち会うために、わたしはロスアラモスへ飛んだ。オッペンハイマーは珍しくわたしを食事に誘ってくれた。痩せこけて倒れそうになっていたが、たぶん気分転換をしたかったんだろうな。夕方、かれの車に乗って、台地(メサ)の麓の町、サンタフェに降りていった。レストランやバーもあるし、ロスアラモスの科学者たちの息ぬきの町だ。

オッペンハイマーのやつは慢性胃炎のくせに辛いものが大好物でね、案内してくれたのはメキシコ料理のレストランだったよ。

「この緑色のチリソース、これが実に旨いんですよ」

と食欲旺盛を装っているが、いまにも神経が切れそうに張りつめていた。ほとんど眠っていなかったはずだ。

かれの気持が、わたしには理解できたよ。ナチス・ドイツが滅びたいま、ユダヤ人であるかれにとって原爆をつくろうとした動機や目的はすでに失われている。実験が成功すれば日本に投下することになるが、それは本意ではなかった。だが厖大な国家予算を投じた以上、成功させねばならなかった。科学者としての自分の能力も証明しなければならない。

実験には成功して、実際には投下されないこと、ま、そこらが本音だろうと思っていたよ。だが、レストランでそんな話などできやしない。わたしたちは国家機密を抱えたまま、ビールを飲み、メキシコ料理を食べ、たわいない雑談に終始していた。そんな軽い調子で、かれは「バガヴァッド・ギーター」という古代インドの聖典について喋りだした。

経歴を洗いあげていたから、わたしはよく承知していた。オッペンハイマーは、わざわざサンスクリット語を学んで原文で読むほど打ち込んでいた。一流の物理学者でありながら、ひそかに詩を書くような人間だったからね。わたしが危惧していたのも、まさにそこだったわけだが……。

最初はメキシコ料理の辛さで胃が焼けるのを自虐的に楽しむような口ぶりで喋っていたよ。だが、わたしがちゃんと耳を傾けていると、しだいに熱っぽくなっていった。

聖典といっても、一種の叙事詩のようなものだ。古代インドの王族たちが、肉親、親族ごと敵味方まっぷたつに分かれて、いま、まさに戦争に突入しようとしている。地平線を望む大平原で、二つの大軍が対峙（たいじ）している。そしてこちらの古代戦車の上では、アルジュナという王子が苦しみ、煩悶しつづけている。

――なぜだ、なぜ骨肉相食む戦争をやらねばならないのか、戦いたくない、殺したくない、王国などくれてやってもいいから、この剣を投げ棄ててしまいたい、いっそ自分は出家すべきではないのか。

ところが、王子アルジュナが乗っている戦車の馭者は、馭者の姿に身をやつした神であった。神は苦悩するアルジュナを良しとして戦車を止めるどころか、さらに前進しながら、

「戦え、アルジュナ！」

と叱咤して言う。いいか、アルジュナ、敵も味方も肉親もない、この地上に現象するものすべてが永遠の相にすぎない。われわれがなにを為そうと、永遠はゆるぎなく、ただ在りつづける。われわれはただ自身の業を果たすだけだ。だからこそ戦え、地上の義務を果たせ、義務に基づく戦いを放棄するな。そして馭者に身をやつす神は、戦場の血けむりのなかへ突き進んでいく。

「ところが妙なことに……」

と、やつは言ったよ。アルジュナを叱咤する神の言葉がどのように記述されているかというと、大平原で向き合う敵側の盲目の王に、千里眼と呼ばれる者が仕えていて、アルジュナと神のやりとりを遠くから聴きとり、逐一、盲目の王に報告するというかたちで記述されているというのだ。

夕食を終えて、わたしたちはまた車で走りだした。サンタフェは小さな町だからね、すぐ砂漠に出た。なに、砂漠といってもざらざらの不毛地、石ころだらけの荒地にすぎないがね。道は一直線につづいていく。数日後には、原子爆弾が軍用トラックに積みこまれて、この道を運ばれていくはずだ。ここから二〇〇キロほど南の爆心地には、すでに鉄の櫓が組み立てられて、原爆を吊りあげる準備も進んでいるはずだった。

オッペンハイマーは眼をぎらつかせながら車を走らせていく。げっそり頬がこけて鬼気迫る横顔だった。あとで知ったことだが、その頃、ロスアラモスの科学者たちが戸外へ出て、朝空の明るい物体を見つめていた。近くの基地に連絡して迎撃機を飛ばしてもらおうと言いだす者もいた。すると天文学者の一人が、

「金星を撃ち落とそうとするのは止めてくれ！」

と真顔で叫んだそうだ。

そう、一流の科学者たちも神経をやられて、集団妄想にとらわれていたわけだよ。オッペンハイマーも、そんなぎりぎりの状態にみえた。そして砂漠の真ん中で、急に車を止めた。ビールのせいで尿意を催したのかと思っていると、

――外へ出よう。

と目くばせしてくるじゃないか。ぴんときたよ。車だろうとレストランだろうと、どこで盗聴されているかわからない。常に相互監視されているのが、わたしたちの現実なのだ。

車から降りて、ぶらぶら歩きだした。少しでも車から離れたかった。まったく殺風景な荒地だったよ。星ばかりぎらぎらして、足もとが青みがかった銀色に光っている。地平線まで満天の星だ。ま、砂漠の夜はいつもそうだが、まさに鉱物の世界だった。

わたしたちは夜の荒地を散歩したよ。大気が実に心地よかった。少しばかり飲んでいただろう、息をするたび肺がひんやり洗われていく。だが、ガラガラ蛇を踏みつけぬよう注意深く足もとを見ながら歩かねばならなかった。オッペンハイマーが静かに立ち止まった。そして喉がひりひりする声で切りだしてきた。

「この大気は、窒素、酸素、水素、二酸化炭素などの混合物です」

「…………」わかりきったことじゃないか、なにを気取ってやがると、わたしは少しむっとしたよ。

「つまり、この大気には、酸素や水素などの原子核が充満しているわけです」

「あっ」

と、わたしは声を呑んだ。やつがなにを言いたいのか、やっと気づいたのだ。愕然としたよ。

そうなのです、とオッペンハイマーはうなずき、正確に言葉を選びながら、

「爆発したときの熱で、大気中の原子核が反応する可能性があります」

「計算したのかね？」

「ええ、核分裂による熱量は、重水素や窒素の核融合をひき起こすのに充分だという結

果がでました」

「ということは……」

「大気に火が点いて燃え上がることになります。水素が満ちている海も、核融合を起こして爆発することになります」

「…………」わたしは啞然として、口もきけなかった。

「しかしわたしたちは検討を重ねて、最初の計算の欠陥を発見しました。核分裂によって発生する熱が、放射によって失われることを考慮に入れていなかったのです。そして計算をやり直してみたところ、わたしたちの原爆は、大気や海を爆発させるには熱量が不足していることがわかりました。しかし、まったく可能性がないというわけではありません」

「起こる確率は？」

「百万分の三」

「…………」

なんだ、百万分の三か、とその時は思った。ほとんどゼロに等しい確率じゃないか、おい、おい、びっくりさせないでくれよ、と背中をどやしつけて笑いだしたい気分だったよ。だが、かれは氷づめの幽霊みたいに突っ立っている。その横顔を見ていると、百万分の三という確率が、ひょっとすると、いや、その時にかぎって起こりそうな気がしてくる。

試されていると感じた。だが一将校のわたしに、なにができる。オッペンハイマーにも止めようがない。それに完成してしまった新型爆弾は、国家の所有物だ。歯車はすでに回りだしている。

0・000003か。

そんなわずかな確率とはいえ、もしそれが起これば、大気や海が燃え上がり、この惑星が火の玉となってしまうのか。まさか、起こるはずがないではないか。ポーカー博奕でロイヤル・ストレート・フラッシュが出る確率は、六万三千回かそこらに一回のはずだ。そんな窮極の上がり手があることはだれでも知っているが、実際に見た者はゼロに等しいはずだ。まして百万分の三ではないか、そんなことは絶対に……、いや、起こり得る可能性があるからこそ、こうして夜の砂漠に突っ立っているんじゃないか。わたしは足もとの石ころを拾って、意味もなく遠くへ投げた。こんな時にかぎってガキみたいに石ころ投げかと思いながら、こうも考えてみた。これから台地の頂へ車を飛ばして、この自分が原爆を解体してしまう可能性も百万分の三ぐらい、ないわけではない。軍法会議にかけられてしまうだろうが、いいではないか、たとえ死刑になったとしても、0・000003の確率で滅びていくかもしれない人類とやらの救済者として死ねるわけだ。こんなチャンスはざらにはないぞ。さあ、どうする?

胸の奥をのぞきこんで、ぞっとしたよ。原爆を解体する気など毛頭ないことは明らかだった。罰をおそれたからではない。そんなことはまだ遠くにあった。そうしようと心が動きかけて、そこで初めて、罰のことが強く念頭に浮かぶはずだ。わたしは、そんな可能性もあると考えているだけだった。それは思考として胸のなかに射してくるだけだった。たしかに、ぼうっと心を照らしだしてはいた。だが心のほうは、まったく逆の想念にとりつかれて熱くなりかかっていた。たとえば、「あんな、くだらない女！」と頭がいくら水をかけても、心は狂おしく燃えあがることがあるだろう。そんな一瞬だった。理性はけんめいに、こう言い諭してくる。

　いいか、原爆を解体できるチャンスを握っているのは、いま全世界でおまえひとりなのだ。0・000003の確率が残っているからこそ、やつはおまえに打ち明けたはずだ。もしおまえが、いまここで決断して台地(メサ)の頂へ向かうならば、おそらく見て見ぬふりをするにちがいない。そう、最後のなにかを、おまえに預けたのだ。受けて立て！そんな声が遠くから射してくるが、心のほうはもう狂おしい虜(とりこ)になりかかっていた。もしも、0・000003の確率で、空が燃え、海が燃えあがり、この惑星一個が火の玉となって爆発するのならば、それを見てみたい。その甘美な光景を、ほんのちょっと、ほんの少し、一目だけでいいから見てみたい……。

　誘惑をふり切ろうと、あたりをふり返った。たったそれだけの動作に渾身(こんしん)の力をふりしぼった。だれもいない。やつはあい変わらず、氷づめの幽霊みたいに突っ立っている。やつもまた試されていたのだ。まわりには夜の荒地がひろがっている。あちこちに岩が突きだし、砂粒が青白く光っている。鉱物ばかりだった。いや、原子核がみなぎる世界だった。残酷なほどに世界の物理性がむきだしになって迫ってくる。わたしという意識だけがひっそり、その物理性と向き合っていた。そして思考が浮かぶ。こいつなのだ、たとえ大気に火がつこうと、すべてを見たい、そう、見たいだろうと甘美にそそのかしてくるのは、この物理性そのものだと。わたしは夜の荒地に立ちすくんだまま、よし、と思った。よろしい、おまえの誘惑に乗ってやろうじゃないか。

その日も、夜明け前の砂漠にいた。七月半ばだというのに肌寒かった。まわりの連中は日焼け止めのローションを顔にぬって、熔接工の眼鏡をつけていたよ。夜はいっこうに明けなかった。ゼロ地点を双眼鏡でのぞきこんでも、なにも見えない。そしてようやく地平線が白みかけてくると、黒い人影のように、鉄の櫓がぽつんと立っていた。

サイレンが鳴りひびいた。

スピーカーから秒読みの声が聴こえてくる。10・9・8・7……こんなときにかぎって、おかしなことが起こる。同じ周波数を使っている、どこかのラジオ局の電波が混信して、スピーカーから一緒に聴こえてきた。朝の音楽番組だった。わたしはその方面のことはよくわからないが、あとで記録を通読すると、チャイコフスキーの弦楽セレナーデだったらしい。6・5・4・3……

空全体がピカッと光り、あまりの眩しさで眼をつぶった瞬間、大気に火がついたと覚悟したよ。オーブンを開けたような熱が顔におそってくる。見なければならない、と眼をひらいた。

それはちょうど半分昇りかけた黄色い太陽にみえた。が、すぐに真っ赤な火の玉となり、ぐんぐん膨らんでいった。その十秒かそこらが永遠につづくかと思われたよ。だが、火の玉はしだいに暗くなり、まわりに青い火が現われてきた。そして煙の柱が、左巻きにねじれながら空へ立ち昇っていった。

大気は燃えていなかった。

それから後のことは、おまえも聞いたと思う。わたしはイリエたち二世グループをひき連れてヒロシマへ飛んだ。すべてを見届けることが、ぎりぎりの義務だ。わたしはあの夜の荒地、物理性がむきだしになった世界を歩き通すつもりだった。オッペンハイマーのほうは象牙の塔にひきこもって、歴史の表舞台から消えていった。人づてに聞いたことだが、あの朝、砂漠から立ち昇るキノコ雲を見つめているとき、こんな言葉がやつの心を通り過ぎていったそうだ。

――われは死なり、世界の破壊者なり。

もちろん、あの聖典の一節だがね、それを聞いて妙にいまいましかったよ。夜の荒地で試されたときから、わたしたちはとっくに共犯のはずだ。

四発目のキノコ雲が立ち昇るとき、わたしはビキニ海上の軍艦に立っていたよ。ついに水爆が完成したときも、再びビキニにもどっていた。わたしはすべての悪を見届けてから軍部を去るつもりでいた。いまさら、まっとうなところにはもどれないが、トランス・グローバル社はまあ一応、民間企業だからな。わたしはビキニの椰子林の、分厚いコンクリートの要塞にこもって、銃眼のような細い穴からそれを見たよ。

それは海から出現した。

世界中の滝が一点から噴きだすように盛り上がってきた。サンゴ礁の島を二つも吹き飛ばしながら、真っ白い滝のかたまりとなって青空へ膨らんでいった。すさまじい爆風がきて、まわりの椰子林は瞬時になぎ倒されていった。それから海が円く波だち、白い花のようにひろがってきた。

あとに残ったのは、エメラルド・グリーンの海にぽっかりあいた、深い巨大なクレーターだけだ。そこは海のなかの円い湖のように、いまも神秘的な青さを湛えているはずだよ。

それから三十何年か過ぎて、わたしはトランス・グローバル社の役員としてトーキョーへ行った。衛星通信の中継権に関するビジネスだった。ホテルの窓からインペリアル・パレスの森がよく見えたよ。堀の水には、白鳥さえ浮かんでいた。わたしは、この国の三十万人を殺したと窓辺で考えた瞬間もあった。ちらりとだがね。

そして夕食後、テレビを点けると画面いっぱい子供たちが群らがって、いっせいに金属を曲げて遊んでいた。これは何事だろうと目を疑ったよ。ステンレスの玉杓子（スクープ）をぐにゃぐにゃに丸めたり、水飴みたいに長くひき伸ばしたりして遊んでいる坊やもいた。まったく無邪気な顔だったよ。

テレビを消してから憂鬱だった。どうにも気が滅入ってしかたがない。さっきの無邪気な顔がちらついて、ずっと棘（とげ）のようにひっかかっていたことを思いだしてしまったのだ。ごくささいなこと、まったく取るに足りないことだと頭では無視しながら、忘れたふりで、心の底に沈んでいたんだろうな。

あの水爆によって、予期していなかったことが一つだけ起こったのだ。日本のマグロ漁船ラッキー・ドラゴンが死の灰を浴びたことではない。残酷に聞こえるだろうが、わたしたちにとっては誤差の範囲だ。死の灰が風下の島へ流れていって被曝者が出ることもわかっていた。だが、わずか二百人かそこらだ。ちょうど手頃なモルモットではないか。汚染された海水が、赤道海流となって西へ向かい、フィリッピン沖で曲って黒潮となり、日本列島へ北上していくことも計算しつくしていた。

予期していなかった出来事というのは、実にささやかなこと、まったく無邪気すぎることだ。

それはサンゴ礁の島を二つ、粉々に吹き飛ばして日の出前の空へ立ち昇っていった。そこまでは、わたしも見届けた。だがその日の昼ごろ、致死量の数千倍の放射性物質がこびりつくサンゴの白い粉が、風に運ばれ、風下の島に降りそそいでいった。島の子供たちは、青空から降ってくる真っ白い粉に目をまるくして、

――ああ、きっとこれが雪というものにちがいない。

と大喜びした。そして島中に降りつもっていく粉雪の上を、裸のまま、ごろごろ転げ回った。

その雪は少し熱かった。だが子供たちはうれしくてたまらず、小さな手で粉雪をまるめて、雪合戦をして遊んだそうだ。


車椅子の老人とジローは、サンルームに坐っていた。邸そのものが海へ向かって航海していく客船におもえた。午後の光りが海を照らしている。蜂鳥はもうとっくに飛び去っていた。老人はぐったりと口を噤んでいる。それでもまだなにか言いたそうに、細い首の、嘴のかたちをした喉仏がぴくついている。気管をこする息づかいも聴こえてくる。

「酸素ボンベがありましたね」とジローは言った。

「…………」老人は尖った顎のさきでうなずいてくる。

言いだしたものの、ジローは酸素ボンベのある部屋へ車椅子を押していく気にはなれなかった。老人もただ呼吸している。ミイラの顔にはめこまれた眼が、氷か水晶のように光っている。水になるのか、さらに硬くなるのか、すれすれに思えた。安らかに死な

せてもいい、裁かれてもいいとジローは言いたかった。すでに三人を見殺しにしてしまったのだ。

黄色い花が、なにごともなくそこに咲きつづけている。その花を確かに黄色いと知覚する脳が二つ、裸電球のようにぽつんとならんで宙吊りになっている気がした。不思議だった。ついさっきまで赤の他人であったはずの二つの脳が、キノコ雲や百万分の三の確率など、いくつかの記憶を共有してしまったのだ。こちらの脳で雪合戦する子供たちは、銀色に光る川の水面を無邪気に駆け回っている。

——これも電気化学の営みですか。

とジローは訊きたかった。

——…………。

老人は断念するように黙っている。ジローは意味をあらしめたかった。

イリエが手紙の上に載せていったティー・スプーンが、眼にとまった。銀製だった。ずっと以前、自分も世界の物理性にあらがうつもりで、金属を曲げつづけてきたのだった。だが金属から意味は生まれてこない。それでも曲げてみたかった。懐疑的な人に納得してもらうためよくやっていたように、枯木そっくりの指をスプーンに添えさせてから、一八〇度、ぐにゃりとねじ曲げてみたかった。そうすればこの瀕死の老人が、神父ではなく、あのときの坊やを枕もとに連れてこいと命じた渇きのようなものを少しは癒やせるだろう。いや、この狷介な老人のことだから、なに食わぬ顔で、

――銀の原子番号は、47だったかな。

などと嘯くだけかもしれなかった。

老人は沖を眺めている。鯨はいない。太平洋が空の色を映して、薄青くうねっている。その海を意識しながら、この意識というやつはナトリウム・イオンや、カリウム・イオンによる電気化学の灯りにすぎないと、自分の脳に言い聞かせて、なにかに縋（すが）ろうとする心を叱咤しているのかもしれない。だが宿っている記憶の一部は、おぞましい悪を含めて、確かにこちらの脳に移植された、とジローは言いたかった。

海はうねりつづけている。水の惑星がゆったりと思考しているようだ。風の向きが変わるたびに、金色のさざ波がひろがっていく。これは脳のなかに再構築されている海のイメージではない、とジローは思う。これはまぎれもなく実在の海だ。

# 第十九章　この惑星こそが楽園なのだ

この宇宙基地には、四〇〇〇匹ぐらいの鰐が棲みついている。

もとはマラリア発生源だった亜熱帯の沼沢地をきりひらいてつくった基地だ。

空軍のテスト・パイロットだった頃、砂漠の滑走路からたちのぼる陽炎のなかを歩いていくのがジムは好きだった。むろん生理的に心地よいはずはないが、砂漠も、酷熱も、金属音も、宇宙へいくためにあえて空軍に入った自分が怺えるにふさわしいものに思えた。対応すべきものは意志だったからだ。

けれどこの宇宙基地ときたら、いたるところ沼だらけなのだ。月へ飛びたつ発射台のすぐ近くまで沼が入りくみ、爬虫類の鰐がうじゃうじゃしている。

宇宙船が高度三一〇キロの軌道に乗り、ようやくジョークの一つも口にできそうになったとき、

――どうだい？

と地球からの電波で訊ねられて、ああ、ごきげんだよ、食いものはかなりひどいけれどね、などと気軽に応答しているうちに、

——あいつらどうしている？

ふっと訊いたのだった。

——え？

秒速三〇万キロの声が地上から訊き返してきたとき、自分の頭にまったく奇妙なイメージが浮かんでいることに気づいて、ジムは戸惑った。遠く離れた青い水の惑星を眺めながら、その水中に無数の鰐がぎっしりひしめいているさまを漠然と思い浮かべていたのだった。

——いや、べつになんでもない。

ごまかしながら、ジムは苦笑いしていた。

空軍のテスト・パイロットの頃も、０Ｇから13Ｇにいたる重力訓練を受けていたときも、ただいっさいを意識化することに全力を注いできたつもりだった。

出発のときさえ、宇宙酔いを予防する薬物をほかの飛行士たちの五分の一しか摂らなかった。こんな薬なんか、ただの$C_{17}H_{21}NO_4$じゃないかと言い聞かせながら、自分のからだに与えたのだった。けれど青い水の惑星を見ている自分の脳のなかに、いま、うじゃうじゃと鰐がまぎれこんでいる。

奇妙なのは、鰐だけじゃなかった。

無重力の宇宙船にいるせいか、それぞれ独立しているはずの飛行士たちの脳が遠い地球から伸びてくる神経線維の根もとで繋がっているように、互いの気持や思いがすぐにぴんとくるのだった。生きてあそこへ帰りたいという願望によって結びついた、つかの間の連帯感にすぎなかったのかもしれないが。

沼のそばで車を止めた。

水辺に四メートル近いやつがいた。この基地のあたりで最も大きく、特別に〈リトル恐竜(ダイナソー)〉とニックネームまでついている鰐だ。

車のドアをあけて草むらへ降りていくと、ぶかっこうな短足でのそのそと湿地を這い、沼の水に入った。

口や顎が、異常に大きかった。生きものを捕えて、食う、ただその特性だけを進化させてきた浅ましい、いや、生存目的によくかなった姿だった。まったく短足のちびっこ恐竜だ。水中にからだを沈め、二つの眼球だけ水面にのぞかせて、こちらを眺めている。

「ヒトを怖がっているんだ」

月から帰ってきた先輩の飛行士が、そう言ったことがある。

「鰐に餌をやっちゃいけない。餌をやりつけると、ヒトを怖がらなくなる。すると鰐のやつ、こんどはヒトを食うようになるんだ」

そうだったな、ちび恐竜、月に足跡を残したあの飛行士たちの姿がおまえの眼にも映ったことがあるし、おまえのその姿が、高度三一〇キロの空間にいるわたしの脳にひょっこり出現してきたこともあった。おまえの脳も、わたしの脳も、最も複雑に進化した宇宙の部分なんだ、それはまず、まちがいない。我々は物質であり、同時に意識なのだ。宇宙は我々の眼や脳を使って、自分自身をのぞきこんでいるのかもしれない。いや、あんがい宇宙そのものが物質と意識の両方なのかもしれないぞ。

「じゃあな」

少しでもからだを大きく見せかけようと突っ立っていたジムは、爬虫類に挨拶してから、どうもこれはよくないと胸で呟く。出発の日が近づいているせいか、眼に映るもの一つ一つに別れの挨拶をしている無意識がいらだたしかった。

車にもどり、エンジンを点火させながら、またいつものくせで前方へ眼を泳がせている自分に気づく。宇宙基地のあちこちをよく飛んでいる蜂鳥をさがしているのだった。

走りだした。

39B発射台が見えた。あそこからまた宇宙へ飛びたつのだが、亜熱帯の緑や空のひろさにくらべると、ちっぽけな鉄骨の櫓だった。OK、まちがいなくOKだよ。ジムはひとり呟きながら、車を走らせていった。

コンクリート道路の向こうから、なにか白い霧のようなものが湧きだしてきた。真っ白で、やけに明るかった。小さな白い点が無数に集まり、不定形にふくらんだり、層状になったり、たえず変化して空間をゆがめながら吹雪のようにこちらへ向かってくる。

蝶の群れだった。何千何万とも知れぬ小さな白い蝶が、沼や原生林のへりをかすめ、発射台をよぎり、上下に波打ちながら飛んでくる。ブレーキを踏みかけた足をアクセルに移し、迎え撃つようにスピードをあげ、どこか艶めいた至福を感じながら真っ白い蝶の吹雪のなかへ突っこんでいった。

波打ち際からやや離れた砂丘の家に着いた。もともとは夏だけ貸別荘として使われていた高床式の簡易バンガローだった。ペンキはぼろぼろに剝げて、家全体が潮風にやられて白っぽい鼠色にくすんでいる。床下を砂まじりの風が吹きぬけていく。家というより、ほとんど小屋であった。去っていく妻に家を譲り、ここに一人移り住んできてから四年過ぎた。むろん基地にもどれば宇宙飛行士用の宿舎もあるが、ここが気に入り、ささやかな自分の家として買い取ったのだ。

水とパン、ただそれだけの食卓をおもわせる殺風景な小屋だが、一人暮らしには充分の広さがある。昼顔の蔓もテラスにからみついてくる。窓やドアの隙間からたえずしのび込んでくる砂粒も、隕石よりはずっとましだ。こうやって息を吸えば、人工の混合気体ではなく、海の匂いも流れてくる。

電気だって引いているから灯りもつくと思いながら、まだ日は沈みきっていないのにスイッチを入れた。天井から吊るされた六〇ワットの裸電球がオレンジ色の光りを放つ。蛍光灯や計器盤とはちがう、その色も好きだった。息子が笑っている。四年前、ドジャース球場で撮った写真だった。電話の録音テープを回してみた。

――ミスター・ビーム？

――憶えているかな、わたしのことを。トランス・グローバル社のイリエだがね。

――最近、どうもレイがおかしいんだよ。青白くやせて、どこかこう修道女みたいになってしまった。仕事のこと以外まったく黙ったきりで、眼ばかりしんと光っている。

――分析医を紹介したんだが、それよりもやはり、きみに連絡すべきだと思ってね。

――電話してやってくれないか。

――頼むよ、ジム。

副社長ダグラス・イリエの声には、以前会ったときの揶揄するような響きが感じられなかった。頼むよ、ジム……という最後の一言には、なにかを断念して退いていくような淋しさがこもっていた。

レイに電話をかけようとして、指を止めた。この隠れ家の電話番号は、電話帳に載せていない。宇宙基地のごく限られた関係者たちが知っているだけだ。もちろんレイには教えているが、もう長いこと連絡が絶えたままだ。レイのアパートの電話は接続を切られているし、会社のほうにかけても黙って受話器を置いてしまう。さっきの口ぶりから判断して、レイがここの番号をイリエに教えたとは思えない。おかしい、どうやって知ったのだろうと考えかけて立ち上がった。

べつに、なんの不思議もない。そうしようと思えば、クレジット・カードの番号だろうと、銀行の暗証番号だろうと、たちどころに調べあげてしまう連中じゃないか。

ブラウン・ライスを洗い、圧力釜にセットした。それから黒いコードを曳きずったまま、鼠色に風化したテラスに坐り、電話機を膝にのせた。

暮れかけた海が、藍色にうねっている。西空はいつもの夕焼けだが、この海は東へひろがっているので水平線のほうから闇がにじんでくる。初めてボンベを背負って海に潜り、さっきの蝶の群れのように無数の魚がひとかたまりになって吸いこまれては、また吐きだされてくる海底の裂け目を見たときの恐怖が、まだその海に封じこめられている気がした。

高度三一〇キロから水の惑星を眺めながら、ふっと頭に浮かんできた爬虫類のイメージも、あのときの恐怖の余韻かもしれなかった。そしてボンベを背負ったまま波打ち際へそろそろ這い上がっていくと、明るい砂浜に黒い父と白い母が奇妙な一対の生きもののように坐っていたのだった。結局、二人は離婚し、この自分もまったく同じことをくり返してしまった。狭苦しい宇宙船の二段ベッドの寝袋にもぐりこんで、ふわふわと漂いだしてしまわないよう寝袋をベルトで止めながら眠ったときも、ボンベを背負い、波に押されながらゆっくり波打ち際へ這い上がった感覚を夢うつつで思いだしたりした。

初めてレイと出会った日、まっすぐこちらの心に踏みこんでくる若い女性の無遠慮さがうとましく、わたしは夢を見ない、宇宙でも見なかったと、ついぶっきらぼうに撥ねのけてしまったのだ。むろん、この小屋でも夢を見る。船のスクリューにぶつかったのか、甲羅の割れた青い海亀がゆらゆらと腸を曳きながら泳いでいくのを追いかけ、その白い、やわらかい腸にさわったときの夢もしばしば見る。性的な昂ぶりを覚えながら、四十三にもなって、と夢のなかで苦笑することもある。

海鳴りが小屋を包んでいた。聴きおさめのように耳を澄ましながら、受話器をとり、トランス・グローバル社の電話番号を押した。

垂直尾翼に、TRANS GLOBALと社名がしるされていた。専用機をさし向けてきただけで、イリエ自身は乗っていなかった。

「ミスター・ビーム、どうぞ」

促されるまま、水色のソファに坐った。

これまでの飛行時間は、一万四〇〇〇時間以上、一二〇種類の航空機を乗りこなしてきたが、ほとんどが軍用機や練習機だから、機上でこんなソファに坐ることなどめったにない。宇宙船の操縦席も、ジェット戦闘機とまったく変わらない硬さなのだ。

「あとで、コクピットをのぞかせてくれないかね」

「もちろん大歓迎だと思いますが、いちおうパイロットに訊いてみます」

女性乗務員はかがみこんで、シートベルトを締めてくれた。こんなことは幼児のころ以来初めてだな、とジムは苦笑いしていた。

離陸した。しんと大気の澄みきった早朝、セスナで飛ぶのに最適の時間だった。あと一時間もたつと大地が温まり、空気の上昇がはじまるはずだ。紫のルピンの花が咲く砂漠の上空を飛んだ日のことがなつかしかった。

ジローが故障しそうだというのは、どういうことだろう。

昨日あれから電話をかけると、レイはいつものように無言で受話器を置こうとはせず、いきなり、ジローに会ってやってください、と切りだしたのだ。わたしは大丈夫です、分析医にかかる必要はありません、それよりジローが故障しそうな気がするから、とにかく会ってやってください、お願いします。いまトランス・グローバル社の会長の邸にいるはずです。詳しいことはイリエに聞いてください。

背すじをぴんと伸ばした口調でそれだけ言うと、副社長室に電話を回したのだ。

――そうか。

そう言ったのか、とイリエは肩をすくめるように応えてから、しかし女のカンは凄いものだな、あの坊やはいま確かにそこにいるんだがね、どうも様子がおかしいと語りだした。会長はいま死の床にあって、意識の混濁もはじまっている。つき添っているジローに何度電話をかけても出ようとしない。看護師に訊くと、まったく口をひらかないのだという。弁護士も飛んできたよ。死後に遺体を冷凍保存するようにという遺言らしい。それから、これは事務上の手続きだが、遺産相続人のリストにジローの名前も加えられていて、わたしが後見人に指定されてしまったよ。むろん、坊やにはなにも知らせていない。それにあと十年間はジローの相続権は凍結されるという条件がついている。そんなわけなんだよ、とにかくジローに会ってやって欲しい。明日の朝、そちらに専用機をさし向けるから、頼むよ、とイリエはくり返した。唐突すぎてジムが戸惑っていると、

——どうせ明日、あさっては暇なんだろう。

と、くぐもった笑みを嚙み殺している。海辺の小屋にやってくるときは休日をひかえていることも知っているらしかった。

半島のつけねを突っ切り、小型ジェット機は海上へ出た。このまま西へ飛べばもう一つの宇宙基地があるはずだが、今日はそこを越えて太平洋岸まで飛びつづけねばならない。あと五時間はかかるだろう。

女性乗務員がワゴンを押してきて、

「いつでもコクピットにいらしてください。とても光栄だとパイロットが喜んでおりました」

と朝食をならべはじめた。菜食主義であることを知っているらしく、卵もベーコンもついていない。パンと、ミネラル・ウォーター、油を使わずに蒸しただけの野菜。

「ありがとう、食事が終ったらすぐにいく」

食べながらジムは、十年後のジローのことを考えていた。三十代半ばにさしかかるはずだが、東洋人の知人が少ないせいか、どうしても具体的なイメージが湧いてこない。

ニューマン博士の家で見せてもらったヴィデオ・テープのジローは十三歳かそこらで、あれから十年ほどたっているのに最初の少年の印象はほとんど変わっていない。さらにあと十年たっても、かけひきや、狡さ、打算など、人なみの世間知を身につけるとは考えにくい。あいつはどうも系時的な世界にはいないらしい。

「あと十年か……」

十年後に遺産を分け与えるという老人の気持が、よくわかる気がする。肉親、親族たちに残したところで、別荘やヨットを買ったり、投資顧問会社に委託するとか、まあせいぜいそんなところだろう。トランス・グローバル社を巨大な複合企業に育てあげた老人は、おそらく、自分の死後十年たってから作動する時限爆弾のようなものを残したかったのだろう。愛なのか、世界への悪意なのか、むろんそれはわからないが。ほくそ笑みながら、なりゆきを見守る冷凍保存された死体、いや悪魔からの贈り物かもしれないぞ。

生きているならば、十年後のジローがなにをするか自分も見てみたいものだ。意味を運ぶリンゴの実となるのか、世間知がないからこそ善悪の彼岸までいこうと破壊的に働くのではないか、なにか、かすかな危惧もあった。

ミネラル・ウォーターをすすりながら円窓を見た。

翼が小刻みにふるえている。成層圏の青のなかだが、ここはまだ大気圏だ。

よく憶えている。軌道変換ロケットを噴射して、軌道から離れ、地球の引力に身をまかせながら秒速七九三九メートルの猛スピードで突入していくときの大気の手応えは凄まじいものだ。

そのまま突っこんでいくと、摩擦熱で宇宙船は焼けただれてしまう。三四度の迎え角をとらなければならない。角度が深すぎると燃えあがり、浅すぎると突入の瞬間、大気にはじき飛ばされてしまう。だから正確に三四度でなければならないのだ。それでも宇宙船は、華氏二五〇〇度のオレンジ色の炎に包まれてしまう。

高度四六キロで、迎え角を一〇度に立て直す。

そのときだ、宇宙船のまわりの空気分子が高熱のためにイオン化して、まったく電波を通さないブラック・アウトが起こってしまう。

操縦席の自分はそのとき、視野ぎりぎりに巨大化してくる青い水の惑星へ突き進みながら、命綱の電波がまったく消えたまま盲目飛行していく宇宙船をなんとか制御しようと、0・0001秒刻みにおもえる時間と戦うのだ。そして、ついにブラック・アウトを突きぬけ、母星からの誘導電波の声がふたたび聴こえてくると、狭くて暗い産道をくぐりぬけた赤ん坊のように、全員がいっせいに喜びの声をあげる。

老人の昏睡はつづいていた。

サンルームも温室も、いまはがらんとして静かだった。だが車の出入りは激しくなった。病院からよく冷やされた血液などが運びこまれているのだろう。医師たちも邸に泊りこんでいる。調理室は小さな戦場だった。人ひとりが自宅で死のうとすれば、これほどやっかいな騒ぎが起こってしまうものか。いよいよとなれば霊柩車ではなく、遺体の冷凍保存を委託された会社が、冷凍車をさし向けてくるのだろう。

あれほど醒めきって物理的な死に向き合おうと覚悟しているかにみえた老人が、なぜ死後の自分を冷凍保存させようとしているのか、ジローは内心、がっかりする思いだった。

いったん死んだ脳が甦ることはあり得ない。電気化学の灯りが再び点くことは、あり得ない。ずっと昔、雪のアンデス山脈に旅客機が墜落したことがあった。生存者たちは、死んだ乗客を雪のなかに埋め、その死体を少しずつ食べて生き延びた。アンデスの聖餐と呼ばれる事件だが、そのときまず最初に、凍りかけた脳をスライスして食べたのだった。脳がまっさきに細胞崩壊してしまうからだ。０・００００３の確率に畏怖したこともある老人が、そんなことを知らないはずはない。

金持の、いやがらせだろうか。生者よりも長く在りつづけるはずの冷凍死体。そんなものを残せば、親族や関係者たちはいつまでも死者のことを意識せざるを得ない。死者に見つめられていると感じるだろう。だが、いやがらせだとしても子供じみていやしないか。いや、もしかすると再生や永生など望んでいるわけではなく、すべての悪を見届けてきた自分の脳、自分の記憶を、カチカチに凍った一冊の書物のようなものに化してしまいたいのか。どんな魂胆なのか訊いてみたいが、ジローは病室に入ることも許されなかった。

朝、目脂がこびりついて瞼のひらかない日がつづいた。どうしてこんなに出てくるのか不思議だった。夜光虫がなだれ込んでくるカヌーで傷口を押さえていた兵士たちの黄色い膿が思いだされてくる。ものを食べるときは、こちらの心に居坐ったままの死者たちに供えものをしている気がした。おい、雛っこ、とジャスパーがせせら笑ってくる。おまえはあのとき、必死にカヌーを漕いで川下へ逃げていったじゃないか。そうよ、そうよ。おまえはキヴァに入れ。さまざまな声が混線して、ジローは温室のプールで毎日、疲労困憊(こんぱい)するまでひたすら泳ぎつづけた。くたくたになることが目的だった。ひょうたん型のプールの細くくびれたところにさしかかると、鳥のさえずりが聴こえてくる。熱帯植物園そっくりの木々の枝に、鳥籠が吊るされているのだった。オウム、金剛インコ、金切り声で鳴く巨嘴鳥。

鳥のさえずりがやんだ。吠え猿の群れが夕陽を追いかけるように、枝から枝へいっせいに跳び移っていくとき、密林の鳥がふっと鳴りをひそめる、あの夕方の静けさだった。風が入ってくる。ガラス張りの温室のドアがひらき、外気が流れこんできたのだった。

ゆったりとした大股の足音が聴こえてくる。疲れきってプールサイドでのびていたジローのなかで、だれかが敏感に反応した。ぴくっとレイが聴き耳を立てた。ふり向くと、

プールの向こう側に、長身の黒人が立っていた。直立不動の姿勢で、ひょいと空軍の敬礼をしてから、真っ白な歯をのぞかせ、

「やあ！」

と、いたずらっぽく笑った。

涼しい木陰をつくり、人を憩わせてくれる樹木のようだ。手を降ろすとき、褐色の首すじや肩の筋肉が動いた。なんの不安もなく、ゆったりとくつろいでいる茫洋とした肉感があった。

――ジム、ジム！

その首にしがみつきたいレイの狂おしい思いがジローにもわかった。ああ、なんとなつかしい肉感だろう。水に飛びこむと、内部のレイが蛇のように身をくねらせて泳いでいく。息を切らしてプールサイドに手をかけたとたん、ジムが両手首をつかみ、ぐいと根こそぎ水から引き上げてくれた。左手の薬指に、指輪をはめている。宇宙へ行くときも、かならず持っていくという青いラピスラズリの指輪だった。

笑っている。黒曜石の眼に、なんのゆがみもなく自分がくっきりと映っている気がした。聞いて欲しいことが山ほどあるけれど、いまは独りで生きていたいと、自分のなかに居坐っているレイも静かにうなずいてくる。

「さあ、行こう」

とジムは言った。水色のシボレーで砂漠へひっ攫（さら）っていったときの、いたずらっぽい

笑顔だった。

邸を去る前に、せめて老人に挨拶しようとドアの前に立った。

看護師が出入りするとき、酸素吸入器をつけたまま横たわる老人が見えた。意外なことに、やせこけた頬がうっすらとバラ色がかっていた。二酸化炭素を吸って中毒死するとピンク色になるというが、酸素でもそうなるのだろうか。あるいは歯科医が使う麻酔ガスでも吸っているのか、老人は夢見心地のなかをさまよっているようだった。

すぐにドアが閉まった。

やがて冷凍保存されるはずの脳に宿っていた記憶は、すでに一部、こちらに乗り移って生き延びているのだとジローは思った。これからさき、さらに多くの死者たちを宿らせること、それが自分の義務になるのかもしれない。

オレンジ畑を走りながら、ふさぎこんでいるジローを横目に、

「わたしの父は、ブラック・モスリムに改宗したんだがね……」

晩年になると正気とは思えなかったよ、とジムが語りだした。

「回教徒は一日に五回、メッカの方角へ向かって礼拝するわけだが、父はときどき道端のダンボール紙を拾って、その上に坐りこんで額をこすりつけていたよ」

メッカの神殿に飾られているのは黒い石で、神と人間との契約のしるしとして天から

降ってきた隕石だといわれている。それが世界の中心なわけだ。ところが死期が迫った頃、どうもあれは隕石ではなさそうだ、と洩らしはじめた。

「どうしてそう思うのですか」

と訊ねてみたよ。すると、あの黒い石のことがずっと気になって気になってしかたがなかったので、博物館に出かけて、陳列されている隕石をじっくり眺めてみたのだという。

「でかいやつもあったよ。人間が二、三人ゆったり坐れるぐらいの隕石だった。真っ黒で、熔岩みたいにでこぼこしているが、一ヵ所だけきれいに切断されていた。どうなっていると思う？　隕石のなかは銀色で、ぴかぴかに光っていた。そこらのステンレスとまったく同じだったよ。そうか、隕石というのは金属なのかとびっくりした」

「…………」

「メッカの神殿に飾られている石も黒くて、巡礼たちが接吻（せっぷん）するから、人の顔がすっぽり入るぐらい磨りへっている。だが内側も、ただの黒い石だ。あれはどう見ても隕石じゃないな」

それから父は、モスリムの墓地ではなく、生まれ育ったふるさとに埋葬して欲しいと遺言した。

「わかりました」

と、わたしは言った。隕石には三種類あってね、石質隕石、石鉄隕石、隕鉄に分けることができる。すべての隕石が金属だとはかぎらない。だから、メッカの神殿の石は、おそらく黒い花崗岩だろうが、本物の隕石である可能性も否定できない。だが、そのことは黙っていたよ。

大量のドライアイスで遺体をカチカチに凍らせて、金属製の柩（ひつぎ）ごと航空貨物便で運んでもらった。離婚する直前だったが、息子も連れていった。神父はわたしよりも若い黒人でね、汗びっしょりになってバイブルを読んでくれた。それが傑作なことに、ラップ・ミュージックのリズムだった。ふざけてやってるんじゃない。全身全霊をこめようとすると、自然にそうなってしまうらしい。集まってくれたおばさんたちも、手拍子を打ち、踵（かかと）でリズムをとり、椅子に坐ったまま踊るようにからだを揺らしている。素晴らしい葬式だった。息子も感動したらしく、ぼうっと上気していた。

カチカチに冷凍された父の鼻の穴には、なぜか脱脂綿がつめてあった。息苦しそうにみえたので、わたしはそれをぬき取ってしまった。いよいよ埋葬という頃、ドライアイスが溶けて、遺体が解凍されてきた。そして鼻の穴から、赤い血がスーッと流れだしてきた。血液も解凍されてしまったんだね。

墓地には鶏頭の花が咲いていた。

まったく場ちがいな、妖しいほどつややかな赤紫の花だったよ。埋葬が始まりかけているのに、息子はその花にばかり気をとられている。なぜだろうと思って見ると、カマキリが一匹、茎を這い上がっていくところだった。ごく普通の緑色のカマキリだがね、花のところまでくるとゆっくり色が変わっていく。花と同じ赤紫ではないが、赤みがかった濃いレンガ色になった。

「カマキリも色が変わるんだね」

と、息子は小声で言った。なにか神秘なものを目撃したように、しかもそれをわたしと二人で見たことが嬉しくてたまらないといったふうに眼を輝かせている。

「ああ、色が変わるんだね」

ほんとうに良いものを最後に見せてやれたと、わたしも嬉しかったよ。


すでに電源が入り、小型ジェット機は眼ざめていた。小刻みにふるえるタラップを昇った。ジムは出迎えの女性乗務員を軽く抱擁してから、こっちだ、ジロー、と取って置きの贈り物でもするように手招きしながらコクピットに入った。計器だらけで、ひどく窮屈だった。

「どうぞ」

パイロットは副操縦士の席に坐り、機長席を空けていた。

「いいのかね」

ジムは黒曜石そっくりの眼を輝かせた。

「大丈夫です。トランス・グローバル社からＯＫが出ています」

の予備席に坐らされた。

「ありがとう」

ジムはうなずき、機長席に坐った。ゆったりとした自信に溢れていた。ジローは後部の予備席に坐らされた。

パイロットが天気図を差しだした。

大陸の上空に高気圧、低気圧の波紋がひろがり、世界の等高線がさざ波をたてていた。

「わかった」

ジムは天気図を読みとってから、聴診器をあてるように、すでに点火しているエンジン音に耳を澄ました。それから、フラップを始動させ、計器を見た。

神経回路がぎっしり集中するジェット機の脳のなかだった。電気信号が走り、ブラウン管が明るく光り、目盛りの針がふるえている。

「いいか、ジロー」とジムはふり向いた。「ジェット機と宇宙船の構造は、基本的によく似ているんだよ。このコクピットの広さも、だいたい同じぐらいだ」

ジムは正面を向き、操縦輪をつかんだ。

「宇宙船の操縦桿は、かたちは少しちがうが、まったく同じところにある」

管制塔と応答しながら、ジムは打ち上げの秒読みを待つときの姿勢を示すように、上半身を後ろに反らしてみせた。直立しているスペースシャトルの操縦席に坐ったまま、背骨を水平にして、両膝を上に向けて、真上の青空を仰ぐ格好になるのだろう。

走り出した。滑走路が傾斜してみえる。まわりの風景が溶けて、いっせいに気化していく。空が立ち上がってきた。離陸した。急上昇していくとき、骨がきしむという3Gも、4Gもこない。ただ背骨がぐっとシートにはりつくだけだ。

オレンジ色の夕陽が視野をかすめていく。

水平飛行になると、ジムは前方を向いたまま、いいか、ジロー、と再び語りだした。

「これが高度計だが、宇宙船もだいたい同じところについている」

「速度計は？」

去年の夏、セスナ機で一緒に飛んだことがたまらなくなつかしく、ジローは夢中になって訊いた。操縦輪を握っているとき、大地が温まって空気の上昇が起こり、空中の砂利道に乗り上げたように機体がぶるぶる震えだしたのだった。

「ここだ」

ジムは計器の一つを指さしてから、操縦輪の真正面にある回転式磁石のようなものに指さきを移した。

「ここに姿勢指示器がついているのも、まったく同じだよ」

「その下のは？」

「ジャイロ・コンパスだよ」

ジムはそれから、目前にある現実の計器とはちがうものを次々に指さしていった。

「ヘリウム・タンクの圧力計はこの膝のあたりで、上下の揺れや回転を抑える飛行システムのスイッチは、ここについている」

エメラルド・グリーンの記号が表示されるブラウン管を指さし、

「慣性誘導装置のデータは、ここに出てくる」

いや、もうちょっと真ん中寄りかな、という仕草をしてから、

「デジタル時計は、ここだ。もちろん地上の時間じゃない。グリニッジ標準時も関係ない。地上から宇宙船を見ると、秒速七九五〇メートルで軌道を回りつづけている。軌道上から見ると、地球は四五分で一回転して、日の出と日没がくるくる入れかわっていく。時間の感覚も相対化される。だからここに出てくるのは、打ち上げ後の飛行総合時間なんだよ」

「地球にもどるときは？」

どの計器に縋りつくのかジローは訊きたかった。

「大気圏に再突入するときは、これだな」

ジムは架空の計器を指さし、最も緊張する一瞬をくり返すように、

「ここについている仰角指示器を睨んでいる。突っこむときの角度が浅すぎると、大気にはね返されてしまう。そうなると燃料はもう残っていないから、大変なことになる。逆に角度が深すぎると、摩擦熱で燃えあがってしまう」

そして前方の窓いっぱいに巨大化してくる水の母星に飛びこむように、しばらく身を硬くしてから、

「ただ宇宙船の窓は、これよりちょっと小さいな」

自宅に友達を招いて、ここが台所、ここが寝室と、間取りを説明するように淡々と言った。金属だらけの狭苦しいコクピット、この抽象性にしか自分の居場所はないと呟いているのかもしれなかった。

オレンジ色の夕陽とは逆方向へ飛びつづけた。惑星ひとつを包みこむように密雲がびっしりとひろがり、濃硫酸の雲がたちこめるというどこかの星を飛んでいる気がした。

「もうすぐ、打ち上げですね」

パイロットが遠慮がちに話しかけた。

「そうなんだよ」

と、ジムは楽しげにうなずき、

「また離乳食みたいな、べとべとの宇宙食だよ」

「宇宙ステーションをつくる計画だとか」

「そう、今度は十五、六人が滞在できる本格的なやつだからね、二十回ぐらい飛んで少しずつ組み立てていくことになる」

「やはり宇宙遊泳しながら？」

「大工さんと同じで、ボルトやナットを持って働くわけだ」

「命綱をつけて？」

「つけない場合もある。背中に船外活動装置をしょってるからね」

「どうやって飛ぶんですか」

「高圧ボンベに過酸化水素が入っていてね、ま、オキシフルみたいなものだが、そのガスを噴射する」

「もし、もどれなくなったら？」

と訊くパイロットの口ぶりには、Ｆ１レーサーかなにかを珍しがるような、一般公開される死への好奇心がちらついていた。ジローはむっとしたが、ジムはまったく平静に応えていく。

「ちょっとややこしいんだが、漂流している飛行士がわたしだとすると、その場合、わたしも宇宙船も慣性飛行している。で、宇宙船はどうやって追いかけると思う？」

「加速エンジンを噴射するしかないでしょう」

そのくらいのことは知っている、と白人のパイロットは少し気色ばんだ。

「ところが、逆なんだよ」

ジムは根気よく言い諭すように、

「宇宙での力学はちがっていてね、追跡するためには、軌道変換エンジンを噴射して減速させる。減速すると宇宙船の高度がさがって、地球の重力が強く働く。すると、慣性飛行がスピードアップする。そうやって、宇宙船はわたしの下にくる」

「…………」

「もちろん宇宙には上下といったものはないが、地球との関係でいえば下にくるわけだね。それから地球方向にエンジンを噴射して、高度を上げる。そうした一連の動きを小刻みにくり返しながら接近してくる」

ジムの横顔は青黒かった。コクピットの計器という計器が蛍のように光っているのだった。

「わたしの酸素は七時間三〇分もつ。その時間内に救出できず、死体回収にもしくじった場合、わたしはそのまま慣性飛行をつづけていく」

「永遠に？」とジローは訊いた。

「いや、そんなことはない。宇宙といっても完全な真空じゃない。ごくわずかだが、水素もある。星間分子もある。それらにぶつかって、ブレーキがかかり、ゆっくり、ゆっくり高度がさがっていく」

「わかった」

とジローは顎をひいた。それ以上は聞くまでもなかった。地球を回りながらゆっくり下降していくジムの死体は、かならず重力にひきつけられて大気圏に突入していく。そして進入角度が深すぎた宇宙船と同じように、オレンジ色の火に包まれて燃えあがっていく。

夕陽と逆方向へ飛んでいるせいか、たちまち空が暗くなった。星が増えた。すべてが一等星のシリウスのような強い光りだった。

そしてこちらのコクピットは計器だらけで、針という針がいっせいにふるえている。まるで嵐にぶつかる避雷針だ。火花が飛び、針の一本飛んだだけで空中分解してしまいそうだ。コクピット全体が金属の頭蓋のようにきしむ。エメラルド・グリーンの光りがブラウン管に明滅する。さざ波が走る。ああ、なんとちっぽけな乗り物だろうと思った瞬間、ぞっと背すじが寒くなった。こんな危なっかしい、ちっぽけな乗り物で暗黒のなかを飛んでいくのか。

「怖いな」

ぽつんとジローが洩らすと、

「いや、わたしが次に行くところは高度六〇〇キロだから、たいしたことはない。いいかい、地上のハイウェイを想像してごらん。六〇〇キロなんて、車でも四時間で行けるじゃないか」

「………」

「その程度のところなんだよ。宇宙船などと言えるようなものじゃない。そこらをちょっと往き来するポンポン船みたいなものさ。ここからさきが途方もない。ま、とりあえず次は、月面だろうな。月といっても地面を掘って地下室をつくれば、零下15度ぐらいは保てるんだよ。いまだって南極のあちこちに観測基地があるだろう。あんなふうに、各国の基地が月にできるはずだ」

「なんのために？」

「鉱物資源がある」

公式的には一応、といった口ぶりでジムは律義に言った。

「それから？」

月の次は、とジローは訊きたかった。

「ラグランジュ・ポイントといって、月と地球、太陽と地球の引力バランスが釣り合っているところがあるんだよ。月の軌道上、地球の軌道上にそれぞれ五ヵ所あって、ここは非常に安定している。ポイントといっても、我々から見ると広大な空間だよ。だからここに、宇宙ステーションをいくつも浮かべることになるだろうな」

「…………」

「そして南極基地に越冬隊が送りこまれるように、そこにもヒトが派遣されるだろう。その日がきたら、まっさきに志願しようと思っている。その頃、わたしはとっくに五十か六十になっているはずだが、こうした辺境の地味な仕事は、老人向きだと思わないか」

「…………」

「ラグランジュ・ポイントに浮かぶ金属の修道院にこもろうと思っているんだよ。わたしはそこで死んでもいい」

なんの気負いもなく、ちょっと冗談めかした口ぶりだった。

「それから？」とジローは急いで訊いた。

「ほかの惑星に植民地をつくり、やがてヒトの遺伝子は宇宙へ散種される」

ジムはまた、いったん公式的に応えてから、にやりと笑い、

「というのは、まったくおめでたい幻想だよ。ここからさきは途方もない空間だから、まず征服できないだろう。それ以前に、おそらくヒトという種も滅びるはずだ。いますでに、この惑星は定員オーバーしていると思うが、たった一万人を宇宙に移住させることもできない。そんな技術などない。いや、たとえできたとしても、なんの解決にもなりやしない」

「一年に一億人ぐらい増えつづけているから?」

「そう」

焼け石に水だよと言いたげに、ジムはうなずき、

「そんな宇宙船もない。行き先もない」

前方は満天の星だった。地上から仰いで、星座のかたちなど思い浮かべる星とはまったくちがう。視覚で繋ぎとめられる平面的なかたちなど、なにもなかった。それぞれが光速で何千年、何百万年という奥行をはらみ、すさまじい寒色の輝きを放っている。近づけば明らかに有害な、凶暴な光りだった。

ジムは前方を見つめ、操縦輪を握りしめたまま、長旅の退屈をまぎらわすような独りごとの口ぶりになった。

「こんな操縦席に坐って、よく考えたよ。地球の引力圏をぐるぐる回るのではなく、も

しもいま、相対論的な星間飛行をしているとすれば、どうだろうか。たとえば宇宙船が光速に近づくにつれて、走行差という現象が起こって、後方の星まで前方に見え、背後には暗黒がみなぎっているのに、前方にだけ星が密集してきらめくはずだ。またドップラー効果のせいで、宇宙船の進行方向に対して同心に色彩が変わり、そのリングの中心に突き進んでいくことになる。そんな理論上の光景を、おそらくわたしも、この眼で見てみたいと思うだろうな」

「………」

そうか、ジムもやはり、百万分の三の確率でなにかが起こりうる可能性があるとすれば、その甘美な光景をちょっとだけでも見てみたいと思ってしまう一人なのか。

「だが母星を去ってから、七年、八年、ただひたすら暗黒のなかを飛びつづけているとすればどうだろうか。冷たいビールを飲むこともできない。女も抱けない。ひょっとするとこのまま、髪の毛も陰毛もすべて真っ白になるまで飛びつづけていくのかもしれない。すると死ぬ前に、せめてどこかに辿り着きたい、未知の惑星に着陸したいと思うんじゃないかな」

「もちろん」

とジローは強く言った。身に覚えがある。暗い海をカヌーで走りつづけているとき、横波をかぶり、太股まで浸水しかかったことがあった。このままでは浮力を失い、カヌーはただの漂流物になってしまう。いや、補給物資を大量に積んでいるから沈むかもしれない。ジローはずぶ濡れのまま必死に水を掻きだしながら、ああ、ほかほかの布団にもぐりこみたい、せめて陸の上で死にたいと、それが途方もなく甘美なことのように切望しつづけたのだった。

「操縦席に坐ったまま、もし着陸できるとすれば、どんな惑星がいいか、いろいろ考えたよ」

ジムは眼をなごませながら、珍しく楽しげな口ぶりになってきた。

「猛毒ガスの大気が渦巻いたり、頭の上から濃硫酸の雨が降ってくるような星は、ちょっとかんべんしてもらいたいね。昼は四八〇度という暑い惑星だと、こちらが蒸し焼きになってしまう。液体水素の海だけがひろがっている星だと、溺れてしまう」

「氷の星だと風邪をひいてしまう」

ジローも釣られて調子を合わせていた。

「そうそう」とジムは応じてくる。「それに生物がいるとしても、すべてが進化の極限までいきついて、無数のソクラテスや、無数のブッダ、無数のキリスト、老子、荘子たちが住んでいらっしゃるような星も、ちょっと遠慮したいね。やはり、なんといっても、まずは大気だ。窮屈な宇宙服など脱ぎすてて、ゆったりと深呼吸できる星が一番だよ。もちろん、水も欲しい。両手で掬って、ごくごく飲めるような水が流れていたら、ありがたいね。空が紫色でも黄色でもなく、青々としていたら嬉しいだろうね。もうすこし贅沢を許してもらえるなら、岩と砂だけの星ではなく、緑があり、花が咲き、鳥がさえずっていたら、もう言うことなしだ」

「地球みたいだな……」

と言ってから、ジローはつい笑いだした。

「そうなんだよ、わたしも操縦桿を握ったまま、なあんだ地球のことじゃないかと気づいて、くすくす笑いだしたよ。そう、わたしたちはあの惑星の条件のなかで進化してきたのだから、あそこが最も心地よいようにできている。きれいな水や、五月の若葉など見ていると、つい幸せな気分になってしまうだろう。そういうふうにできている生き物なんだよ」

「…………」ジローは、海面すれすれの無人島に降りそそぐ明るい木洩れ陽を思いだしていた。下方を見ると、隙間なくひろがる雲の層が水銀の海におもえた。

「もしもいま星間飛行しているとすれば、死ぬ前にせめて、そんな惑星に辿り着きたいとねがうはずだよ。そう、悪や矛盾を山ほど抱えているが、結局、あの惑星こそが楽園なんだろうな」

ジムはひっそりと照れ笑いを浮かべている。黒い仏像がはにかむような横顔だった。

操縦席の窓には、ぎっしりと星がひしめいている。青白く凶暴に冴えわたる寒色の星空だった。残酷なほど世界の物理性がむきだしになって、すぐそこに迫っていた。

ねばつくように滑走路に降りた。

夜だというのに、雨あがりの密林を思いださせる蒸し暑さだ。車で市街地をぬけて走りつづけた。ピンク色のネオンが点っているモーテルをやり過ごした。まわりから沼地の水の匂いが漂ってくる。原生林を切りひらいたハイウェイをひた走った。ひき殺された動物たちの死骸が点々とつづいている。アライグマ、鹿、蛇……。

沼沢地と海岸線が入り組んでいるのか、スピードを落とすと海鳴りも聴こえてくる。昼顔の這う砂丘に、バンガロー風の小屋があった。潮風にさらされて、鼠色に風化していた。車から降りて、手さぐりで小屋に入った。

裸電球が点いた。がらんとした殺風景な部屋であった。床は砂でざらついている。樫の木の食卓。硬い椅子。ぽつんと写真が飾られていた。一目で混血とわかる、淡い褐色の少年だった。

「息子だよ」

ジムは冷蔵庫をひらき、ミネラル・ウォーターの壜を取りだした。熔岩台地のトレーラー・ハウスに隠れたとき、ダンボール箱ごと大量に買いこんだのと同じ、ＤＥＥＲ　ＰＡＲＫ　鹿の園という銘柄の水だった。グラスを添えて食卓に置いてから、ジムは留守番電話のボタンを押した。

――やあ、どうしている？

――わたしだよ、ニューマンだよ。

――いよいよだな、ジム、今度は機長（コマンダー）として行くわけか。

――打ち上げの日、わたしもそちらへ行くよ。

――ＳＥＴＩ計画の代表者として招待されたんだよ。

――とにかく成功を祈っている。

――旨いワインを持っていくからな。

――自家製ワインのコンテストで金賞を取ったやつだぞ。

――うん、会えるのを楽しみにしている。じゃあな。

一人息子に語りかける老父のような声だった。ジムは冷たい水の入ったグラスを額に掲げ、ひょいと乾杯のしぐさをした。ジローは水を啜りながら、左手の青いラピスラズリの指輪を見ていた。

# 第二十章　おおーい、だれかそこにいるか

宇宙船はすでに直立していた。

仰ぎみる角度のせいか、コクピットが尖塔のように青空へそびえている。だが胴体は寸づまりで、妙にずんぐりとしている。これまでジムと二人きりのときは、space ship 宇宙船と言い交わしてきたが、こうして見ると、巨大な燃料タンクにしがみつく不格好なペンギンだった。白と黒の胴体から、退化しかけた、よちよちの翼も生えている。

発射台ときたら、油田の櫓と同じだった。テレビ・カメラが長官たちのセレモニーを映しだしている。もう何十回も打ち上げをくり返してきたせいか、すべてが手順よく慣れきっていた。

ジローは昼顔のからみつくテラスに坐っていた。ここからだと室内のテレビも、宇宙基地の方角もよく見えた。隔離室へ入っていくジムを見送ったあと、海辺の小屋にもどり、水を飲み、眠り、この時を待ちつづけていたのだった。

宇宙船の窓がアップになった。

大気圏に再突入するとき、華氏二五〇〇度の熱に耐えるという特殊ガラスで、操縦席のジムは見えなかった。あの窮屈なコクピットで、からだをがっちり固定されたまま、背骨を水平にして、せり上がる両膝のあいだで操縦桿を握りしめているのだろう。

真上の青空を見ているのか。管制室と応答する合い間に、部下たちの緊張を解きほぐそうと、おい、あそこが縮みあがってスースーするなと笑っているのかもしれない。なにを考えているのだろう。息子のことか、別れた妻のことか、レイのことか。いや、計器やスクリーンをのぞき、液体水素が流れていく燃料パイプの、ヒューン、ヒューン、という震動音に耳を澄ましながら、こんなことで死ぬようなら、そんな人生は生きるに値しないと意志をひきしめているのかもしれない。ジローは青空を見た。太陽はプラチナ色で、熱のきわまる寒色だった。

秒読みが始まった。

発射台に炎が噴きだしてきた。いびつな火の玉が膨らみ、四方へ白煙がひろがっていく。巨大な燃料タンクごと宇宙船はわずかに浮き上がり、かろうじて垂直性を保ったまま震えている。失速して、このまま墜(お)ちてしまわないか危ぶんでいるとき、重力をふり切るように急上昇していった。ジローは沼沢地のほうをふり向き、青空に現われた実在の宇宙船を見た。

――ジム、ジム！

自分についての記憶も宿っているはずの脳が、いま遠ざかっていくのだと思った。火山の麓で別れたとき、シャム双生児が二つにひき裂かれて自分らしさがどちら側に憑けばいいのか戸惑うような思いがあったけれど、あのときの痛覚もすでに思い出だった。宇宙船は火柱を抱きかかえながら青い天へ突き進み、あっけなく消えていった。

明るいガラス張りの管制室が、ジローには大きな哺育器(ほいくき)にみえた。赤ん坊はいない。かわりに中年や、頭の禿げかかった技師たちがコンピューターに向き合っている。軌道上にある宇宙船を追跡したり、飛行士たちの心音や血圧などをモニターしているのかもしれない。

冷房が効きすぎて、仕切りのガラス壁は氷のように冷たかった。ずらりと並ぶ電子機器の熱を取り除くためだろう。

ニューマン博士は技師たちの肩ごしにコンピューターをのぞき、心配そうに訊ねている。蛍光灯のせいか白髪が黄緑がかり、ひどく老いてみえた。ふっと顔を上げて、仕切りガラスのこちら側のジローに腕時計を向け、指さきで文字盤を軽くトントンと叩いてから、両手の指をひろげ、

——あと十分待ってくれ。

と合図してくる。

壁面に大型スクリーンがあり、遊泳中の飛行士たちが映しだされていた。

金色の単眼のように、ヘルメットが光っている。誤って太陽を直視して目が眩んだり失明したりしないよう、ヘルメットの正面、顔の部分に金メッキが蒸着されているのだ。内側からは素通しなのだろうが、その金メッキのせいで飛行士の顔は見えなかった。

船外活動装置を背中につけて、過酸化水素のガスを小刻みに噴射しながら宙をよぎっていくとき、暗闇のなかで凶暴に燃える陽をはねて、ヘルメットがまたぎらりと光る。

慣性飛行しながら、ふわりと倒立し、正立し、あるいは斜めに漂いながら金属を組み立てていく。海辺の小屋で図を描いて説明してくれたから、どんな形になっていくのか、大体のことは想像がつく。いま着手しているのは、中央モジュールと呼ばれる棟で、そこにアンテナや太陽熱発電のパネルを組み合わせていくのだろう。重力や空気抵抗がないから、エアロックでどんな形にでも結合していける構造だという。

飛行士たちは宙を泳ぎながら、ぎごちなく、ゆっくり、大工のように働いている。そこはラグランジュ・ポイントではなく、高度六〇〇キロかそこらの地球軌道にすぎないけれど、ジムはいつかそこに閉じこもるつもりで金属の隠れ家をこしらえているのかもしれなかった。

ニューマン博士が左手の五本指をひらき、

——あと、五分だけ待ってくれ。

すまん、と首をすくめながら合図してくる。飛行機の出発時間までまだ充分余裕があるのに、せっかちな老人のようだ。

　高地の砂漠へ飛びつづける機内で、ニューマン博士は昨日から一睡もしていないとこぼしながら、逆に、神経だけ昂ぶったように饒舌だった。

「コントロール・センターと応答する声を聴いたよ。そろそろジョークでも飛ばすかと思っていたが、ジムのやつ真面目だろう、いかにも空軍出身の指揮官（コマンダー）といった口ぶりでね、ちょっと期待はずれだったよ。あいつも、もう四十三じゃないか、そろそろ飛行士をやめる歳だな」

「………」

「引退して大学にもどればいいんだ。あいつは、ＭＩＴ宇宙航空工学のドクターを持っているし、現役の宇宙飛行士だろう、どこの大学だって喜んで迎えるよ。わたしのポストを譲ってもいい。そうしたらわたしも兼任をやめて天文台のほうに専念できるんだがね」

　いつものニューマン博士らしくなく、愚痴っぽかった。ジローは黙っていた。ラグランジュ・ポイントはまだ先のことだから、その宇宙ステーションが完成したとき、志願して閉じこもるつもりだと語っていたことは、ちょっと口にできなかった。

「宇宙ステーションといっても、たかが六〇〇キロ、すぐそこじゃないか。そんなところに金属タンクみたいものを浮かべるより、SETI計画のほうがずっと有意義だと思うんだがね」

そうだろう、と相槌を求めてから、ジローが素人であることに気づいたように、

「わたしたちの宇宙は、おそらく無限にあるはずの宇宙の一つなんだよ。そして、この宇宙だけでも何千億という銀河系があって、それぞれの銀河系にさらに何千億という星がひしめいている。地球なんて隅っこの、ほんの片田舎だ。自分たちだけが知的生物だというのは、とんでもない思い上がりなんだよ」

「………」ジローはうなずきながら、絶滅しなければ出現したかもしれない恐竜型知性体ダイナソーロイドの姿を思い浮かべていた。

「そうだろう、地球外知性体からのメッセージ電波をキャッチできたら、どうなるか。考えてごらん、わたしたちを遥かに凌ぐ知性体の暮らしぶりや思想が少しでもわかれば、おそらく人類史上の大事件になるはずだよ。いやおうなくヒトは変わっていく。宇宙の隅っこでせっせと核兵器を貯めこんだり、やれ国境だ、民族だ、宗教だと殺し合いばかりやっている馬鹿さかげんにも気づくはずだ、そう思わないかね」

ニューマン博士の語り口は、研究予算獲得のためSETI計画の意義についてスピーチでもしているような紋切り型で、かすかに、情熱の衰えが感じられた。宇宙人と交信しようと試みた最初のヒト、頭がおかしい、誇大妄想だと謗られながら三十年以上アカデミズムと戦いつづけてきたニューマン博士も、とうとう老いてしまったのか。

「ずっと昔、宇宙に送信するつもりで電波暗号をつくったことがあった。０１０００１０１１０００……といった電波パルスの羅列だがね、同じ程度の知性体なら、かならず解読できるはずの暗号だよ。試しに、それを学会に集まった科学者や大学院生たちに配ってみた。ところが解読できたのは、たった一人、まだ学部生のジムだけだった。記念品としてラピスラズリの指輪を渡したとき、ああ、こいつがわたしの後継者だと思ったんだがね」

「………」

ジローは微笑んでいた。ニューマン博士が青いラピスラズリの原石を磨いて、自分のためにもう一つ指輪をつくってくれたと聞いたとき、たまらなく嬉しかったのだ。その青い石が、ジムと交信するための密かな鉱石ラジオになりそうな気がしたのだった。ただし、ここには持っていない、とニューマン博士は言った。きみはずっと行方不明だったからね、いつか砂漠のトレーラー・ハウスにもどってくるだろうと思って、電波天文台のほうに置いてあるんだよ、一緒に取りに行くかね、といたずらっぽく笑いながら誘ってくれたのだった。

円窓の下にひろがる大地はうっすらと黄緑がかっているが、もうところどころ黄褐色の荒地がのぞきかけている。ハイウェイが地表の起伏にそって波だちながら、まっすぐにつづいていく。紫のルピンの花が咲く高地の砂漠はまだ見えなかった。

機内食が運ばれてきた。

サンドイッチと、フルーツ・サラダの軽食だった。円窓から成層圏の光りが射して、レタスや苺を照らしている。よく熟れた赤い苺だった。表面にぶつかって反射してくる何ミリミクロンぐらいの光りの波長が、こちらに赤いという知覚をひき起こすのだろうが、その色は水々しく、はち切れんばかりに内部から輝きだしてくる。

「わたしの母も、苺が好きだったよ」

ニューマン博士は食べてしまうのが惜しいというように、しばらく指でつまんでいた。

「仕事の帰りに買ってきて、とっておきの皿に盛ってくれたよ」

それから思い出を堰とめるように口をつぐみ、電話がかかってきてね、と話題を変えた。

「だれから？」とジローは訊く。

「自殺防止ホットラインの電話なんだが……」

ニューマン博士は思い出のほうにまだ半分気持をひきずられながら、沈んだ声でぼそぼそと語りだした。

夜の十一時頃だったかな、受話器を取るといきなり、おれはこれから人を殺す、殺してから自殺するつもりだ、と切りだしてきた。もう二十年以上やっているから、本気なのか、ただ漠然と死にたいと甘えているのか、すぐにわかる。その声は本気だったよ。わけを訊くと、怒鳴り返してきた。

「トカゲの連中が、おれたちの女を二人も盗んでいきやがった、だから復讐する」

「ちょっと待ってくれ、なんだね、そのトカゲというのは？」

「おれたちは竜だ、族がちがう」

ははあ、どうやらオートバイかなにか、頭のいかれた族連中のごたごたらしい、と見当がついた。だが人を殺すと言っている以上、放っておくわけにいかない。どこから電話をかけているのか耳を澄ますと、車の騒音が聴こえてくる。しかも一定の間隔で車の流れが変わっていく。交差点だ。そう、交差点の公衆電話だと気づいたとき、

「おまえさん、なんて名前だ？」

と訊ねてきた。ニューマンだと答えると、わたしの名前を呟きながら、メモしている気配だった。

「で、ニューマンさんよ、一つ頼みたいことがあるんだが」

口ぶりは粗雑だが、声はひたむきで真摯だったよ。

「どんなことかね？」

「明日、あんたは警察に呼ばれるはずだよ、参考人として。そこで頼みなんだが、おれの皮を保存してくれるよう掛け合っちゃくれないか」

「え、なんだって？」

「どうせ解剖されるだろうが、そのとき、おれの皮をきれいに剝いで保存しちゃもらえないか、それだけの値打ちのある皮だからな。どっかの標本にしてもかまわねえから」

な、頼むよ、永久に保存してくれねえか、と何度もくり返してから電話が切れた。

わたしはすぐに車を飛ばしていった。別のところに電話をかけつづけている可能性がある。どこの交差点の公衆電話か、だいたい見当はついていた。小さな学園都市だからね。だが、間に合わなかった。電話ボックスは空っぽで、自殺防止ホットラインのステッカーが貼りつけてあった。

翌日、警察に呼びだされたよ。

冷凍室のようなところに死体が六つ横たえてあった。検死が始まる前で、全裸だった。驚いたことに、男も女も全身、刺青だらけだった。かんちがいしていたんだよ、わたしは。オートバイの族ではなく、刺青マニアたちの族、一種のカルトだったんだね。こんな刺青だらけの男女が学園都市に住んでいたとは、まったく知らなかった。昼間は長袖の服で刺青を隠して、大工や、配管工や、ウェイトレスなどして、ごく普通に暮らしていたらしいな。

銃で撃たれていた。弾痕なんて小さなものだね。そんな穴があいただけで死んでしまうのが不思議なぐらいだった。いや、刺青のほうに気を取られて、そう見えたんだろう。

女たちの乳房には赤いトカゲが十五、六匹群らがっていた。上下左右から、乳首に噛みつく格好ではりついている。乳首には金のピアスが嵌めてあった。恥ずかしいが、どうしても局部へ目がいってしまう。股のつけねにも赤いトカゲが群らがり、大陰唇を縫い合わすかたちに太いピアスがいくつも嵌めてあった。

男たちの刺青はめちゃくちゃだった。錨（いかり）やバラの花や、髑髏や、死神など、いろんな絵柄をパッチワークみたいに継ぎはぎして全身を埋めつくしていったんだろう。途中から族の意識を持ったらしく、トカゲが多くなっていくが、化学染料を使った、けばけばしい刺青だった。

肌にオイルを擦りこんでいるのか、一つだけ青くぎらぎら脂ぎっている死体もあった。インディゴ・ブルーというのかな、圧倒的な藍色だった。足首から蛇が巻きついて……、ほら、チャイナ・タウンの料理店の柱に、浮き彫りの竜が巻きついているだろう、あんなふうに青い大蛇が両足にからみついて、伸びあがり、絞め殺すように全身をぐるぐる巻きにしていく。

その男だよ、電話してきたのは。わたしの名前と、自殺防止ホットラインの電話番号を書きつけたメモを持っていたらしい。一発で、右のこめかみを撃ちぬいていた。だから刺青には傷ひとつ、ついていない。自分の皮膚を完全な状態で保存して欲しいのか、胸毛も陰毛もつるつるに剃って、オイルを擦りこんでいた。陰茎にまで刺青を入れていた。それだけじゃないんだ。驚いたことに、亀頭からつけねまで、陰茎を縦に、真っぷたつに切り裂いていた。

検死官は、よく見てごらんなさいとわたしを促しながら、

「これは、見事な外科手術ですよ。ほら、ぎりぎりのところで尿道をよけて分割しているでしょう」

と、奇妙な畏怖感にとらわれていた。

「自分の皮をきれいに剝いで、保存して欲しい、と言っていました」

わたしは自殺防止ホットラインにかかってきた遺言を伝えてから、つけ加えた。

「あの……、医学部のほうで、標本として保存してもらえないか、ちょっと……、同僚に打診してみてもいいんですが……」

わたしの声は震えていたよ。怖ろしかった。二叉に裂けた陰茎は、真ん中あたりまでピアスで束ねてあるが、先のほうは鰐みたいにぱっくり口をひらいていた。こんな醜悪なもの、おぞましいものを見たのは初めてだった。どうしても理解できなかった。マゾヒストなのか、狂っているのか、こいつら人間なのか、ほんとうにヒトなんだろうか。

「ええ」

まぎれもなくヒトです、とジローはうなずきながら、見たのだと思った。われわれの奥地、暗く湿って水蒸気や妄想がたちこめる脳の奥地をうろうろと徘徊する爬虫類型知性体のような分身に、ニューマン博士も出くわしたのだと思った。

砂漠の電波天文台に着くなり、マザー・コンピューターが据えつけられている中枢部へ連れていかれた。そこも冷房が効き、ひんやりと肌寒かった。ニューマン博士はずらりと並ぶ機器を説明してから、ガラスで仕切られた隣室に入った。端末機がひしめき、壁もデスクも資料だらけだった。

ジローは実験用の猿のように坐らされた。

「十五分間、がまんしてくれないかね。ほんの十五分だけでいいから」

ニューマン博士はどこかしら疚しげに急ぐ手つきで、ジローの頭皮に電極を植えつけていく。いまは美容院のドライヤーみたいに、すっぽり頭にかぶせる測定器があるのに、ニューマン博士はぶきっちょに、円い絆創膏のようなもので一つ一つ電極を貼りつけていく。

またか、とジローは観念して、なすがままに任せていた。頭蓋骨を切除されて、むきだしの脳の襞に電極を埋めこまれ、透明プラスティックの人工頭蓋をかぶせられていた、あの猿と同じだった。ジローは、ぼんやり考えていた。これから先、どうするというあてもなかった。なにかに成るということも思い浮かんでこない。なにが生起してくるのか、なにが開示されてくるのか眼を瞠き、行き着くところまで行くしかない。そのようにしか生きてこられなかった。とはいっても、所持金がそろそろ底をついてきたから、もう一度だけ、あの野営地と台地の石の村を訪ねてから、レイのいる街へ出て仕事をさがすことにしよう。

窓の外には、黄褐色の丘がゆるやかに起伏して、真っ白な皿型アンテナがひらいている。直径三〇五メートル、あまりにも巨大すぎるため、擂鉢状の窪んだ岩場に固定されているアンテナだった。

雲のかたまりが、ゆっくり丘のへりを削るように動いていく。雲の白さがきわだつせいか、まわりの空が黒くみえる。そろそろ日が沈み、天の漏水が始まりそうだ。

この一帯にも、ＦＭ九〇・一の電波が降りそそいでいるのだろうか。あのハスキーな声が聴こえてきた方角を見たいと首を動かしたとたん、電極コードに頭皮がひっぱられた。

――あ、痛いじゃないの！

内部のシャーナが蓮っ葉に割りこんできた。

「いいかね、そろそろ始めるよ」

「…………」なによ、電気椅子のスイッチでも入れるつもり？

「きみも知っていると思うが、声というやつは空気がなければ伝わらない。たとえば月の上で百億人がいっせいに叫んだとしても、互いになにも聴こえない。だが、電波は真空を通っていける」

「だから？」

「きみの脳波を、これから強力な電波に変える。きみの左前頭葉から三四・五メガヘルツの電波が出ていたそうだが、一応、そのことは忘れよう。わたし自身がちゃんとチェックしたわけではないからね。しかし脳波を電波に変換することは簡単にできる。脳波というのは、脳のなかで発生する電気的なパルスだからね。それをアンテナで送信する。出力は四五〇キロワットだから、電離層を突きぬけて宇宙へひろがっていく」

「…………」

「ただし、どの星へ送信するか、それは選べない」

「なぜ？」

「わたしたちのアンテナは大きすぎて、動かすことができない」

「ああ、そうか」

岩の窪みに固定されているから、地球の自転を利用して向きを変えるわけだよ、とジローは内部のシャーナに言い聞かせる。

「いまの時間だと、電波ビームは球状星団M13のほうへ向かうことになるな」

「そこは有望なわけ？」

「まあね、球状星団というのは宇宙の初期にできたやつだから、複雑な原子番号の元素も少ないだろう。だから生命が発生したとしても、わたしたちのような炭素系の生物とはタイプがちがうかもしれない。電波をキャッチできるほど進化していないかもしれない。あるいは古い星だから、進化のピークを過ぎて、逆に退化していることも考えられる」

「…………」

「球状星団というのは、何十万という星の集団なんだよ。それが電波ビームのなかにすっぽり入ってしまうわけだから、確率はかなり高い」

「その星、どこにあるか知らないけど、どうせ百光年とか千光年とか、途方もなく遠いんでしょう。電波が届くのに千年もかかるというんじゃ、話にならない」

「千年なんて一瞬だよ」

ニューマン博士は暗い声で、ぼそりと言った。

「そのM13に生物がいなかったら？」

ジローは、酷い質問かもしれないと感じながら訊いた。もしそこに生命がなければ、電波のさざ波がむなしく通り過ぎていくだけではないか。

「もっと遠くの星にいるかもしれないだろう。それに、地球の自転につれて電波の向きも変わっていく」

「どこへ？」

「ヘラクレス座のπ(パイ)星か、θ(シータ)星のほうだ。こと座のあたりも電波ビームに入るだろうな。へびつかい座70星か、36星のAとBがビームに入るとおもしろいんだがね。ちょっと無理だろうが、生命の発生する確率はかなり高いと考えられている星なんだよ。しかも地球に近い」

「距離は？」

「十七光年か、十八光年といったところだ」

「M13は？」

「二万四千光年」

そう、電波が往復するのに四万八千年かかるわけだよ、と無言で弁解するようにニューマン博士は顔を伏せた。

「返事がくる頃には、ヒトなんかとっくに滅びてるかもしれませんよ」

「そうかもしれんな」

「いや返事どころか、脳波なんか送信しても解読しようがない」

そうよ、こんなのナンセンスよ、と内部のシャーナもぶつくさ呟いている。おれたちは土地も誇りも根こそぎ奪われて苦しんでいるというのに、こんなお遊びなんかにつき合っちゃいられないとジャスパーも癇癪を起こしそうだ。おまえさんたちは星など相手にして結構な暮らしをしているんだろうが、おれたちの仲間は砂漠のゲットーに押しこめられて、食い物ときたら、スカスカに萎びたリンゴや、缶詰ばかり、この天文台が乗っかっている大地も、もともとはおれたち先住民のものじゃねえか。

「…………」

わかっている、理不尽な苦しみが地上に満ちていることはよくわかっているつもりだ、とニューマン博士はうなずき、ゆるしを乞うように、だから、と小声で言った。

「だからわたしは、自殺防止ホットラインのボランティアをつづけてきた。いつも金曜日に、夜明けまで電話の前に坐りつづけてきた。その電話がわたしにとって、いまも地上の義務なんだよ」

「わかっています」

ジローは、内部のシャーナやジャスパーを宥めた。

「自宅のデスクには、いまも二つの電話を置いているよ。一つは自殺防止ホットライン、もう一つは天文台との連絡用だ。空から降りそそいでくる電波を自動的に解析して、なんらかのメッセージ電波を捕えたら、すぐに知らせがくることになっている」

「………」

「だがその電話は鳴りやしない。一度だけ中性子星からのパルスをかんちがいして大騒ぎしたことがあったが、そのとき以外、まったく沈黙したきりだった。鳴りだすのは、自殺防止ホットラインのほうばかりだった。死ぬんじゃない、がんばれ、と受け応えしながら、わたしはもう一つの電話のほうを眺めていたよ」

「………」

「もう三十年以上、いや、計画を練っていた頃から数えると四十年近く、わたしはずっと地球外知性体をさがしつづけてきた。頭がおかしい、マッド・サイエンティストだと、さんざん笑いものにされてきた。まあどうにか、学問として認知させるところまでは漕ぎつけたが、具体的な成果はなにひとつ上がっていない。結果的には、ゼロなんだよ」

「………」

「この四十年がまったくの徒労だったとは思いたくない。わたし自身は意義のあることをやってきたつもりだ。もちろん学者としての野心もあった。白状するが、もし宇宙人からのメッセージ電波をキャッチして解読に成功すれば、ノーベル賞をもらえるだろうと考えていた頃もあった」

昔のことだがね、とニューマン博士はひっそり苦笑いした。

宇宙の他者をさがそうとして、アカデミズムと戦いつづけてきた闘士型の科学者ではなかった。目の前にいるのは、四十年におよぶ粘り強い努力がついに報われないまま定年を迎えつつある老人だった。

「十五分だけ、がまんしてくれないかね」

ニューマン博士は愚痴るようにくり返した。

「なぜ、十五分？」とジローは訊いた。

「ここのアンテナは使用スケジュールがぎっしりつまっている。地球の自転に応じて、観測すべきことをマザー・コンピューターが制御している。空き時間も、所員たちの研究テーマにそって使用時間が割りふられている。所長のわたしも同じでね、いまわたしがアンテナを自由に使えるのも、十五分間だけなんだよ」

「でも、なぜ……」

こんな小僧っ子の脳波など送信したいのか、腑に落ちなかった。

「もちろん、こんなことはナンセンスだよ」

淋しそうな視線が内側へすっとひいて、表情の消えた顔が置き去りにされた。白髪なのに眉毛だけ黒く房々としていることが、初めて異様にみえた。ぼんやり考えている。頭のなかだけに在る過去を見ているらしい。いつか浅漬けのピックルスをかじりながら歩いた街、生まれ育った旧移民街を思い浮かべているのだろうか。そうなんだよ、とニユーマン博士も内部のだれかに応えるように顎をひいてから語りだした。

わたしの母はウェイトレスや賄婦をしながら、働きづめに働いていた。仕事の帰りに苺を買ってきて、さ、みんな食べなさいと差しだすとき、ほんとうに晴れやかな顔をしていた。ユダヤ系だが、ちょっとロシア的な丸顔だった。笑うと、その顔がいっそう丸くなったよ。この国の言葉はよく喋れなかった。だからわたしは子供の頃、母と話すときだけもう一つの言葉を喋っていた。どう言ったらいいかな、滅びゆく民が最後の一家族だけになって、ひっそりと交わしている言語のようなものだったよ。そしてわたしは母の夢を叶えてハーバードに入り、教授になり、それからあとは母のことなどまったく放ったらかしで、宇宙人さがしに熱中していたわけだよ。

そして晩年、母が脳腫瘍の手術を受けるときになって、わたしはあちこち駆けずり回り、同僚の医学部教授に執刀してもらった。その手術に立ち会ったのだが、むきだしの母の脳を見たとき、見てはならないものを見てしまったような気持だったよ。腫瘍は深いところ、脳幹の近くにあった。だから脳に穴をあけて掘りさげていかねばならなかった。

血まみれの脳漿が掻きだされてきた。あの頃の思い出がそれに宿っているのかと思うと、たまらない気持だったよ。そして手術が終り、頭蓋骨を嵌めこみ、頭皮を縫合したあと、母は植物人間になっていった。

だが左手だけが生きていてね、母さん、母さん、と呼びかけながら握りしめると、かすかに応えてくる。脳波計のスクリーンも波だってくる。エメラルド・グリーンの波だったよ。だが一週間もたたないうちに、弱々しいさざ波になり、水平に凪いでいった。そして息をひきとり、あっけなく消えていった。

わたしは茫然としてスクリーンを眺めていた。頭のなかは真っ白で、いつものように端末機のスクリーンを見ているような気持だったよ。そして思った、なぜだろう、あらゆる天体が電波を発している、太陽も、水素原子も、星間物質もすべてそうだ、母もついさっきまで脳波を発していた、むろん電波と脳波はちがうものだが、ちょっと待てよ、脳で発生する一〇分の一ボルトにも満たない電気化学のパルスが脳波ではないか、だとすれば……、いや馬鹿げている、ナンセンスだ、おまえは地球の代表者にでもなったつもりで深宇宙へメッセージ電波を発信しながら、たったひとりの母の生さえ意味づけることができなかったではないか。

ニューマン博士は苦渋を浮かべて、口ごもり、なにか言おうとした。唇がひんやり動いただけで、聴こえなかった。また五、六秒、おびえたように黙りこんでから、

「だから十五分間だけ、わたしが狂うことを許してくれないかね」

と、くぐもる声で静かに言った。

ジローは了解した。たとえ無益なこと、妄想じみたことであろうと、生起してくる出来事に身をゆだねて、行き着くところまで行くしかない、そうだろう、ジャスパー。

「わかりました、ドクター」

と声を出してうなずいたとたん、電極コードに頭皮がひっぱられて痛かった。

電源が入った。ちょっと待ってほしい、脳の電気パルスを送信すると言われたって、なにを考えればいいのか、意識というやっかいなやつを意識するだけじゃないか。こんなときは眼だ、見えるものに心をすがりつかせていくのがいちばんいい。

窓の外にはもう天の漏水がひろがり、深い藍色の空が砂漠にのしかかっている。こんな空を見るたび無性に泣きたくなってしまうけれど、いまはそれどころじゃない。直径三〇五メートルの皿型アンテナも青い水を湛えているみたいだ。あそこから電波が発信されて、あっという間に電離層を突きぬけていくんだろうな。球状星団M13なんて、いったいどこにあるんだ。どんな生き物がいるんだろう。鳥類とヒトの異種混血みたいに、口もとが尖り、金褐色に光る液化プラスティック(リキッド)の眼をもつ、禿げ頭の恐竜型知性体ダイナソーロイドみたいなやつが、この電波をキャッチしてくれれば愉快だけどな。この青い水の惑星では出現しそこなった架空の種……、あいつらいま、なにをやってるんだろうな。隕石そっくりの岩に坐り、紫のルピンの花を眺めながらジムが語ったように、進化の極限まで行きつき、すべてが老子、荘子、ソクラテスや、ブッダや、竹林の七賢みたいになって、ぶらぶら遊び呆けているんじゃないか。あるいは降りそそぐ電波を浴びながら、鱗のなごりのざらざらと硬い皮膚をこすりつけあい、脳とともに大きくなったかもしれない性器を鬱血させて、交わり、いましかに交尾しているのだと意識する知性体が、耳もとまで裂けた爬虫類の口で嗤っているかもしれないぞ。いや、ちょっと待てよ、こんな馬鹿なことを考えただけで、脳にさざ波が走るわけか。ほら、向こうに並ぶ機器のスクリーンも波だっているぞ。ええっと、あの機械はなんだっけ、フーリエ変換装置だったかな、うーん、よくわからないが宇宙から降りそそいでくる電波の雨、電磁波の大洪水をふるいわけて、一定の周波数をもつメッセージ電波を洗いだしていく装置だったな、その隣りはセシウム原子時計で、あっちは星間分子のスペクトルを調べる電波分光計か、この脳波を電波に変えているのはどいつなんだ、向こうの、あっけらかんと明るい奥の院にどっしり鎮座しているマザー・コンピューター、白い冷凍庫の化け物みたいなやつがやっているのか。

0000001010101000000000000101000001010
0000001001000100010001001011001010101
0101010101001001000000000000000000000
0000000000000000110000000000000000000
1101000000000000000000011010000000000
000000001010……

……あれもアジア原産の猿だったな、まだ仲むつまじかった家族三人で動物園にいくと、ふさふさとした銀色の毛なみの猿がいたな。顔と手足だけ真っ黒だった。密林の夕陽も甘酸っぱく熟れたマンゴーの香りも知らず、精液に血が混るほどマスターベーションにとりつかれている猿だったかもしれない。そこに一羽、雀が迷いこんで止まり木に止まった瞬間、猿はいきなり跳び上がり、ふわりと着地したとき、掌に小鳥を握りしめていた。コンクリートの猿山に雀の頭を押しつけて荒々しくこすり、羽毛を削ぎおとしてから、がぶりと口に入れた。小さな頭蓋をかみ砕いた。そして四方をきょろきょろしながら、脳をしゃぶり、硬い果物の種のようなものを、ぷっと吐きだした。嘴だった。

でもさ、目玉は食べちゃったんじゃないの。そう、たしかに食べた、脳や骨ごとばり食べてしまったよ、そういえばアジアのどこかの国では、鍋の蓋みたいに猿の頭蓋骨をひらいて、生きたままの脳を箸でつついて食べちゃうそうだ。

――ほんと、おいしいのかしら？

――最高のごちそうなんだって。

――たまんないわね、だってさ、自分の脳を食べてる連中が見えてるわけでしょう。

――たぶんね。

――痛いでしょうね。

――いや、痛みのパルスを受信するだけで、脳そのものは切っても、ちぎっても、なにも感じないそうだよ。

――じゃあ、眼をつぶればいい、眠たくなって、頭がかすんでくるのと同じよ、きっと。

――………。

するとこ入眠する時のように世界のかわりに夢が出現して、その夢もしだいに虫食い穴だらけになっていくんだろうな、それにしても夢を明るく照らしだしている光りは、いったいどこから射してくるんだろう、ヒトはどうしてここに満ちている電磁波のごく狭い、狭い、のぞき窓の透き間ぐらいの波長域だけを光りとして知覚するのかな、ほかはまったく見えやしない、FM九〇・一のさざ波だって肌にはなにも感じないだろう、なぜかしらね、水のせいらしいね、電波は水に吸収されて熱エネルギーに変わるけれど、かろうじて水中に射してくる波長域だけを光りとして感じるようになったらしいよ、三葉虫か、アンモナイトか、カンブリア紀の魚か海サソリか知らないけれど、なんとか光りを知覚しようと何億年もかけて外へせりだしてきたのが眼球らしいね、へえ、そうなの、猿の眼も、小鳥の眼も、ダイナソーロイドの金褐色の眼も、外部へ露出してきた脳の部分なんだってさ、ふーん、世界をイメージしようとがんばっちゃったわけね、でも不思議だと思わないか、もし宇宙が知性体を生みだし、その脳や視覚を使って宇宙自身をのぞきこんでいるのだとしたら、どうしてヒトはこんなにおそまつなんだろうか、この生命現象をつらぬいていくそいつは眼球となってせりだし、種を乗りつぎ、乗りすてながら海から這い上がって両棲類となり、恐竜となってジュラ紀をよぎり、知性体になりえたかもしれない小型恐竜がうろつく鱗木の森を、いつかヒトに化けていくモグラみたいなやつがちょろちょろと逃げまどい、あるいは空へ逃れようと爬虫類のなごりの鱗が羽毛に変わった翼で、重力をふり切るほどの筋力もないまま、なにかべつのものになろうと、けんめいに羽ばたき……、いや、あの無器用な鳥もやはり滅んでいった、けれどそいつは袋小路にぶつかった種などさっさと乗りすて、乗りつぎ、地質学的にはほんの一瞬のあいだにコップ二杯分かそこらの脳を七杯半にふくらませて、火を手なずけ、ピラミッドをつくり、宇宙船をこしらえ、いま地球軌道を回る金属の神殿をつくろうとしている。

あたしたち、そいつの乗り物かしら。

さあね、わからないよ、そいつがなにを企んでいるのか見当もつかないけれど、ただひとつ確かなのは、大脳係数七・一の恐竜型知性体は可能性だけで、ついに地上に出現できなかったけれど、ぼくたちはここにいる、ここに顕現して、一五〇〇ccの脳に意識を宿らせているじゃないか、やっかいな苦の種を含んでいるけど、この意識というやつこそ黄金の果実かもしれないだろう。

いいえ、ちがうの、そんなことじゃない、世界が実らせようとしている果実はそんなこざかしい脳じゃないの、その花がなぜ黄色く見えるか、何ミリミクロンの電磁波だとかどうでもいい、世界は花になだれこんでくるの、咲いては散り、散っては咲き、とめどなく花として生起してくるのが世界、花は色っぽい生殖器なのよ、あはは、ころころした小犬がじゃれついてくるとき、いとおしいじゃない、たまらなく幸せな気持になるじゃないの、そう、あたしもきらきら光る水や、風にゆれる木洩れ陽が大好き、デートするならやっぱり水のそばよね、意味なんて要らない、むかしむかしは神殿なんて売春宿、ほんとだって、ラグランジュ・ポイントに金属の神殿ができたら、あたしたち出張売春しにいこうか、いこう、いこう、無重力でやるの楽しみよねえ、なによ、苦行僧みたいなしかつめらしい顔なんかして、わたしは夢を見ない、宇宙でも見なかった、なあんて厳かぶっちゃってさ、あんたの白いママやミセスがどんなにつらかったか、わかってんの、ポルノショップのバイブレーターや、フェラチオ用の生首みてさ、この惑星の解剖室みたいだなんて笑っちゃうよねえ、あんたたちは結局、プラモの宇宙船に乗ってるのよ、ママの星からちょっと冒険ごっこに出かけて、ただいまってママのスカートにもぐり込んでくるの、あら、ちがうかしら、坊や、むかしむかしスプーン曲げちゃったぐらいで進化のてっぺんの変種か新種かなんて、やっぱり笑っちゃうよね、ドクターもよ、ママの頭蓋骨ひらいて血まみれの脳を見ただけですっかり動顚（どうてん）しちゃったのよね、おお、かわいそうに、いい子、いい子、どこの移民の言葉か知らないけどさ、二人だけの言葉が消えちゃったなんて、いい、ドクター、ある民族、部族が滅んでいくとき、最後の三人、最後の二人になっても言葉はちゃあんと残っているの、そしていよいよ最後の一人の独りごととなって消えていくけど、［máː］の音からよみがえってくるの、ママのマー、マミーのマー、アンマーのマー、不思議だけど、どんな民族もほとんど同じ、チンパンジーもママだけは発音できるの、哺乳類の乳のしずく、ドクター、しっかりしてよ、あなたは光速の言葉で宇宙人に呼びかけた最初のヒトじゃないの、四十年なんて精液(シーメン)のにわか雨みたいな一瞬じゃない、あらら、インディアンの英雄がふてくされてるわよ、なあに言ってごらんよ、え、おれはあきらめないって、わかってるわよ、アル中のママが性懲りもなく白人に妊まされて、べろんべろんに酔っぱらってトラックと正面衝突、ええ、あたしたちインディアンの自殺率はふつうの十五倍、たった二百梃の猟銃で反乱を起こしたとき、おれたちは戦車に包囲されて丘の上に追いつめられた、そう、あの丘だよ、祖父たちが捨て身の戦いを挑んで敗れ、血まみれの女、子供たちまで累々と吹雪に埋もれていった丘で、おれたちは飢えながら戦っていた、軍用ヘリコプターが頭上を飛び交い、ＦＢＩの狙撃者たちが望遠レンズつきのライフルで狙っていた、蟻一匹、這い出せやしない、食料も尽きた、おれはあの丘で死ぬつもりだったよ、そのとき同胞の女たちが食料を背負って次々に丘を駆け上がってきた、黒い髪をなびかせて命がけで走ってきた、きれいだったよ、狙撃者たちもさすがに引き金をひけなかった、おれたちは丘の上で泣いていた、おれたちの女をどんなに誇らしく思ったことか、だがＦＢＩや軍隊のやつらはお遊びみたいなもんさ、二交代で攻撃してきて、非番の連中はチューインガムをくちゃくちゃやりながら戦車の陰から見物してやがった、おれは刑務所を出てから、あのときの女の一人と出くわしたことがある、信じられるか、中年のストリート・ガールになっていたよ、ガキを抱えているんだろうが白人に股をひらいて食っているのかと思うと無念だった、おれたちは黙って夜の路上でウイスキーの小壜を回し飲みした、あの丘でやったようにコンクリートの舗道に何滴かこぼして大地に捧げた、なぜなんだ、勇気や誇りや魂の気高さこそ尊ばれる国など、どこにもない、ええ、よくわかってるわよ、だからあたしを殺して死にたかったのよね、あらら坊や、どうしたのよ、パーン！　と手を叩いて起こしてやろうかしら、液化(リキッド)プラスティックの眼球みたいに、ふらふら迷子になってるんじゃないの、

浅い海におおわれていた洪積平原、いまは紫のルピンの花が咲く高地の砂漠に、白い花粉のようにトウモロコシの粉が漂っていく、恐竜たちが埋もれている丘にもうっすらと粉雪が降りつもっていく、鳥盤目、竜盤目、あらゆる骨がごちゃごちゃに重なりあっている墓場は洪水にさらわれていく恐竜たちが流れつくところらしいぞ、鱗木の森、肺魚、ヒトデ、隕石に封じこめられている藻類の化石、種を乗りつぎ、乗りすてていくなにかが石に変わり、ハイウェイごしに波打ち際が移動していく、海が離れていく、濁流にさらわれていく木に蛇がからみついて、水没するアンテナ、神殿そっくりにそびえたつ高層ビル群の避雷針も、稲妻もぴかぴかする、いや電極コードを植えつけられている頭蓋の内側、一〇分の一ボルトにも満たない電気化学の嵐かもしれないな、乳房のかたちをした鉄銹色の火山が雌ネジのかたちにねじれ、火口のへりで米粒ほどの骨がひとかたまり、ひんやりと光っている、脳腫瘍で植物人間となり、脳波のさざ波が消えていったという母さんの骨だろうな、シャーナ、よろしく頼むぞ、仲よくやってくれよな、ジ

ヤスパーはどしゃ降りの雨に打たれるまま朽ち果てたか、川魚につつかれながら漂っているだろうな、ああ、火が燃えているぞ、氷河期にやってきた惑星のネイティヴたちのお祭りなのか、老インディアンが胸から鮮血を滴らせながら、あの日、吹雪と泥のなかで滅びていった夢をよみがえらせようと、赤い紐のついた鷲の羽でおまえを撫でさすり、いつくしみ、祝福している、ミスター・グッドモーニング！　おはよう！　良い朝、悦ばしい暁、もとのからだにもどりたいが、どれが自分だったか忘れちゃったじゃないか、車座になって火を囲む人びとすべてが前の自分だったみたいになつかしくて、自分らしさがどこに憑けばいいのかわからない、パーン！　と鳴る蓮の花の掌、ああ、水甕を叩いている、獣の皮を張ったびしょ濡れの甕の口から、もうもうと海がたち昇り、声、声、すべての声が、夕暮れの遠吠えみたいに淋しそうじゃないか、

血と共に私は生まれ
私の血は世界を覆った
私の叫びで言葉が生まれた
空がそれを聞き
神々もそれを聞いた

さあ　ここへ来い

神々に語ろう。そのことを
血の種のこと
地上に落ちた血の種のことを
泣いてはうたい
うたっては泣く
血の種のことを

ここはどこだ、地中に埋もれたアンモナイトか巻貝の奥みたいに真っ暗じゃないか、ははあ、どうやら彎曲した頭蓋の内側らしいぞ、まる裸の脳が一つ、暗く冷えきったがらんどうに吊るされた裸電球みたいにぽつんと意識を宿らせている、30ワットかそこらの灯りなのか、だがなにも見えやしない、からだはとっくに乗りすてられて、冷凍保存された脳だけがいつまでも未練がましく、意識というやつを意識しているみたいじゃないか、おい、これが永遠につづくとすればまさに苦の種だぞ、眼も、舌も、耳もないのに、カチカチに凍りついた脳が鉱石ラジオみたいに電波をとらえて震えている、どうした、雑音だらけでよく聴こえないぞ、0・000003の確率でそれが起こり、磁界がめちゃくちゃに破壊されてしまったのか、母星がまとう共振周波数はいっせいに狂い、ミサイル探知レーダーも、銀行のコンピューターも、クレジット・カードの磁気も狂い、テレビ、ラジオも、放射能測定器みたいにガーガー鳴っているぞ、もうなにも聴こえやしない、ブラック・アウトの真っただ中を盲目飛行しながら大気圏へ突っこんでいるのか、青い水惑星がぐんぐん迫ってくる、この海だっていつか消える、からからに干上がっていく、なあに一億年もさきのことなど知ったことか、いまはまぎれもなく実在の海だ、水、水、水をたっぷり湛え、さらに頭上から水が降ってくる不思議な星、あっ、聴こえてくる、ブラック・アウトの暗い産道をやっとくぐりぬけた赤ん坊みたいに産声を上げているぞ、

――こちら、コントロール・センター。
――軌道変換エンジンを、25・30秒噴射せよ。
――飛行総合時間九二時間目に、一〇パーセント・スロットルで7・40秒。
――…………。
――どうだね、気分は？
――サンゴ礁の海でひと泳ぎして、生ビールといきたいねえ。
――こちらテレビ・トーキョー、映像周波数二一七・二五メガヘルツでお送りします。
――濃霧が発生した。
――有視界飛行はできない。
――一二八・七メガサイクルで着陸誘導コントロールを待て。
――了解。

——進入レーダーに機影をとらえた。
——…………。
——なお、この地震による津波のおそれはありません。
——明日は晴れるでしょう。
——今週のヒットチャート、第一位！

雑音だらけの声、声、声につつまれた惑星のへりに、日の出や鉄の熔けるような夕焼けが見える、血の滴る涸れ谷、草原、たった一つの超大陸がひび割れていった狭い海へひっそりと砂漠がなだれ込んでいく、妖気が漂うほど青く澄んだ水の向こう岸にも砂と岩が連なり、生き物の気配はまったくない、ここで草木を見れば草木に、獣に出会えば獣に恋するだろう、ヒトの群れはここらを大移動していったんだろうな、それ以前に栄え、種の絶頂にあった恐竜たちを乗せたまま、分裂し、漂移していった大陸がもう一つの大陸にぶつかり、成層圏へあと一歩の山脈をつくり、氷と雪の峰々からしずくが流れくだる川のほとりで、物理性すれすれの慈悲が説かれたはずだが、虐殺、銃声、戦争の花火まで上がっている、頭上から宇宙線の雨が降りつづけ、地上の膝から上はもう電波の大洪水だ、都市の神経線維をパルスが走っていく、携帯電話、タクシーの無線、アパートの部屋と部屋をつなぐ回路、ねえ、どうして電話くれなかったの、一晩寝ないで待ってたのに、もういや、この街からさよならしたい、それいくら、高い高い、すこしまけてよ、このヤロー、目ン玉ついてんのか、信号は赤だぜ、ねえ、ねえ遊ぼうよ、だいじょうぶ、エイズなんか罹ってないって、血液証明みせようか、こいつはすげえ車だ、お母さん、お母さん、妊娠しちゃったみたい……、アフリカの旱魃まだひどいのかしら、あの子たち元気かしらね、冬休みには帰ってくるさ、もういや、死にたい、死にたい、好きだよ、ほんと、愛しておりますって、ね、知ってる、あのひとガンなんだって、二次試験でしくじっちゃったよ、ああ家が欲しいわ、いい女連れてさ海辺あたりでのんびりしてえよなあ、おぼえてろよ、部長のヤロー、いつか腕の一本もへし折ってやる、浮気したわね、ねえちゃん、やろうよ、やらせてくれよ、電子レンジが怖いの、若い頃は性欲をもてあまして暴れ馬に乗っているようなものだったが……、これでいい、もう充分だよ、だからこそ戦え、ロンドンとトーキョーの為替市場で、踊りにいこうよ、裏切ったな、パパ、パパ、パパ、オゾン層に穴があいちゃったんだって、髪が薄くなってきたよ、殺してやりたい、おねがい、おねがい、精液のどしゃ降り待ってるわよ！

　青い水の惑星から三分の一ほど露出した地上のいたるところで、わいわいがやがやおしゃべりしたり喚いたりしている。水しぶきの霧に包まれて走るカヌーの舳で、I love this life！と叫ぶ声も、叶えられるものなど一つもないと知りながら、人びとのために祈れと宙吊りになり、胸の肉がちぎれて垂直にぐしゃりと落ちていく音も聴こえてくる。こうやって呻き、罵り、ぶつくさ言いながら、いずれ百億になる声をあつめて、図々しく、ひそかに祈っているのかもしれない。どうひいき目に見たって知性体とは言いがたいけれども、この太陽系第三惑星になにかが出現したことはまぎれもない。生み、殖え、地にあふれ、水にひしめく生き物たちをぎっしり満載した惑星が、地に満ちる声、声、声のさざ波をたて、秒速三〇キロで宙を飛びながら呟いている。

祖父よ
わたしたちは　いま
ひとつの声を送ります
聞いてください
世界の隅々まで
わたしたちの声を送ります
聞いてください
祖父よ
わたしたちを生かせたまえ
そう言っているのです

吹きさらしの鉱物の堆積の上で、野生の鹿たちが岩塩をなめ、花々の下を蛇が這い、サソリが動き、野ウサギや、鼠が走っていく。ゆるやかに旋回する鳥が、冷えた熔岩に降りて羽をたたむ。恋人たちが、くすぐったそうに笑う。そう、ここにも生き物たちの意識が満ち満ちている。このちっぽけな意識こそ、無のなかに実る果実なのだ。恐竜たちを封じこめている大地に、町に、地下鉄に、素粒子が降りそそぎ、夜行性の獣も、ヒトも、たったいま宇宙線の雨に打たれながら遠吠えしている。

おおーい、おれたちはここにいる、だれかそこにいないか。

応えてくれ、われわれはここにいるぞ、おおーい、だれかそこにいるか。

## 引用文献

*Smoothing the Ground*, edited by Brian Swann (University of California Press, 1983) p.141-142

『北米インディアン悲詩　エドワード・カーティス写真集』金関寿夫・横須賀孝弘訳　富田虎男監修（アボック社出版局　一九八四年）p.54

『チョンタルの詩　メキシコ・インディオ古謡』荻田政之助・高野太郎編訳（誠文堂新光社　一九八一年）p.10

## 参考文献

（宇宙科学関係）

*We Are Not Alone*, by Walter Sullivan (McGraw-Hill, 1964)

*Intelligent Life in the Universe*, by I. S. Shklovskii and Carl Sagan (Dell, 1966)

*The Search for Extraterrestrial Intelligence*, edited by Philip Morrison, John Billingham and John Wolfe (NASA, 1977)

『宇宙との連帯　異星人的文明論』カール・セイガン　福島正実訳（河出書房新社　一

九七六年）

『異星人との知的交信』カール・セイガン編　金子務・佐竹誠也訳（河出書房新社　一九七六年）

『E.T.からのメッセージ　地球外文明探査講義』平林久・宮内勝典（朝日出版社　一九八七年）

『宇宙ステーション１９９２』中冨信夫（新潮文庫　一九八五年）

『NASA 航空機開発史』中冨信夫（新潮文庫　一九八六年）

*Space Shuttle:* NASA SP-407, by Lydon B. Johnson Space Center（NASA, 1976）

「航空機の放物線飛行を利用したヒトおよび動物実験」森滋夫（「宇宙生物科学」Vol.1, No.1 1987）

**（古生物学関係）**

『脊椎動物の進化』エドウィン・H・コルバート　田隅本生訳（築地書館　一九七八年）

『恐竜の発見』エドウィン・H・コルバート　小畠郁生・亀山龍樹訳（早川書房　一九六九年）

『恐竜の時代』小畠郁生（社会思想社　一九六八年）

『ヒトの進化』ロジャー・レウィン　三浦賢一訳（岩波書店　一九八八年）

*The Riddle of the Dinosaur*, by John Noble Wilford（Vintage, 1985）

*Dinosaurs Past and Present*, edited by Sylvia J. Czerkas and Everett C. Olson

(Natural History Museum of Los Angeles County, 1987)

『暗黒星ネメシス』ドナルド・ゴールドスミス　加藤珪訳（サンケイ出版　一九八六年）

*Reconstructions of the Small Cretaceous Theropod Stenonychosaurs inequalis and a Hypothetical Dinosauroid*, by Dale A. Russell and Ron Séguin (*Syllogeus*, National Museum of Natural Sciences No.37 Ottawa, 1982)

**（原爆関係）**

『原子爆弾の誕生』リチャード・ローズ　神沼二真・渋谷泰一訳（紀伊國屋書店　一九九五年）

『ヒロシマを壊滅させた男オッペンハイマー』ピーター・グッドチャイルド　池澤夏樹訳（白水社　一九九五年）

『ミクロネシア』斉藤達雄（すずさわ書店　一九七五年）

『核の影を追って』豊崎博光（ＮＴＴ出版　一九九六年）

『核兵器は世界をどう変えたか』シドニー・レンズ　矢ヶ崎誠治訳（草思社　一九八六年）

『原子爆弾　その理論と歴史』山田克哉（講談社　一九九六年）

*Picturing the Bomb*, by Rachel Fermi and Esther Samra (Harry N. Abrams, 1995)

**（太平洋戦争関係）**

『ある在米日本人の記録』ジョー・コイデ（有信堂　一九七〇年）

『さよなら日本』宇佐美承（晶文社　一九八一年）
『秘録・謀略宣伝ビラ――太平洋戦争の〝紙の爆弾〟』鈴木明・山本明（講談社　一九七七年）
『アメリカの強制収容所』A・ボズワース　森田幸夫訳（新泉社　一九八三年）

**（その他）**

『攻撃』コンラート・ローレンツ　日高敏隆・久保和彦訳（みすず書房　一九七〇年）
『意識と脳』品川嘉也（紀伊國屋書店　一九八二年）
*Mind Over Matter*, by Walter and Mary Jo Uphoff (New Frontiers Center, 1980)
『サイキの海へ』清田益章・宮内勝典（めるくまーる社　一九八六年）
*Re/Search* #12: Modern Primitives (Re/Search Publications, 1989)
『ブラック・エルクは語る』J・G・ナイハルト　弥永健一訳（社会思想社　一九七七年）
『クジラの歌　ハチの地図』J・モーテンソン　中牟田潔・小原嘉明訳（岩波書店　一九八八年）
*The Bhagavad Gita*, Translated from the Sanskrit by Juan Mascaró (Penguin Books, 1962)

# 解説——蜂鳥のくにで

今福龍太

一九九二年三月、北半球のうら若い陽春。ちょうど太陽の黄経が零度になる日、真東に昇るはずの太陽を成層圏の縁から出迎えるように、私は旅立った。これから四つの季節の巡りをそこで体験するために「アメリカ」へと。天球にみちあふれているはずの無音の音楽をジェット機の振動に感じながらの、あっけない一〇時間ほどの飛行ののち、ロサンジェルスと呼ばれる街のダウンタウンが銀色の無機質のビル群として眼下にひろがっていた。だが、砂漠地帯を灌漑(かんがい)して人工的に構築した機能空間、もはや天使が降り立つこともなくなったその大都会を一瞥(いちべつ)したのち、私はさらにこの大陸の内奥、アメリカが真の「アメリカ」としていまだまどろむ褐色の大地へと、カリフォルニア、ネヴァダ、アリゾナ、ニューメキシコと砂漠を横切りながら、四輪駆動車を駆って進んでいった。コロンブスの「アメリカ発見」の年からちょうど五百年。先住民インディアンの受難の歴史が始まってちょうど五百年。生涯二度と到来することのないこの特別の年に、私はこの大地の奥深くに自分自身にとってのかけがえなき啓示がかならず隠されていると確信していたのである。

「アメリカ」。フィレンツェ生まれの探検家アメリゴ・ヴェスプッチがこの大陸を西欧にとっての未知の新大陸であるとつきとめ、南北一万数千キロメートルにもおよぶ長さをもったこの壮大な大陸が彼の名にちなんでそのように呼ばれるようになってから五百年が過ぎた。本来は南北アメリカ大陸全体を表わす呼称だったこの言葉は、いつのまにかこの大陸を北の特権的な地点から政治的・経済的に支配する盟主となった「アメリカ合衆国」に掠め取られてしまった。この大地が痛苦とともに宿した深い精神性を抜き取られたまま。そして戦後日本に生まれた私自身ですら、経済成長と物質主義の氾濫のなかで物神化されたきらびやかなアメリカなるものを、なかば自らの一部として無自覚に生きてきたのだった。

だがこの、一つの大陸でありつつ非－大陸的で群島的な、移動と混淆の記憶が宿された先住民と奴隷と移住者たちの大地「アメリカ」は、支配者たちが書く「歴史」を反転させ、その権威に叛乱を企てる種子を育む場でありつづけた。依るべき根を断ち切られ、歴史の不在を彷徨い、混血に混血を重ね、寡黙と饒舌のはざまで自我をいさぎよく放擲し、哄笑と死を日常に導き入れ、ハーフブリード（雑種）という血の混濁を蔑称から自負へと昇華させていった人々の土地。そのように屈折し、沸騰する「アメリカ」こそ、私自身の肉体と精神がほとんど不可避の衝動とともにいざなわれた「聖地」であった。そしてそこには、本書の著者宮内勝典の魂の軌跡もまた深く刻まれていることを、私はあるときから強く意識するようになっていった。

コロンブス五百年の年の旅立ち。私はともかく身軽になろうとした。定住的な生活のなかでこびりついた物質主義の垢をはらい、ルーティンで重くなった背中の荷を下ろし、身ひとつになって始原を宿す土地と向き合うこと。透明な風がわたるそんな別の大陸で一年を暮らすのであれば、荷物はできるだけ少ないほうがいい。そう決意した私がそのときアメリカに持って行ったわずかな荷物のなかに、一束の手作りの冊子があった。本書『ぼくは始祖鳥になりたい』の原形、雑誌「すばる」に一九八八年から八九年にかけて連載された二十数回分の文章のページを切り取って綴じ合わせた分厚い紙の束である。すでに連載完結から二年半ほどが経っていたが、いっこうに本にならないもどかしさのなかで、私にはそうするほかなかった。なぜなら、この小説こそ、「アメリカ」での四季の巡りを私がいま生きるための意識の伴侶としなければならない、と直観していたからである。そこには、北米の荒野から中米の密林までを含む「アメリカ」において出遭い、交わり、混淆した無数の人々が蠢き、喧噪をあげ、闘い、思索に沈みながら生み出してきた、豊かに凝縮された「集合意思」が、地球的・宇宙的想像力のなかで克明に描かれていた。

その集合意思、あるいは意識の複合体ともいうべきものは、大地の脳髄にほかならなかった。私は、合理的知と情報によって収奪されてしまった自らの功利主義的な思考システムとしての「能」を、この褐色の大地にひとおもいに打ち捨て、その「脳」としての不動の真実を、大地に依りながら取り戻そうと夢見ていた。いまや、知能とか能力とか才能とかいったかたちで、肉体器官としての「脳」を離れて観念的な「能」へと置き換えられてしまった人間の知性の淵源。それをふたたび中枢神経細胞の集合体としての脳髄が示す圧倒的な物理性と、その裏面に揺らぐ神秘へと差し戻したいと私は考えていたのである。

ニューメキシコの乾いた荒野のただなかに住みはじめた私は、周辺のインディアンの集落を憑かれたように彷徨い歩いた。覆面をつけて踊り、手のガラガラをけたたましく鳴らして異界の神々と交流するプエブロ族のマタチネのダンサーたち。巨大な鳥のような仮面をつけて踊りながら部族に雨を約束するズニ族のシャラコ神。火や煙や薬草が、そうした脱魂の儀礼をしばしば媒介した。私がすでにメキシコの北部山岳地帯に住むコーラ族の村でも体験していた、幻覚性のサボテンによって刺戟を受けた脳が、その高められた意識を鮮やかで繊細なイメージや嗅覚や触覚として分泌しながら、自我という頸木を解放してゆく様子は、本書でも、老インディアンの知者の導きで主人公の少年ジローが体験するペヨーテ儀式の場面として鮮烈に描かれていた。

このとき、著者が本書で「脳」あるいは「頭蓋」という言葉を徹底して使いつづけ、それらが例外なく肉体器官を示す即物的な文脈で語られていることは私にとって大いなる刺戟として映った。混血の宇宙飛行士ジムは、ジローの彎曲した頭蓋の昏い内側にある夢のなかにしばしば現れた。左前頭葉から三四・五メガヘルツの電波を出すジローが自分自身の頭脳を投影しながら目撃する、実験のため電極を当てられ、プラスティックの人工頭蓋をつけられ透けて見える猿の灰白色の脳。宇宙人との交信というオブセッションに取り憑かれたアイザッシュ・ニューマンの母の、手術のために開頭されて見える赤紫の葉脈のような血管に包まれた乳白色の脳……。無と永遠とを、零と無限とを、悦びと痛みとを、観念として同時に思考することのできる、この人間にとっての最後の神秘である「脳」は、しかしあまりにも脆弱で柔らかい白質繊維束によって構成された物質そのものにほかならなかった。

だがその、頭蓋の暗い内奥で発光する脳髄で「意味」なるものが発生し、純粋に物理学的な現実を刺し貫くようにして「意思」が、そして「夢」が芽生えるという不可思議。このミステリーそのものでもある脳が、体重に不釣り合いなほどの容積と重みをもって肉体に備わったとき、そこに驚くべき複雑さと繊細さを備えた「知性」が宿りはじめるという驚異。著者はこの脳の促しによって、一つの「種」から逃れ出ようとした過渡期の生命体の象徴ともいうべき、ありえたかもしれない混交体を、私たち人類の別種の可能態として幻視してゆく。

それこそが、「ぼくは始祖鳥になりたい」という表題とともに、著者が宇宙的想像力の限界に挑みながら読者を導こうとする、始祖鳥アルケオプテリクスへの転生の夢である。爬虫類の鱗が羽毛に変化し、翼の真ん中に三本の鉤爪が生え、顎が角質化してできた嘴には細い歯がびっしり生えた、爬虫類と鳥類の混成体。重力を振り切って空へと進化の階梯を昇ろうとした鳥類の始まり。だがほんの二、三メートルをバサバサ飛んでは枝につかまり、木の実をついばんでは地上へと落下してしまう不器用な鳥。種からの逸脱と混淆の力をその異様な形態のなかに蓄えつつ、まるく膨らんだ頭蓋でヒトにも匹敵する高い大脳係数をもって知性体へと進化する可能性を秘めたまま、なんらかの理由によって、進化の階梯から外れて孤立化し、種としては絶滅してしまった夢の意識体。

　私にとってこのハイブリッド意識体は、メキシコのアステカ神話が語る大地母神コアトリクエそのもののようにも思えた。とぐろを巻いた無数の蛇でできたスカートをはき、人間の心臓と頭蓋骨を吊るした首飾りをつけ、手足からは鋭い鉤爪が飛び出している異形の神。この、生と死と再生をつかさどる女神は、自らを子宮として胎児を孕み、生まれた子供を慈愛とともに育み、ときに容赦なくそれらを食い尽くして冥界へと送りこむ、おそるべき神でもあったが、アステカの太陽神も月の神も彼女から生まれたとされている創造主でもあった。種や類といった概念を超えてゆく欲動のなかから生みだされた、人間の脳の奥処に棲むキメラ。隠そうとしても隠しきれない、善悪の彼岸に明滅する、あの「金褐色の眼」をした始祖鳥の神話的分身。

　人間は「ゲヌス」genus（類）という概念に取り憑かれてきた。それにあまりにも強く縛られてきた。私たちの理性は、世界を「分類不可能」なものにしないために、類や属や種といった分類概念をつくり出し、偽りの安定と秩序と体系を手に入れて満足した。だがたとえば、カフカのような作家はちがった。カフカはゲヌスの境界を守ろうとする純血的な語り口を拒絶した。カフカの小説に登場する無数のキメラ、変異体、人間と人間ならざるものの混成体。ゲヌスの明確な識別こそ「存在する」ことの根拠であるとすれば、カフカにおける事物は存在としての確固たる輪郭を失い、曖昧なハイブリッドとなって、私たちの「解釈」の容器から溢れ出していった。だが人間の脳の奥処に、まさにこのキメラを生み出す意識複合体が潜んでいることをカフカはよく知っていた。そして本書の著者もまた、一つのゲヌスから逃れ出ようとするキメラ的生命体のめざす未知の時空を、来るべき「惑星のネイティヴ」のあらたな棲息地として夢見ようとした。

生物種としてのゲヌスはおろか、人種という矮小化された観念のゲヌスからもいまだ逃れられない人間たち。なかでもアメリカ合衆国は「人種」というゲヌスの強迫観念にもっとも深く取り憑かれたままの国である。一九九二年四月、黒人男性ロドニー・キングを速度違反容疑で逮捕し不当な暴行を加えた白人警官たちに無罪の判決が下された直後、ロサンジェルスの下町に火の手があがった。不条理な判決を聞いた黒人たちの憤激は、周辺の貧しいマイノリティたちの行き場のない鬱屈を巻き込んで、抗議集会、放火、略奪とエスカレートしていった。ハリウッド大通りであがる火柱と黒煙の映像をTVで見ながら、そのとき同じカリフォルニア州にいた私の内部に、陰鬱な風景が広がった。そこでは、ゲヌスの意識から脱することのできない私たち自身の意識にむけて、激烈な批判の火の粉が降りかかっているように思えたのだった。私の心は飛び火する火の粉で痛んだ。

「ロサンジェルス暴動」と呼ばれることになる、人種差別に端を発するこの騒乱が起こったとき、私はいてもたってもいられずに著者に手紙を書いた。「暴徒」「略奪」「蛮行」そしてその果てに生じる「瓦礫（がれき）」と「廃墟（はいきょ）」。メディアによって報じられたこれらの「物語」は、現実に起こった予期せぬ非常時を語っているように見えて、じつはそれを語る人間たちの内部にある日常の風景、無惨な心の廃墟そのもののあまりにも精確な描写のように私には思えたからだった。紋切型の言葉を並べながら、特権的な場所に立って出来事の顚末（てんまつ）を総括し、解釈し、意味づけてゆく言説の暴力。そうした惰性的な言説の傲慢にたいしてもっともラディカルな叛乱を行ってきた著者にむけて、私はこのときの自分のもどかしい思いをどうしても伝えたかったのだろう。飼いならされた「意味」のかなたで、意味と無意味のはざまで発せられる、曖昧でありながら真実の声を、私は求めていたのだろうか。そんなとき、本書のなかに唐突に引用される、奇妙なアルファベットの音声表記によるインディアンの呪言のような歌は大いなる救いに見えた。文字をもたない音だけの言語世界を緻密に創造したインディアンたちの、ゲヌス的定義の抑圧を振り切った歌の韻律こそ、先駆者ロートレアモンの無謀とも言えるあの『マルドロールの歌』の試みにも似た、あらたな文学的想像力の源泉となりうること。私は著者とともに、それを信じたいと思った。

重力からの解放。それもまたゲヌスの抑圧からの解放と同じものかもしれない。この主題を思うと、私は蜂鳥という不思議な鳥に強く惹(ひ)かれてゆく。著者もおそらく同じだろう。黒人の父とアイルランド系の母をもった混血の宇宙飛行士に著者は語らせている。ふと、なんの関係もないのに、蜂鳥のことを思い浮かべる瞬間がある、と。母船から出て無重力の暗黒空間を浮遊することで、恐ろしい「無」のなかに湧出してしまったように感じてきた宇宙飛行士。その彼が、毎秒八〇回とも言われる超高速で羽撃(はばた)きながら花の周りを旋回し、蜜を吸い、中空を自在に浮遊しながらあたりに虹色の光彩をまきちらす蜂のように小さな鳥、この不思議な進化を遂げた鳥にたいし、いわれのない愛着を見せるのもわかる気がする。

　私の「血を分けた(カルナル)」とも言うべき友、すでにアステカの冥界ミクトランへと去ってしまったチカーノ詩人アルフレッド・アルテアーガが、あるとき寒いアイルランドから戻ってきてこんなことを冗談めかして言っていたのを思い出す。あの底冷えする島国には住めない。なぜって蜂鳥がそこには棲息していないから。蜂鳥のあの魔術的な飛行を見ることができないなんて、生きる喜びの大半を失ったも同然だ。ぼくはよく思う。蜂鳥とふつうの鳥との関係は、ちょうど鳥と人間の関係と同じじゃないか、と。蜂鳥とふつうの鳥とのあいだにある存在としての断絶は、ちょうど鳥と人間とのあいだの断絶に等しい。そうだろう？　後ろに向かって飛ぶことができる鳥なんて、ふつうの鳥から見たら突然変異体(ミュータント)でしかない。そして人間もまた、どこかで、自分には不可能な飛翔(ひしょう)を夢見る。鳥とのあいだに広がる「種」の深淵を深く認知しつつ、大空にむけて、その断絶を越えることができないかと頭脳のなかで羽撃いてみる。ゲヌスを超えようとする、ヒトの隠された集合意識じゃないか……。こんなアルフレッドの蜂鳥への偏愛を、きっと著者も共有するのではないだろうか。

「アメリカ」ではこの鳥にさまざまな名前が与えられてきた。インディアンの言葉、カリブ海の先住民の声の残存、スペイン語、ポルトガル語、コリブリ、チュパローサ、ピカフローレス、ベイジャ・フロール……。花に接吻（せっぷん）するもの、薔薇（ばら）の汁を吸うもの、花弁をつつくもの……。軽々と中空に舞い、旋回し、飛びながらゆっくりと後戻りし、長い嘴で花弁を吸う不思議な鳥。キューバでは、タイーノ族の言葉で、花の蜜を吸うときのリズミカルな音を模して「スンスン」と優美に呼ばれているのを聞いたこともある。

深い灰褐色の眼をした南米グアラニ族は、この鳥をマイヌンビと名づけた。魂を運搬する妖精。インディオにとって死は生命の終わりではなかった。肉体を去った魂はあたりに飛び散り、美しい花々の花弁のなかに隠れて魔術的なものの到来を待つのだった。そこにマイヌンビが、微（かす）かな羽音とともに近づいてくる。死者の魂は小さな声で合図を送る。すると蜂鳥は花弁の奥に隠れていたその魂を長い嘴でついばみ、それを楽園へと届ける。だから、この土地に生きて死んだすべての者があげる囁（ささや）き声にむかって、この夢の蜂鳥が寄ってくる。死者の魂は虹色の嘴と翼にぶらさがって、ついに永遠のアピカの玉座へと運ばれてゆく。個としての世俗的な生死のかなたで実現される永遠の生。

私はニューメキシコの砂漠の縁で、本書の原形となる手作りの冊子をぼろぼろになるまで読みながら、ペレニアル perennial という言葉をたびたび思った。永遠につづくこと。ラテン語の「ペレニス」、すなわち樹木の常緑、という意味に由来する言葉。それはまた枯れることのない川や泉を指す言葉であり、多年性の花が咲きつづける、その永遠につづく生命の原初的風景を含意する言葉だった。ジローの脳内には、このペレニアルの花が咲いている。物理性と意識とのはざまで、ゲヌスの分類を決然と拒みながら、永遠に咲きつづける花。

「世界は花になだれこんでくるの、咲いては散り、散っては咲き、とめどなく花として生起してくるのが世界」。すでに主人公ジローの頭脳のなかに混合意識として溶け込んでしまったかのような、混血インディアン女性シャーナのこんな声の痕跡を受けとめたとき、地球に生存した二千億の人類のすべての声、すべての思惟、すべての愚行、すべての啓示が、騒音ではない、聖なる喧噪として静かに私に降りかかってくる。永遠に、とどまることなく。

作家オルダス・ハクスリーが、まさにペレニアルという表題をもった『永遠の哲学』*The Perennial Philosophy* のなかでこんなことを書いていた。二〇世紀はなによりも「騒音の世紀」だった。物理的騒音、精神的騒音、そして欲望という騒音。それらのどれについても現代人は歴史上の最大記録を保持することになった。だがそれは無理もない。なぜならわれわれの奇蹟的ともいえる技術が生みだしたすべての財力が、沈黙にたいする攻撃にひたすら費やされたからである、と。

テクノロジーに媒介されつつ騒音を生み出し続ける言葉、言葉、言葉。言葉は名づける。言葉は所有する。言葉は意味を確定する。言葉は永遠であるはずの草を花を大地を水を、そして空を囲い込み、利用する。すべてのものを我がものにし、明晰な認識のもとに分類し体系化する。ゲヌスの騒音が永遠の夢を閉ざす。

パナマの密林とメキシコの火山地帯に棲むインディオ世界をよく知っている作家ル・

クレジオも書いていた。インディオたちの偉大な発明は沈黙である、と。沈黙とは言葉による騒音への思慮深い叛乱である。言葉が殺すものであることを深く知り抜いたインディオたちは、分節された論理的言語のかわりに抑揚だけの歌を歌い、笛と太鼓による永遠とも思えるリズムとともに踊った。深い無意識に沈んだ場所へと降りてゆき、世界の再生を呼びかけるために。そこでは、しじまの律動にひかえめに歌が添えられた。静寂のなかに不意に歌による喧噪の小島が出現し、やがて静かに沈黙の内海に沈んでいった。

私は著者とともに信ずる。そんなひかえめな歌は言葉を沈黙へと還す。言葉を人間以外の者たちへと返す。言葉を所有する特権を捨てた人間たちの、永遠なるものへの畏怖が、言葉を交わすことのもっとも繊細な配慮を再発見させる。そこでは秘密も謎も大切に守られる。

本書の最後で、すべての登場人物の意思が、ついにはジローの身体のなかに流れ込み、棲みつく。始祖鳥の、あの冒険的で不器用な飛翔の意思も。それらは、一つの複合意識となって、ジローの混合体としての肉体を通じて、未生の声を世界に響かせる。その静かな喧噪をうつしだす声の寡黙さに、私は深く心打たれる。「アメリカ」の砂漠の片隅で本書をくりかえし読みながら、私はこの意志的な寡黙さこそ、この小説世界の到達点にほかならない、と直観した。

偶然のように訪れるあらゆる動きに巻き込まれて、主体性などというものを失ったように、状況に翻弄されて動きつづけるジローの寡黙さは、あらたな「正しさ」を私に示唆する。それは、杓子定規の正しさからはるかに遠い、なにものかの集合意思によって決定される道理に直観的に従う正しさだ。清冽な峡谷を蛇行する川に身を浸して、永遠に流れ下ってゆくような。リトアニアからの亡命詩人・映像作家ジョナス・メカスが、みずからの彷徨の人生を振り返って書いていた。小さな決断はすべて間違える。それは自分が決めているから。だが大きな決断はいつも正しい。なぜなら、それは自分で決めてはいないから、と。このときの「正しい」も同じだ。その正しさとは、制度や法や倫理に照らした正しさではなく、人間存在の不可避の宿命を受け入れ、生の意味を肯定することにほかならない。正しいか誤っているか、勝ちか負けか、善か悪か、そうした価値判断の彼岸に赴くことこそ、私たちの寡黙な道を真実へとみちびく。

そのような旅を、本書は私たちによびかける。come together と。可視的な共同体をつくる幻影をふりすてて、この地球を生きた二千億のヒトの生命が、原初的そして最終的な孤独と寡黙さのなかで信じつづけてきた結びつき、生命の連鎖を、永遠の川の流れを、ゲヌスの包囲から飛び出して、ひとりひとりのなかに実現すること。

蜂鳥は、ふつうの鳥へと進化する道を拒んだ異端者だった。生命の連鎖のか細い道をかろうじて生きのび、前進も後退も空中静止もできる、不思議な飛翔能力を身につけた美しい混血児(ハーフブリード)だった。進化の階梯の頂点にいると幻想する人類が、自己中心化されたゲヌスの閉域でもがいているとき、この鳥のミュータントは、ありえた別の始祖鳥のはるかな子孫として、私たちの世界に美と尊厳をそっとつけ加える。

そういえばいま私は気づく。三〇〇もの変異種にわかれた蜂鳥が、南北アメリカにしか棲息しない鳥であったことに。蜂鳥はいわば、「アメリカ」の一つの混合意識体として、あまねくこの薄紫色の地平線に彩られた混淆の大陸を貫いているのだ。そしてこの事実だけで、私自身が「アメリカ」に関わりつづけて生きたこととの宿命が感じとれる。その偶然のような必然の宿命の響きを、傍らのペレニアルな花の蜜をホバリングしながら吸う蜂鳥の微かな羽音がそっと知らせてくれる。著者もまた、その永遠の羽音をきっとどこかで静かに聴いていることだろう。

（いまふく・りゅうた　文化人類学者）

集英社文庫

ぼくは始祖鳥になりたい

2023年1月25日　第1刷　　定価はカバーに表示してあります。

著　者　宮内勝典

発行者　樋口尚也

発行所　株式会社 集英社

東京都千代田区一ツ橋2-5-10　〒101-8050

電話　【編集部】03-3230-6095

【読者係】03-3230-6080

【販売部】03-3230-6393（書店専用）

印　刷　大日本印刷株式会社

製　本　大日本印刷株式会社

フォーマットデザイン　アリヤマデザインストア　　マークデザイン　居山浩二



ISBN978-4-08-744483-4 C0193